ACCORDO INDECENTE

CRYSTAL KASWELL

Traduzione di
ISABELLA NANNI

Questa è un'opera di fantasia. Le somiglianze con persone, luoghi o eventi reali sono del tutto casuali.

ACCORDO INDECENTE
Titolo originale: *Dirty Deal*
Precedentemente pubblicato con il titolo *The Billionaire's Deal*

Copyright © 2015 Crystal Kaswell.
Scritto da Crystal Kaswell.
Copertina di Hang Le
Tradotto da Isabella Nanni

 Creato con Vellum

Capitolo Uno

Il manager dà un'occhiata alle mie scarpe coi tacchi a spillo da due soldi e alla mia gonna a tubino troppo larga e scuote la testa.

«Mi spiace, ma abbiamo già trovato.» Mi sbircia il petto. Alza un sopracciglio. *Magari ti piacerebbe ricoprire una posizione diversa.*

Ingoio l'insulto che mi sale in gola. «Sa quando assumerete di nuovo?»

«Potrebbe volerci un po'.»

«Mi tenga presente. Ho molta esperienza.» Non proprio del tipo che sta cercando. Ma so come servire ai tavoli.

Prende il mio curriculum ma continua a fissarmi il petto. «Scusa, tesoro, ma stiamo cercando qualcosa di specifico.»

Sì, ci scommetto.

Faccio un respiro che non mi calma per niente. Questo tizio non è nulla. Non mi farà perdere la testa. Ho avuto a che fare con migliaia di stronzi patentati peggiori di lui.

Ne affronterò molti altri stasera.

Capita se lavori in un bel posto.

Faccio un cenno per ringraziare ed esco lentamente dal ristorante.

Cammino rilassata. Disinvolta. Be', il più disinvolta possibile con questi tacchi di merda.

L'aria fuori è gelida. Anche considerando gli standard di marzo a New York. Il cielo bianco è appesantito da nuvole grigie di pioggia.

Di solito mi piace la pioggerellina. Mi piace il tempo che mostra carattere: gli inverni nevosi, la primavera piovosa, l'estate umida, l'autunno frizzante.

In questo momento non tanto.

Cerco il telefono in borsa. Lizzy mi tirerà su di morale. Lo fa sempre.

Faccio un altro passo e sbatto contro qualcosa di solido.

No. Qualcuno. Un corpo sodo avvolto in morbida lana.

Con la gamba prendo contro quella del tipo. Penso che sia un lui.

Mi si storce la caviglia.

Merda.

Metto le mani davanti al viso per attutire la caduta.

Ahia. Il cemento fa male. Ed è freddo, cazzo.

«Stai bene?» chiede una voce profonda.

Quindi è un lui. Molto lui. Ha una voce maschile. C'è qualcosa nel suo timbro fermo. Qualcosa che mi fa dimenticare di essere spalmata a terra, con il cemento umido che mi bagna la gonna.

«Sto bene.»

Ha delle belle scarpe. Di pelle. Firmate. Costose. I pantaloni gli cadono esattamente al punto giusto. Sono grigi. Di lana. E coprono gambe lunghe.

Il cappotto di lana nera gli arriva a metà coscia. È abbottonato. Gli nasconde il busto. E due spalle forti.

Mi guarda dall'alto, i suoi occhi azzurri sono carichi di... di qualcosa. Non ne sono sicura. È difficile fare altro che fissare quegli occhi.

Sono bellissimi.

E ha questa mascella squadrata. Una mascella tipica da statua.

O da principe della Disney.

È il tipo più sexy che io abbia visto negli ultimi mesi.

E io sono stesa a terra a fissarlo attonita.

Fantastico.

«Io... ehm... dovresti guardare dove vai.» Prendo la mia borsa e me la metto in spalla.

Lui si china e mi offre la mano.

Ok...

Immagino sia un gentiluomo.

È strano, ma gli si addice, con tutta quell'aria da principe della Disney.

Gli prendo la mano. Mi fa qualcosa. Rende l'aria più tagliente, più elettrica. Mi trasmette calore dal palmo, giù per il braccio, fino al torso.

È una mano forte, ma è liscia.

E quel vestito...

E quello sguardo da "*Ottengo sempre quello che voglio*" negli occhi.

Conosco questo tipo. Be', conosco il suo tipo.

È denaro allo stato puro.

Il tipo d'uomo che ha il mondo a portata di mano.

«Sto davvero bene.» Mi tiro su in piedi. O forse è lui che mi tira su. Comunque sia, faccio un passo verso l'angolo, la metro è solo a pochi isolati di distanza, ma la mia caviglia non ne vuole sapere. Cazzo. Fa male.

Mi stringe di più la mano. «Siediti.» Fa un cenno alla panchina dietro di noi. «Se riesci a camminare.»

«Non ho bisogno del tuo aiuto.»

«Oh, davvero?» alza un sopracciglio e fa un cenno alla mia scarpa come per dire *mettitela allora*.

Oh.

Ho perso una scarpa.

Per qualche ragione, non ho freddo al piede.

Non ho freddo da nessuna parte.

È solo che il tipo è così...

Odioso a dirmi cosa fare.

E incredibilmente, tremendamente attraente.

Sposto il peso sull'altra caviglia, ma riesco a malapena a stare in equilibrio. «Devo andare al lavoro.»

«Andrai al lavoro. Fidati di me.» Fa scivolare il braccio sotto il mio, come una stampella umana, e mi mette sulla panchina.

Il suo tocco è confortante.

È una situazione che dovrebbe farmi paura: questo tizio è uno sconosciuto. Non so nemmeno come si chiama.

Ma non mi fa paura.

È rilassante.

Tenero.

Ma non significa nulla.

È solo che è passato molto tempo da quando qualcuno mi ha toccato con un minimo di interesse o attenzione.

Faccio un respiro profondo. Non serve a rallentare il mio battito cardiaco. «Come ti chiami?»

«Blake. Tu?»

«Kat.»

Quegli occhi penetranti incrociano i miei. Mi preme le dita contro la caviglia. «È slogata.»

«Ne ho passate di peggio.»

Il suo sguardo è profondo. Esige una spiegazione.

Ma perché?

Non mi conosce.

Non è assolutamente obbligato ad aiutarmi.

Lui è qualcuno e io non sono nessuno.

Non si ricorderà nemmeno di me domani.

Eppure voglio cancellare la preoccupazione nei suoi occhi. «Facevo corsa campestre al liceo.»

Lui annuisce comprensivo.

«Non posso lavorare con una caviglia slogata.»

«Cosa fai?»

«Faccio la cameriera.» E non posso permettermi di non lavorare.

Ricambio lo sguardo di Mister Soldi. Blake. Ha ancora un'espressione preoccupata. Non mi lascerà in pace finché non sarà sicuro che sto bene.

E non sono proprio nelle condizioni di svignarmela alla svelta. Non con la caviglia ridotta così male.

«Ci metterò del ghiaccio quando torno a casa. Promesso.» L'antidolorifico dovrà sostenermi fino a fine turno stasera. Ho già tenuto a bada il dolore in passato, quando correvo sempre invece che ogni tanto.

«Sarei più contento se tu andassi al Pronto Soccorso.»

Atteggio le labbra a un sorriso da inserviente. «Non esiste.»

«Dove lavori?»

«Non è lontano. Posso andare a piedi.»

«Ti accompagno.» Mi infila la scarpa al piede.

Con le dita mi sfiora la caviglia.

Il suo tocco è morbido. Tenero. Dolce. Come se fossimo vecchi amanti, non estranei.

Mi risveglia tutti i nervi.

Voglio quelle mani sulla pelle.

Sotto la gonna.

Voglio che mi strappino la camicetta.

Che mi facciano scivolare le mutandine fino alle ginocchia.

Deglutisco a fatica.

Non penso al sesso in questo modo. E certamente non con ricchi sconosciuti che insistono ad accompagnarmi al lavoro.

Blake.

Mister Soldi.

Di sicuro è alto e bello.

Se le cose fossero diverse, se Lizzy non fosse a casa, se non dovessi lavorare, forse mi inviterei a uscire con lui.

Potremmo andare a cena. Bere qualcosa. Una notte in un hotel. Di quelli con la vigilanza. Così è sicuro.

Potrei finalmente timbrare la mia v-card.

Ma le cose non sono diverse.

Non posso perdere tempo con degli sconosciuti.

Anche se ricchi.

Mi alzo in piedi. «Posso camminare da sola.» Faccio un passo per dimostrarlo. Il primo va bene, ma il secondo mi fa vedere le stelle. Forse non posso lavorare così. Cazzo.

Lui fa scivolare le braccia sotto le mie, offrendosi di nuovo come stampella.

Questa volta accetto il suo aiuto senza protestare.

«Non dovresti proprio lavorarci sopra.» La sua voce è ferma. Impossibile da decifrare.

«Non sono affari tuoi.»

Annuisce e cammina con me. «È stata colpa mia. Non stavo prestando attenzione.»

«Lo ammetti?»

«Non dovrei?»

«No.» Faccio qualche altro passo. Non va così male. Domani non lavoro. Con un po' di riposo, il ghiaccio e un sacco di antidolorifici da banco, starò bene. «Solo che... servo un sacco di tipi come te.»

«Belli?»

Sta... sta scherzando. Credo.

Cerco di trovare il significato nella sua espressione, ma mi perdo nei suoi bellissimi occhi.

«Uomini d'affari» dico. «Tipi abituati a ottenere ciò che vogliono.»

«E ti vogliono per dolce?»

«A volte.» Mi danno molti numeri di telefono. Ma è normale. Succede a tutte le ragazze al ristorante. «Di solito non accettano un no come risposta.»

«E io?»

«Immagino che tu sia uguale.» Riesco a mettere tutto il peso sul piede. Fa male, ma è tollerabile. Giriamo l'angolo. Non è troppo lontano ora. «A quei tizi... non piace ammettere che qualcosa sia colpa loro. Anche se ordinano la portata sbagliata. O si dimenticano di dire "senza le cipolle".»

«Conosco il tipo.» Alza un sopracciglio.

Attraversiamo la strada. Ora mi muovo più velocemente. Veloce come un newyorkese. Faccio un cenno al ristorante due isolati più in là. «Sono arrivata. Ce la faccio.» Mi allontano da lui.

Lui riporta le braccia ai fianchi. «Io non sono diverso.»

Tira fuori qualcosa dalla tasca posteriore e me la porge.

È un biglietto da visita.

La sua voce ha lo stesso tono fermo. «Dagli qualche giorno e fammi sapere come stai.»

«Vuoi dire come sta la mia caviglia?»

Sostiene il mio sguardo. C'è qualcosa nei suoi occhi, un piccolo accenno di vulnerabilità. Guardo il marciapiede, poi di nuovo i suoi occhi. Quella vulnerabilità è sparita. Sostituita da pura determinazione.

«È il mio numero personale. Manda un messaggio o chiama quando vuoi.» Fa un passo indietro. «Fai attenzione.»

Annuisco. «Grazie.»

Si volta, gira dietro l'angolo e scompare.

Guardo il biglietto da visita.

Blake Sterling. Amministratore Delegato della Sterling Tech. Sono enormi. Lizzy ne è ossessionata. Usa esclusivamente i loro servizi web.

Blake è l'amministratore delegato di una delle più grandi aziende informatiche di New York.

E vuole sapere come sto.

Capitolo Due

Il lavoro si trascina all'infinito. Quando crollo in metropolitana, mi pulsa la caviglia.

Due persone si stringono sul sedile accanto a me, un uomo e una donna sulla trentina.

Lui le cinge la vita con le braccia.

Lei gli sale in grembo.

I due si avventano sulle reciproche bocche come se stessero partecipando a una di quelle gare in cui devi mangiare le torte con le mani legate dietro la schiena.

Mi avvicino al bordo del sedile, ma non riesco a sfuggire ai loro gemiti.

È quasi dolce quanto si desiderano l'un l'altra. Dev'essere bello avere così tanto bisogno di qualcuno da essere disposti a strusciarsi sulla linea L.

A Blake piace questo genere di cose?

No. È troppo educato per scopare in pubblico.

Ma in fondo, l'acqua cheta rovina i ponti...

Lascio che la testa mi si riempia di idee sullo stoico amministratore delegato. Mi si formano delle immagini nella mente. Un breve fumetto.

Una vignetta con lui in piedi con quel vestito. Blake che sale in metro, con gli occhi che sprizzano fiducia in se stesso. Blake che ordina a una bella donna di togliersi il cappotto e di piazzarsi sul sedile.

È passata un'eternità dall'ultima volta che mi è balenato in testa un fumetto. Da quando mi è balenata in testa una qualsiasi immagine.

Una volta trascorrevo tutto il mio tempo libero a disegnare. Volevo essere un'artista.

Ma questo era prima dell'incidente.

Era quando avevo il tempo e lo spazio per pensare a cose come gli hobby, i ragazzi e il sesso.

Sono così assorta nei miei pensieri che quasi perdo la mia fermata.

I due passeggeri arrapati ci stanno ancora dando dentro.

Combatto la gelosia che mi sale in gola. Voglio perdermi anch'io così.

Metto piede sul binario cercando di non caricare il peso sul piede. Le mie sneaker da lavoro, spesse, nere, antiscivolo, attutiscono il colpo. Ma non abbastanza da alleviare il dolore.

Di solito, mi piace tornare a casa a piedi. Il panorama di Manhattan con i grattacieli contro il cielo scuro è splendido. Acciaio argentato e lampadine fluorescenti gialle su uno sfondo blu brillante. È un colore che appartiene solo a New York.

Passo davanti a file e file di case popolari. Alcuni ristoranti alla moda. Gente che fuma sui gradini di casa. Auto che girano per l'isolato in cerca di un parcheggio.

È tranquillo vicino al nostro appartamento. Salgo in veranda e controllo la cassetta della posta. Lettere rosso cupo con la scritta *scaduto*. Il conto del mutuo.

È un affare rispetto agli affitti qui intorno. I nostri genitori hanno comprato questo posto prima che Brooklyn diventasse un centro di aziende informatiche, ma è comunque troppo. Potrei permettermelo se trovassi un lavoro come quello che ho perso oggi. Potrei anche aiutare Lizzy con la scuola.

Ora come ora...

Prima la caviglia. Poi il mio futuro.

C'è anche della pubblicità. La bolletta della luce. *Università di New York.*

La lettera di Lizzy.

È spessa. Formato carta legale.

È stata ammessa.

Questo deve voler dire che è stata ammessa.

Mi precipito dentro anche se zoppico. «Lizzy!»

La luce della sua camera da letto si accende. Lizzy apre la porta e si strizza gli occhi assonnati. «Non dovresti essere tu a dirmi che devo dormire perché domani c'è scuola?»

Sventolo la lettera.

«Cosa? Aspetta un attimo.» Entra in camera sua e torna con i suoi occhiali neri alla moda. Spalanca gli occhi. «Non posso aprirla.»

«Devi.» Questa è la migliore notizia di tutti i tempi. Lizzy è stata ammessa. Questo significa che può stare qui. Con me. La mia migliore amica, l'unica persona di cui mi fido, può restare qui.

«No.» Scorre l'indirizzo del mittente con lo sguardo. Stringe le labbra. «Aprila tu. Per favore, Kat.» Stringe i palmi delle mani. «Non posso. Non riesco nemmeno a pensare.»

«Sei sicura?»

«Ho mai chiesto il tuo aiuto quando non ero sicura?»

«Hai mai chiesto il mio aiuto?»

Ride. «Non ce n'è mai bisogno.»

È vero. Sono un po'... assillante. Lo so. Ma non posso farci niente. Lizzy è quasi morta quel giorno, tre anni fa.

È sdolcinato, lo so, ma mi ritengo davvero fortunata che sia viva.

Viva e pronta per un futuro fantastico.

Se lo merita.

Strappo la busta e apro la lettera. *Gentile Signorina Wilder, siamo orgogliosi di offrirle l'ammissione...*

Mi si gonfia il cuore. Avvampo tutta.

È stata ammessa.

Andrà tutto bene.

Faremo sì che vada tutto bene. In qualche modo.

«Non dici niente.» Mi stringe le dita intorno al polso. «È una brutta notizia? Dimmi che non è brutta.»

Scuoto la testa. «È bella. Davvero bella.»

Lizzy la esamina attentamente. «Oh mio Dio.» Le appare un sorriso in viso. «Kat! Non... non posso crederci!»

«Io sì.» Abbraccio la mia sorellina. Lavora sempre sodo. Se lo merita.

«Ma non possiamo permettercelo. A meno che non offrano una borsa di studio completa. E l'Università di New York non ne offre. Non è come se entrassi alla Columbia.»

«Troveremo un modo per permettercelo.»

«Davvero?» Lizzy mi fissa e studia la mia espressione. Dev'essere ovvio che non ho niente, perché sospira e appallottola la lettera. «Ho ancora Stanford e l'Università del Sud California. E ci sono un sacco di facoltà all'Università Statale di New York.»

E altre scuole molto, molto lontane. «Troveremo un modo per pagarti la retta.»

«Non è la fine del mondo. La scuola di Albany è ottima e a poche ore di treno.» Si dirige verso la sua camera da letto. «Va tutto bene, Kat.»

Mi si stringe il cuore. Non va bene. Niente di tutto questo va bene.

Una di noi farà strada.

Una di noi è destinata a grandi cose.

Lizzy andrà nella migliore scuola in cui venga ammessa. Punto.

«C'è un modo. Solo che non abbiamo ancora capito quale.»

Farò qualsiasi cosa. Costi quel che costi.

Blake è seduto a uno dei miei tavoli.

Indossa un altro abito firmato.

I suoi occhi azzurri sono ancora gelidi. Impenetrabili.

Ha ancora l'aria di uno che può schioccare le dita e ottenere tutto ciò che vuole.

È qui. Questo fa di lui un altro cliente ricco. Posso gestirlo.

Mi dirigo verso il suo tavolo. Sono un po' più lenta del normale. La caviglia mi fa ancora male.

Lui alza gli occhi e mi guarda. «Hai messo del ghiaccio sulla caviglia?» La sua voce è fredda, ma c'è qualcosa. Compassione.

«E riposato tutto il giorno ieri.» Non che siano affari suoi. «Posso portarti qualcosa?»

«Whisky. Con ghiaccio.»

«Te lo danno più alla svelta al bar.»

«Preferisco qui.»

«Certo, lo prendo subito.» Faccio un passo indietro con il mio miglior sorriso da inserviente.

Blake abbassa gli angoli della bocca.

Sposta lo sguardo sul suo orologio. Poi sul suo cellulare.

Ok...

Immagino che non gli piacciano i sorrisi. Mi sembra giusto. Neanche a me piace sorridere agli stronzi tutto il giorno.

Inserisco il suo ordine e mi tengo occupata risistemando le saliere e le pepiere. Questo posto è morto a quest'ora del giorno. Ci sono solo poche altre persone.

E Blake mi guarda.

C'è qualcosa nei suoi occhi. Come se volesse qualcosa da me. Come se fosse sicuro di ottenerlo.

Vado al bar, prendo il suo drink e glielo porto. «Prego.»

«Aspetta.» La sua voce è esigente. Sicura.

«Devo...»

«Sono l'unico qui.» Tira fuori la sedia accanto a lui. «Siediti.»

«Questo non è Hooters. Le cameriere non si siedono con i clienti.»

«Devo scambiare due parole con il tuo manager?»

«E dirgli?»

«Che sei così gentile da sederti ad aiutare un povero cliente confuso a consultare il menu.»

«Ah sì? Non conosci la differenza tra filet mignon e costata di manzo?»

«Diciamo che non la conosco.»

«Ok.» Deglutisco a fatica. Quella sedia è invitante. La caviglia mi sta uccidendo. E il suo sguardo è inebriante. «Ho solo pochi minuti.»

Lui annuisce.

Mi siedo. Incrocio le gambe. Mi liscio i jeans neri.

«Come va la tua caviglia?»

«Bene.» Andrà bene. Prima o poi. «Apprezzo l'interesse, ma non ho bisogno del tuo aiuto.»

Quegli occhi penetranti incrociano i miei. «Non sai come posso aiutarti.»

La sua voce è bassa e profonda e impossibile da decifrare.

Chiederei chi diavolo pensa di essere, ma è un magnate dell'informatica. Sa esattamente chi è.

La sua mano sfiora la mia. «Ho un'offerta per te.»

«Che tipo di offerta?»

Mi stringe le dita intorno al polso.

È una sensazione così bella.

Voglio quella mano ovunque.

Voglio il suo tocco ovunque.

Faccio un respiro profondo ed espiro lentamente.

Questo tizio ha un ascendente su di me. Non lo capisco. Ma non ho intenzione di cedere.

Non in questo momento.

Mette l'altro braccio sul bracciolo della sedia. «L'altro giorno stavi facendo un colloquio di lavoro.»

Mi schiarisco la gola. «Tienilo per te.»

Lui annuisce. «È una professione che ti piace? Fare la cameriera?»

«Non possiamo essere tutti amministratori delegati di aziende informatiche.»

«Giusto.» Si protende in avanti. Quegli occhi penetranti fissano i miei. «Sei una ragazza molto bella.»

Sento una palpitazione nello stomaco. Poi da qualche parte più sotto. «Grazie.»

«Ed educata.»

«Uh... Grazie?» Dove vuole arrivare?

«Sto cercando una come te.»

Cosa? «Per...»

«È un lavoro. Poco ortodosso...»

«Non sono una puttana.»

«E io non sono un cesso. Non pago per fare sesso.»

«Quindi? Pagheresti per passare del tempo insieme e per caso finiremmo a letto? Non sono nata ieri. So come vanno queste cose.»

Blake aumenta la presa intorno al mio polso. «No.»

Quella parola mi blocca. È forte. Sicura di sé. La sento fin nel midollo.

No. Non vuole pagarmi per andare a letto con lui.

Non dovrei, ma gli credo.

Mi fissa di nuovo negli occhi. «Voglio scoparti, Kat. Ma non ti pagherò per questo. Sarà perché tu mi vuoi.»

Arrossisco. «Io...»

«Non era una domanda.» Abbassa la voce a un sussurro. «Quell'altro ristorante è un posto più bello. Guadagneresti di più.»

Annuisco.

«Hai bisogno di soldi?»

«Puoi dirlo forte.»

«Io ne ho.» Alza la voce. Torna a quel tono sicuro e imperturbabile. «E ti voglio. Per sei mesi. Un anno, forse.»

«Cosa vuoi che faccia?»

«Voglio che mi sposi.»

Capitolo Tre

Voglio che mi sposi.
Che cazzo dice?
Che cazzo di stronzate dice?
Ricambio lo sguardo di Blake.
I suoi occhi sono ancora belli, azzurri e serissimi.
Incrocio le braccia sul petto. «Non mi conosci nemmeno.»
«Ho bisogno di una moglie. E voglio che sia tu.»
«Ma...»
«Inizieremmo a frequentarci, ci fidanzeremmo, ci sposeremmo. Dopo qualche mese divorzieremmo e ce ne andremmo ognuno per la propria strada.»
«Perché?»
Abbassa gli occhi. «Non posso spiegarlo.»
«Allora non posso accettare.»
«Sono disposto a pagare quello che chiedi. Qualunque cosa significhi. Pensaci. Potresti laurearti senza fare debiti. Potresti comprare un appartamento al Village. Potresti passare i prossimi dieci anni a Parigi.» Si alza in piedi. «Qualsiasi cosa tu voglia, io posso realizzarla.»
«Io... non ho mai avuto un ragazzo.» Serro le labbra. «Non

so come si fa a essere una fidanzata, tanto meno una moglie per finta.»

«È come il tuo lavoro. Sorridi e convinci la gente che ti piace.»

Quindi ne sa davvero qualcosa del settore dei servizi.

«Pensaci bene. Chiamami o mandami un messaggio quando vuoi. Ho bisogno di qualcuno alla svelta, e voglio che sia tu. Tira fuori dal portafoglio una banconota da cento dollari, la mette sul tavolo e se ne va.

———

A CASA, RIVERSO I MIEI PENSIERI NEL MIO ALBUM DA DISEGNO. È una vecchia abitudine, che ho ignorato per molto, molto tempo.

Mi fa sentire bene usare carta e penna. Anche se il mio disegno è solo passabile.

Ho bisogno di pratica. E di allenamento. La scuola d'arte non è a buon mercato.

Ma se avessi un assegno in bianco?

Potrebbe essere la fine del mutuo.

Potrebbe essere la retta di Lizzy.

Potrebbe essere qualsiasi cosa.

Dio, il pensiero di far fuori l'ipoteca, di essere libera da quell'obbligo mensile...

Blake potrebbe essere un assassino armato d'ascia. Potrebbe essere uno stronzo. O un pazzo criminale.

Ma non mente sul fatto di essere un magnate dell'informatica miliardario.

Ci sono foto di lui in dozzine di articoli di giornale. Fece scalpore quando fondò la Sterling Tech quando era ancora solo adolescente. All'epoca rifiutò qualche milione di dollari per la sua azienda.

Ora ne vale mille volte tanto.

E lui ne possiede una gran bella quota. Non è chiaro quanto, ma è abbastanza da poter pagare il mutuo e finanziare la laurea di Lizzy.

Ma sposarlo?

È ridicolo.

Nascondo il suo biglietto da visita nel cassetto della mia scrivania.

―――

PER UNA SETTIMANA IGNORO IL BIGLIETTO DA VISITA DI BLAKE. Vado al lavoro. Mi faccio il culo. Sorrido agli stronzi che mi guardano il petto e accennano al fatto che stanno nelle vicinanze.

Domenica torno a casa tardi. E senza mance.

La doccia non riesce a lavare via la tensione della giornata. Di solito sono brava a sorridere e a sopportare. Ma ora che sto considerando la possibilità di non servire ai tavoli...

Di poter respirare?

Trovo il biglietto da visita di Blake.

Se è davvero disposto a far sparire tutti i miei problemi...

Può ben valere sei mesi della mia vita.

Devo chiedere.

Kat: Sono Kat. Sto prendendo in considerazione la tua offerta ma non sono particolarmente negoziabile.

Blake: Sono in ufficio.

Kat: Prendo la metro.

Blake: Posso mandare una macchina.

Kat: Preferisco fare a modo mio.

Blake: Come desideri.

Manda l'indirizzo.

―――

Il palazzo di Blake è tutto acciaio e vetro. Un agglomerato di piccole sacche di luce gialla incorniciate da metallo argentato.

È il grattacielo più alto dell'isolato.

Ed è bellissimo. Il centro è sempre tranquillo di notte. È sempre immobile. L'unico movimento è il vento.

Entro nell'atrio vecchio stile. I miei tacchi scricchiolano sul pavimento di marmo. Il mio riflesso mi fissa dalle pareti a specchio. Sembro stanca. Spossata.

Almeno ho delle belle tette. Questo è il vestito più lusinghiero che possiedo. Prendo il rossetto dalla borsa e applico un altro strato. Aggiungere colore al mio viso aiuta, ma non serve a scacciare la stanchezza dai miei occhi.

L'addetto alla sicurezza dietro la scrivania mi fa cenno di passare. Entro nell'enorme ascensore e premo il pulsante A. Attico. L'ufficio di Blake è l'attico. L'intero piano.

Non sono mai stata in un attico. Esistono davvero?

Non ne sono convinta.

Le porte scorrevoli si chiudono. La mia immagine riflessa mi fissa. Sembra ancora più incerta di un minuto fa.

Non va bene. Sono qui per negoziare.

Ho io le redini del gioco. Non sono sicura di cosa Blake veda in me, potrebbe avere tutte le donne che vuole, ma non m'interessa. Vuole me per questo lavoro. Devo sfruttarlo a mio vantaggio.

Ding.

Le porte dell'ascensore si aprono.

Mi accoglie un'insegna che brilla. *Sterling Tech* in bianco luminescente. È l'unica luce nell'atrio.

I tacchi scricchiolano sul parquet. Questo posto è bellissimo. L'acciaio e il vetro della città da un lato. Il profondo blu del fiume dall'altro.

Quel blu elettrico, il mix di indaco e lampadine fluorescenti, riempie il cielo nuvoloso. Qui non fa mai buio. Non del tutto. Di sicuro non abbastanza buio da veder brillare le stelle.

Una luce gialla filtra da sotto la porta di un ufficio. Quello nell'angolo.

Quando mi avvicino, vedo la targa cromata. *Blake Sterling.*

Mi dirigo alla porta. Busso piano.

«È aperto.» È la voce di Blake dall'altra parte della porta.

Faccio un respiro profondo e giro la maniglia. È fredda. Di metallo. Come lui. Be', come quello che so di lui.

È in piedi dietro la scrivania. È una di quelle scrivanie alla moda che cambiano posizione. Il suo computer è come quello di Lizzy. A due schermi. Una tastiera stravagante. Un mouse verticale. Una sedia ergonomica di tessuto nell'angolo.

Esce da dietro la scrivania.

I suoi occhi incrociano i miei. «Accomodati.» Fa un cenno al divano alla mia destra, poi va al bar nell'angolo. «Cosa bevi?»

Merda. C'è un sacco di roba di prima qualità. «Cos'hai?»

«Tutto quello che vuoi.»

«Davvero? E se volessi del tè rooibos freddo con un pizzico di limone e una spruzzata di vodka al lime?»

«Allora me lo faccio portare.» Mi fissa di nuovo. «È questo che vuoi?»

No. Voglio soldi. E comprensione. E le sue mani sul mio corpo.

Non mi sta nemmeno toccando e sono tutta un fuoco anche solo a stargli vicino. I suoi occhi azzurri sono così intensi. E la sua voce è così forte.

Blake trasuda potere.

È così anche quando scopa?

Voglio saperlo.

È ridicolo, non penso mai al sesso. Certamente non penso mai al sesso spinto. Ma mi sto riempiendo la testa di ogni sorta di immagini di Blake.

Lui che mi fissa con quello sguardo esigente negli occhi, ordinandomi di togliermi il cappotto. Di sedermi. Di essere al suo completo servizio.

Lui che mi inchioda al letto tenendomi per i polsi.

Lui che mi sbatte contro il muro e mi strappa le mutandine.

«Kat?» La sua voce è morbida. «Cosa bevi?»

«Un gin tonic.»

Lui annuisce e si mette al lavoro per preparare i drink.

Mi siedo sul morbido divano di pelle, incrocio le gambe e mi liscio il vestito.

Blake mi raggiunge. Si siede accanto a me. Le sue dita sfiorano le mie quando mi passa il cocktail.

A quel tocco leggero una scossa di desiderio mi attraversa il corpo. Voglio quelle mani su di me. Lo voglio più di quanto non abbia mai desiderato qualsiasi altra cosa da molto, molto tempo.

Non ha alcun senso.

Ma più si avvicina, meno m'importa.

Non bacio nessuno dai tempi del liceo. Non ho nemmeno pensato di uscire con qualcuno dopo l'incidente. E ora c'è un uomo alto e bello accanto a me. Uno che mi guarda e dice che vuole scoparmi. Che lo dice con sicurezza. Come se fosse normale ammettere i propri desideri in un ristorante affollato.

Bevo un lungo sorso. Il drink è liscio, secco. Niente a che vedere con il gin che ho a casa.

Ma non mi raffredda.

Per niente.

Cerco di sostenere lo sguardo di Blake. «Carino il tuo ufficio.»

«Grazie.» Beve un lungo sorso del suo whisky. «Vuoi fare un giro?»

«Certo.»

Dopo un altro sorso, Blake posa il suo drink su un tavolino. Si alza e mi porge la mano.

Di nuovo, il mio corpo va in fermento quando la nostra pelle entra in contatto.

Deglutisco a fatica. Faccio un respiro profondo tirando su l'aria tra i denti. Lui vuole scopare me. Io voglio scopare lui. Possiamo farlo. Dopo aver negoziato.

Lo seguo nella stanza principale. È un altro grande open

space. Con un'altra splendida vista. Che però non richiama la mia attenzione. Non con lui così vicino.

Allunga il braccio per accendere la luce.

«Non farlo» dico. «Mi piace il buio.»

Lui alza un sopracciglio. *Davvero?*

«Da qui la vista si estende per miglia e miglia. Vedi?» Mi sposto verso una delle finestre a tutta altezza e guardo l'Hudson. L'acqua blu scuro scorre e si allontana dalla città.

Ecco Midtown, tutta alta, argentata e iconica. L'Empire State Building ha la sua solita tonalità di bianco. Si staglia contro il cielo scuro. Promette tutti i segreti della città.

Ho sempre vissuto a Brooklyn. Ho sempre guardato Manhattan da lontano. L'ho sempre considerata un posto da visitare o dove lavorare. Un posto che non mi sarei mai potuta permettere.

Ma qui, la vista... Dio, è inebriante. Voglio trasferirmi in questo ufficio e disegnare la città ventiquattr'ore su ventiquattro.

«Tu ami New York.» La sua voce è uniforme. Come se fosse un'osservazione senza senso.

«Certo. Sono nata e cresciuta qui. Tu no?»

«Ho vissuto su al nord fino all'università.»

«Preferisci la tranquilla periferia e gli alberi?»

«La città è più facile.»

«Tutto qui? È più facile?»

Lui annuisce. «Le mie riunioni si svolgono qui. Il mio ufficio...»

«Passi tutto il tempo nel tuo ufficio, quindi qual è il problema?»

«No.»

«No?»

Lui fa un mezzo sorriso. «Ho un ufficio anche nel mio appartamento.»

Rido. «Con delle finestre?»

«Si affacciano sul parco.»

«E tu sei troppo impegnato a guardare lo schermo del tuo computer?»

«Peggio.»

«Cosa può esserci di peggio?»

«Ho delle tende oscuranti.»

Sì, è peggio. Non sono sicura se voglio ridere o scuotere la testa inorridita. Tende oscuranti che bloccano la vista sul parco... «Così non va.»

Lui annuisce. Sembra felice a dire il vero... più o meno. Mi sta prendendo in giro. Forse. Credo.

«Immagino che tu sia abituato alla bellezza della città. Ma io non me ne stanco mai.» L'Empire State Building è il mio preferito. Certo, è un cliché, ma c'è un motivo se è famoso. Non riesco a distogliere lo sguardo.

Ok, non è vero. Continuo a fissarlo per evitare di fissare Blake. La sua intensità mi fa qualcosa.

O meglio... disfa qualcosa dentro di me. Quella parte di me che insiste a tenersi i vestiti addosso.

Ehm.

«Ti piacerebbe lavorare qui?» mi chiede.

«Per fare cosa?»

«Posso trovarti una posizione di primo livello. In qualsiasi reparto tu voglia.»

«È meglio che tua moglie lavori in un ufficio che in un ristorante?»

«Vuoi continuare a servire ai tavoli?»

«Non ci ho pensato.» Il mio lavoro non mi dispiace, ma non è nemmeno divertente. Non mi dà gioia né mi appaga in alcun modo.

«Le apparenze sono importanti.»

Ricambio il suo sguardo, cercando di capire da dove viene questo parere. È lui o qualcuno che conosce? Dev'essere qualcun altro. Blake lo sta facendo per qualcuno. Non per se stesso.

Ma non sembra il tipo che si preoccupa di quello che pensano gli altri.

Bevo un altro lungo sorso. È ancora secco e dissetante. Ma non riesce ancora a rinfrescarmi.

Ehm. Devo mantenere questa conversazione... be', una conversazione. «La gente mi tratta in modo diverso se sono in tenuta da ristorante.»

«Peggio?»

«A volte. A volte scatta questa solidarietà da schiavo salariato. Se sono da Duane Reade o da Staples o qualcosa del genere. La gente comincia a lamentarsi di quanto è stata lunga la loro giornata o dei loro capi se capiscono che sto tornando a casa dal lavoro.»

Blake mi studia. È come se lui fosse uno scienziato e io un animale allo zoo. I suoi occhi mi scrutano lentamente. «Sei una ragazza sveglia.»

«Cosa ti ha convinto, la mia scollatura?»

Non dice niente.

Mi trattengo dall'alzare gli occhi al cielo. «Come prossimo passo mi toglierai i vestiti e mi dirai quanto sembro intelligente in mutande.»

«Non sprecherei il fiato se tu fossi in mutande.»

Deglutisco a fatica. «Chiaro. Voglio solo dire...» Mi schiarisco la gola. «Che non mi conosci. E non puoi sapere se sono intelligente.»

«Su Facebook hai postato le università dove sei stata ammessa.»

«È stato molto tempo fa» dico.

«Ma c'è ancora. Anche se non aggiorni il tuo profilo da due anni.» Mi guarda negli occhi. «Sei stata accettata in due scuole della Ivy League, in tre facoltà dell'Università Statale, e all'Università di New York.

«E?»

«Avresti potuto fare qualsiasi cosa nella vita, ma sei rimasta qui.»

«Sai anche dei miei genitori?»

«Sì.»

«Allora sai perché sono qui.» Come diavolo fa a saperlo? Immagino che sia abbastanza facile da trovare con una rapida ricerca su Google. Ma comunque... non mi piace. Anche se anch'io ho fatto le mie indagini.

«Ci tieni alla famiglia.»

«Sì.»

«Sei intelligente.»

Apro la bocca per obiettare: Blake non sa nulla del mio intelletto, ma lui è già passato al punto successivo.

«Sei bella.»

Arrossisco violentemente. «Grazie.»

«Hai delle condizioni.»

Annuisco.

«Quali sono? Cosa vuoi esattamente?»

Capitolo Quattro

Hai delle condizioni. Quali sono? Cosa vuoi esattamente?

È una domanda complicata.

Negli ultimi tre anni sono sopravvissuta. Non mi sono permessa di desiderare altro che un tetto sulla testa e tre pasti caldi al giorno.

Aprirmi a nuove possibilità è sconvolgente.

Premo il palmo della mano contro il vetro della finestra. È freddo. Liscio. Rigido. «Cosa faremmo di preciso?»

La sua mano mi sfiora le spalle. Poi la guancia. Mi inclina il mento in modo che siamo faccia a faccia. «Ti presenterò a tutti come la mia ragazza. Ci fidanzeremo. Poi faremo un matrimonio lampo. Sarai al mio fianco alle cene, per i viaggi del fine settimana, a qualche occasione di famiglia.»

«Come faccio a convincere la gente che sono innamorata di te? Non so nemmeno che espressione si abbia.»

«Guardami negli occhi.»

Lo faccio.

«Come se mi amassi.»

Ok... cerco di immaginare un uomo che un giorno amerò. Un vero marito. Uno che appende le mie opere d'arte alle pareti, con mio grande imbarazzo. Che mi porta in cima all'Empire

State Building per il mio compleanno. Che mi bacia sotto i ciliegi in fiore.

«Perfetto.»

Davvero? Penso solo che... ma non ho intenzione di dire cose che mi allontanino da una barca di soldi. Eppure... «Non voglio mentire a nessuno, tanto meno a tutti.»

Gli fiammeggiano gli occhi. «Le mie intenzioni sono buone.»

«Con le buone intenzioni e tre dollari ti ci compri una tazza di caffè.»

«Hai integrità morale.»

«È un complimento o un insulto?»

«Tu che dici?»

Non lo so. Blake è intenso. Difficile da decifrare. Attraente.

Finisco il mio ultimo goccio di gin tonic e poi mi sbottono il cappotto. Blake me lo fa scivolare dalle spalle e se lo mette su un braccio.

Mi riporta nel suo ufficio e lo appende alla porta.

Lo spazio sembra più piccolo.

Lui è troppo vicino.

Ma in fondo, lo voglio più vicino.

Voglio il suo corpo premuto contro il mio.

«Perché hai bisogno di me?» Forse gli sto facendo cambiare idea, ma devo sapere. «Perché non ti trovi una che voglia essere la tua ragazza?»

«Non sarebbe giusto.»

«Perché...»

«Avrebbe delle aspettative.» Si sfila la giacca dalle spalle. «Io non mi innamoro. Non l'ho mai fatto e mai lo farò.»

«Quanti anni hai?»

«Ventisei.»

«E sei già sicuro che non ti innamorerai mai?»

«Sì.»

Ok... credo di non voler discutere con lui. Sa quello che vuole. Io so cosa voglio. E non include innamorarsi di un riccone emotivamente indisponibile.

Prende il mio bicchiere e versa un altro giro di drink.

Mi siedo sul lussuoso divano e lo guardo mentre si arrotola le maniche fino ai gomiti. Ha degli avambracci maledettamente sexy. Come fanno ad eccitarmi degli avambracci?

Faccio un respiro profondo.

Blake ritorna al divano. Mi porge il mio drink e si siede accanto a me. «Quali sono le tue condizioni?»

Dio, fa così caldo vicino a lui. Il mio corpo è in fermento. Mi sta implorando di spogliarmi di questo vestito e di scivolargli in grembo.

Ma questa è libido.

Posso sopravvivere a sei mesi di libido.

Cazzo, voglio sei mesi di libido.

«Il mutuo sul mio appartamento.» Faccio un respiro profondo e cerco di impostare una voce da *sono cazzuta e sicura di me alla stregua di qualsiasi manager del settore informatico*. «Voglio che sia saldato per intero.»

«Fatto.» Lo dice come se stesse accettando un caffè.

«Non sai nemmeno quanto è rimasto da pagare. E se fossero trecentomila dollari? O mezzo milione?»

«Mandami i dati della banca ed è fatto.»

«Così?»

Lui annuisce. «Che altro?»

Faccio fatica a formare un pensiero coerente. Il mutuo, fatto, come se niente fosse.

Non è possibile. Quella rata è stata una spina nel fianco per gli ultimi tre anni e non ci sarà più. Fatto.

«Mia sorella è stata ammessa all'Università di New York. Ha lavorato sodo per avere dei voti alti. Merita di andare in qualsiasi scuola di sua scelta senza prestiti universitari a sei cifre.»

«Elizabeth?»

«Lizzy. Tu...»

«È tua amica su Facebook. Non ho fatto indagini su di te, Kat. Non più di una normale ricerca.»

Non sono sicura che siamo d'accordo su cosa costituisca una normale ricerca. Ma sono l'ultima a poter parlare.

«Ogni anno la Sterling Tech seleziona studenti cui assegnare delle borse di studio. È entrata in graduatoria in una gara di matematica l'anno scorso. Fa materie scientifiche?»

«Non lo sai?»

«Non ancora.»

Annuisco. «Scienze dell'Informazione o Programmazione. Ho dimenticato la differenza. Vuole studiare l'intelligenza artificiale.»

«Fatto.»

«Cosa?»

«Offriremo a tua sorella una borsa di studio. Il cento per cento della sua retta ovunque.»

Cosa? Io... devo essermelo immaginata. «Tu...»

«Posso ufficializzarlo anche adesso.»

«No, va bene così...» Il cento per cento della sua retta. Pagato. «E se dico di no?»

«Non lo farai.» La sua mano sfiora la mia. Mi scatena una vampata di calore in tutto il corpo. «C'è altro?»

No. È tutto ciò che voglio. È tutto ciò che ho sempre voluto: che Lizzy fosse a posto.

Ma non posso ammetterlo. Non quando posso ottenere di più.

«A... anch'io voglio andare all'università.»

Blake annuisce. «Firmerai un accordo prematrimoniale. Quando divorzieremo, avrai un milione di dollari, meno quello che resta del tuo mutuo.»

«Un milione di dollari?» Io... Uh...

«Kat. Stai bene?»

No. È... è assurdo. Ricambio lo sguardo di Blake. «Un milione di dollari?»

Lui annuisce.

«Ma... perché?»

«Te l'ho detto. Ho bisogno di una ragazza e voglio te.»

Ma... uh...

Faccio un respiro profondo ed espiro lentamente.

Blake vale un sacco di soldi. Un milione di dollari non è niente per lui. Non in confronto a quanto costa normalmente un divorzio.

È questo che ha senso per lui.

È logico.

È addirittura ragionevole.

Le sue dita mi sfiorano il polso. «Puoi stare a casa tua per ora, ma ho bisogno che vieni a stare da me al più presto.»

«No. Starò da mia sorella.»

«Bene. Starai da lei finché non ci sposeremo.»

Annuisco. Preferirei restare con Lizzy per sempre, ma non darebbe una buona impressione.

«Pagherò le tue spese. A partire da stasera.»

«Non è necessario.»

«Kat. Ora sei la mia ragazza. Siamo follemente innamorati. Pensi davvero che costringerei la mia ragazza a cavarsela da sola?»

«Sì. Si chiama indipendenza. Hai sentito parlare del femminismo?»

Ridacchia. «Hai sentito parlare della mia fondazione benefica?»

«No. È da sbruffoni dire una cosa del genere.»

«Aiuta le vittime di violenza domestica.»

«Oh. Questo è... meno da sbruffoni.» E inaspettato.

«Non c'è problema. So come appaio.»

«Non ti dà fastidio?»

«L'opinione della maggior parte delle persone non m'interessa.»

«Allora perché stai...»

«Quella di alcune persone sì.» Mi fissa di nuovo negli occhi. «Domani ti manderò una carta di credito. Fatti un regalo. Compra tutto quello che ti serve per stare bene.»

«Sto bene.» Non dormo su cotone egiziano e non mangio bistecche per cena, ma sto abbastanza bene.

«Sei una bella ragazza, Kat. Voglio strapparti di dosso quel vestito. Ma ci sono persone nella mia vita che non sono così...»

«Sono degli stronzi sputasentenze?»

Lui fa un mezzo sorriso. «Esattamente.»

«E perché li tieni nella tua vita?»

«Perché hanno altre caratteristiche che apprezzo. Puoi tranquillamente presentarti a un evento in jeans e maglietta se vuoi. Lei...» Scuote la testa. «Ma ti guarderanno storto. Se non vuoi quel tipo di attenzione...»

«Ho capito.» Tutti i suoi amici ricchi guardano dall'alto in basso i poveri che fanno shopping da H&M. Credo di poter fare un po' di spese folli se serve a salvare le apparenze. Dei vestiti nuovi possono sicuramente farmi comodo. Non ho fatto molti acquisti dopo l'incidente.

Le sue dita sfiorano l'orlo del mio vestito. «Non ti amerò mai, Kat. Ma mentre siamo insieme, farò in modo che non ti manchi nulla.»

«E per quanto riguarda... non è che posso avere un fidanzato segreto a parte» dico.

«Vuoi scoparmi.»

«Sì.» Arrossisco. «Non necessariamente oggi. Ma prima o poi.»

«Questa parte è reale.» Si china un po' più vicino. Fa scivolare le mani lungo la parte esterna del mio seno. Sulle mie spalle. «Ma devi capire una cosa, Kat.»

«Cosa?»

Fissa gli occhi nei miei. «Io faccio le cose in un certo modo.»

Deglutisco a fatica.

«Ho sempre il controllo.»

«Vuoi dire... con, uhm...»

«Quando siamo insieme, seguirai ogni mio comando.»

«Oh. Io... uhm... non ho mai...»

«Sei vergine?»

«Sì.» Arrossisco in viso. Deglutisco a fatica. «Non esco con nessuno.»

«Bene. Voglio essere il tuo primo.»

Arrossisco fin sul petto.

«Ma devo avvertirti...»

«Sì?»

«Non vorrai più altri uomini.»

Apro la bocca per parlare, ma le parole si rifiutano di uscire. Lui è così... io...uh.

«Lo dirò mille volte. Non pago per fare sesso. Ti scopo perché tu mi vuoi. Se non mi vuoi, se cambi idea...»

«Lo voglio. Io... voglio provare in quel modo.»

«Bene. Ti voglio legata al mio letto.» Scosta lentamente la spallina del mio vestito. «Ti voglio alla mia mercé.»

Voglio essere alla sua mercé. È inquietante quanto io voglia essere alla sua mercé.

Lo conosco appena.

Ma voglio che abbia il controllo del mio corpo.

È inquietante quanto io voglia che lui abbia il controllo del mio corpo.

Mi abbandono al suo tocco.

Le sue labbra mi sfiorano il collo.

È morbido. Tenero. Eccitante da morire.

Lascio che i miei occhi si chiudano. Mi arrendo alle sensazioni che prendono forma dentro di me.

Blake mi toglie il vestito dalle spalle. Mi accarezza il seno, sopra il reggiseno. Traccia una scia di baci dalle mie labbra alla clavicola.

Le obiezioni che ho sulla punta della lingua si formano e si dissolvono. Mi costringo a trattenerne una. «Non abbiamo concordato nulla.»

«Vuoi qualcos'altro?»

«Quanto durerà? È a tempo indeterminato?»

«Sei mesi. Un anno al massimo.» La sua voce cala di forza. Gli fa male. Qualcosa in tutto questo lo fa soffrire.

«C'è una via d'uscita?»

«Accetterò solo un impegno totale.»

Un anno con un uomo che conosco appena.

È un rischio enorme. Ma ne vale la pena per mettere fine a quell'orribile mutuo. Per far studiare Lizzy. E per me.

Un milione di dollari.

È abbastanza per viaggiare per il mondo. Per prendere una laurea in belle arti. Per avviare la mia casa di produzione di fumetti.

È... tutto.

«Ok.» Gli do la mano.

Lui la stringe. «Farò redigere un contratto al mio avvocato. Firmeremo domani.»

«Ok.»

Mi fissa nel profondo degli occhi. «Andrà tutto in fretta. Dovrai essere pronta per la prossima settimana.»

«Posso farcela.»

«Ci saranno le telecamere quando annunceremo il nostro fidanzamento. Puoi indossare quello che vuoi, ma se hai bisogno di aiuto per trovare qualcosa, la mia assistente...»

«Ok.» Annuisco. Per quanto non mi piaccia l'idea di essere una bambola, non ho idea di come siano le feste eleganti. Non voglio sembrare fuori posto. Sarà già abbastanza difficile convincere il mondo che sono la ragazza di Blake Sterling anche se metto i vestiti giusti per entrare nella parte.

«Ti passo a prendere sabato mattina alle nove.»

Gesù, è presto per uno che lavora quasi sempre di notte. «Purché porti il caffè.»

Mi scosta i capelli dalla spalla. «Quando sei con me, mi occupo io di tutto.»

«Caffè?»

Lui annuisce.

«Cibo?»

Annuisce.

«Che altro?»

Mi passa le mani sul reggiseno. «Vestiti.»

«Oh, adesso si dice vestiti, vero?»

Annuisce.

Le sue labbra sigillano le mie. È magico. Come una di quelle scene di un film in cui i fuochi d'artificio scoppiano sopra un bel castello rosa.

Ha labbra morbide. Dolci. Esigenti.

Gli faccio scorrere le mani tra i capelli. Sono corti. Spessi. Ordinati.

Fa scivolare la mano nel reggiseno.

Mi sfiora il capezzolo con le dita.

Cazzo, che bello.

Sto tremando. È passato molto, molto tempo da quando qualcuno mi ha toccato così.

No. Nessuno mi ha toccato così, come se fossi un regalo da scartare.

Gemo contro le sue labbra. Gli scivolo in grembo. I dettagli svaniscono in fondo alla mia mente. Sono molto meno importanti del mio corpo contro il suo.

Gli pianto le mani nel tessuto morbido della camicia finché non riesco a sentirgli i contorni duri dei muscoli.

Il desiderio mi travolge.

Non ho mai desiderato nessuno così tanto. Non sapevo nemmeno che si potesse desiderare qualcuno così tanto.

Mi strattona il vestito, ma me lo sta rimettendo a posto, sulle spalle.

Mi gira la testa. Lui non è... ma non... non può fermarsi ora.

Sono repressa.

Sto per esplodere.

«È tardi» dice.

Sbatto le palpebre un paio di volte, ma lui continua a fissarmi con quello stesso sguardo impenetrabile sul viso. «Che altro?» Chiedo. «Oltre al cibo, al caffè e ai vestiti?»

«Verrai quando sarai con me, Kat. Me ne assicurerò io.»

«Ma non stasera?»

«Non ancora.» Si alza dal divano. «Ti accompagno fuori.»

«Posso uscire da sola.»

Cerco di prendere il cappotto, ma Blake me lo sta già tenendo.

Le sue dita mi sfiorano il collo mentre mi aiuta a mettermi il cappotto.

Ardo da capo a piedi. Sono eccitatissima. Riesco a malapena a stare in piedi.

Ma non faremo sesso stasera.

Io... non capisco.

Stringo la borsa. È meglio così. Lo conosco solo da una settimana.

Blake mi accompagna all'ascensore. Agita la sua chiave elettronica davanti alla porta. «Te ne farò fare una.»

«Certo.»

«Ti porterà a casa il mio autista. Se hai bisogno di qualcosa, chiama.»

«Me la caverò.»

Il suo sguardo è intenso. «Per qualsiasi cosa.»

Mi si agita lo stomaco. Non può parlare di sesso. Mi ha appena mandato fuori dal suo ufficio con il vestito che mi cade dalle spalle.

Mi schiarisco la gola ed entro in ascensore. «Buonanotte.»

Lui fa un cenno col capo.

Le porte si chiudono e finalmente espiro. Quasi a casa. Ci vuole poco ad arrivare al piano terra. Come promesso, fuori c'è un'elegante limousine che mi aspetta.

L'uomo in piedi davanti alla macchina mi fa un cenno di saluto. «Lei dev'essere la signorina Wilder.»

Annuisco.

«Jordan.» Mi porge la mano.

La stringo.

«È un piacere conoscerla.» Apre la porta del sedile posteriore e fa cenno di entrare.

Scivolo dentro.

Non è come la limousine che ho preso per il ballo di fine anno. È elegante. Scura. Pelle nera e morbida pelle scamosciata.

Il minibar è rifornito di piccole bottiglie di roba di prima qualità, marche che non ho mai sentito nominare. Apro una mini bottiglia di gin e bevo un lungo sorso. È buono.

Ma non aiuta a diminuire la mia frustrazione.

Sta solo aumentando la tensione che ho dentro.

Fa crollare tutti i muri che mi proteggono dalla mia libido.

La porta si chiude. Jordan parla nel suo auricolare. «Capito, signore.» Il divisorio si alza facendo un leggero ronzio.

È come se fossi sola.

Mi suona il telefono in borsa. Blake. Ma che diavolo?

Rispondo. «Pronto.»

«Ho detto qualsiasi cosa, Kat.»

«Ti ho sentito.»

«Tu vuoi qualcosa.»

Il cuore mi batte all'impazzata. Certo che voglio qualcosa. Non è un idiota. «Sì.»

«Allora chiedilo.»

Sono colta da una vampata di calore che si raccoglie tra le gambe. «Io...»

«Togliti le mutande. Voglio sentirti venire.»

Capitolo Cinque

Arrossisco, ma non posso dare la colpa all'alcol.
Ho caldo ovunque.
Togliti le mutande. Voglio sentirti venire.
Io…Uh…
Non posso spogliarmi nel retro di una limousine.
Anche se sono più o meno sola.
«Kat?» La sua voce è un comando. È *adesso*.
Mi sfugge una lunga esalazione. «Non posso.»
«Vuoi venire?»
«Sì.»
«Metti il telefono in vivavoce.»
Lo faccio. Lo metto sul sedile accanto a me. La limousine si sta già muovendo. Non è lontano da casa mia. Siamo proprio vicino al Ponte di Brooklyn.
Bastano dieci minuti?
Non è che me la prendo comoda quando mi masturbo.
Ma questo è diverso.
È per lui.
«Kat.» La sua voce si abbassa di un'ottava.
«È in vivavoce.» Stringo le ginocchia. Non mitiga il calore che mi attraversa. Sono indolenzita.

Non posso crederci, ma voglio spogliarmi seduta stante.

Voglio toccarmi per il piacere delle sue orecchie.

La sua voce fluisce dagli altoparlanti. «Non farmelo chiedere di nuovo.»

Infilo le dita sotto l'orlo delle mutandine. Sollevo i fianchi e le faccio scivolare fino alle caviglie.

«Fatto» dico con un filo di voce.

«Brava.»

Dovrebbe infastidirmi, ma non è così. Mi eccita ancora di più. Mi fa venire un bisogno ancora più disperato di venire.

«Allarga le gambe.»

Sforbicio le ginocchia. Il movimento mi alza il bacino. La mia intimità viene colpita da aria fredda che mi risveglia i nervi. Mi carica ancora di più.

«Togliti il reggiseno» ordina.

Mi arrotolo il vestito fin sotto il petto, sgancio il reggiseno e lo faccio scivolare via dalle spalle.

Mi si inturgidiscono i capezzoli.

Mi sto spogliando per una voce al telefono. No, per Blake. Per un uomo con tutti i soldi e il potere del mondo.

Mi piace che abbia il potere di schioccare le dita e distruggermi.

Mi piace essere fuori di testa, cazzo.

Voglio dimenticare il resto del mondo. Voglio dimenticare tutto tranne le sue richieste.

«Bene.» La sua voce si fa più pesante. «Gioca con i capezzoli.»

Chiudo bene gli occhi e lo immagino qui, a toccarmi come mi ha toccato in ufficio.

Lentamente, mi sfioro i capezzoli con i pollici. Disegno dei cerchi morbidi. Poi duri.

Mi sfugge un gemito dalle labbra. Poi un altro. È quasi come se mi stesse toccando lui. Ma, cazzo, vorrei davvero che fosse lui a toccarmi.

Il suo respiro si fa più pesante.

Più intenso.

È lui che ha il controllo, ma anche io gli sto facendo qualcosa. Sto facendo impazzire anche lui.

«Porta la mano alla coscia» dice. «Ma non toccarti. Non ancora.»

Accarezzo l'interno della coscia. Sempre più vicino, sempre più vicino. Ma non proprio lì.

Il mio respiro accelera. Il desiderio mi scuote. Ho bisogno di venire. Sono disperata.

«Kat.»

«Sì.»

«Ho detto non ancora.»

Sposto di nuovo la mano sul ginocchio, gli traccio dei cerchi intorno. Non posso più aspettare. Ho bisogno di venire. Non ho mai avuto così tanto bisogno di venire.

«Rimetti le mani sulle cosce» dice.

No. Ora. Ho bisogno di liberarmi ora.

È una tortura riportare la mano sulla coscia, accarezzandomi la pelle il più dolcemente possibile.

Ma è una tortura bellissima.

«Ora» dice Blake. «Lentamente.»

Mi sfioro il clitoride con i polpastrelli.

È intenso. Sono tesa. Sensibile.

Lo faccio un po' più forte.

Un po' più a lungo.

Cazzo.

Che bello.

Mi sfugge un gemito dalle labbra.

Mi appoggio allo schienale.

E mi tocco con quella stessa velocità. Quella stessa pressione.

Poi più veloce.

Più forte.

Mmmm.

Ho bisogno di venire. Ho bisogno che senta i miei gemiti. Ho bisogno di tutto.

La sua voce si fa dura. «Lentamente.»
No. Più veloce. Più forte. Adesso.
Mi costringo a rallentare. Mi sforzo di esercitare meno pressione. Mi sfioro il clitoride con le dita disegnando morbidi cerchi. È un'agonia. Una deliziosa, bellissima agonia.
Il piacere mi monta dentro. Il mio sesso si tende. Sono vicina. Maledettamente vicina.
Continuo quei lenti movimenti rotatori. Mi carico. Sempre di più, di più, di più.
Il suo respiro si fa più pesante. Più intenso.
È seduto lì nel suo ufficio e mi ascolta mentre mi tocco.
E io...
Mi piace da morire, cazzo.
Aumenta la brama che ho dentro.
La mia mano prende il sopravvento. Mi muovo più veloce. Più forte.
Il piacere si accumula nel mio punto più intimo.
La tensione è troppo forte da sopportare. Sono così vicina.
«Vieni per me, Kat.»
Sì.
A questo punto mi accarezzo più veloce. Più forte. Bastano pochi tocchi del dito e ci sono. L'agonia sfuma nell'estasi. Estasi pura, profonda, accecante.
La tensione dentro di me si allenta mentre vengo. I miei gemiti riecheggiano nella limousine. Il piacere mi invade fino alle estremità. Mi sento così bene, cazzo.
Crollo sul sedile. Esausta. Soddisfatta.
«Stupendo, cazzo» ringhia.
Cerco di trovare le parole, ma si rifiutano di salirmi in gola.
«Ti lascio andare.» Ha un tono soddisfatto. «Sogni d'oro.»
«Anche a te.»
Il telefono fa clic.
Riprendo fiato, poi mi tiro su. Mi rimetto il vestito. Metto il cellulare in borsa.
Non ho il controllo della situazione.

Per niente.
È terrificante.
Ma è anche eccitante.

Alle dieci del mattino dopo, qualcuno bussa forte alla porta. Quasi mi cade il romanzo a fumetti che ho tra le mani. La copertina di plastica lucida, la stessa di ogni altro libro della biblioteca che ho preso in prestito, è scivolosa.

Lizzy è a scuola.

Nessuno passa così presto.

Dev'essere l'assistente di Blake. Con le nostre scartoffie.

Mi alzo in piedi e mi dirigo verso la porta. «Salve.»

«Salve, signorina Wilder. Ho qualcosa per lei.»

Apro la porta.

Un uomo amichevole in giacca e cravatta mi sorride. Mi porge un'elegante valigetta nera. E una tazza di caffè. «Il signor Sterling ha detto che l'avrebbe apprezzato.»

Blake mi manda il caffè.

Tramite il suo assistente, ma me lo manda pur sempre lui.

Bevo un lungo sorso. È più amaro di quanto mi piaccia, ma è comunque buono. Ricco. Forte. Audace. Come lui.

«Grazie.» Faccio un cenno di saluto e rientro in casa.

Aggiungo al caffè un po' di panna e zucchero e bevo un altro sorso. Ecco. Così è perfetto.

Blake in effetti aveva detto che si sarebbe preso cura di me.

È un pensiero strano. Negli ultimi tre anni non ho permesso a nessuno di aiutarmi. Mi sono presa cura di me stessa. E di Lizzy.

Parte di me vuole lasciare andare tutto quel controllo.

L'altra parte vuole tenerlo il più stretto possibile.

Bevo un altro sorso di caffè. Lascio che mi riscaldi dall'interno. Lascio che scacci i miei pensieri.

Questo è caffè.

Non deve significare più di un caffè.

Ma quello che è in questa valigetta...

I documenti rendono tutto ufficiale.

Un accordo di riservatezza mi proibisce di condividere i dettagli del nostro accordo con chiunque.

C'è una carta di credito a mio nome. L'estratto conto va direttamente a Blake.

Il contratto stabilisce i nostri termini.

A partire da oggi, sono l'amorevole fidanzata di Blake. Libererò la mia agenda per lui ogni volta che avrà bisogno di me. Tutte le mie apparizioni pubbliche e i miei social media devono avere la sua approvazione.

Ci sposeremo entro i prossimi tre mesi. Firmerò un accordo prematrimoniale. Deciderà lui quando divorzieremo, ma sarà entro la fine del prossimo anno. Avrò un milione di dollari per il disturbo.

Lui pagherà il mutuo a titolo di acconto.

Le mie spese extra vanno sulla carta di credito. Devono essere "ragionevoli".

Ma sono abbastanza certa che l'idea di Blake di spese ragionevoli finisca con un sacco di zeri.

Niente più caffè di merda.

Niente più libri della biblioteca.

Niente più scarpe da corsa schifose.

Non servirò più ricchi stronzi.

Dovrò sorridergli, invece. Ma almeno saranno loro a leccarmi il culo.

Prendo la mia penna Bic da quattro soldi e firmo sulla linea tratteggiata.

Sto rinunciando alla mia libertà.

Ma sto ricevendo molto di più in cambio.

―――

Ho dato le mie due settimane di preavviso.

Dico a Lizzy che mi sono messa con un nuovo ragazzo. Un ragazzo ricco.

Lei insiste a chiedermi i dettagli, ma io tengo le labbra cucite. Non so cosa dirle. Non voglio mentire a mia sorella. Ma ho bisogno di dire qualcosa. Deve sapere che lascio il mio lavoro perché siamo sistemate.

Ci penso tutta la settimana.

Non riesco a inventarmi una storia credibile.

Sabato mattina, la limousine di Blake arriva alle nove in punto.

Per fortuna, Lizzy dorme ancora. Lascio un biglietto sul tavolo della cucina ed esco.

È una bella giornata. Sole giallo. Cielo azzurro e limpido. Aria pulita e frizzante. Il panorama di Manhattan è bellissimo. Desto. Vivo. Invitante.

Jordan mi aspetta sui gradini. Fa un cenno di saluto. «Piacere di vederla, signorina Wilder.» Apre la porta e mi fa cenno di entrare.

Salgo a bordo.

Blake è sul sedile di fronte. Indossa pantaloni casual e una camicia blu con il colletto. Ha le maniche arrotolate fino ai gomiti.

Sembra quasi disinvolto. Ma in quel modo intoccabile tutto suo.

«Buongiorno.» Mi saluta con un cenno del capo.

«Buongiorno.» Cerco di distogliere lo sguardo dai suoi avambracci, ma non ci riesco. Dio, ha davvero dei begli avambracci. E non riesco a guardarlo negli occhi. Non dopo quello che abbiamo fatto... quello che ho fatto l'ultima volta che sono stata in questa macchina.

Mi porge una tazza di caffè. «Come lo prendi?»

«Panna e zucchero.»

Mi mostra un sacchetto di carta anonimo. «Ho diverse opzioni.»

Lo prendo. È caldo. E ha l'odore di...

Straccio il sacchetto.
Bagel.
Semplici. Al sesamo. Alla cipolla. All'uvetta e cannella.
Prendo questo e lo spezzo in due. «Il mio preferito.» Tiro fuori panna e zucchero. Ma come farò a prepararmi il caffè mentre ci muoviamo?
«Dammi.» Blake si offre di aiutarmi.
Annuisco.
Mi prende il caffè e le bustine. Appoggia la tazza sul sedile e apre il coperchio di plastica. In qualche modo, ci mette panna e zucchero senza versare una goccia.
Le sue dita sfiorano le mie quando mi restituisce il caffè.
E succede come l'ultima volta. Il mio corpo si accende. Vuole quelle mani.
Ma poi...
Forse oggi.
Forse oggi le avrò.
«Grazie.» Bevo un lungo sorso del mio caffè. È perfetto. Questa è la colazione perfetta.
Blake prende il bagel semplice e ne strappa metà. «Sarà una giornata lunga.»
Annuisco e do un morso. Mmm. Perfezione gommosa, dolce e piccante.
«Fammi sapere se è troppo.»
«Cosa?»
Mi squadra lentamente da capo a piedi. «Tutto.»

―――

L'assistente di Blake, Ashleigh, una bella donna di colore con un vestito firmato, ci guida attraverso un grande magazzino esclusivo. Si riempie le braccia di cose costose e mi conduce in un camerino.
Inizia con la biancheria intima. Mi prende le misure per un

reggiseno e ne porta una dozzina della mia taglia. Alcuni sono sexy, di pizzo. Altri sono comodi. Pratici.

Poi ci sono gli abiti da cocktail. Il primo è nero e lascia la schiena scoperta. È liscio. Elegante. Costoso.

Ashleigh mi guarda a lungo. Inclina la testa da un lato e mi studia.

È strano. Mi sento come una bambola.

Ma mi sento anche come se fossi in *America's Next Top Model*, in attesa che i giudici mi assegnino un look per la mia trasformazione.

Avresti un aspetto fiero con i colpi di sole. Dobbiamo far risaltare i tuoi occhi. A volte sembrano verdi. E a volte blu. Ma sono sempre bellissimi. E voglio che risaltino.

«Cosa ne dici?» chiede Ashleigh.

Osservo il mio riflesso. Il vestito è bellissimo. Mi avvolge il corpo sottile, creando l'illusione di curve morbide.

Di solito maledico la mia figura esile. Tra correre e non mangiare per lo stress, sono piuttosto magra.

È un look popolare a Manhattan, ma sono carente sul fronte tette e culo.

«Mi piace moltissimo» dico.

Lei è raggiante. «Perfetto. Battezziamo questo per la festa. Il nero è sempre elegante. Blake mi ha dato istruzioni precise. Vuole essere sicuro che tu sia a tuo agio con il tuo guardaroba. Ho un'altra dozzina di vestiti da farti provare. E un mucchio di altri abiti casual. Oppure puoi iniziare a dare un'occhiata da sola.»

Non so niente di vestiti. Dovrei accettare il suo aiuto. Dovrei imparare ad accettare aiuto. «Vediamoli.»

Sorride. «Ottimo.» Parla in direzione dell'ambiente principale, dove Blake sta aspettando. «Signor Sterling, ci metteremo un po'. Le conviene andare a prendere un caffè.»

«Aspetterò» risponde lui.

Lei scuote la testa. Abbassa la voce. «Vuole sempre che tutto sia perfetto.» Fa un passo indietro. «Spogliati, tesoro. Torno subito.»

Annuisco. È strano, spogliarsi per uno sconosciuto, ma mi ci sto abituando.

Mi spoglio e appendo il vestito.

Qualche istante dopo, Ashleigh ritorna. Mi aiuta ad indossare un altro vestito. È lungo, viola, con una profonda scollatura a V.

È osé. Sexy. Audace.

È il tipo di persona che voglio essere. «Mi piace.»

Lei sorride. «Perfetto. Ma c'è bisogno di alcune cose più, diciamo, tradizionali. La sorella del signor Sterling è molto...»

«Critica?»

Lei annuisce. «Che rimanga tra noi. Anche se lo sa meglio di chiunque altro.»

Mi aiuta a infilare il prossimo vestito: chiffon rosa cipria, lunghezza al ginocchio, aderente, scollatura a palloncino. Mi indica un paio di sandali argentati.

Ci infilo il piede e osservo il mio riflesso.

Dio, è come se fossi uscita da un sogno. Come se fossi Cenerentola che si prepara per il ballo.

Ashleigh inclina la testa e mi studia di nuovo. Fa un cenno ai miei capelli. «E questi?»

«Cos'hanno?» Non ho mai fatto niente ai capelli. Se ne stanno lì e basta. Flosci, lisci, rifiutano di restare ricci. Non è una tonalità particolarmente bella di castano medio, ma non è neanche male. Si adatta alla mia carnagione.

«Possiamo pensare ad acconciature divertenti. Le code di cavallo sono sempre chic. O uno chignon. O potremmo provare qualcosa di più audace. Questi abiti sono molto appariscenti. I tuoi capelli e il tuo trucco devono essere altrettanto vistosi. Sai come truccarti?»

Uh... «Un po'.»

«Ti prendo un appuntamento. Per le lezioni.»

«No. Ci penso io.» Sembra davvero divertente. Posso portare Lizzy. È molto più interessata a queste cose da ragazze.

«Perfetto.» Ashleigh fa cenno al mio vestito. «Spogliati di nuovo, tesoro. Ne ho ancora da farti provare.»

Mi spoglio.

Lei se ne va e ritorna con un altro outfit. Un outfit normale. O meglio, normale per i ricchi. Jeans firmati. Un maglione di cashmere. Una canotta che costa più di tutte le mie scarpe messe insieme.

Lo provo. Poi un altro outfit simile. Poi un altro ancora.

Andiamo avanti così all'infinito. Un'ora almeno. O forse due.

Quando ho finito, sono stanca e affamata. I miei sogni di giudici che si complimentano per come sorrido con gli occhi sono svaniti. Sono una bambola. Esisto a beneficio di qualcun altro.

Mi stringe troppo il vestito.

«Ci penso io» sbotto.

Lei si morde il labbro e si sforza di sorridere. *Cliente difficile*. «Forse hai piacere di parlare con il signor Sterling.»

«Ok.» Forse gli chiederò perché ho bisogno di un nuovo guardaroba. Anche se conosco la risposta.

Lei se ne va e torna con lui.

Lo spazio è troppo piccolo per tutti e tre.

Ma in fondo lo voglio più vicino.

Voglio ogni centimetro del suo corpo premuto contro ogni centimetro del mio.

Gli occhi di Blake incrociano i miei. «Prenditi mezz'ora, Ashleigh.»

«Signor Sterling, la sua riunione a pranzo...»

«C'è tempo.»

Si schiarisce la gola. «Ha trenta minuti. Non uno di più.»

«Vai.» Lui le lancia uno sguardo imperioso.

Lei obbedisce.

Quindi immagino di non essere l'unica donna della sua vita che esegue gli ordini.

Ashleigh tira la tenda dietro di sé.

L'intero camerino è riservato a noi.

Ci siamo solo io e Blake.

Anche così, mi sento esposta.

Le dita di Blake mi sfiorano i fianchi.

Mi gira in modo che io sia di fronte allo specchio del camerino.

Guardo il riflesso mentre mi slaccia il vestito. Mi scivola dalle spalle e cade a terra.

Sono qui, quasi nuda, e lui è completamente vestito.

È lui ad avere tutto il potere qui.

Non mi infastidisce.

Mi fa contrarre il sesso.

«Cosa...» Sospiro quando le sue dita mi sfiorano la schiena. «Cosa facciamo?»

«Abbiamo trenta minuti.»

«Per...»

«Non sei così ingenua, Kat. Sai esattamente cosa sto per fare.»

«Oh.»

«Non ho intenzione di scoparti.»

Mi mordo il labbro inferiore. È incredibile quanto desidero che Blake mi scopi in questo piccolo camerino. Mi sta facendo impazzire.

«Ma ti farò venire.» Mi sgancia il reggiseno e me lo fa scivolare dalle spalle. «Ora metti le mani contro lo specchio e fai esattamente quello che ti dico.»

Capitolo Sei

Mi batte il cuore contro il petto.
Mi costringo a guardare lo specchio.
A piantare i palmi contro la superficie liscia.
«Guarda.» Mi accarezza la guancia con il dorso della mano.
Fisso di nuovo il suo riflesso. Lo vedo trascinare i polpastrelli lungo il mio collo, sul mio petto, sui miei fianchi.
Mi si avvicina.
Mi sfiora il collo con le labbra.
Un bacio morbido.
Poi mi succhia la pelle.
Mi passa le mani sullo stomaco, sul petto, sulle cosce.
Lentamente, le sue mani si posano sui miei seni.
Con i pollici gioca con i capezzoli.
Mi traccia una linea di baci sul collo e sulle spalle.
Poi mi preme l'inguine contro il culo.
È duro.
Lo sento attraverso i pantaloni. Attraverso le mutande. E lo voglio. Non ho mai toccato un ragazzo prima. Non sotto la vita.
Ma voglio mettergli le mani intorno.
Lo voglio in bocca.
Dentro di me.

Lo voglio in modi di cui ho solo letto.

Cazzo, è bello sentire le sue dita sulla pelle.

Mi abbandono al suo tocco.

Assorbo ogni guizzo dei suoi pollici. Ogni morbida rotazione. Tutto il calore della sua bocca.

Il piacere mi si accumula in corpo. Il suo tocco mi fa salire la voglia. Muovo i fianchi e gli strofino il culo contro l'inguine fino a quando non geme.

Mi mette subito le mani sui fianchi. «Stai ferma.»

Il comando mi fa contrarre il sesso.

Annuisco. Voglio stare ferma per lui. Voglio eseguire ogni suo ordine.

Trascina le mani sul cinturino delle mie mutandine. Poi le abbassa. Sempre più giù. Sempre più giù.

Mi accarezza, premendo il tessuto setoso contro il clitoride. È morbido. Liscio.

Troppo liscio.

Troppo morbido.

Ho bisogno di più. Di più pressione. Di tutto.

Ma lui è paziente.

Inarco la schiena di mezzo centimetro. In questo modo la sua mano mi preme contro. Ma non è abbastanza.

Lui non cede.

Mantiene il suo tocco morbido. Lento.

Mi fa tremare.

Ansimare.

Infine, mi fa scivolare le mutandine fino alle ginocchia.

Le scalcio via con i piedi.

Sono nuda.

E lui è vestito.

E vedere il nostro riflesso mi fa bagnare di più. Mi fa eccitare di più.

Lui mi guarda attraverso lo specchio. «Sei nervosa.»

«Un po'.»

«Ti ricordi cos'ho detto l'ultima volta?»

«Hai detto un sacco di cose.»

«Non è vero.» Sorride. Ma solo un po'.

«Alcune cose.» Faccio un respiro profondo e studio la sua espressione. Non offre alcun indizio. «Sui termini o su come, se voglio qualcosa, me la darai? Ma l'ultima volta mi hai mandato a casa. So che non te l'ho chiesto, ma ovviamente lo sapevi.»

«Kat.»

Lo guardo di nuovo negli occhi. «Sì?»

«Cosa vuoi?»

Un brivido mi scuote da capo a piedi. «Te.»

Appoggia il palmo sulla mia schiena. «Come?»

«Hai detto che non faremo sesso.»

«Ho detto che non ti avrei scopato adesso.»

Stringo le labbra. Odio questo editto. È terribile.

«Ma lo farò. Stanotte.»

«Quindi...»

«Come vuoi venire, Kat? Sulle mie labbra? Sulla mia mano? Sulla tua?»

«Uh...» Cerco di trovare le parole per rispondere, ma non ci riesco. Sono troppo presa dai suoi discorsi sconci. Come gli vengono?

«Come?»

«Non lo so.»

«Vuoi che sia io a decidere?»

Sì. Annuisco.

«Bene. Sono io al comando. Del tuo corpo. Del tuo orgasmo.»

Mi si blocca il respiro in gola. Dovrei odiarlo, ma non è così. Lo voglio.

Il mio corpo diventa frenetico. Implora pietà. Sfogo. Tutto.

«È quello che voglio» dico.

«Bene.»

Mi fa scivolare il braccio intorno alla vita e mi tiene il corpo contro il suo.

Il tessuto del suo vestito è ruvido contro la mia pelle. Ma è una bella sensazione. È proprio l'attrito di cui ho bisogno.

Lascia volteggiare le mani vicino al mio interno coscia. La sua espressione rimane paziente. Come se potesse aspettare un milione di anni che io faccia quello che chiede.

Mi sfugge un sospiro dalle labbra. In parte irritato, in parte disperato. Il mio corpo vibra, trema. Deve toccarmi. Adesso.

«Per favore» dico.

Niente.

Premo i palmi delle mani sullo specchio e raddrizzo la schiena.

I suoi polpastrelli sfiorano il mio interno coscia. Appena. È abbastanza da trasmettere un'onda di piacere dritta alla mia intimità.

Mi accarezza le cosce un po' più forte. Un po' più in alto.

Tengo gli occhi ben chiusi, assimilando ogni tocco, ogni respiro.

Le sue dita mi sfiorano il clitoride.

Cazzo.

È così bello.

Sono scossa dal desiderio. Sì. Lì.

Porta una mano al mio petto e gioca con i capezzoli. Inarco la schiena, premendo il pube contro la sua mano.

Un sospiro di piacere mi esce dalle labbra.

Il mio corpo è pura trepidazione.

Il mio universo è pura trepidazione.

Con la punta delle dita Blake mi disegna dei cerchi intorno ai capezzoli.

L'altra sua mano mi accarezza. È così morbida che riesco a malapena a sentirla. Ma questo non fa che caricarmi di più.

Mi sfugge un gemito dalle labbra.

Mi accarezza. Più forte. Più veloce. Poi è perfetto. Sì.

Gemo. Troppo forte. Ma non m'importa.

Non m'interessa altro che le sue mani sulla mia pelle.

Mi calano le palpebre.

Mi mordo il labbro inferiore.

Mi accarezza, più veloce, più forte, di più. Dentro di me comincia a montare l'orgasmo.

Ci siamo.

Quasi.

Il successivo tocco delle sue dita mi manda in delirio.

La pressione che ho dentro si allenta.

Si diffonde alle dita delle mani e dei piedi.

Il mio mondo diventa bianco. Nient'altro che pura, profonda estasi.

Apro gli occhi. Lo guardo mentre mi guarda.

È intenso. Imperioso. Esigente.

E soddisfatto.

Sento il suo uccello contro il culo.

È duro.

Ma è anche soddisfatto.

Io... non capisco.

Ma non mi lamento.

———

Passo il pomeriggio nel reparto trucco cercando di capire i tutorial di YouTube che si caricano sul mio telefono. Una commessa ha pietà di me e mi insegna a truccarmi tutto il viso.

Riesco persino a ricreare il look da sola.

Più o meno.

A ogni modo, prendo appuntamento per tornare per una lezione vera e propria. Con Lizzy. È un pomeriggio in cui so che è libera.

Mi vedo con Blake per cenare al Lotus Blossom, il ristorante che ha respinto la mia domanda di lavoro senza degnarmi di una seconda occhiata.

Lui sfila apposta davanti a quello stronzo del manager che mi ha ignorato.

Il posto è affollato, ma troviamo subito un tavolo. È proprio vicino alla finestra. Con una splendida vista sulla Fifth Avenue.

La città è bella come sempre. Il blu sfuma nel giallo e nel crema.

Blake fa scivolare il braccio intorno alla mia vita. È un gesto protettivo. Anche dolce. Ma è solo per fare scena? O vuole davvero tenermi al sicuro?

Non ne sono certa.

Tira fuori la mia sedia. «Dopo di te.»

Mi siedo, incrocio le gambe, premo i palmi delle mani sul mio vestito di chiffon. Quello carino rosa. Mi dà la sensazione di essere una principessa delle fiabe.

Blake prende posto. Apre il suo menu. Dà un'occhiata veloce.

Io studio a fondo il mio. Qualsiasi cosa pur di evitare di fare conversazione. Non ho idea di cosa voglio dirgli. Non abbiamo niente in comune. Ma sarà mio marito.

È assurdo.

Un cameriere mi porta dell'acqua.

Leggo il menu tre volte, rinuncio a usarlo come diversivo e mi scolo tutto il bicchiere.

Gli occhi di Blake incrociano i miei.

Io ricambio lo sguardo. Mi sforzo di fare un sorriso. Voglio perdermi nei suoi occhi. Voglio tornare a casa sua e scoparmelo fino allo sfinimento.

«Kat.»

«Sì?»

«Questa cosa funziona solo se siamo onesti l'uno con l'altra.»

«Sono onesta.»

«Sei seccata.»

«Sono stanca. Ho fame. Voglio...» Mi schiarisco la gola. «Mia sorella non ha risposto a nessuno dei miei messaggi. Non so dove sia. La tua assistente a quanto pare pensa che i miei capelli non siano abbastanza belli, e con tutto questo trucco ho la faccia appiccicosa.»

Lui annuisce come se le mie lamentele fossero ragionevoli.

Forse lo sono. Sono fortunata, ma sono anche stanca.

Tutto questo è surreale.

I miei nuovi vestiti sono bellissimi. Ora sono l'orgogliosa proprietaria di un mucchio di trucchi top di gamma. E sto cenando con l'uomo più sexy del ristorante.

Metto le mani giunte in grembo. «Ti piaccio tutta ripulita?»

«Sì, ma mi piacevi anche prima.» Allunga il braccio e mi porge la mano. «Guardami, Kat.»

«Lo sto facendo.»

«Come se mi amassi.»

Gli disegno un cerchio sui palmi con la punta delle dita. Faccio gli occhioni. Schiudo le labbra come se volessi disperatamente baciarlo. «Così?»

«Non è male. Ma ho bisogno di qualcosa di più.»

Mi appoggio allo schienale e rimetto le braccia ai fianchi. Le coppie infatuate non possono fare i picciocincini tutto il tempo. Soprattutto non quando stanno morendo di fame e aspettano di ordinare.

La gente litiga. Tutto il fascino di una storia d'amore appassionata non sta forse nella passione? La passione non è solo baci lunghi e disperati e corpi che si dimenano insieme nell'estasi. Ci sono anche le urla, i litigi e gli schiaffi.

«Kat.»

«Sì?»

«Hai mai amato qualcuno?»

«No. Te l'ho già detto.» E aveva detto che il mio sguardo era perfetto. Cos'è cambiato nell'ultima settimana? Mi pianto le unghie nelle cosce. «Forse dovresti farmi vedere quello che vuoi.»

Si alza dalla sedia e si inginocchia accanto a me.

Alcuni avventori si voltano a guardarci.

È nella posizione perfetta per chiedermi di sposarlo. Si tira su, in modo da essere a pochi centimetri da me. Spalanca gli occhi, ha uno sguardo tenero. Atteggia le labbra a un piccolissimo sorriso.

Comincio ad avere caldo. Non è come prima. Non è un calore disperato. Lo sento in petto, non tra le gambe.

Blake mi prende la mano e strofina il polpastrello del pollice contro la pelle tra il mio pollice e l'indice.

Distolgo lo sguardo, è un gesto troppo intimo, ma lui allunga il braccio.

I suoi polpastrelli mi sfiorano la guancia. È un tocco leggero come una piuma.

Mi fa sentire caldo ovunque.

Mi fa girare la testa.

In questo posto c'è molta luce. Rumore. Ma, in qualche modo, non riesco a sentire o vedere nulla tranne lui. Non posso fare a meno di fissarlo negli occhi. Quello sguardo è puro affetto. È amore. Quasi ci credo. No, non quasi.

Ci credo davvero. Il calore mi arriva allo stomaco e alle guance. Lui mi ama.

Ma non è vero.

È tutta una finzione.

Si china. Si avvicina. Sempre di più.

Le sue labbra sono a un centimetro dalle mie. Non è come prima. Non è carnale.

È dolce.

Mi mette le mani tra i capelli. Chiudo gli occhi. Dimentico tutto tranne la sensazione delle labbra di Blake.

Sono morbide. Dolci. Sanno vagamente di limone.

Si tira indietro e avvicina la bocca al mio orecchio. «È per finta, Kat. È tutto finto.»

Annuisco come se gli credessi. «Lo so.»

«Puoi farlo?»

Non lo so. Ma ho già accettato. Annuisco.

Lui si rimette al suo posto. I suoi occhi rimangono incollati ai miei. «Bene.»

«Cosa?»

«Il modo in cui mi guardi. Ti credo.»

«Oh, sì, certo.» Premo i palmi contro lo chiffon, ma il tessuto non ne assorbe il sudore. Abbiamo quasi fatto sesso in un camerino. Non dovrei essere nervosa per un bacio e qualche sguardo dolce.

Ma lo sono.

Lo sto fissando come se lo amassi.

E continuerò a farlo senza innamorarmi di lui.

In un modo o nell'altro.

Capitolo Sette

Il ritorno in limousine a casa di Blake è lento e per niente divertente.

Mi interroga sui dettagli biografici della sua vita. Non è personale. Sono fatti, puri e semplici.

Suo padre è morto quando Blake aveva quattordici anni, è andato alla Columbia a sedici anni con una borsa di studio di cui non aveva bisogno, si è laureato a diciannove anni. La sua azienda era già operativa quando aveva l'età per bere alcolici nello stato di New York.

È come leggere una voce di Wikipedia. Anche quando mi parla dei suoi hobby, li elenca senza tono o gioia.

Blake gioca a scacchi e guarda film di fantascienza, ma non sembrano renderlo felice. Blake è mai felice? Non lo so.

Sostiene che gli piace molto allenarsi tutti i giorni.

Che ottiene tutte le soddisfazioni di cui ha bisogno dal lavoro.

Che prova grande piacere nel cucinare cene elaborate nel suo tempo libero.

Ma non sono sicura di crederci.

Blake non sembra mai felice. Non con me.

Quando arriviamo al suo palazzo, sono in lutto per la perdita di gioia nella sua vita.

È stata dura per me negli ultimi anni. Ma trovo comunque delle sacche di felicità. Un brunch con Lizzy. Un bel romanzo a fumetti. Fare jogging per le strade della città. Catturare la neve con la punta della lingua. Indugiare sotto i ciliegi. Disegnare.

Mi conduce attraverso l'elegante atrio del suo palazzo. Dritto verso l'ascensore d'argento lucido sul retro.

Preme il pulsante dell'attico.

Le porte si chiudono.

L'ascensore si muove lentamente. Non c'è abbastanza spazio qui dentro da quanto lo voglio. Sta risucchiando ogni grammo di ossigeno.

Finalmente le porte si aprono.

Percorriamo il corridoio. Tira fuori una chiave, apre la porta del suo appartamento e me la tiene aperta.

«Grazie.» Entro.

È enorme.

Quattro volte più grande di casa nostra. Odora di soldi.

Pavimenti in parquet. Divano in pelle nera, elettrodomestici in acciaio inossidabile, tavolo di quercia, finestre a tutta altezza.

C'è un terrazzo. Un enorme terrazzo con vista sul parco. Mi ci dirigo senza pensare.

«Attenta» dice lui. «Fa freddo fuori.»

In qualche modo, Blake arriva prima di me alla porta scorrevole. La apre. Entra subito una folata di aria fredda.

Il mio vestito svolazza nel vento. Sarebbe splendido in un quadro: ragazza sola su un terrazzo. O ragazza con un bellissimo uomo, con il vento che le fa volare il vestito all'indietro, l'uomo che le mette la mano sotto il mento e la guarda.

Come se la amasse.

Come se lei lo amasse.

Ma quella parte è finta.

Blake allunga il braccio per accendere la lampada termica. Manda un bagliore arancione brillante.

Mi dirigo verso il bordo del terrazzo. La ringhiera è fredda a contatto con le mie mani. Con il mio punto vita.

Scruto oltre il bordo.

È un bel salto.

Mi tremano le ginocchia. Blake mi afferra subito per i fianchi.

Mi tira indietro. «Attenta.»

«Ragazza fuori bordo. Questo farebbe salire la tua assicurazione. E la morte potrebbe essere un incidente, un suicidio o un omicidio.» Il suo appartamento sciccoso sarebbe perfetto per un episodio di *Law & Order*. L'impostazione è classica. Il riccone che ottiene sempre quello che vuole. La donna giovane e bella trovata morta in abito da cocktail e tacchi. Una battuta di spirito su una fine increciosa per una festa. Cavolo, si scrive da solo.

Mi preme forte le mani sui fianchi. «Non vorrei perderti.»

«Perché ti sono utile?»

Le sue mani scivolano lungo i miei fianchi, fino all'orlo del mio vestito. «Perché mi dispiacerebbe perderti.» Mi sfiora l'esterno coscia con le dita. «Puoi ammettere di essere nervosa.»

«Sto solo scherzando.»

Trascina le dita lungo la mia coscia, fino a raggiungere l'esterno delle mutandine. «Hai paura.»

Stringo le palpebre.

Il vento mi soffia forte intorno. Mi fa volare i capelli da tutte le parti.

Sì, ho paura.

Ma non è il sesso che mi spaventa.

È tutto il resto.

La possibilità di innamorarmi di lui. Di perdere la cognizione di ciò che è finto e ciò che è reale.

Ho paura che mi spezzi il cuore.

«Kat?»

«Un po'.»

Mi passa le labbra sul collo. Fa scivolare la mano sotto il mio vestito. Con le dita si insinua tra le stringhe del mio perizoma. «Hai mai sentito parlare di parola di sicurezza?»

«Sì. Ne abbiamo proprio bisogno?» Diventerà così intenso? Non sono sicura di poter gestire qualcosa di così intenso da richiedere una parola di sicurezza.

«Non fa mai male.» Il suo respiro mi scalda il lobo dell'orecchio. «Ti farò provare così tante sensazioni che vorrai urlare *no, non ce la faccio più.*»

«Come fai a saperlo?»

«L'ho già fatto.»

Su questo non c'è dubbio. E non fa mai male essere prudenti. «Ok.»

«Che ne dici di *scacchi*?»

Non posso fare a meno di ridere. «Scacchi?»

«Sì.»

«Perché è l'unica cosa che fai oltre al lavoro?»

«Perché è facile da ricordare e difficile da confondere.» I suoi polpastrelli mi sfiorano il collo. «Hai un'altra parola in mente?»

«No, credo che scacchi vada bene.»

«Bene.» Mi mette una mano sul fianco. L'altra sulla schiena.

Le sue dita si chiudono intorno alla mia cerniera.

Lentamente, mi slaccia il vestito e me lo toglie dalle spalle.

L'aria fredda mi colpisce la pelle, ma non attenua il calore che mi invade. Mi può vedere chiunque si trovi su un terrazzo vicino. Chiunque nel parco.

Lui.

Il pensiero mi fa eccitare ancora di più.

C'è un potere nell'essere guardati. Non l'ho mai notato prima. Ma posso sentire lo sguardo di Blake sulla pelle. Anche quando è alle mie spalle.

Mi sgancia il reggiseno e lo butta via.

Fa scorrere la mano sul mio petto, toccandomi il seno e strofinando il pollice sul capezzolo.

Mmm. È troppo bravo.

Mi lecco le labbra. Inclino la testa. Spingo il collo contro la sua bocca.

Blake raschia i denti contro la mia pelle. È morbido. Una piccola scarica di dolore. Ma mi risveglia i nervi. Rende tutto più nitido.

Emette un leggero grugnito quando le sue mani trovano i bordi delle mie mutandine. Si piega per farmele scivolare alle caviglie.

Alzo le gambe per toglierle. In qualche modo, resto in piedi. Questi tacchi sono robusti. Persino comodi.

«Ora comando io, Kat. Tu non devi fare altro che goderti le sensazioni.»

Mi si contrae il sesso. Il mio corpo diventa leggero.

Il pensiero di rinunciare al controllo mi terrorizza.

E mi eccita.

Io... non so se posso farlo.

Ma ne ho una gran voglia.

Ce l'ho sulla spunta della lingua. *Scacchi*.

È uno strano pensiero. E una strana parola. Ma non posso rinunciare ora. Devo farlo. Voglio farlo.

«Io... e se non ce la facessi?» chiedo.

«Ce la farai.»

Non so perché, ma gli credo.

«Vuoi che ti scopi?»

«Sì.»

«Ti fidi di me?»

Non lo so. «Credo di sì.»

«Allora ascolta. E respira. Ok?»

Annuisco. Posso farlo. Probabilmente.

La sua mano mi scivola in vita. «Vieni con me.»

Lo seguo dentro.

Chiude la porta dietro di noi. Si ferma. Mi fissa come se fossi un quadro appeso in un museo.

Studia ogni centimetro del mio corpo a occhi spalancati e sembra piacergli.

Non mi sono mai sentita particolarmente bella o desiderabile.

Ma in questo momento sì.

In questo momento, mi sento la donna più bella dell'universo.

Il suo sguardo incontra il mio. «Usi qualche contraccettivo?»

«No» dico. «Non esco con nessuno.»

«Ti prendo un appuntamento.»

«Ci penso io.»

«Io sono pulito. Ti mando i risultati del test, se vuoi.»

«Ok.»

Mi conduce in una camera da letto.

Non può essere la sua. Tutto è troppo pulito, troppo accogliente, troppo femminile. Il letto ha lenzuola di cotone bianco. C'è una tenda di chiffon alla finestra. È dello stesso rosa pallido del mio vestito.

Blake apre il cassetto e tira fuori un preservativo. «Siediti sul letto.»

La mia testa pensa ad ogni sorta di obiezioni, ma il mio corpo le scarta tutte.

La sua voce si fa bassa. Roca. «Adesso.»

Pianto il culo sul letto. È solido. Un costoso materasso di schiuma.

Mi appoggio all'indietro con i palmi piatti dietro di me.

Blake inarca le sopracciglia. Il suo sguardo si muove lentamente su di me.

«Sei stupenda, cazzo.» Apre un cassetto del comò e tira fuori qualcosa di nero. «Tu domini i miei pensieri, Kat.»

«Davvero?»

Lui annuisce. «Continuo a distrarmi durante le riunioni. A pensare di spaccarti in due quando dovrei pensare ai numeri. È una malattia, ma non voglio una cura.» Chiude il cassetto. «Sdraiati, braccia sopra la testa.»

L'espressione nei suoi occhi è imperiosa.

Obbedisco immediatamente.

Mi metto sulla schiena e sollevo le braccia.

Lui sale sul letto. Pianta le ginocchia ai lati delle mie cosce. Il suo inguine preme contro il mio.

Non è abbastanza.

Ho bisogno di più di lui.

Blake mi prende le mani e ci lega una corda nera intorno. Poi lega la corda alla testata del letto.

Controlla la forza del nodo. «Va bene?»

Annuisco.

«Qual è la parola di sicurezza?»

«Scacchi.»

«Bene.»

Si sfila la giacca dalle spalle. Poi la cravatta.

Mi sposto indietro, testo la mia mobilità. Ho le gambe libere. Posso farci quello che voglio.

Ma ho le braccia bloccate.

Sono alla sua mercé.

È spaventoso e inebriante in egual misura.

Non posso vederlo da questa posizione, ma posso sentirlo.

Il calore del suo corpo. Il suo peso che sposta il letto. Il suono del suo respiro.

I bottoni si slacciano. Poi una cerniera. I pantaloni cadono a terra.

Adesso entra nella mia visuale. Mi pianta una mano accanto alla spalla. L'altra mi mette i capelli dietro l'orecchio.

Mi guarda dritto negli occhi.

È dolce.

Premuroso.

Poi stringe le palpebre e mi ritrovo le sue labbra sulle mie.

Ha un sapore così buono.

Il desiderio si concentra tra le mie gambe. È tutto il giorno che mi stuzzica con la prospettiva di questo momento.

Ho bisogno che mantenga la parola.

Ho bisogno di lui. Punto.

Fa scivolare le mani sul mio petto. Mi sfiora i capezzoli con i pollici. Poi trascina le mani più in basso.

Sotto il mio ombelico.

Con le labbra segue il percorso delle mani.

Mi bacia il collo. Il petto. Lo stomaco.

Più giù.

Più giù.

Quasi.

Mi si blocca il respiro in gola. Nessuno mi è mai stato così vicino. Non so come ci si dovrebbe sentire. Se sto facendo tutto bene.

Mi pianta le dita nelle cosce.

Mi blocca le gambe al letto. «Hai un profumo fantastico, cazzo.» La sua voce è un ringhio basso. È cruda. Animale.

È l'esatto opposto del Blake che conosco. Quello è un rigido pezzo grosso. Questo è completamente sbottonato.

Il mio corpo si rilassa mentre lui geme contro la mia coscia. Anche lui lo vuole. Deve volerlo. Mi ha legato. Mi ha sotto il suo controllo.

Mi contorco mentre mi bacia lungo la coscia. Con le gambe mi oppongo alle sue mani.

Mi blocca più forte. Mi pianta le unghie nella pelle. Fa male, ma in un modo che mi fa sentire bene.

Si avvicina.

Sempre di più.

Eccolo.

Mi passa la lingua sulle pliche. Chiude la bocca sul lato sinistro. Succhia forte.

Il piacere mi travolge. È intenso ed è diverso da qualsiasi cosa abbia mai provato prima.

È caldo. Umido. Morbido. Ma anche duro.

Io...

Uh...

Cazzo.

Mi si afflosciano le gambe.

Cerco di afferrare qualcosa ma ho le mani legate. Non posso contenere la sensazione. Tutto quello che posso fare è sentirla.

Lui disegna delle forme con la lingua. Un cerchio, un triangolo, una stella, un cuore. Romantico. Il pensiero si dissolve nell'aria.

Tutto il resto svanisce.

Tutto svanisce nel piacere.

Sono alla sua mercé.

E lui mi porta così in alto, cazzo.

Mi accarezza con la lingua. Con dolcezza. Poi forte. Veloce. Lento.

Il piacere mi scuote. È intenso. È quasi troppo da sopportare.

Mi lecca ancora. E ancora.

Con le gambe mi oppongo alla sua mano. Ma mi tiene bloccata. Mi pianta le unghie nella pelle. Più forte. Quell'accenno di dolore mi spinge più in alto. Rende tutto più intenso.

Comincia a montarmi dentro l'orgasmo.

Al tocco successivo della sua lingua, vengo.

Tremo. Rabbrividisco. Gemo.

Si tira indietro per un momento, poi la sua bocca è di nuovo su di me. Mi lecca con passate lunghe e veloci.

È straziante.

Fa male.

Ma in modo piacevole.

«Blake.» Gemo il suo nome, ripetutamente. È l'unica parola nel mio universo. Lui è l'unica cosa nel mio universo. Le sue labbra. I suoi grugniti. Quelle mani forti.

Mi carica. Mi spinge fino al limite. Sono così vicina che sto per crollare. È troppo. È più di quanto io possa sopportare.

Poi ci sono. La pressione che ho dentro si allenta. Il piacere mi si riversa in corpo. Mi stende come un'ondata.

I miei muscoli si rilassano.

Affondo nel letto, tremo mentre mi riprendo.

Blake si tira su sulle ginocchia. Mi guarda come un leone guarda la sua preda.

Come se stesse per divorarmi.

Cazzo, è davvero uno spettacolo per gli occhi. È alto e massiccio, con muscoli cesellati. E il suo, lui è...

Ho visto un sacco di ragazzi nudi nei corsi di disegno di figure. Ma mai duri.

Scarta il preservativo e se lo mette sull'uccello. Mi sforzo di guardarlo negli occhi. Ma è troppo intenso. È troppo intimo.

No. È solo abbastanza intimo.

Capisco questo Blake.

Capisco esattamente cosa vuole da me.

E ho fiducia che mi darà ciò di cui ho bisogno.

Mi sistema di nuovo le gambe contro il letto. Poi porta il peso del suo corpo contro il mio.

Assorbo la sensazione di averlo addosso mentre affondo nel materasso di schiuma.

Mi allarga le gambe. Mi preme contro la punta. La gomma tira per un momento. Poi svanisce e tutto ciò che sento è il suo calore.

Mi scivola dentro.

Cazzo.

È intenso.

Non doloroso, non del tutto. Solo intenso. Come se fossi così piena che sto per scoppiare.

Ma è una bella sensazione in un certo senso.

Blake pianta le mani ai lati delle mie spalle. Spinge dentro di me. Va più in profondità.

Il disagio svanisce.

Sono solo piena.

Completa.

L'istinto prende il sopravvento.

Inarco i fianchi per spingerlo più in profondità.

Cerco di mettergli le braccia intorno, e mi si incastrano i polsi nelle cinghie. Non ho il controllo. Ce lo ha Blake.

Il pensiero mi fa contrarre il sesso.

Il che lo fa ringhiare.

Mi preme le labbra contro il collo. Poi i denti. Un graffio morbido. Poi uno più duro.

Fa male, ma in modo piacevole. Come se mi stesse reclamando. Come se fossi sua.

Muove i fianchi contro di me.

Si muove più velocemente. Più forte. Fa male per un minuto, poi è così maledettamente bello.

Inarco la schiena, vado incontro ai suoi movimenti, lo spingo più a fondo.

È così bello.

Così perfetto.

Questo è il motivo per cui la gente scrive canzoni pop. Questo è il motivo per cui la gente va in guerra. Questo è il motivo per cui le persone consegnano il loro corpo a un mezzo sconosciuto.

Questo è tutto.

Mi graffia le cosce con le unghie.

Fa male, ma non è questo che cattura la mia attenzione. No, è questa versione animale di Blake.

Chiudo gli occhi.

Mi arrendo alle sensazioni.

Si fonde tutto insieme: dolore, pressione, piacere, bisogno.

Il suo respiro accelera. Gli tremano le cosce.

Schiude le labbra con un sospiro.

È quasi arrivato.

Non so come lo so, ma lo so.

Sta per venire ed è la cosa più bella che io abbia mai visto.

Mi sprona.

La tensione nel mio sesso è più forte.

Lui spinge più forte.

Più veloce.

Lì.

La pressione dentro di me si allenta quando vengo. Mi si riversa nel bacino, nelle cosce, nello stomaco. La sento dappertutto.

Poi lui è lì, che si muove più veloce e più forte, gemendo contro il mio collo.

Geme il mio nome.

Strappa le lenzuola quando viene. Il suo uccello mi pulsa dentro. I suoi muscoli si irrigidiscono e poi si rilassano.

È mio. È solo per un breve istante, ma lo percepisco chiaramente.

Quando ha finito, mi crolla accanto. Ha un'espressione calma. Rilassata. Esausta. Non l'ho mai visto così. Mi piace. Molto.

Mette le gambe giù dal letto, si libera del preservativo e ritorna.

Il suo sguardo si indurisce mentre mi dà una lunga occhiata. «Stai bene?»

Annuisco.

Mi slega. Controlla con attenzione i miei polsi, li massaggia, ci preme sopra le labbra.

Poi mi prende tra le braccia e mi pianta un bacio sulle labbra.

È tenero. Perfino dolce.

Poi si allontana. Scende dal letto. «Puoi restare quanto vuoi.»

«Grazie.»

Fa un passo verso la porta. «Mettiti a tuo agio. Jordan ti porterà a casa quando sarai pronta. Per qualsiasi emergenza, mi trovi in ufficio.»

Annuisco come se fosse normale che fugga dalla scena del crimine. «Certo.»

«Buonanotte.» Esce in corridoio e chiude la porta.

Ok...

Non ho mai fatto sesso fino ad ora, ma sono abbastanza sicura che non sia un comportamento normale.

Le sue condizioni sono chiare. L'affetto è finto. Il desiderio carnale è reale. Non ricevo morbidi baci e dolci sussurri quando siamo soli. E non li voglio.

È meglio tenere le cose separate.

Scendo dal letto ed esamino la stanza. Non c'è molto oltre al letto. La libreria nell'angolo è piena di classici mai letti prima. Libri da esposizione.

Il bagno della camera è splendido, tutto acciaio inossidabile, marmo italiano e un'enorme vasca con rubinetti zampillanti e bagnoschiuma importati.

Faccio scorrere l'acqua finché non è della temperatura giusta e poi ci entro. Quest'affare è praticamente una piscina. È la vasca dei miei sogni. Ma non riesco a rilassarmi.

C'è qualcosa che non va.

Quando sono pulita, esco, mi avvolgo in un asciugamano e torno nella stanza principale.

I miei vestiti sono piegati sul divano. Non il vestito di chiffon rosa, ma i jeans e la maglietta che avevo indosso questa mattina.

L'appartamento è silenzioso. Dalle grandi finestre filtra il chiaro di luna. Un fascio di luce gialla esce da sotto la porta nell'angolo. L'ufficio di Blake.

Credo di ispirarlo. Qualcosa del genere.

Mi piazzo sul divano e cerco di mettermi a mio agio. Questo è un bellissimo appartamento, ma non riesco a vedere nulla di tutto ciò.

Non riesco a vedere altro che quella porta chiusa.

È chiusa a chiave e non sono la benvenuta lì.

Non sono la benvenuta da nessuna parte se non nel suo letto.

Capitolo Otto

Lizzy fissa lo specchio mentre avvicina la matita alla palpebra inferiore. Disegna una linea perfetta. «Visto? È facile.»

Uh...

La makeup artist che ci fa lezione mi guarda. «Cosa ne pensi, Kat? Sei pronta a riprovarci?»

Come può essere così difficile disegnare sulla propria faccia? Non sono esattamente Picasso, ma sono ben al di sopra della media quando si tratta di carta e penna.

Lizzy mi passa la matita.

Accavallo e scavallo le gambe. Fisso il mio riflesso nello specchio e avvicino la matita all'occhio.

Traccio una linea lungo le ciglia. La parte superiore. Poi la parte inferiore. Non è male. Un po' incasinato. Ma ci sono andata vicino.

«Dobbiamo solo sistemarlo un po'.» La makeup artist prende un pennello con una punta angolata. «Chiudi gli occhi.»

Obbedisco.

Lei fa scorrere il pennello lungo la linea che ho disegnato. «Ok. Aprili.»

Guardo il mio riflesso. Così è meglio. Molto meglio. Più sbavato e sexy che sbavato e da principiante. «Posso provare?»

«Certo.» e sorride.

Mi passo la matita sull'altro occhio, poi prendo il pennello e ripasso quello che ho fatto. La mia sfumatura non è esperta come la sua, ma sembra funzionare.

«Mi piace» dice Lizzy. «È sexy.»

«Davvero?» chiedo.

«Sembra che stai tornando a casa dopo esserti fatta uno sconosciuto.» Lizzy prende un tubetto di rossetto rosso. «Prova con questo. Urla sex appeal.»

«È troppo rosso» dico io.

«Agli uomini piace il rosso.» Lizzy guarda la makeup artist. «Giusto?»

«Sì, ma a essere onesti, gli uomini non capiscono niente di trucco. Il mio ragazzo mi dice sempre quanto sono bella senza trucco quando ho un look naturale. Non importa quante volte gli dico che sono ricoperta di prodotti. Continua a insistere.» Scruta le file e file di rossetti. Prende qualcosa color Dark Berry. «Proviamo questo. È un po' più chic. Non così brillante. Penso che ti starà bene.»

Prendo il rossetto, metto in fuori le labbra e applico due strati. È scuro e ricco, come un bicchiere di vino rosso. O un lampone. Tra il rossetto e l'effetto smoky eye, sembro un'adulta. Una bomba sexy, in effetti. Che manderà Blake fuori di testa.

«Oh. Ne cerco uno io.» Lizzy sorride alla makeup artist. «Pensi di avere qualche palette in viola? Scintillante o opaca.»

«Ci guardo.» Controlla in un'altra fila.

Lizzy si volta verso di me. «Sputi il rospo o no?»

«Su cosa?» Faccio finta di niente. Il rossetto Dark Berry per me funziona. Già me lo vedo sbavato sulle labbra di Blake. O sul suo collo. O sul suo colletto. O appena sotto il suo ombelico.

«Da quando ti interessi di trucco?»

«È divertente, no? La lezione.»

«Già.» Lizzy guarda di nuovo il suo riflesso e controlla il suo ombretto viola glitterato. «È fantastica. Per me. Ma tu... senza offesa, Kat, ma sembri piuttosto confusa e frustrata.»

«Non è il mio campo.»

«Non lavori il martedì sera?»

«Mi sono licenziata.»

«Cosa?» Lizzy mi fissa. «Possiamo...»

«Sì. Ho in ballo una cosa. Non posso spiegare. Ma fidati, è una cosa buona.»

«E ha qualcosa a che fare con il tuo improvviso interesse per il trucco? E la limousine che ti aspettava l'altro giorno? Perché c'era una limousine?»

«Sto uscendo con uno pieno di soldi.»

«Oh.»

«Cosa vuol dire "oh"?»

Mia sorella mi fissa con l'espressione di chi la sa lunga. «Hai trovato uno sugar daddy. Così si fa. Era ora, Kat. Ti meriti una pausa.»

«No, non è così.» Va bene, non è poi così diverso. «Facciamo sul serio.» A proposito di sposarci. Non sull'amarci reciprocamente.

«Sì, come no. Ecco perché non sei tornata a casa l'altra sera. E perché hai avuto quell'espressione soddisfatta da fresca scopata quando sono tornata a casa da scuola il giorno dopo.»

«Mi appello al quinto emendamento.»

«Chi è il riccone?»

«Un tipo che ho incontrato al lavoro.»

«Oh mio Dio, fa tanto *Pretty Woman*.»

«È una prostituta!»

«Non importa. È comunque romantico. Hai una foto?»

No. Dovremmo avere delle foto. Tutti si fanno dei selfie al giorno d'oggi. O almeno qualche foto in vacanza. «Sai già che aspetto ha.»

«È famoso?»

«Più o meno. È...» Incrocio le braccia. «Non dare di matto, ok?»

«Non do mai di matto.»

È vero. Ma comunque... questa notizia è strana. Ridicola. Faccio un respiro profondo ed espiro lentamente. «È Blake Sterling.»

Lizzy spalanca gli occhi. « Blake Sterling della Sterling Tech?»

«Si.»

«Oh mio Dio. È una leggenda. È fantastico. Hai visto il suo codice? Sei stata in ufficio? Dimmi che mi porterai in ufficio!!!»

«Probabilmente posso vedere di accontentarti.»

Lizzy mi afferra i polsi. Strilla. «Sei incredibile. Oh mio Dio.» Mi guarda il collo. «Quel succhiotto. È di Blake Sterling.»

«È...» Mi aggiusto i capelli in modo che coprano il succhiotto. «Non è niente.»

Lizzy ride. «Sono contenta che tu stia con qualcuno. Sei stata diversa la scorsa settimana. Più felice.»

«Davvero?»

«Soddisfatta.» conferma ridendo. «C'è qualche motivo per cui ti ha comprato tutti quei vestiti nuovi?»

«Più o meno.»

«Sai che avrei potuto aiutarti a sceglierli.»

«Siamo andati di giorno. Tu hai scuola.»

«Ho anche una vita. E sono all'ultimo anno. Questo semestre non conta nemmeno.»

«In ogni caso devi studiare.»

«Studio tutto il tempo.»

«Mi tocca dirlo. Sono il tuo tutore legale.»

Annuisce *hai ragione*.

«Mi puoi aiutare oggi.»

« Sul serio?» le si illuminano gli occhi.

«Ho un appuntamento dal parrucchiere. Ma non so davvero cosa voglio fare.»

«Cosa vuoi cercare di fare?»

«Sembrare una che sta con Blake Sterling, immagino.»

«Una troia ricca e stravagante?»

«Non esattamente.»

«Più di classe?» Lizzy ride.

Sento caldo dappertutto. Lizzy è sempre allegra. È il sole del mio cielo. Ne ha passate tante, ma è ancora fiduciosa.

Intendiamoci. La mia sorellina è cinica da morire. Può essere scontrosa o pungente o apertamente antisociale. Ma mi fa sempre ridere. È... divertente.

E sta andando bene. Con quella borsa di studio, potrà frequentare qualsiasi università desideri. Avrà il futuro luminoso che merita.

«Ho un'idea» dice Lizzy. «È da ragazza ricca, di classe, intellettuale. Giusta giusta per te.»

«Mi fido di te.»

Due ore dopo, mi ritrovo a guardare una nuova me. Non è un cambiamento radicale. Riflessi scuri. Capelli scalati che creano un'onda morbida.

Con la nuova pettinatura e il trucco perfetto sembro davvero la ragazza di un riccone.

Lizzy saltella eccitata mentre osserva il mio nuovo look. «È perfetta. Ed è proprio adatta a te. Carina e di classe.»

«Sono elegante?»

«Sì. Sei uno schianto. Tipo da urlo.»

Forse. Sono contenta che ne sia convinta. «Non pensi che siano troppo scuri?»

«No. Vanno bene.»

Il ronzio della mia borsa mi fa fare un salto.

«Oooh. È il tuo tesoruccio?»

Probabilmente sì. Non mando messaggi a nessuno a parte Lizzy e Blake. Una volta avevo una manciata di amici, ma non ho avuto il tempo o l'energia per rimanere in contatto. Negli ultimi tre anni ho frequentato Lizzy. Solo Lizzy.

Prendo fuori il cellulare dalla borsa.

Com'era prevedibile, è un messaggio di Blake.
Blake: Ho bisogno di parlarti. Vieni nel mio ufficio stasera. Sarò qui fino a mezzanotte.
«Serata di sesso?» Lizzy scuote le sopracciglia.
Io la prendo in giro. «No. Solo una serata normale.»
«Fammi vedere, allora.»
Le mostro il messaggio.
Lizzy sorride mentre legge il testo. «È decisamente una serata di sesso.»
Non credo. Anche se lo fosse... «E allora?»
«Allora niente. Sono contenta che finalmente hai trovato del manico.»
«Dove hai imparato a parlare così?»
«Dai libri.»
«Senza offesa, ma tu non leggi.»
Ride. «Ok. Dalla tv.» Fa un passo indietro. «Devi andare ora?»
«No. Dopo cena. Offro io. Qualunque cosa tu voglia.»
«Spaghetti di soia?»
«Certo.»
«Ma non qui. Dobbiamo andare a Chinatown se vogliamo trovare roba buona.»
Annuisco. «Dove vuoi.»

———

Dopo una cena lunga, unta e deliziosa, io e Lizzy ci separiamo. Prendo la metro per andare in centro.

È vuota. Di nuovo. Credo che sia sempre vuota a quest'ora di notte.

Mi prendo un minuto per ammirare la bellezza della città, poi vado direttamente all'ufficio di Blake.

Ancora una volta, non c'è nessuno a parte lui. Vado dritta alla sua porta aperta e busso.

«Kat. Entra.»

«Come facevi a sapere che ero io?»
«Chi altro poteva essere?»
«Il custode.»
«Le sue scarpe non scricchiolano.»
Arrossisco. «Immagino che dovrei comprarmi delle scarpe nuove. Scarpe migliori.»
«Se vuoi.» Esce da dietro la scrivania. Mi scruta da capo a piedi. Parte dai capelli, si sofferma sul seno, si ferma sui miei stivali da quattro soldi. «Quelli ti stanno bene.»
«Economici e non impermeabili contrariamente a quel che dicono?»
«Artistici.»
«Come fai a sapere che sono artistica?»
«Ti fermi a fissare le cose belle ogni due minuti.»
«Oh.» Immagino di sì.
«Posso farti fare un corso, se vuoi.»
Sarebbe fantastico. Ma... «Mi arrangio io.»
Fa un cenno verso il divano. «Vuoi qualcosa da bere?»
«Certo.» Metto le mie borse per terra in un angolo, la mia borsetta e la borsa dei grandi magazzini piena di quattrocento dollari di trucchi, e mi siedo sul divano. È strano il modo in cui Blake si offre di occuparsi di tutto. Sono tentata di accettare tutte le sue offerte.

Ma allora dove sarò quando tutto questo sarà finito?

Esisterò ancora o sarò un concentrato dei desideri di Blake?

Lui prepara i nostri drink e li porta al divano.

Il tocco delle sue mani accende ancora il mio corpo. Che ridere. Abbiamo fatto del sesso folle, rude e animalesco qualche notte fa, ma mi sento ancora come se fossimo due estranei.

Mi tratta ancora come una collega.

«Grazie.» Bevo un lungo sorso del mio gin tonic. È fresco e secco come l'ultima volta. «Va tutto bene?»

«Non proprio.» Beve un lungo sorso del suo whisky. Il suo sguardo si sposta sulla finestra che dà sulla città. La luna argentata sbircia da dietro un grattacielo. «C'è un ricevimento venerdì.»

«Uno a cui partecipiamo insieme?»

«Sì. Un evento aziendale. Ma ci sarà anche la mia famiglia.»

«Hai una famiglia?»

Mi guarda come se non fosse sicuro se io stia scherzando. «Certo.»

«No, volevo solo dire che... non ne hai mai parlato.»

La sua mano mi sfiora l'esterno della coscia. «Voglio annunciare la nostra relazione al ricevimento.»

«Oh. Ok.»

«E chiederti di sposarmi.»

«Di già?» È passata solo una settimana. Neanche.

Lui annuisce. «Le cose si stanno muovendo più in fretta di quanto avessi sperato.»

«Quali cose?»

Il suo sguardo torna alla finestra. «Dobbiamo accelerare la nostra tabella di marcia. Ci sposiamo il mese prossimo.»

«Per mese prossimo intendi aprile?»

Lui annuisce. «È quello il mese dopo marzo.»

Penso che mi stia prendendo in giro. Può darsi. «È plausibile?»

«Se diciamo a tutti che ci siamo frequentati in segreto.» Mi guarda negli occhi. C'è qualcosa nella sua espressione. Tristezza. «Odio affrettare le cose, ma è l'unico modo.»

«Cosa ti serve che faccia?»

«Ho preparato un documento. Ulteriori dettagli della mia storia. Una storia inventata su di noi. Ho bisogno che tu ne faccia uno per te. Domani. Mandamelo per e-mail. Lo imparerò a memoria.»

«Potremmo semplicemente uscire insieme. Conoscerci meglio. Quel genere di cose.»

Fa un sorriso triste. «Non c'è tempo.» Si china per premere le labbra sulle mie. «Così è più veloce. Più facile.» Finisce il suo ultimo sorso di whisky, si alza e riporta il bicchiere al bar. «Sarò impegnato per il resto della settimana. Ti manderò una macchina a prenderti venerdì.»

«Ok.»

Si gira in modo da darmi le spalle. «Puoi restare ancora in ufficio se vuoi, ma io devo tornare al lavoro.»

«Oh. Certo.» Mi sta anche cacciando via. E questa volta da me ha ottenuto solo un bacio.

«Ti mando il documento per email.»

Annuisco. «Certo. Ci vediamo venerdì.»

«Buonanotte, Kat.»

«Buonanotte.» Mi giro e me ne vado e passo il viaggio in metro a pensare alla tristezza nei suoi occhi.

È qualcosa di brutto.

Ma cosa?

Capitolo Nove

Le dita di Blake mi sfiorano la schiena. Mi premono la seta del vestito sulla pelle.
Mi poggia la mano in vita.
È possessivo. Dolce. Amorevole.
Naturalmente, è tutta una bugia.
No, la parte possessiva è reale. Credo. Ma il resto...
Mi sforzo di sorridere.
Mi appoggio alla sua mano.
Lui si gira verso di me con occhi grandi e luminosi. Mi fissa come se fosse follemente innamorato di me. Come se fossi la sua cosa preferita al mondo.
Deglutisco a fatica.
È una bugia.
Lui non mi ama. Io non lo amo. Sì, ho imparato a memoria tutti i dati della sua storia personale, e lui conosce i miei, ma fin qui restiamo a un livello superficiale. Non ci capiamo. Non quando siamo vestiti.
Premo un'unghia curata in stile french manicure sul cuscinetto del pollice. Penso a starmene seduta con Lizzy, a spettegolare su tutti gli odiosi clienti di Pixie Dust, la boutique dove lavora. Penso alla nostra cena di questa sera, quella nel posto

carino dietro l'angolo, con il cameriere che mi dà sempre qualche pancake in più.

Quando torno a guardare Blake, dimentico tutto.

Penso al suo sorriso, ai suoi occhi e alle sue spalle.

Penso al suo corpo sopra il mio.

Penso alla tristezza che si insinua nella sua espressione.

E a quanto vorrei cancellarla.

Si china per sussurrarmi all'orecchio. «Sei perfetta.»

Mi si blocca il respiro in gola. Sono perfetta. A fingere. Solo che non è così. Non proprio.

Blake si raddrizza e si gira verso un uomo vestito di blu. Gli offre la mano.

Il tipo la stringe poi si rivolge a me. «Tu devi essere Kat.»

Annuisco. «In effetti.»

«Ho sentito parlare molto di te.» Mi porge la mano.

Gliela prendo. La stringo più forte che posso. «Kat Wilder. È un piacere conoscerti.» Faccio del mio meglio per sorridere in modo civettuolo. Blake ha davvero parlato di me? Stiamo fingendo di uscire solo da una settimana.

«Declan Jones.» Riporta la mano al suo fianco. «Blake non ha detto che eri così bella.»

Atteggio le labbra a un sorriso. «Grazie. Ho sentito molto parlare di te.» Ok, ho letto velocemente il suo nome in quel piccolo documento che spiegava tutta la vita di Blake. Declan è un informatico di San Francisco.

«E la tua ragazza dov'è?» chiede Blake.

«Sono qui per affari, amico mio. Non c'è nessuna ragazza con me. Ma sono contento che tu ti sia offerto di intrattenermi.» Declan sorride. «Le cose non hanno funzionato bene con Grace. Stili di vita diversi.»

«Ovvero a lei non andava bene che lui vedesse altre donne.» Blake solleva un sopracciglio come per sfidare il suo amico.

Declan fa spallucce mostrando falsa modestia. Quindi il tipo è un po' un playboy. Non mi sorprende. L'unica cosa che conta è che si stia bevendo tutta questa messinscena.

Devo ammettere che è convincente. Blake è il fidanzato tranquillo e protettivo, e io sono la tipa giovane e carina di cui ha bisogno al suo braccio.

Blake saluta il suo amico e si rivolge a un altro uomo. È alto, con una mascella forte e occhi profondi e intensi.

«Dovrei conoscerlo?» sussurro.

Blake scuote la testa. «No. Non è un amico.»

«Allora perché è qui?»

«Conosci il vecchio detto. Tieni gli amici vicini e i nemici ancora più vicini.»

Questa volta il mio sorriso è genuino. «Hai dei nemici?»

«Più che altro dei concorrenti. Quello è Phoenix Marlowe. È il proprietario di Odyssey.»

«So a malapena usare un computer.»

«È un nuovo programma di intelligenza artificiale. Molto all'avanguardia. Potrebbe sconvolgere l'intero settore.» Scuote la testa. «Bah, sto parlando in gergo. Perdonami.»

«Ok.» La sincerità nella sua voce mi fa afflosciare le ginocchia.

«Dovrei presentargli tua sorella, ma...»

«Ma?»

«Ha una certa reputazione.»

«Sei protettivo nei confronti di Lizzy?»

Lui annuisce. «Ormai fa parte della famiglia.»

Lo guardo a mia volta. Dice sul serio. Quindi qualcosa del nostro imminente matrimonio è reale. Crede davvero che saremo una famiglia. Almeno per un po'.

«È bello.» Lo è davvero. «Non bello come te, ma...»

«Non sono geloso.»

«No? E se continuassi a dire che vorrei strappargli il vestito?»

Blake mi guarda con un'espressione di sfida.

«Che vorrei che mi legasse al suo letto?»

«Ti piacerebbe?»

«Forse.» No.

Blake stringe gli occhi. È geloso. Scuote la testa, rifiutandosi di ammetterlo. «Allora dovrei trovare subito un posto appartato. Per ricordarti quanto hai bisogno di me.»

Sì, mi piace questo piano. Annuisco. «Sarebbe meglio.»

Ma un altro amico ci interrompe.

Sorrido durante le presentazioni. Poi arriva un altro. Poi un'altra dozzina.

Diventa una routine. Blake mi annuncia. Il tipo dice qualcosa su come io sia troppo bella per Blake. Io rido. Mi aggrappo al braccio di Blake. Insisto che lui è l'unico per me.

Lui mi stringe più forte.

La sua voce diventa più bassa.

Come se fosse davvero geloso.

Come se non sopportasse che gli altri mi guardino.

Interviene una donna di circa venticinque anni. «Blake.»

Lui rimane impassibile. «Questa è mia sorella, Fiona.»

Lei saluta con un cenno del capo. Si mette i capelli scuri dietro le orecchie. «Kat, giusto?»

Annuisco. «È un piacere conoscerti.»

Lei annuisce mentre mi stringe la mano. «Sì... è... interessante.» Si interrompe. Non crede alla nostra storia, ma non ci si sofferma. Si rivolge a suo fratello. «La mamma vuole conoscere la tua ragazza. Ha detto qualcosa del tipo che spera che finalmente ti interessi a qualcosa di più che a infilarti tra le gambe di una donna.»

Sua madre ha detto questo?

Che strano...

O forse è Fiona che parla. C'è qualcosa nella sua postura. È nervosa. Gelosa? O ha dei dubbi? È difficile da dire.

In ogni caso, devo dargliela a bere.

Stringo Blake più forte. «È buffo. Quando abbiamo cominciato a frequentarci era solo per fare sesso. Era... sconvolgente. Ti risparmio i dettagli. Ma Blake è così dolce.» Mi giro verso di lui. Lo fisso negli occhi. Cerco di trasmettere tutto l'affetto del mondo. «Non ho potuto farci niente. Mi sono perdutamente innamorata.»

Blake passa i polpastrelli sul mio mento. «Kat...» La sua voce è morbida. Dolce. Puro affetto.

Puro amore.

Si china più vicino.

Più vicino.

Le sue labbra sfiorano le mie.

Mi bacia come se fosse follemente innamorato di me.

Mi si agita lo stomaco. Mi si incrociano le ginocchia. Mi sento tutta leggera. Ci credo. Ci credo fino in fondo.

Mi alzo in punta di piedi.

Gli faccio scivolare il braccio intorno al collo.

Lui mi preme il palmo sulla schiena per attirarmi più vicino.

Ricambio il bacio più forte. Finzione o meno, le sue labbra sono perfette sulle mie.

Fiona sbuffa. «Trovatevi una stanza.»

Blake si tira indietro. Lancia a sua sorella un'occhiata come a dirle *vaffanculo*. «Dov'è Trey?»

Lei giocherella con la fede. «A una conferenza.»

C'è tristezza nella sua espressione.

Suo marito è fuori da qualche parte e Blake le sbatte in faccia la nostra relazione. Dev'essere terribile.

Anche se lei sembra... sgradevole.

«Non gli importava di venire?» La voce di Blake è quella di un fratello maggiore protettivo.

Mi fa tremare le ginocchia. Prima si preoccupa per Lizzy e ora per sua sorella anche se non è particolarmente gentile. È splendido.

«Mamma è stanca oggi. Parlaci di persona prima del tuo discorso, ok?»

«È tutto sotto controllo.»

«No, adesso. Non sono sicura che riuscirà a seguire tutto il discorso.» Mi guarda da capo a piedi, analizzando ogni dettaglio. «Dove vi siete conosciuti di preciso tu e Blake?»

La guardo a mia volta facendo del mio meglio per assumere un'espressione da *sono follemente innamorata di tuo fratello*.

«Gli sono andata addosso mentre uscivo da un colloquio di lavoro.»

«Oh? Tu lavori. Dev'essere un piacevole cambiamento, Blake» dice Fiona.

Blake è visibilmente irritato. Cioè, c'è un accenno di irritazione nei suoi occhi. Ma è molto per lui.

«Che cosa fai?» chiede Fiona.

«Faccio la cameriera» rispondo.

Fiona trattiene qualcosa. Biasimo. O forse solidarietà. Non sono sicura.

Guarda il suo telefono. Si acciglia. «È stato un piacere conoscerti, ma devo fare una telefonata.»

Passa qualcosa tra lei e Blake. È pura magia tra fratelli. Io faccio altrettanto con Lizzy.

Quando il loro sguardo si interrompe, lei si gira e se ne va. A passi pesanti. Frustrati.

E a me batte il cuore all'impazzata.

Sono ancora tra le nuvole per quel bacio.

Era finto.

Ma niente di tutto questo sembra finto.

Non più.

Prendo un calice di champagne da un cameriere che mi passa accanto.

È fantastico. Dolce. Frizzante. Fruttato.

Inclino il bicchiere, ma Blake mi afferra il polso.

Si china per sussurrare. «Vacci piano.»

È una buona idea. Devo restare lucida. Ho bisogno che le mie inibizioni siano al massimo.

Annuisco. «Certo, tesoro.»

Mi preme il palmo della mano sull'incavo della schiena mentre mi guida tra la folla. Tutti salutano o annuiscono.

La maggior parte degli invitati mi guarda come ha fatto Fiona, come se mi stessero valutando. Come se stessero decidendo se sono l'amore della sua vita o un trofeo usa e getta da sfoggiare.

Mantengo lo sguardo sugli arredi. Elegante arte astratta di colore oro e argento. Totalmente incomprensibile, proprio come Blake.

Ci dirigiamo verso una fila di sedie in un angolo della sala. C'è una donna seduta in un angolo, con un bicchiere di champagne in mano.

È sulla quarantina. O forse sulla cinquantina. Non sono mai stata brava con le età. È magra. No, è minuta. Come se stesse scomparendo.

È carina, ben vestita, con capelli e trucco perfetti, ma in lei c'è qualcosa di strano. È pallida. Non il tipico pallore dei newyorkesi d'inverno. È più come se fosse malata.

Il suo viso si ravviva e prende colore quando vede Blake. I suoi occhi si illuminano. Le sue labbra prendono la forma di un sorriso.

Mi guarda. Non come tutti gli altri. Come se fosse felice di vedermi. Come se volesse che io sia degna di Blake. Che io sia tutto per Blake.

Si alza lentamente.

Blake si affretta ad aiutarla, ma è troppo lento.

Lei scuote la testa. «Mio figlio è sempre stato molto protettivo.» Si gira verso di me. «Tu devi essere Kat.»

«Sì.» Faccio fatica a incontrare il suo sguardo. Ha la stessa intensità di Blake, come se potesse leggermi nel pensiero. «Ho sentito molto parlare di lei.»

«Oh, sei così dolce a mentire. Se conosco Blake, be', dubito che tu abbia sentito parlare molto di qualsiasi cosa.»

Sorrido. Un sorriso vero questa volta.

«Chiamami Meryl. E, ti prego, nessun "signora Sterling". Se insisti, è signorina. Non posso lasciar pensare agli scapoli papabili che io sia fuori mercato.»

Faccio per stringerle la mano, ma lei invece mi abbraccia.

Mi preme la testa contro il petto. Meryl è più bassa e io indosso dei tacchi vertiginosi sotto il vestito.

Lei ride. «Ah! Ora capisco perché piaci a mio figlio.»

«Mamma.» Blake si schiarisce la gola. Per un secondo, sembra un adolescente che si lamenta che i suoi genitori lo stanno mettendo in imbarazzo.

Fa una tenerezza incredibile.

Lei ride. «Mio figlio. Non è colpa sua, ma pensa che io sia troppo vecchia per notare queste cose.» Si rivolge a Blake. «Un giorno sarai sulla cinquantina. Farai ancora caso ai seni.»

Blake arrossisce. Porca miseria. Sua madre lo sta mettendo *davvero* in imbarazzo. È così normale.

Meryl scuote la testa. «Cara, hai bisogno di sederti? Quei tacchi sembrano uno strazio.»

«Me la caverò. Sto in piedi tutto il giorno.»

«Davvero? Che cosa fai?»

«La cameriera.» Mi preparo a un commento sarcastico. Meryl sembra simpatica, ma le persone con i soldi non si sa mai se guardano le persone comuni dall'alto in basso.

«Non si dice *inserviente* al giorno d'oggi?» chiede lei.

«È la stessa cosa.» Anche se non lo faccio più.

«Se la merda la chiami rosa, puzza comunque di merda.» Ride. «Facevo la cameriera nel posto più bello della città. È lì che ho conosciuto il defunto signor Sterling.»

«Oh?»

Lei annuisce. «Avresti dovuto vederlo. Si vestiva anche meglio di Blake. Era così appariscente con il suo orologio di platino. Quando Orson...»

«Orson, veramente?»

«Temo di sì.» Il suo sorriso le illumina tutto il viso. «Quando entrò nel ristorante, ci fu una gran confusione. Tutte le ragazze volevano servire quel tavolo. Era il sogno di tutte sposare un cliente ricco. Il modo migliore per avere una vita migliore. Ma io odiavo quello stronzo.»

«Come avete fatto a finire sposati?»

«Ho già messo troppo in imbarazzo Blake.»

Blake è ancora rosso. È incredibile. Stento a credere che sia capace di qualsiasi tipo di timidezza.

Mi avvicino e abbasso la voce a un sussurro. «Non lo dirò a nessuno.»

«Era iniziata come una storia di sesso. Era l'unica cosa che avevamo in comune. Ci facemmo prendere dalla passione. Poi io... be', Blake conosce questa storia. Rimasi incinta. Fu una sorpresa, ma fu voluto. Avevo sempre sognato di essere madre. Ci sposammo subito. Le cose erano diverse allora. La gente non faceva figli fuori dal matrimonio.» Finisce la sua ultima goccia di champagne e si dirige verso il cameriere più vicino.

Blake la segue. Le prende il bicchiere. Le lancia uno sguardo preoccupato.

Lei scuote la testa. «È meglio che vi lasci andare, cara. Sono sicura che Blake vuole mostrarti a tutti.»

«Probabile.»

Studia la mia espressione. «Non ti biasimerei se lo volessi per i suoi soldi o per il suo aspetto.»

«Io... Uh... È cominciata così. Una cosa fisica, intendo. Ma Blake è...» Guardo Blake nella speranza che possa salvarmi da questa conversazione, ma sta ancora cercando un altro bicchiere di vino. «È meraviglioso.»

«Davvero? Mi è sempre sembrato... intransigente.»

«A volte. Ma... confido che si prenderà cura di me.» Almeno questa non è una bugia. Non tecnicamente. Confido che mi faccia venire. E questo è prendersi cura di me. In un certo senso.

«Sii paziente con lui. Suo padre non era un brav'uomo. Non è una scusante, ma...» Scuote la testa e si trincera nei suoi pensieri.

Blake arriva con due bicchieri pieni. Ne porge uno a sua madre e uno a me. «Dacci un minuto.»

Annuisco. «Certo. È stato un piacere conoscerti.»

Meryl annuisce. Nessuno dei due parla finché non mi giro, e anche allora parlano troppo piano perché io possa sentire.

Tuttavia, mi accorgo lo stesso che stanno parlando di me.

Mi accorgo che stanno condividendo un segreto.

Capitolo Dieci

Il bagno è bello come il resto della sala da ballo dell'hotel. I pavimenti sono di marmo. Gli specchi hanno cornici ricercate. Alle pareti sono appesi quadri di arte moderna.

Giro il rubinetto sull'acqua fredda e mi rinfresco il collo.

Meglio.

Alle mie spalle si apre la porta di una delle toilette. Sento dei passi avvicinarsi.

Mi concentro ad applicare un altro strato di rossetto. Quello di colore Dark Berry. Quello che mi fa sentire una dea del sesso.

Nello specchio appare Fiona. Fissa il lavandino mentre si lava le mani. Ha gli occhi rossi. Gonfi.

Ha pianto.

Mi guarda mentre prende un asciugamano di carta. «Sono sorpresa che Blake abbia lasciato che gli sfuggissi dal guinzaglio.»

Mi sforzo di sorridere. Potrebbe essere una minaccia o sincera curiosità. In ogni caso, sto cercando di sembrare follemente innamorata. «Be', non può venire con me anche qui.»

«Mm-mmh.»

«È protettivo.»

«Prova ad averlo come fratello maggiore.»

«Posso immaginare.»

«Tutti i ragazzi della nostra scuola avevano paura a uscire con me. Pensavano che Blake li avrebbe presi a calci in culo.»

«Lo avrebbe fatto?»

«Tu che dici?»

«Prego?»

«È il tuo ragazzo. Non sai come reagisce quando è geloso?»

«È stato molto tempo fa.»

«Mmh.» Si mette i capelli dietro l'orecchio. «No. Blake non è violento. Be'... non di solito.»

Ingoio la domanda che mi sale in gola. C'è qualcosa che non mi sta dicendo. Qualcosa che non devo sapere.

Mi dà un'altra occhiata. «Devo dire che non me lo aspettavo con una come te.»

«Come me?»

Tira fuori il rossetto dalla sua pochette. «Blake è sposato con il suo lavoro. È peggio di mio marito. L'ho sempre immaginato con una che gli somigliasse.»

«Anche io amo il mio lavoro.»

«Fare la cameriera?»

«Sono un'artista. Ho molto da imparare. Mi tiene occupata.»

Lei annuisce, accettando la mia storia. O forse è un *ok, se ti piace pensarla così*. Non ne sono sicura.

«Blake trova il tempo per me.» Questo è vero. Più o meno. «Vuole cambiare le cose. Sa che non sarà felice se non lo farà.»

«Spero che tu abbia ragione. Ma sai cosa si dice degli uomini e dei loro cambiamenti?»

«No. Cosa si dice?»

«Niente. Non cambiano.»

Faccio un respiro profondo. Questo è un test e devo superarlo. «Immagino che chi vivrà vedrà.»

Fiona si morde il labbro. «O non t'importa?»

«Prego?»

«Fai la cameriera. Lui è ricco sfondato. Non ci vuole un genio per capire che in fronte ha scritto *gallina dalle uova d'oro*.»

«Non è così. Io amo Blake.» Dio, questa è una confessione di passione terribile. Cerco di sorridere. Penso alle cose che mi fanno battere il cuore. L'incidente. Il profilo dei grattacieli con il tramonto sullo sfondo. I primi fiori di primavera. «Lui... è diverso da tutti gli altri che ho incontrato. Mi fa sentire al sicuro. Mi fa tremare le ginocchia. È...»

Fiona chiude la borsa con uno scatto. «Spero che tu stia dicendo la verità. Per il tuo bene. Perché se non è così... ti pentirai di averlo usato. E io sarò lì ad assicurarmene.»

«Apprezzo il fatto che ti preoccupi per lui.» Davvero, è dolce. Anche se a mie spese. «Spero che ti goda la serata.» Metto il rossetto in borsa, esco dal bagno e comincio a gironzolare.

Sono avvolta da un vortice di chiacchiere ad alta voce.

Tutti mi guardano come faceva Fiona.

Cosa ci fa con lei?

E cosa ci fa lei con lui?

Una così giovane... sta cercando uno che la mantenga? Basta guardarle il vestito.

Pensi che sia una prostituta?

Ok, è frutto della mia immaginazione. Credo.

Che buffo. Non avrei mai pensato che la gente mi avrebbe guardato pensando che fossi troppo bella per stare con qualcuno.

È quasi una cosa carina.

Ma Blake non è interessato al mio aspetto.

È interessato al mio...

No, non gli interessa niente.

Sono tutte stronzate.

Trovo un cameriere e prendo un altro calice di champagne. Le bollicine mi scoppiano sulla lingua. Mi inebriano. Rendono la stanza effervescente.

E dov'è finito il mio fidanzato adorante?

Non è nell'angolo dov'era prima. E nemmeno Meryl.

Vado in giro a cercarlo per la sala del ricevimento. Ma non lo vedo da nessuna parte.

Oh. C'è un terrazzo tranquillo più avanti. È perfetto.

Qualcuno mi blocca il cammino. Declan, il vecchio amico di Blake.

«Ehi, Kat. Blake sta per fare il suo discorso.»

«Vado solo a prendere un po' d'aria» dico.

Lui mi dà una pacca sulla spalla. «Sciocchezze.» Si china e sussurra: «So da fonte certa che parla di te durante il discorso.»

Oh.

Dobbiamo accelerare la tabella di marcia.

Questo deve voler dire che...

Deglutisco a fatica. «Certo.»

Lo seguo nella sala principale. Prendo un altro bicchiere di champagne e lo bevo d'un fiato.

Sta andando tutto troppo in fretta.

Non sono pronta per essere una fidanzata.

Declan mi dà una pacca sulla schiena. Fa un cenno verso un piccolo palco. Blake è lì in piedi. Tiene in mano il suo bicchiere di champagne come se stesse per fare un brindisi.

Scruta la folla. I suoi occhi si posano sui miei. Si riempiono d'amore.

Come se tutto questo fosse reale.

Mi fa un sorriso smagliante.

È così che so che è tutto per finta.

Blake non sorride.

Premo l'unghia nel palmo della mano.

Lui non ti ama.

Non ti amerà mai.

È tutto finto.

«So che siamo tutti molto eccitati per la nuova funzione Foto. Mi piacerebbe fare i complimenti al team degli sviluppatori, siete tutti fantastici, ma questo è un ricevimento.» Alza il bicchiere. «Passiamo a qualcosa di interessante.»

Ridono tutti. E sollevano i loro bicchieri.

Blake vuota il suo con un lungo sorso. Non è da lui. Non è il Blake che conosco.

Si asciuga il sudore dalla fronte.

Anche questo non è da lui.

Blake non si innervosisce.

I suoi occhi incontrano i miei. Si riempiono di qualcosa, qualcosa di reale.

L'agitazione che ho dentro aumenta.

Mi sento formicolare le dita delle mani e dei piedi.

Dimentico tutto tranne i suoi profondi occhi azzurri.

«Adesso ho priorità diverse.» Scende dal palco. «C'è qualcosa, no, qualcuno che amo più della Sterling Tech.»

La folla si apre fino a che tra Blake e me non c'è nessuno di mezzo. Meno male che ha un microfono senza fili, perché non riesco a muovere un muscolo.

Avanza lentamente verso di me.

Porge il suo bicchiere di champagne a un cameriere.

L'espressione che ha negli occhi è puro amore.

Io gli credo.

Credo a tutto.

Mi prende la mano e mi accarezza le dita. «Kat, ti amo più di quanto abbia mai amato chiunque altra.»

Ho lo stomaco sottosopra.

È tutto finto.

Ma il mio corpo non lo capisce.

Il mio corpo avvampa. Esige Blake. Non solo il calore del suo tocco, ma la morbidezza del suo abbraccio.

«Mi rendi l'uomo più felice del mondo.» Si mette in ginocchio.

Mi sforzo di fare un sorriso.

Blake tira fuori dalla tasca una scatolina portagioie. «Vuoi sposarmi?»

È un solitario montato su una fede di platino. Quattro carati, cinque forse. Elegante, come tutto quello che possiede.

Nella stanza non si sente volare una mosca. Tutta l'attenzione è su di noi. Colgo gli sguardi di sua madre. È rimasta a bocca aperta, ma l'espressione di gioia che ha in viso è inequivocabile.

Faccio un gran sorriso. Mi metto le mani sulla bocca come se non potessi credere alla fortuna che mi è capitata. «Certo.»

I suoi occhi rimangono incollati ai miei. Mi fa scivolare l'anello di fidanzamento al dito e si alza in piedi.

Blake si china per baciarmi. Le nostre labbra si incontrano e in corpo mi esplodono i fuochi d'artificio. Ma è tutto finto. Tutto tranne l'anello.

Sono fidanzata con Blake Sterling.

Questa è la migliore decisione che io abbia mai preso o il più grande errore della mia vita.

Capitolo Undici

Scattano i flash. Si sentono i clic delle fotocamere dei cellulari. Un vero e proprio otturatore si chiude e si apre.

Siamo uno spettacolo.

È ovvio che siamo uno spettacolo. Una proposta di matrimonio pubblica è sempre un evento.

Blake è già al mio fianco, con il braccio intorno alla mia vita, e un'espressione fredda e distaccata. Se non lo conoscessi bene, penserei che è un robot cui hanno programmato una sola espressione facciale.

Ma non è un robot. C'è altro in lui, altre sfumature. Le ho viste solo di sfuggita, ma ne sono sicura.

Blake fa un cenno con la mano alla folla. «Se volete scusarmi, io e la mia fidanzata vorremmo restare soli. Per festeggiare.»

Alcune persone ridono. Alcuni applaudono. Tutti sanno che festeggiare è il termine in codice per *fare sesso bollente da neofidanzati*.

È romantico. È un impegno per sempre. Promettiamo di proclamare il nostro amore davanti a tutti. È bellissimo.

Solo che è una farsa.

Atteggio le labbra a un sorriso. Mi sforzo di guardare

l'anello. Cattura tutte le luci della stanza. Si prende gioco della mia decisione di preferire il denaro all'integrità morale. All'onestà, all'amore e all'affetto.

Di solito non credo nel karma, ma non riesco a scrollarmi di dosso la sensazione che sto sigillando il mio destino.

Mi sto facendo beffe dell'amore. Mi sto facendo beffe del matrimonio. Mi sto facendo beffe di un impegno a vita.

I miei genitori si amavano. Anche dopo vent'anni di matrimonio, erano follemente innamorati. Sorridevano e ridacchiavano ancora come due adolescenti.

Sono persino morti insieme.

È stato meglio così. Per loro. Sarebbero stati persi l'uno senza l'altra.

Ma per me...

Sono passati tre anni dall'incidente che ha ucciso i miei genitori e lasciato Lizzy in condizioni critiche per settimane. Ho cercato di tenere insieme le cose per tre anni, e non ho mai trovato il mio spazio. Tutto è troppo costoso. E non c'è mai abbastanza tempo.

Ho bisogno dei soldi di Blake. Questo lo so.

Ma questo anello splendido, costoso e vistoso mi fa venire voglia di vomitare.

È la cosa più bella e orribile che io abbia mai visto.

La stretta di Blake intorno alla mia vita si rafforza. È un gesto un po' possessivo, certo, ma quella parte è per fare scena.

Credo.

La folla si apre per farci passare. No, sta aprendo un varco per Blake. Ha questo effetto sulle persone. Si piegano alla sua volontà.

L'aria fresca mi colpisce in pieno viso quando Blake apre le porte.

Mi appoggio al suo tocco.

Assorbo tutto il suo calore.

E odio anche questo.

Il mio gesto è una bugia.

Distolgo gli occhi dall'anello. Siamo in un hotel di lusso nei quartieri alti. Le strade sono tranquille. La limousine è parcheggiata lungo il marciapiede. E lì, di fronte, ci sono alberi spogli. Ma ci sono piccole gemme bianche sull'albero in fondo alla strada.

È un ciliegio. È quasi stagione.

Blake mi apre la portiera della limousine e mi aiuta a entrare. Poi si mette sul sedile di fronte. Chiude la portiera e i suoni del ricevimento restano fuori.

Luci bianche soffuse. Questa è davvero una bella limousine. Elegante. Come tutto quello che possiede.

Come l'anello.

Come me. Si può dire che sono una cosa che possiede. Una donna sotto contratto. Non mi sembra il tipo che considererebbe sua moglie una sua proprietà, ma non si sa mai. I ricchi pensano che gli è tutto dovuto. Soprattutto gli uomini.

Sprofondo nel sedile. A contatto con la mia pelle scoperta sembra gelido. Il mondo intero sembra gelido. Come se non ci fosse più un briciolo di amore o di calore.

«Kat.» Blake è freddo come la pelle del sedile. Come l'aria. «Cosa c'è che non va?»

«Niente.» Mi liscio il vestito. Incrocio le gambe. Cerco di guardare qualcos'altro oltre all'anello.

«Qualcosa c'è.» La sua voce è sincera.

A Blake spiace davvero che io sia turbata? Ha ottenuto quello che voleva. Questo è tutto ciò che vuole.

Si siede accanto a me. Preme la coscia contro la mia.

Si china per sussurrare. «Raccontami.»

Il suo respiro mi scalda la pelle. È l'unica cosa calda nell'universo. Posso concentrarmi su quanto lo voglio, su quanto il mio corpo richiede il suo.

Questo è reale.

E, in questo momento, ho bisogno di qualcosa di reale.

Le sue labbra mi sfiorano il collo. Il mio corpo reagisce all'istante.

La mia schiena si inarca spontaneamente.

Le mie gambe si aprono.

La lingua mi scivola sulle labbra.

«Sei sopraffatta dalla situazione.» Me lo sussurra all'orecchio come se mi stesse promettendo qualcosa di sporco.

«So come mi sento. Non ho bisogno che me lo spieghi.» Il mio corpo mugola davanti alle mie proteste. Non vuole parlare. Non vuole sentimenti. Vuole le sue mani, la sua bocca e il suo uccello.

Blake mi spinge i capelli da parte con un tocco gentile. Poi le sue labbra calano sul mio collo. Mi bacia. Dolcemente. Poi più forte.

«Dimmi che mi sbaglio.» Con le dita mi sfiora la pelle nuda sulla schiena. Le posa sulla mia cerniera.

«Che t'importa?»

Abbassa gli occhi. Sembra davvero ferito. Credo. Le sue espressioni sono tutte così simili. «Voglio fare in modo che tu sia il più possibile a tuo agio.»

«Perché non vorresti una moglie difficile?»

«No.» Mi slaccia la cerniera. «Mi piaci, Kat. Voglio che tu sia felice.»

«Davvero?»

«Non mento quando siamo soli.»

Essere felice è un'impresa ardua, date le circostanze. «Non succederà. Non con tutto questo imbroglio.»

Lui annuisce comprensivo. «Non pensarci.»

È più un'affermazione che una domanda. Annuisco comunque. Fisso gli occhi azzurri di Blake. Sono ancora belli, profondi e impenetrabili. «Distraimi.»

Mi fa un mezzo sorriso. Annuisce. «Chiudi gli occhi.»

Obbedisco.

Mi gira in modo che gli dia le spalle.

Mi fa scivolare giù il vestito lungo le braccia.

Mi cade in vita.

Sono nuda dalla vita in su. Questo era uno di quei vestiti

sotto cui non si può indossare un reggiseno.

Sono esposta. In mostra.

Mi si contrae il sesso.

Tuttavia mi piace. Mi piace sentirmi sporca. Blake sembra conoscere i miei desideri meglio di me.

Le sue mani mi sfiorano la schiena, i fianchi, il torso. Disegna dei cerchi intorno ai miei capezzoli.

I miei pensieri volano via. Sono spenti in qualche angolo del mio cervello. Il desiderio sta prendendo il sopravvento sul resto.

Ho bisogno di lui.

Adesso.

Prima di adesso.

Inarco la schiena, premendogli i seni nelle mani. Mi morde l'orecchio. E le sue mani, oh le sue mani.

«Hai preso dei contraccettivi?» chiede.

Annuisco. «L'iniezione.» Come promesso, mi ha mandato i risultati del suo test dopo la nostra ultima conversazione.

Mi strattona il vestito, sollevandomi il sedere per farmelo scivolare ai piedi. «Ti ricordi la parola di sicurezza?»

«Sì.»

Mi tira con forza le mutandine. Si tendono contro i miei fianchi fino a quando il tessuto di pizzo si strappa.

Le labbra di Blake trovano le mie. Il suo bacio è imperioso. Possessivo.

Mi risveglia tutti i nervi che ho in corpo. Fa sì che ogni parte di me chieda a gran voce di avere di più.

Sposto i fianchi. Gli tiro il tessuto della giacca. Ricambio il bacio più forte che posso.

Mi tira sul suo grembo. Attraverso i pantaloni sento la sua erezione. Cazzo, è così bello sapere che è duro a causa mia. C'è qualcosa di istintivo e viscerale in questa consapevolezza.

Gli voglio mettere le mani intorno.

Voglio farlo venire col mio tocco.

O con la bocca.

Non ho idea di come toccare un uomo al di là delle chiacchere fatte a tarda notte al liceo. Ma non m'importa di essere inesperta. Di potermi rendere ridicola.

Lo voglio troppo per preoccuparmene.

Lui trascina le labbra lungo il mio collo, sulla clavicola e sul petto. Chiude la bocca intorno al capezzolo. Succhia forte. Poi piano. Poi lo stimola con brevi colpi di lingua. Poi lunghi.

Mi arrendo alle sensazioni che mi si formano in corpo.

La sua bocca morbida e umida.

Le sue mani forti.

La pelle fredda del sedile contro le cosce.

La tensione quando mi allarga le gambe.

Il suo pollice contro il mio clitoride.

Il piacere mi monta dentro mentre mi massaggia. Scaccia quell'ultimo pensiero assillante, quello che mi ricorda il peso sulla mia mano sinistra.

Poi mi stuzzica con un dito. Dondolo i fianchi per andargli incontro più a fondo ma lui stuzzica e stuzzica e stuzzica.

Alla fine, mi fa scivolare il dito dentro.

Accidenti. Che bello.

Non è intenso come l'ultima volta, quando era il suo uccello a essere dentro di me, ma è comunque straordinario, cazzo.

Mi strofina, succhiandomi i capezzoli mentre mi scopa con le dita.

È un mondo di sensazioni. Riesco a malapena a reggere. Ma questa volta gli ho messo le mani sulla pelle. Questa volta posso toccarlo.

Gli sfilo la cravatta e la butto da una parte. Gli slaccio i primi due bottoni della camicia. Le mie dita gli sfiorano il petto. È duro e forte contro il mio palmo. E caldo.

È tutto caldo.

Gli affondo le unghie nella pelle. Lui succhia più forte. Accarezza più forte. Spinge più a fondo.

La pressione dentro di me si fa più forte. Gli tiro i capelli. Muovo i fianchi. Lascio uscire un gemito pesante.

Tutto si dispiega quando vengo.

«Blake.» Lo tiro più vicino. Lo invoco tra i gemiti.

L'estasi mi travolge. Mi sento bene. A casa. Al sicuro. Soddisfatta.

Blake mi avvolge le braccia intorno.

Apro gli occhi sbattendo le palpebre. Fisso i suoi occhi azzurri da bambino.

È il Blake che capisco. Quello che vuole solo il mio corpo. Che mi porta solo piacere.

Se solo ci capissimo sempre così.

Mi passa le dita tra i capelli e si china per premere le labbra sulle mie.

Lo bacio più forte. Ho bisogno di lui in tutto e per tutto. Non solo il suo corpo, ma anche il resto. Sarà mio marito. Ho bisogno di qualcosa di più di sesso fantastico. Ho bisogno di qualcos'altro a cui aggrapparmi.

Porta le labbra al mio orecchio. «Girati.» La sua voce è un comando. «Mani contro lo schienale del sedile.»

Scendo dal suo grembo, pianto le ginocchia sul sedile e premo i palmi delle mani contro la pelle liscia dello schienale.

Lui si posiziona dietro di me. Sento che apre la cerniera. La mia lingua scivola sulle labbra di riflesso. Voglio così tanto toccarlo o assaggiarlo. Qualcosa. Qualunque cosa.

Ma sono ancora alla sua mercé.

No, mi piace essere alla sua mercé.

Lo voglio.

E voglio di più.

Voglio tutto.

Per la prima volta nella mia vita, sono avida.

Mi affonda le dita nei fianchi. Mi tiene in posizione mentre mi penetra. È un'unica spinta forte. Assorbo tutta la sua forza.

Solo lui. Nessun preservativo. Niente tra di noi. Be', tra i nostri corpi.

Chiudo gli occhi.

È così bello sentire Blake. Caldo e duro e mio. Come se il suo corpo fosse fatto per il mio. Come se fossimo entrambi esattamente dove dobbiamo essere.

«Mi devi venire sull'uccello.» La sua voce è pesante. Quasi disperata.

Annuisco. Devo venirgli sull'uccello. Ne ho bisogno più di quanto abbia mai avuto bisogno di qualsiasi altra cosa.

Mi tiene in posizione mentre mi scopa.

Ci dà dentro. In profondità. Fa male, ma in modo piacevole. In modo straordinario, cazzo.

Il piacere mi monta dentro. Tiro il sedile. Arriccio le dita dei piedi. Gemo contro la pelle dello schienale.

Tutto questo lo sprona. Lo fa andare più a fondo. Gli fa fare gemiti più rochi.

Fa passare la mano tra le mie gambe per accarezzarmi il clitoride.

Cazzo.

Mi spinge al limite. Quasi...

Inarco la schiena, muovo i fianchi per andare incontro alle sue spinte.

Mi affonda le unghie nella pelle. Un avvertimento che è lui a comandare. Gemo una specie di affermazione. Ha lui il controllo. Mi piace che abbia lui il controllo.

Qualche altra spinta e ci sono. Tutta quella pressione si allenta. Mi pulsa il sesso mentre vengo. Gemo il suo nome. Dondolo i fianchi. Cerco di fare qualcosa per contenere l'intensità dell'orgasmo, ma mi stende comunque.

Mi tremano le ginocchia.

Mi scivolano le mani.

Blake mi aiuta a stare su. Mi tiene più stretta. Solo che ora non è Blake. È la sua versione animale.

I suoi gemiti sono bassi e profondi.

I suoi movimenti sono bruschi. Duri.

Si muove più veloce. Più a fondo.

Fa male, ma in modo piacevole.

Il suo respiro si fa irregolare. I suoi gemiti aumentano. Le sue unghie scavano nella mia pelle.

Poi arriva. Sento il suo orgasmo dal modo in cui pulsa dentro di me, dal modo in cui i suoi gemiti aumentano, dal modo in cui le sue unghie mi graffiano la carne.

Quando ha finito, si tira indietro e si chiude la cerniera dei pantaloni.

Crollo sul sedile. Sono nuda. Lui è vestito.

Mi aggrappo al mio appagamento il più a lungo possibile. Forse non mi amerà mai, ma mi scoperà fino a farmi perdere i sensi. È più di quello che hanno in tante.

Non è abbastanza, ma è qualcosa.

Capitolo Dodici

In qualche modo, riesco a rimettermi il vestito abbastanza a lungo da andare dal garage all'ascensore che porta all'appartamento di Blake. Lui non dice niente finché non siamo in bagno e poi mi chiede solo se voglio qualcosa da mangiare o da bere.

Comincia a riempire la vasca. Una parte di me vuole urlare che posso farlo da sola. L'altra metà vuole cadergli tra le braccia e lasciare che si prenda cura di me per sempre.

C'è qualcosa di confortante nella resa. Nel lasciare andare tutti i pensieri che mi rimbalzano in testa. Voglio diventare più brava ad arrendermi.

Voglio essere in grado di lasciarmi andare. Di lasciare che qualcun altro si prenda cura di me. Qualcuno di cui mi fido.

Solo che non sono sicura che sia Blake.

Raggiungo un compromesso. Lui va a prendermi uno spuntino, e io aspetto in silenzio finché la vasca è abbastanza piena, poi mi infilo nell'acqua piena di schiuma.

È perfetta. Calda ma non al punto da scottare. Grandi bolle che profumano di lavanda e menta.

Uno dopo l'altro, i miei muscoli si rilassano. La giornata

scivola via. Il dolore di fingere viene lavato via. Tutto è perfetto, caldo e dolce.

Blake ritorna con un vassoio di snack. Uva, frutti di bosco, cracker, formaggio e cioccolato fondente.

È in jeans e maglietta. È strano. Ma anche sexy. Gli sta bene il cotone.

Mi avvicino al bordo della vasca. «Sembri normale.»

«E di solito?»

«Sei in giacca e cravatta. Indossavi un completo anche quando siamo andati a fare shopping.»

«Indossavo dei pantaloni e una camicia con il colletto.»

«Ok, eri "business casual". La maggior parte delle persone indossa qualcosa del genere.» Indico il suo outfit. «Non è così che si vestono di solito i programmatori?»

«Non programmo molto in questi giorni.»

Mi metto in bocca un lampone. Non compro mai frutti di bosco. Troppo costosi. È meglio di quanto ricordassi. Crostata, dolce, perfetta. «Ti manca?»

«A volte.»

«Ti piaceva molto programmare?»

«Mi piacevano alcuni aspetti.»

«Tipo...»

«La sensazione di aver raggiunto un traguardo quando riesci a far funzionare un programma. Una soddisfazione. Non c'è niente di simile.»

«Ti piace avere il controllo del computer?»

«In parte. È più il senso di aver raggiunto un traguardo.»

«Cosa fai adesso? Oltre a programmare?»

«Un sacco di riunioni. Decisioni a livello direzionale. È importante, ma non è altrettanto soddisfacente.»

«Potresti lasciare che qualcun altro gestisca la tua azienda.»

Mi guarda inorridito. Penso. «Cosa ti piace dell'arte?» Prende una fragola e ne succhia il succo. «Non ne abbiamo mai parlato.»

«Non parliamo molto.»

«Giusto.» Il suo tono si fa allegro. Be', per Blake.

«Mi piace tutto. Ma soprattutto i romanzi a fumetti.»

«I fumetti?»

Annuisco.

Lui fa un mezzo sorriso. «Ti rendi conto che ho fondato un'azienda informatica a sedici anni, sì?»

«E ti sei ispirato a Batman o qualcosa del genere?»

«No. È troppo violento.»

«Iron Man?»

«Ti do l'impressione di essere sarcastico?»

Rido. Sono piuttosto sicura che sia una battuta.

Lo è. Blake sta sorridendo davvero. Dio, ha un bel sorriso. Mi fa sentire calda dappertutto.

«Non leggo molto i fumetti» dico. «Non mi piacciono le storie di supereroi. Mi piacciono i romanzi a fumetti che parlano di persone e relazioni. Mia sorella dice sempre che sono robe noiose da ragazze.»

«Le vuoi molto bene?»

«Certo. Tu non vuoi bene a tua sorella?»

Lui annuisce. «È una persona difficile, lo so. Se fosse...»

«Non ti preoccupare. Lo capisco. Qual è il problema con suo marito?»

«Trey? Non è un brav'uomo.»

Inarco un sopracciglio. «Non è una buona spiegazione.»

«Non spetta a me raccontarlo.»

Mi sembra giusto. Affondo i denti nel cioccolato. È perfetto. Ricco. Dolce. Gratificante. «Cosa fai per divertirti?»

«Scacchi.»

«*Scacchi?*»

«Anche quello.» Dà un'occhiata al piatto. «Vuoi qualcosa di più sostanzioso?»

«Non in vasca.» Mi spingo indietro verso la parete, la vasca è davvero enorme. «Io... voglio sapere perché stiamo facendo tutto questo.»

Lui annuisce. Poi niente.

«Ti stavo dando il la per iniziare la spiegazione» dico.

Lui fa un cenno verso un bicchiere d'acqua. Alzo gli occhi al cielo ma bevo l'intero bicchiere.

«Non farlo» mi dice.

«Cosa? Seguire le tue istruzioni?»

«Alzare gli occhi al cielo.»

«Se no? Mi punirai per essere stata cattiva?»

«Farò il possibile per rispettarti, Kat. Mi aspetto lo stesso da te.» Il suo sguardo è intenso. «Capito?»

«Se vuoi rispetto, allora rispetta me. Ti ho chiesto una cosa. Non hai risposto.»

Mi fissa di rimando.

Non riesco a sostenere il suo sguardo. Mi cadono gli occhi sull'anello. Cattura ancora tutta la luce.

«Ti piace?» La sua voce è morbida. Quasi come se gli importasse davvero della mia reazione.

«Ha importanza?» Mi piace, anche se mi piacerebbe molto di più se mi fosse stato dato da qualcuno che ci tenesse a me. Se simboleggiasse amore invece di bugie.

«Sì.» Si inginocchia accanto alla vasca, così ci guardiamo negli occhi dalla stessa altezza. «Ti sta bene.»

«Sono costosa e appariscente?»

«Sei bella e discreta.» Mi porge la mano. «Voglio che tu ti senta a tuo agio.»

«Mi sentirò più a mio agio se smetti di dirlo. E se mi dai una spiegazione.» Immergo la testa sott'acqua. Mi sento immediatamente più pulita. Come se il bagno stesse lavando via tutti i prodotti per capelli e il trucco. Tutta la roba che mi rende la bella fidanzata finta di Blake e non Kat.

Blake mi fissa e mi studia.

Mi passo una mano sugli occhi per togliermi il trucco. «Perché mi hai chiesto di sposarti?»

«Per lo stesso motivo per cui ti ho chiesto di fingere di essere la mia ragazza.»

«Bell'aiuto.»

«Volevo rendere felice qualcuno.»

«Chi?» Mi spremo lo shampoo nelle mani e m'insapono i capelli.

Blake mi fa cenno di avvicinarmi. Quando lo faccio, mi passa le dita tra i capelli per distribuire meglio lo shampoo.

«Posso farlo io» dico.

«Lascia che qualcun altro ti aiuti per una volta.»

«Non ho bisogno di aiuto.»

«Accettalo comunque.» Mi passa le mani tra i capelli. Ha un tocco tenero. Delicato. Amorevole. «Ti ricordi di mia madre?»

«Meryl. Ma certo. Era dolce.»

«E debole. Si reggeva a malapena in piedi.» La sua voce è morbida. Sofferente. «Non dovrebbe bere con le medicine che prende, ma a questo punto non credo che abbia importanza.»

Non mi piace quel tono. «Perché no?»

«Soffre di insufficienza epatica.» Scuote la testa. «Avrei dovuto convincerla a smettere di bere. Così non sarebbe successo.»

«Sei suo figlio. Non puoi convincerla a fare niente.»

Gli si scuriscono gli occhi. «Avrei potuto. Mamma sapeva come sarebbe andata a finire. Lo sapevamo tutti.»

«Forse lei... forse ci sono delle cure.» Oh. Me ne rendo conto tutto in una volta. Non ci sono cure. Tutta questa farsa è per il bene di sua madre. Dev'essere perché...

«Sta morendo, Kat.» Preme il palmo della mano contro la porcellana. «Pensavamo che avesse un anno, ma le cose hanno preso una brutta piega. Nella migliore delle ipotesi, le restano tre mesi».

Mi si gela il sangue. Meryl è una donna dolce. Amorevole. Non è giusto.

Ma in fondo ho rinunciato a pensare che la vita sia giusta molto tempo fa.

«Mi dispiace.»

«Grazie.» Mi prende la mano che gli ho porto. «È sempre

preoccupata per me. Dopo mio padre è normale, ma non voglio che muoia preoccupata.»

«E tuo padre?»

Ignora la mia domanda. «Dobbiamo dargliela a bere. Dobbiamo convincerla che siamo follemente innamorati.»

«Perché non dirle la verità?»

Mi guarda dritto negli occhi. «Mia madre pensa che il suo matrimonio ci abbia maledetto. Si sente ancora in colpa per essere rimasta con lui.»

«Ma perché?»

Schiva anche questa domanda.

Lo fisso per qualche istante, ma la sua espressione rimane impassibile. Non ha intenzione di spiegare.

Immergo i capelli, sciacquo via tutto lo shampoo e la maggior parte della lacca. Quando riemergo, Blake è in attesa con una boccetta di balsamo.

Me lo passa tra i capelli. «Se hai obiezioni, vorrei toglierle di mezzo.»

«Sei praticamente alla mia mercé» dico. «Insomma, mi hai già chiesto di sposarti. Non puoi trovare una nuova finta fidanzata adesso.»

I suoi polpastrelli mi sfiorano la fronte. «Io voglio te. Non qualcun'altra.»

«Non puoi liberarti di me.»

«No, io voglio te.»

Mi tiro indietro e infilo la testa in acqua per sciacquare il balsamo. Mi turbinano mille pensieri in testa. Obiezioni. Incoraggiamento. Quella vocina che urla che ho ancora bisogno dei suoi soldi.

Conosco Meryl a malapena, ma ne so abbastanza da volerla felice.

Anche se è una bugia. Una bugia che rende felici dev'essere meglio di una verità che fa soffrire.

Mi si accumula una certa tensione tra le spalle. Non mi sembra giusto. Sembra un'ulteriore presa in giro. «Quindi noi...

cosa, ci sposiamo al più presto? Così che sia presente anche lei?»

Lui annuisce.

«Come pensi di organizzare un matrimonio così in fretta?»

«Potrei organizzare un matrimonio anche domani, se volessi.» Abbassa la voce. «I soldi possono comprare qualsiasi cosa.»

«Non possono comprare me.» Non la mia anima. Non il mio amore. Non la mia volontà. Se lo faccio è perché credo che sia la cosa giusta da fare.

Qualcosa in Blake cambia. Fa un cenno con la testa. Severo e determinato. «Hai già firmato un contratto.»

«E tu hai già detto che vuoi me. Solo me.»

Lui annuisce. «Sei brava a negoziare.»

«Forse. Voglio solo sopravvivere a questa storia.» Mi mordo il labbro. «Mia sorella mi odierà per averle mentito.»

«Tua sorella capirà.» Mi fissa con occhi grandi e seri. «È anche per il suo futuro, no?»

È la prima volta che lo vedo così serio.

«Tua madre significa così tanto per te?»

«Significa tutto per me.»

Ma mentirle...

Blake ha ragione.

Ho già accettato di farlo.

Ma se ha davvero bisogno di me, sono io che ho le redini del gioco in mano.

Non conosco Meryl. Non so se preferirebbe una bugia confortante a una verità dolorosa. Devo credere che Blake la conosca bene. Che stia facendo la scelta giusta.

Io conosco mia sorella.

E non la prenderà bene se le mento. «Devo dirlo a Lizzy. Le dico tutto o me ne vado.»

Mi fissa di nuovo. «È una ragazzina. Lo andrà a dire in giro.»

«Non lo farà. E in ogni caso, non ho intenzione di negoziare su questo punto.»

Blake mi fissa negli occhi, mi studia a fondo.

«Voglio che vi conosciate. Voglio che siate amici.»

Lui annuisce. «Farò in modo di trovare un momento in agenda.»

«Ok.» Gli porgo la mano.

Lui la stringe.

Adesso questo accordo è anche alle mie condizioni.

———

Arrivo a casa alle 3 del mattino.

Lizzy è seduta sul divano e ha un'espressione preoccupata.

«Che diavolo succede?» Prende il telefono dalla tasca e apre il browser su un sito di gossip. «*L'amministratore delegato Blake Sterling si è fidanzato con una ragazza comune.*» Mi guarda negli occhi. «Un bel complimento del cazzo.»

«Domani è giorno di scuola» dico.

«Domani non vado a scuola. Non faranno altro che parlare di questa storia.»

Mi fissa come se cercasse un'incrinatura, qualcosa che possa usare per farmi confessare.

Sono di nuovo in jeans e felpa. La maggior parte dei miei vestiti eleganti sono nell'appartamento di Blake. Probabilmente vorrà che mi trasferisca presto. Finché sua madre... Non voglio nemmeno pensarci.

«Noi non ci diciamo bugie. Questo è il patto, ricordi?» obietta Lizzy «Noi due contro il mondo, perché il mondo è chiaramente contro di noi.»

«Certo.» È quello che le dissi dopo l'incidente. Quando mi resi conto di quanto fossimo nella merda. «Siamo ancora noi contro il mondo. Te lo giuro.»

«Hai intenzione di dirmi cosa sta succedendo?» mi chiede.

«Domattina. Sono troppo stanca per connettere.»

«Kat, adesso. Non riuscirò a dormire se no. Tutto questo non ha alcun senso.»

«Domattina. Ci compreremo dei pancake e faremo una passeggiata per i giardini.»

«Mi è arrivata questa oggi.» Va al tavolo di cucina e prende una busta. «Una borsa di studio dell'azienda del tuo ragazzo. Scusa, l'azienda del tuo fidanzato.»

«È fantastico.»

«Kat, sai che sarò felice per te. Ti sosterrò, di qualunque cosa si tratti, ma solo se mi dici la verità.»

Mi manca il fiato. È quello che voglio. Solo che voglio anche il suo rispetto. E non sono sicura di meritarlo. «Ok, te lo prometto.»

«Come diavolo hai fatto a farmi avere questa borsa di studio?»

«Te la sei guadagnata.»

«Stronzate.« Sbatte il foglio sul tavolo facendolo tremare e le cadono gli occhiali dal naso. L'espressione da dura perde forza. «Ok, non ci sto.»

«Saresti fantastica nel ruolo del poliziotto cattivo.» Mi siedo al tavolo di cucina. «È stato lui a suggerirlo. Ha detto che saresti stata perfetta a prescindere per questa borsa di studio, visto che studi scienze.»

Lizzy si pulisce gli occhiali sulla maglietta. «Non per offendere, davvero, ma te l'ha suggerito mentre eri in ginocchio?»

«Parli sul serio?»

«Parlo sul serio? Non sono io quella improvvisamente fidanzata con un maledetto miliardario.»

Mia sorella pensa che io sia una puttana. O forse sono una puttana. Mi scopo Blake perché lo voglio. Ma per il resto? Lui sta comprando qualcosa da me. Qualcosa che non dovrebbe essere in vendita. «Abbiamo un accordo. Non ha niente a che fare con te.»

«Quindi non è il tuo ragazzo segreto da sempre?»

«No.»

«Non siete innamorati?»

«No.»

«Ma fate sesso? Insomma, so che lo fate. Continui a presentarti con un'espressione tutta soddisfatta in faccia.»

«Lo facciamo. Ma non è per questo che mi paga. So cosa sembra...»

«Non mi devi spiegare.» e piega la lettera. «Ti meriti una pausa, Kat. E il tipo è sexy. Qualsiasi cosa stia pagando... non m'interessa. Basta che tu sia felice. E basta che sia per te.»

«È per noi.»

Lizzy si fa seria in viso. «Non farlo per me.»

«Hai già la borsa di studio. È fatta.»

«Kat! Mi vuoi ascoltare un minuto, cazzo?»

«Ti sto ascoltando.»

«No invece. So che sei ossessionata dall'idea di risolvere tutti i nostri problemi, e te ne sono grata. Davvero. Ma sono adulta. Posso cavarmela anche da sola. Posso trovare una borsa di studio. O chiedere un prestito. Hai già sacrificato molto per me. Non posso accettare che tu faccia altre rinunce.»

Ma... tutto questo è per noi. Dev'essere per noi se no che diavolo di senso ha?

«Kat?»

«Prendi la borsa di studio e basta.»

Lei incrocia le braccia.

«È fatta ormai. Ed è anche per me. Mi sono licenziata. Ora avrò tempo per disegnare, correre e vivere la mia vita. E potrò finalmente andare a scuola. Hai ragione. Voglio prendermi una pausa.» Non tanto quanto voglio che Lizzy stia bene, ma la voglio. «E mi piace Blake. Voglio imparare a conoscerlo. E andare a letto con lui.»

Questo la fa sorridere. «È così bravo?»

«Sì. Ma non ho intenzione di parlarne...»

«Oh mio Dio, sì invece!» Il suo sorriso si allarga. «Fammi vedere l'anello.» Mi prende la mano e fissa l'enorme pietra. «Sai, la sua azienda vale dieci o venti miliardi di dollari.»

«Lo so.»

«Hanno questo progetto secondario. Un chat bot che stanno

testando sul loro programma IM, per vedere se può ingannare gli utenti. È davvero fico.» Mi lascia la mano.

Immagino che la mia sorellina nerd sia più interessata ai chat bot che al mio finto matrimonio. Anche se entrambi sono imitazioni di una relazione umana.

«Vuole conoscerti. Potresti fargli vedere il tuo programma di scacchi» dico. «Adora gli scacchi.»

Arrossisce. «Non potrei mai. È come se tu facessi vedere il tuo album di schizzi a Van Gogh o qualcosa del genere.»

«Dovresti davvero andare a dormire. Domani è giorno di scuola.»

«E io domani la salto. È una scuola pubblica. Posso darmi malata senza giustificazione. E di sicuro non riuscirò a dormire finché non avrò tutti i dettagli. Su questo accordo. E su com'è il sesso con un miliardario sexy.» Si alza e accende il bollitore. «Vuoi un tè nero o verde?»

«Non puoi dirlo a nessuno.»

«Non lo farò. Te lo prometto.»

Capitolo Tredici

Tanto tempo fa, prima dell'incidente, passavo i fine settimana a esplorare la città con i miei amici. Era eccitante anche solo uscire da Brooklyn.

Sembrava che ci aspettasse un'avventura dietro ogni angolo.

Negli ultimi tre anni, mi è mancata l'avventura. Lavoro, leggo, gioco ai videogiochi con Lizzy.

Cos'è successo a quello che volevo fare? Quando avevo diciassette anni, mi si prospettavano mille possibilità. Una scuola d'arte per trasformare il mio hobby di disegnare scarabocchi in una carriera. Una facoltà all'università statale per studiare qualcosa di pratico. Inglese o economia, forse. La mia migliore amica, Belle, mi aveva perfino chiesto di prendermi un anno sabbatico per andare in Europa con lei.

Era un pensiero così eccitante. Noi due in giro per l'Europa, a goderci i panorami, a flirtare con ragazzi diversi in ogni paese. Dopo l'incidente, tutto questo è andato in fumo. Tutto quello che volevo o di cui avevo bisogno è andato in fumo. Prendermi cura di Lizzy e restare a galla veniva prima di tutto.

E ora...

Non ho idea di come passare il mio pomeriggio libero. Lizzy e io abbiamo chiacchierato a lungo durante il nostro brunch, ma ora lei è al lavoro (si è rifiutata di mollarlo) e io sto andando a zonzo per il parco da sola.

Dovrei essere entusiasta per il fatto che non ho più un giogo intorno al collo. Niente più tavoli da servire. Niente più ipoteca sulla testa. Niente più problemi con le bollette.

Mi sento sollevata.

Ma sono anche inquieta.

Come se non avessi una direzione.

Cosa diavolo dovrei fare con il tempo che ho a disposizione?

Mi stringo addosso il cappotto mentre mi chino a esaminare un cespuglio di rose. In questo momento è tutto foglie e spine. È tutto protezione e niente bellezza. Niente vita.

Io sono così. Ho ignorato i miei hobby, i miei amici, i miei sogni. Per tre anni sono stata una macchina. Lavoravo. Dormivo. Mi prendevo cura di Lizzy.

E se non ci fosse nient'altro per me?

E se non ci fosse Kat sotto la ragazza che cerca disperatamente di andare avanti?

Chiudo gli occhi e faccio del mio meglio per ricordare una settimana tipica prima dell'incidente. La scuola. I compiti a casa. La corsa campestre. Era bellissimo perdermi in una lunga corsa mentre la città mi sfrecciava accanto.

Al liceo, avevo scelto tutte le materie artistiche che potevo. Non avevo fatto nessuna distinzione. I miei genitori sconsigliavano la scuola d'arte. Dicevano che non mi ci sarei pagata le bollette. Ma le bollette non dovranno essere pagate a breve. Posso andare a scuola, fare un master, accettare un lavoro che mi piace e che paga da schifo. Posso chiedere a Belle di darmi un'altra possibilità e pagarmi un anno in Europa.

Questi soldi sono possibilità.

Questi soldi sono libertà.

Questi soldi sono sicurezza.

Passo il resto del pomeriggio a fare scorta di libri d'arte e materiali per dipingere. L'odore di matite temperate mi ricorda tante notti passate a disegnare. Compro un articolo di tutto in tutti i colori. Pennarelli, penne a inchiostro, pastelli, acquerelli, matite, acrilici, oli, tele. Stare in questo negozio mi dà le vertigini. Ha qualcosa che mi trasmette una bella sensazione.

Una chiamata di Blake interrompe la mia beatitudine. Quando rispondo, va dritto al sodo.

«Domani ci vediamo con la mia famiglia. Ti faccio venire a prendere alle quattro e mezza» dice.

Vengo colta da un'ondata di irritazione. Avrebbe potuto chiedermelo. Avrebbe potuto far finta che gli importi che ho le mie priorità.

«Dovevi conoscere mia sorella» ribatto.

«Fidati di me. È meglio che non venga anche lei a cena. Non con l'umore di Fiona.»

Faccio un respiro profondo. Devo insistere per ottenere ciò che voglio da Blake. «Allora incontrala stasera. Vieni a cena da noi.»

«Devo tenere compagnia a un amico.»

Da quando Blake ha degli amici? Mi mordo il labbro. Non posso tirarmi indietro adesso. «Porta anche lui.»

«Prenoto per quattro. Alle otto. Ti faccio venire a prendere alle sette e mezza.»

«Bene.» Non so chi dei due abbia vinto questa discussione. Se era una discussione. «Ci vediamo allora.»

«Ci vediamo.» Mette giù.

Ho ottenuto quello che volevo, ma per qualche motivo non ho la sensazione di aver vinto.

Lizzy non è affatto entusiasta del servizio auto. Si siede con le braccia conserte sul petto e guarda fuori dal finestrino. «È necessario tutto questo casino?»

«Si fa prima che con la metro.»

«La metro è meglio.» Continua a guardare fuori dal finestrino oscurato, atteggiando le labbra a una smorfia. È arrabbiata, sì, ma non credo che sia per Blake.

È qualcos'altro.

«Stai bene?» chiedo.

«Sai che non mi piace stare in macchina.»

«*Possiamo* prendere la metro.»

«No. Mi passerà.» Stringe la borsa così forte che le nocche diventano bianche.

Lizzy è forte, ma è come me, non sa ammettere di aver bisogno di aiuto. Una volta le piaceva stare in macchina. Era un lusso raro. Ma dopo l'incidente, diventa silenziosa e nervosa in auto.

Non la biasimo, è quasi morta sul sedile posteriore di una macchina.

Ma non ho idea se sia solo un leggero fastidio o una paura che la paralizza.

Rimane in silenzio per il resto del viaggio. Appena mette piede sul marciapiede, la tensione la abbandona. Fa un sospiro di sollievo.

«Sembra un bel posto.» Fa un cenno al ristorante. «Pensi che si mangi bene?»

«Probabilmente sì.»

«Pensi che faranno la tessera per gli ospiti di Mister Blake Sterling?»

Oh, diavolo, no. La fulmino con lo sguardo. «Non è divertente.»

Lizzy ride. «In realtà è molto divertente. Sembri un personaggio dei cartoni animati. La tua testa sembra un palloncino sul punto di scoppiare.»

Sono troppo iperprotettiva. Lo so. Ma lei è tutto ciò che ho. «Non parlare di alcol a cena, ok?»

«Perché?»

«È un tasto dolente. Fidati di me.»

«Ok.»

La seguo dentro. La luce soffusa dentro al ristorante crea un'atmosfera romantica.

Saluto con un cenno la direttrice di sala. «Kat Wilder. Devo incontrare...»

«Certo, signorina Wilder. Il vostro gruppo ha una stanza privata.» Prende due menu e ci porta al piano di sopra.

La stanza è mozzafiato: un tavolo abbastanza grande per otto persone e alte finestre che lasciano vedere il mix inebriante di cielo e acciaio.

Blake è seduto di fronte a Declan, il tipo che ho conosciuto al ricevimento dell'azienda. Dev'essere l'amico. Immagino che sia in visita.

Blake si alza. «Siamo a posto. Grazie.» Prende i menu dalla direttrice di sala che annuisce e scompare giù per le scale.

Blake porge la mano a Lizzy. «Blake Sterling. Tu devi essere Lizzy.»

«Sì.» Lei gli stringe la mano. «È un piacere conoscerti. Era ora, davvero, visto che sei fidanzato con mia sorella.»

«Non puoi biasimarmi se voglio tenerla tutta per me» dice Blake.

Lizzy mi dà un'occhiata come a dire *bella battuta*. «E tu non puoi biasimarmi se mi lamento.»

«No. Chiunque vorrebbe avere Kat intorno.» Blake fa un cenno al suo amico. «Declan Jones. Troppo scemo per presentarsi da solo, a quanto pare.»

Declan si avvicina a Lizzy. Si stringono la mano. «Piacere di conoscerti.» Si rivolge a me. «E piacere di rivederti, Kat. Pensavo che Blake mi prendesse per il culo quando ha suggerito di invitare altre due persone alla nostra cena.»

Lizzy ride. «Nemmeno Kat esce mai con me.»

Si scambiano un'occhiata maliziosa a nostre spese.

Blake mi tira fuori la sedia. Le sue dita mi sfiorano il collo mentre mi siedo. Mi fa sentire accolta e mi fa avvampare allo stesso tempo. È un gesto dolce e possessivo. Affettuoso e sensuale. Ma dove finisce la realtà e dove comincia la finzione?

Mi giro verso Declan. «Hai mai incontrato una delle ragazze di Blake?»

«Una ragazza? Blake? No. Non ne ha mai avuta una.» Declan gli fa l'occhiolino. «Forse nemmeno un'amica donna. Avresti dovuto vederlo al college. Le ragazze impazzivano per lui. Era una leggenda: il ragazzo con l'azienda, quello che ignorava le attenzioni femminili. Si facevano scommesse nella nostra classe. Un gruppo di ragazze pensava che sarebbero state le prime a sedurre Blake. Gli si avvicinavano con uno sguardo allupato e si offrivano di fargli un pompino direttamente nel laboratorio di informatica.»

Blake arrossisce. «Non era così esplicito.»

«Era peggio. Era diventata una sfida: chi era abbastanza sexy da tentarlo al punto da distrarlo dal suo lavoro? Ma non c'è mai riuscita nessuna» conclude Declan.

Blake sta davvero arrossendo. È incredibile. Voglio catturare la sua espressione per sempre. Voglio disegnarla in un milione di vignette e in un miliardo di ritratti.

«Non ero esattamente un monaco» si difende Blake.

Declan ride. «Non può permettere che tu pensi che non scopasse.»

Blake fa un cenno verso di me e si schiarisce la voce. «Sto cercando di convincerla che sono un gentiluomo.»

Lizzy ride. «Kat fa altrettanto con i ragazzi. Pensa sempre che siano solo amichevoli. C'è questo cameriere che flirta sempre con lei, ma lei insiste che è solo cortesia professionale.»

«Davvero?» Blake mi lancia uno sguardo malizioso.

«È solo gentile» rispondo.

«Ti invita sempre a uscire dopo che ha finito il turno. E ti dà da bere gratis» dice Lizzy. «È anche carino. Avresti dovuto accettare quando ne avevi la possibilità.» Sorride a Blake. «Be', forse non carino come il tuo fidanzato.»

Lei e Declan condividono un altro sguardo complice.

Questo è flirtare.

Deglutisco a fatica.

Non esiste che mia sorella esca con un playboy patentato.

Bussano alla porta. Entra un cameriere e prende le nostre ordinazioni. Lizzy non si schioda dalla sua solita Diet Coke.

Io mi metto a mio agio.

Sembra quasi una cena normale.

Blake rivolge la sua attenzione a Lizzy. «Kat mi ha detto che sei una programmatrice.»

«Non del tuo calibro, ma sì» conferma lei.

«Quali linguaggi?» chiede Blake.

«Lavoro a cena?» chiede Declan. «Puoi fare di meglio, Sterling.»

«No, va bene.» Questa è una di quelle volte in cui sono felice di annoiarmi. Voglio che Lizzy e Blake instaurino un legame. Voglio che lei sia d'accordo con questo piano invece di limitarsi a tollerarlo.

«Lavoro soprattutto con Java e Python» dice Lizzy. «Ma sto imparando il C++.»

Blake si china, apre la cerniera di una borsa, tira fuori un portatile e lo mette sul tavolo. «Vuoi vedere qualche codice della Sterling Tech?»

Lizzy spalanca gli occhi. «Uh, sì. Se sei sicuro che non sia un problema.»

«Sarà un segreto di famiglia» scherza lui.

Lei salta quasi giù dalla sedia e si inginocchia accanto al portatile. «Il chat bot è sempre stato la mia funzione preferita.»

«Kat mi ha detto che ti interessi di intelligenza artificiale.»

«È come dire che un pesce è interessato a nuotare.»

Blake sorride.

E io mi sciolgo.

I discorsi sulla programmazione rallentano al minimo. Blake offre a Lizzy uno stage per la prossima estate. Declan fa la stessa offerta. Mi devo trattenere a forza dal lanciare il mio drink per terra e urlare che per nessun motivo al mondo mia sorella lavorerà con un playboy che fa il cascamorto, ma riesco a tenere la bocca chiusa. Il tipo è carino. Flirtare non è un reato.

È una cena piacevole. Blake e Lizzy sembrano andare d'accordo. E quando mi dà il bacio della buonanotte... riesco a percepire l'affetto che ci mette. In parte è reale. Ci tiene davvero a me.

Lizzy aspetta che siamo sedute in metro per parlare. Si agita sul sedile, è ancora eccitata, sembra strafatta di caffeina.

«Adesso capisco perché ti piace.» Fa un bel respiro. «Ma devi stare attenta. Ti strapperà il cuore dal petto come se niente fosse.»

Capitolo Quattordici

Dopo un'altra lunga giornata che faccio fatica a riempire, prendo la metro per andare al palazzo di Blake. C'è una chiave che mi aspetta dal portiere. A quanto pare, il mio fidanzato è ancora al lavoro.

Mi sistemo nella grande stanza vuota.

Il sole sta sprofondando in cielo e getta una morbida luce arancione sul soggiorno. Non si addice a questo spazio. La luce è calda, invitante, viva. Questo appartamento è sterile. Senza vita. Noioso.

È una bella stanza, ma sembra più un plastico che una casa. Non c'è una sola briciola fuori posto. Le piastrelle sono lucide, gli elettrodomestici brillano, il pavimento è immacolato.

Mi siedo sul morbido divano di pelle e pesco il mio nuovo album da disegno dalla borsa. È tascabile. Be', da borsetta. Perfetto per catturare quello che ho in testa. Non sono sicura di cosa fare della mia vita ora che non tiro a campare ventiquattr'ore su ventiquattro. Questo mi aiuterà a capire cos'ho in testa. Cosa voglio.

Il parco è davvero bello al tramonto. Faccio uno schizzo del panorama. Abbozzo gli edifici dall'altra parte del parco come dei rettangoli. Aggiungo dettagli, le ombre, le finestre, le antenne satellitari sui tetti, finché non prendono vita.

Non è gran che come disegno dal punto di vista della tecnica, ma è un inizio.

La porta si apre ed entra Blake. La mia attenzione va subito a lui.

È in giacca e cravatta, alto, stoico e bello.

I suoi occhi azzurri mi fanno battere più forte il cuore.

«Sei in anticipo» dice.

Annuisco. «Avevo voglia di stare qui.»

Blake si avvicina. Si siede accanto a me ed esamina il mio schizzo da sopra la sua spalla.

Non è un buon lavoro. Non vale la pena farne sfoggio.

Chiudo l'album da disegno e lo faccio scivolare in borsa.

«Puoi continuare a disegnare. Non mi dà fastidio.» Mi mette dietro l'orecchio un capello sfuggito dall'acconciatura. «Abbiamo ancora un po' di tempo prima di uscire.»

«Ok.»

«Hai dato un'occhiata alla tua stanza?»

«La mia stanza?»

Fa un cenno alla stanza dove abbiamo fatto sesso.

«È mia?»

«Siamo fidanzati.»

«I fidanzati non condividono un letto?»

«Consideralo il tuo ufficio. Avrai bisogno di spazio per la tua arte. Per la scuola. Per qualsiasi cosa tu voglia fare.»

«E se volessi andare a fare shopping e a farmi la manicure?»

«Non lo faresti.»

«Ma se lo facessi?»

Mi fissa come se mi stesse passando ai raggi x. «Allora avrai bisogno di spazio per il tuo guardaroba.»

«Mi stai prendendo in giro?»

Fa spallucce. *Forse.*

Mi sta prendendo in giro. È una sensazione piacevole. Ma me lo fa anche desiderare di più. È *questo* che voglio di più. Il suo affetto è genuino. Una parte di lui ci tiene a me. E questo mi disorienta.

Divorzieremo tra sei mesi.

Non posso innamorarmi di Blake.

Non posso lasciarmi confondere.

«Mi stai dicendo che mi dovrei cambiare?» chiedo.

«Avevi intenzione di uscire così?»

Sono in jeans e maglione. Non esattamente un bel vestito, ma il tipo di cose che la gente indossa a una cena in famiglia. «Perché? A tua madre non piacciono le donne che fanno shopping da H&M?»

«No. Ma Fiona avrà da ridire.»

«Mi metto uno dei miei vestiti.»

«Decidi tu.»

«Davvero? Sembri insistente.»

«No.» Le sue dita mi sfiorano la gamba. «Voglio proteggerti da mia sorella, ma non sono sicuro che sia possibile.»

«Mi odia già?»

«Pensa che tu non abbia buone intenzioni.»

«Ha ragione.»

«No. Le tue intenzioni sono buone. Solo che non hanno a che vedere con l'amore.»

Immagino che sia vero. «Forse... be', in realtà non so niente di te.» Mi alzo dal divano. Non ci sono molti posti dove andare in questo enorme appartamento, almeno non a livello di mobili. Mi siedo su uno sgabello in cucina. «Tutto questo funzionerebbe meglio se ci volessimo davvero bene. Come amici.» Più di così è fuori questione. E contemplare questa possibilità mi disorienta.

«Cosa vorresti sapere?»

«Qualcosa di importante» dico. «Qualcosa di cui la tua fidanzata sarebbe a conoscenza.»

«Conosci già tutte le cose importanti. I documenti che ti ho mandato tramite Jordan...»

«Quella è tutta roba che chiunque potrebbe trovare online.

Cosa mi dici del Blake dietro il completo elegante e l'espressione impassibile?»

L'espressione impassibile si ammorbidisce. Si sfila la giacca, slaccia i primi due bottoni della camicia e la apre. Indica una sottile cicatrice che gli attraversa il petto. È leggera. Quasi impercettibile. «La vedi questa?»

Annuisco.

«Dico alla gente che sono caduto da un albero. Come vedrai a casa di mia madre, nessuno degli alberi è abbastanza robusto per arrampicarsi.»

«Cos'è successo?» chiedo.

«I miei genitori stavano litigando. Sono intervenuto. Mio padre ha picchiato me anziché mia madre.»

Mi si rivolta lo stomaco. Ecco una cosa che in molti non saprebbero.

È una cosa tremenda, ma l'espressione di Blake è impassibile. Distaccata.

Come fa a essere così calmo riguardo al fatto che suo padre lo picchiava?

Mi costringo a sostenere il suo sguardo. «Quanti anni avevi?»

«Dodici.»

Mi manca il fiato tutto in una volta. Dodici? Non è niente. Un bambino.

Mi si avvicina. «È stato molto tempo fa. Non mi fa più male.»

«Sì, certo.» Mi sforzo di sorridere. «Grazie per avermelo detto. Spero che tu non ... be', se vuoi parlare, potremmo parlare.» Cerco di decifrare la sua espressione ma non mi è di aiuto. «So che parlare non è il nostro forte. O il tuo forte. Non parli molto insomma. Ma, sì, ecco ... Potrei ascoltare se tu volessi parlare. E potrei parlare anch'io.» Arrossisco. «Se vuoi.»

«Gentile da parte tua.»

«Grazie per avermelo detto. Davvero. Puoi dirmi cose del genere, ma pensavo più a... un hobby o il tuo libro preferito. Cose di questo tipo.»

«*1984.*»

«Veramente?»

Annuisce. «È buffo, lo so. La mia azienda è sostanzialmente il Grande Fratello.»

«Non hai accesso personale a quella roba, vero?» Divento paonazza. «Non puoi vedere la cronologia delle mie ricerche o le mie email. Puoi? Puoi, vero?»

Annuisce. «Non l'ho fatto. Non lo farò. Se mai vorrò sapere qualcosa su di te, te lo chiederò.»

Studio la sua espressione. Imperscrutabile come al solito. Probabilmente sta dicendo la verità. Non credo che mi stia mentendo.

«E tu?» mi chiede.

«Io cosa?»

«Qual è il tuo libro preferito?»

Arrossisco. «Riderai.»

«Mi hai mai visto ridere?»

Ora, sono io a ridere. «Adesso che ci penso, no. Non una risata a crepapelle. Dovrò fare battute più stupide. Devo inventarmi qualcosa per farti cambiare espressione.»

Non batte ciglio, come al solito. Questa volta, sono sicura che stia cercando di prendermi in giro.

«È Botox, vero? Il segreto della tua giovinezza e della tua mancanza di espressione. Scommetto che è Botox.»

Riesco a strappargli un sorriso. Ha davvero un bel sorriso. Illumina la stanza.

«È un romanzo a fumetti» continuo. «*Ghost World*. Parla di queste ragazze adolescenti che vivono in una piccola città. Ci sono tutte queste piccole vignette della loro vita mentre iniziano a crescere e si rendono conto che le loro idee sul mondo sono sbagliate.»

Un sorriso. È un sorriso a tutti gli effetti. E arriva fino alle guance.

«Sembra perfetto per te.»

«Sì infatti. E tu, uhm, ti piacciono i romanzi a fumetti? O i fumetti veri e propri? So che sei un programmatore, ma in realtà non hai mai menzionato niente da smanettone. Nemmeno qualcosa di classico come *The Avengers* o *Star Wars* o roba simile.»

Lui mi fissa di rimando, senza battere ciglio.

«Non... be', immagino, che a parte *1984*, non so molto di quello che ti piace o di quello che fai. A parte il lavoro. E gli scacchi. Lavori e giochi a scacchi e leggi *1984*.» Mi si insinua in testa l'immagine di una versione a fumetti di Blake. Ha i muscoli da supereroe, ma il suo superpotere è il lavoro. In ogni pagina è al computer, a una riunione di lavoro o gioca a scacchi in un posto nuovo e fantastico.

«Kat.»

Torno sull'attenti. «Sì?»

«Qual è il tuo libro preferito che non sia un romanzo a fumetti?»

«Vuoi dire un libro in cui tutte le pagine sono parole?» chiedo.

Annuisce.

«*Il mondo nuovo* di Aldous Huxley.» Gli faccio l'occhiolino.

Mi guarda dritto negli occhi. «Mi sta prendendo in giro, signorina Wilder?»

«Decisamente. Insomma, ovvio, se volessi passare ai distopici, sceglierei *The Hunger Games*.» Mi spremo il cervello per farmi venire in mente un libro che mi piace davvero, uno che mi faccia sembrare un po' sofisticata. Buio totale. «*Ghost World* è la mia risposta definitiva.»

Blake apre il frigo, tira fuori una ciotola di macedonia e due forchette e fa un gesto che può significare solo *mangia*. «Sei ferma sulle tue posizioni. Lo ammiro.»

«Grazie.» Prendo una forchetta e trafiggo un frutto di bosco. La macedonia è tutta di frutti di bosco. Blake ha prestato attenzione. «Stavo scrivendo un romanzo a fumetti al liceo. Potrei finalmente avere il tempo di lavorarci adesso.»

Si avvicina. A meno di dieci centimetri. Fa scivolare una mano intorno alla mia vita, tirando su il tessuto della felpa. Con l'altra traccia il contorno delle mie labbra. Si porta le dita alla bocca e le lecca per pulirle. Si avvicina. Ancora di più. Chiudo gli occhi.

Le sue labbra mi sfiorano. Non è come gli altri nostri baci. Non è una roba grossa per dare spettacolo. Non è un bacio passionale pensato per farmi bagnare le mutandine. È dolce. Perfino affettuoso.

È una bugia.

Ma sto iniziando a crederci.

———

Dopo un'ora di conversazione, ci vestiamo in stanze separate e prendiamo l'ascensore per scendere in garage.

Una Kat bella e truccata, mi fissa dalle pareti a specchio. Non sono ancora esperta col trucco, ma sto abbastanza bene. E il mio vestito è bellissimo. Elegante. Fin troppo per una cena in famiglia.

Mi avvio alla limousine camminando adagio. Blake mi segue.

La portiera si chiude dietro di noi, rinchiudendoci nel nostro piccolo mondo.

Con un cenno del capo Blake mi indica una bottiglia di champagne nel secchiello del ghiaccio. «È lo stesso che ti è piaciuto al ricevimento.»

«Il ricevimento dove abbiamo celebrato il nostro gioioso fidanzamento?»

«Non dire cose del genere.»

«Perché? Siamo soli. Possiamo essere sinceri. Me lo hai detto tu.»

Mi fissa. «Bene. Sfogati adesso.»

Se non sapessi come stanno le cose, giurerei di aver ferito i suoi sentimenti. «Fa lo stesso.»

La macchina si mette in moto ed esce dal parcheggio. Una volta che siamo in strada, non ci si accorge nemmeno che ci stiamo muovendo. Non c'è da stupirsi che i ricchi portino queste cose ovunque. Ci si dimentica davvero di essere in viaggio.

Lo sento muoversi. Siamo su sedili diversi. Sono perpendicolari. Devo girarmi se lo voglio vedere bene.

Gli studio il viso. La mascella forte, la linea affilata del naso, gli splendidi occhi azzurri.

Quella storia che gli occhi sono la finestra dell'anima? Una vera stronzata. Non sono la finestra dell'anima di Blake. Fisso quegli occhi e non ci leggo niente. Non ho la minima idea di cosa stia pensando o provando.

Se solo potessi aprirgli quella splendida testa e frugargli nel cervello. Non dovrebbe interessarmi così tanto. È più un capo che un fidanzato.

«Un penny per i tuoi pensieri?» Mi mordo la lingua. È una frase fatta terribile. Ed è tremendamente sdolcinata.

L'espressione di Blake rimane neutra. «Dobbiamo annunciare la data del nostro matrimonio stasera.»

«Di già?» Cominciano a sudarmi i palmi. Tutta questa storia del matrimonio mi pesa ancora al punto da togliermi il respiro. Posso farlo. Lo farò. Ma mi fa stare male.

«L'ultimo venerdì di aprile. Ho prenotato una sala da ballo al Plaza. Molto esclusiva.»

«Non mi sposerò nella sala da ballo di un hotel.»

I suoi occhi azzurri si riempiono di stupore. «Perché no?»

«È orribile e soffocante e non mi piace affatto.»

«Che differenza fa?»

«Vuoi che la gente ci creda o no?» Mi liscio il vestito. «Mi sposerò in un parco.»

«Farà freddo a fine aprile.»

«Prenderò un vestito a maniche lunghe.»

«Potrebbe piovere.»

«Che piova» dico io. «E visto che è quasi stagione, vorrei un parco con alberi di ciliegio in fiore.»

Lui sorride. «Ti piacciono?»

«No, mi ci voglio sposare sotto perché li odio.» La frase mi lascia senza fiato. Parlare con lui è impossibile. Il sarcasmo non aiuta. Non è il mio forte. «Certo che mi piacciono. Sono bellissimi.»

Non è che questo sarà il nostro ultimo giro in questa limousine. Confido che capisca.

«Prima dell'incidente, ogni aprile andavamo a Washington per un fine settimana solo per guardare gli alberi. I miei genitori diventavano tutti dolci e romantici. Allora pensavo che fosse disgustoso, mamma e papà che si baciavano sotto i fiori. E non capivo nemmeno il predicozzo di mia madre. Ogni volta era lo stesso. "La vita è breve. Bisogna prendersi il tempo per goderla".» Mi appoggio allo schienale. Abbasso lo sguardo. «Ero una stupida adolescente. La vita sembrava lunga. Non vedevo l'ora di diplomarmi e poi di laurearmi. Non vedevo l'ora di essere indipendente. È buffo quanto in fretta io sia diventata indipendente.»

Mi si forma una lacrima dentro. Stringo le palpebre finché non torna indietro. È un trucco resistente all'acqua, ma non piango davanti a Blake. Lui è tutto muri e difese. Non posso far cadere le mie.

«Dev'essere difficile essere la donna di casa.» La sua voce è ferma, ma ha una certa dolcezza. È quasi affettuosa.

«Tutto ciò che vale la pena è difficile.» Incrocio il suo sguardo. Sorrido. «Mi sposerò sotto i maledetti ciliegi in fiore. Non mi fermerai.»

«Sei sicura che non preferiresti conservarlo per il tuo vero matrimonio?»

«Sicura.» Sono tesa come una corda. «Saremo legalmente sposati. Le nostre famiglie saranno presenti. Sono sicura che avrò un vestito molto costoso. È decisamente vero.»

«Dirò ad Ashleigh di trovarti un vestito. Dille cosa ti piace e ti troverà qualcosa.» Guarda sul suo telefono. «Ti manderà un messaggio per fissare un appuntamento.»

«Voglio portare Lizzy.»

Lui annuisce. «Fai bene.»

«Ottimo.» Sembra una vittoria il fatto che Blake suggerisca che mia sorella mi aiuti.

«Sarà la tua damigella d'onore?»

«Certo. E il tuo testimone?»

«Non voglio nessuno.»

«No?»

Scuote la testa. «Non mi fido abbastanza di nessuno.»

«È strano.»

«E io non sono strano.»

«Tu sei un maniaco del controllo.»

«Vero.»

«Io, ehm... con il matrimonio, dobbiamo assicurarci di trovare un modo per andare d'accordo. Il compromesso è essenziale in una relazione sana. Anche finta.»

Un sorriso smagliante gli incurva le labbra. Poi, non posso crederci. Ride. Gli si illumina tutto il viso. Gli brillano gli occhi. È sempre stato attraente da morire, ma quella risata, quegli occhi luminosi.

In qualche modo, è ancora più bello quando sorride.

«Prendo nota» dice.

«Chi invitiamo?»

«La mia famiglia. La tua famiglia.»

«Tutto qui?»

La sua espressione si addolcisce. Si avvicina. «Hai qualcosa in contrario?»

«No. È perfetto. Solo che dopo l'ultima volta da te mi aspettavo uno spettacolo in pompa magna.»

«È per Meryl, per nessun altro.»

È dolce, davvero. Un'enorme bugia per sua madre morente.

Capitolo Quindici

La casa è più modesta di quanto immaginassi. Due piani. Quattro camere da letto. Un viale fiancheggiato da cespugli di rose.

Stringo la mano di Blake mentre ci dirigiamo verso la porta.

Il cuore mi batte all'impazzata. Ho lo stomaco sottosopra. Non sono sicura di essere mai stata così nervosa. Mentire a un ricevimento è una cosa. Ma sedersi con sua madre e mentirle in faccia?

Non sono ancora sicura di esserne capace.

Blake ricambia la stretta. È troppo dolce, troppo confortante. Ho bisogno di bandire tutte le idee che mi frullano per la testa, quelle sul fatto che tutto questo sia reale.

La porta è aperta. Blake gira la maniglia e mi fa cenno di entrare *dopo di te*.

Entro. È una casa calda. Ed è bellissima. Ci sono dei quadri appesi alle pareti che fiancheggiano le scale, dei cuscini decorano il divano, da uno scaffale contro il muro traboccano libri.

Andiamo in cucina. Meryl sta bevendo un bicchiere di vino. Fiona è seduta con un uomo in giacca e cravatta. È sulla trentina e non è molto presente. La sua attenzione è tutta sul suo iPhone scintillante.

È l'immagine di un uomo di Wall Street. Abbigliamento simile, ma è così diverso da Blake.

È difficile da spiegare. Questo tizio irradia una certa presunzione. Blake è arrogante, ma c'è gentilezza dietro i suoi occhi.

Blake mi prende il cappotto e lo appende, insieme al suo, a un attaccapanni. Saluta la sua famiglia con un cenno del capo. «Kat, ti presento Trey, il marito di Fiona.»

Oh. Ma certo. Questo spiega molte cose. Dubiterei della possibilità di un matrimonio d'amore se questo tizio fosse mio marito.

Trey alza lo sguardo dal suo telefono per una frazione di secondo. Annuisce. «Piacere di conoscerti.»

Meryl cattura il mio sguardo. Scuote la testa mentre fa un cenno a Trey. «Cosa prendete da bere voi due? E non dire che devi guidare. Ho visto allontanarsi la limousine. Cosa fa quel povero autista mentre tu sei qui?»

«Si guadagna lo stipendio.» Blake mi dà un bacino sulla guancia. «Vado a prendere da bere.»

Meryl solleva il suo bicchiere quasi vuoto. «Il vino è sul bancone.»

Blake si acciglia ma le prende il bicchiere. Immagino che non abbia senso obiettare che bere le nuoce alla salute. Non se sta morendo.

Mi viene un nodo allo stomaco. Mi sforzo di sorridere. Parte dei miei pensieri va al calore sulla mia guancia. Posso ancora sentire le sue labbra. L'altra parte corre nell'altra direzione. *Smettila di farti invischiare nella tua stessa bugia.*

«Siediti, tesoro» dice Meryl. «Ricordo che quando lavoravo in un ristorante ero sempre alla disperata ricerca di un po' di riposo.»

Mi siedo. «In realtà, non lavoro più al ristorante.»

Fiona sorride. «Oh?»

«Mi sono licenziata. Per concentrarmi sulla mia attività artistica.» Più o meno.

Fiona annuisce come se capisse. «È stato lo stesso quando ho iniziato la mia linea di abbigliamento. Ho dovuto lasciare il mio lavoro all'ufficio acquisti di Saks.»

Meryl sorride a sua figlia. «Sono sicura che potresti aiutare Kat. Potresti insegnarle a gestire un'attività in proprio.»

«Non so niente di arte.» Mi offre un sorriso dispiaciuto.

Non riesco davvero a capirla. Vuole aiutarmi sul serio? O si diverte a tenere le cose per sé?

Ma l'espressione di Fiona cambia completamente quando squilla il telefono di Trey.

Lui fa un cenno verso il cellulare. «Scusate.»

Fiona si sforza di non mostrarsi contrariata, ma non ci riesce del tutto. Guarda suo marito lasciare la stanza come se stesse portando con sé il suo cuore.

Ho l'impressione che non sia la prima volta che lui abbandona una conversazione per una chiamata. E che non sia la prima volta nemmeno stasera.

«Mio figlio dà un sacco di problemi. Spero che si stia facendo perdonare» dice Meryl.

Con tempismo perfetto, Blake ritorna con delle bevande. Vino per Meryl. Whisky per lui. Gin tonic per me.

Le sue dita sfiorano le mie mentre mi porge il bicchiere.

Ecco la stessa reazione. Il mio corpo vibra di desiderio. Ho già voglia di stare sola con lui.

Bevo un lungo sorso del mio gin tonic. È delizioso, ma non è rinfrescante.

Blake lancia un'occhiataccia a sua madre. «Questa non è una conversazione adatta per una cena.»

«Oh, per favore. Sai che non mi dispiacerebbe.» Meryl mi guarda con un sorriso. «La cena dovrebbe essere pronta tra poco. Ma se hai fame, ci sono degli snack in frigo.»

«Sto bene così, grazie.» Finisco metà del mio drink. Mi scalda la gola e scaccia la vocina che mi dice *non dovresti farlo* che ho in testa.

Fiona fissa il suo bicchiere di vino mezzo vuoto. «Mi sorprende che Blake non si sia offerto di aiutarti.» Guarda verso il posto vuoto di Trey. «È stato Trey a offrirmi i soldi del capitale iniziale per avviare la mia linea di abbigliamento. Mi ha sostenuto molto.»

L'espressione di Fiona tradisce un certo rimpianto. È chiaro che il tizio che sta facendo una telefonata fuori non è di supporto. È uno di quei tipi ricchi che stacca un assegno invece di occuparsi dei bisogni emotivi della moglie.

Nemmeno conosco lo stronzo e già lo odio.

Il mio sguardo va a Blake. Accidenti. È bravo a tenersi tutto dentro. Non gli traspare una sola reazione in viso. È il ritratto della freddezza.

Come sempre del resto.

«Farò qualsiasi cosa per Kat. Qualsiasi cosa.» Mi passa le dita sulla guancia. Mi fissa come se fossimo innamorati. «Ma la sua indipendenza è molto importante per lei. Vuole farsi strada da sola.»

«Ammirevole, ma tesoro...» Meryl beve un bel sorso di vino. «Prendi i soldi del povero sciocco qui, se te li offre.»

«Presto saranno i nostri soldi.» Blake sorride. «Abbiamo fissato una data. L'ultimo venerdì di aprile.»

«Non chiedi un accordo prematrimoniale?» Fiona cerca di cancellare lo shock dal volto, ma non riesce a fare un'espressione completamente neutra.

Blake alza un sopracciglio. Si scambiano uno sguardo d'intesa. È pura telepatia tra fratelli.

«Non voglio più sentire quelle parole» dice Meryl. «E non voglio sentire una sola cifra.»

Fiona si acciglia. «Ma Blake potrebbe perdere l'azienda se divorziano.»

«Che cosa ho detto?» Meryl stringe il suo bicchiere di vino.

Fiona arrossisce. Inciampa nelle parole. «Voglio solo aiutarlo a proteggersi.»

«E come ha funzionato l'accordo prematrimoniale per te?» chiede Meryl.

«È diverso. Lui aveva più soldi» risponde Fiona.

«Sto per firmare un accordo prematrimoniale.» Faccio del mio meglio per usare un tono convinto. «È stata una mia idea. Non voglio che Blake pensi che lo faccio per i suoi soldi. Sarò anche giovane, ma non sono ingenua. So che il matrimonio non funziona sempre. Preferisco che questi dettagli siano chiariti ora piuttosto che dopo.»

Meryl mi fissa come fa Blake. Mi analizza, valutando il peso di ogni singola parola. «Sei una sciocca, tesoro, ma una sciocca ammirevole.»

Mi liscio il vestito. «Grazie. Credo.»

Lei ride. «È un complimento.» Guarda verso Blake e Fiona. «I miei figli non capiscono. Pensano che il matrimonio consista nel proteggere i propri beni. Non è così. Si tratta di trovare un partner che ti sostenga quando ne hai bisogno. Si tratta di trovare qualcuno di cui hai bisogno al tuo fianco. Qualcuno che ti supporti.»

Deglutisco a fatica. Il matrimonio dovrebbe essere tutte queste cose. Dovrebbe essere tutto.

E proprio in quel momento, entra Trey. «Peccato, tesoro, devo andare.»

Meryl lancia un'occhiata a Fiona.

Fiona si acciglia. «Non puoi restare per cena?»

Si china per darle un bacio sulla guancia. «Mi piacerebbe, ma è un'emergenza.» Guarda Meryl. «Meryl...»

«Non disturbarti.» lo ferma scuotendo la testa. «Questo è l'esempio che vi ho dato io. Cavolo, almeno te ne vai.»

In qualche modo, questa frase non ferisce Trey.

Guarda Fiona e sussurra qualcosa. Lei stringe gli occhi e aggrotta la fronte.

Trey si alza e si avvia alla porta. «Mi dispiace, Meryl. Ci vediamo la prossima settimana.»

Meryl si schiarisce la gola. «Guida con prudenza.»

Trey saluta Fiona con un bacio ed esce. Nessuno fiata fino a quando non si sente sbattere la porta e un'auto fuori avviare il motore.

Fiona si rivolge a Meryl. «Sta cercando di essere di aiuto.»

«È uno stronzo.»

«Anche papà lo era.»

Meryl fa un gran sospiro. Fissa il suo bicchiere di vino come se contenesse tutti i segreti dell'universo. «Se ti comporti così con Kat, giuro su Dio...» Mi guarda. «Che razza di famiglia con cui imparentarsi.»

Deglutisco a fatica. «Blake è dolce.»

Meryl guarda lui, ma si rivolge a me. «I soldi ti portano solo a cercare più soldi.»

«Io non sono come Trey. E Kat non è come Fiona» commenta Blake.

«Fanculo.» Fiona incrocia le braccia.

«Non tutto è un insulto» dice Blake.

Si scambiano sguardi ostili. C'è qualcosa di privato in tutto questo. Come se non potessero condividere quello scambio con altri.

Sembra che si odino e si amino in egual misura.

La voce di Meryl si addolcisce. Porge la mano a Fiona. «Non potevi saperlo, tesoro. Eri solo una bambina.»

Fiona si mette la mano in grembo. «Avevo diciannove anni.»

«Esatto. Stai meglio senza di lui» dice Meryl.

«Con niente» risponde Fiona.

Meryl guarda Fiona. Poi Blake. Nessuno dei due è disposto a sfidarla. Qualcosa nella sua espressione li fa desistere.

Meryl scuote la testa. «Cosa avete voi due? Perché parlate sempre di soldi? C'è altro nella vita.»

Sotto il tavolo, Blake mi stringe la mano. Mi guarda come per chiedere *stai bene?*

Faccio cenno di sì. Sto abbastanza bene.

Nella stanza si fa silenzio. L'aria diventa pesante. Credo che Blake e Fiona siano d'accordo sul fatto che tutto gira intorno ai soldi.

È piuttosto triste.

Non ho mai avuto pietà delle persone ricche. Neanche per un secondo. Essere al verde è orribile.

Ma ti fa apprezzare quello che hai.

Ho un'amica del cuore. Una persona che amo incondizionatamente, che sarà sempre dalla mia parte.

Non farei mai a cambio tra la mia relazione con Lizzy e tutti i soldi di Blake e Fiona.

Fiona giocherella col cibo che ha nel piatto. Guarda Blake e cerca di parlare con una voce da sorella. «Tre settimane e mezzo volano.»

Passa qualcosa tra Meryl e Blake. Accidenti. Tutta questa famiglia ha una specie di assurdo potere telepatico.

«Non vogliamo aspettare» dice Blake.

Meryl mi guarda come se cercasse una conferma. «Davvero?»

«È stata una mia idea» dico. «Voglio assolutamente sposarmi sotto i ciliegi, e non voglio aspettare un altro anno.»

La sua espressione si addolcisce. «Capisco.»

«Hanno un grande valore affettivo per me. È sempre stata una tradizione di famiglia. Be', non voglio annoiarti.»

«E la tua famiglia approva?» mi chiede Meryl.

«Siamo solo io e mia sorella. I miei genitori ebbero un incidente qualche anno fa. Sono morti.» Serro le labbra. Non mi piace pensarci. Mi scatena troppi sentimenti in petto, e non ho il tempo di fermarmi a pensarci.

O quanto meno non ne avevo il tempo.

Immagino che ora ce l'ho.

«Oh, mi dispiace, tesoro» dice Meryl.

«Grazie.» Annuisco.

«Avrai bisogno di aiuto per il matrimonio» dice Meryl. La sua voce è piena di comprensione. «Che ne dici se mi occupo io del ricevimento? Basta che scegli un colore.»

È un'offerta gentile. «Rosa.»

Meryl sorride. «Una ragazza con i miei stessi gusti.»

Il timer della cucina suona. Meryl preme le mani sul tavolo, ma fatica ad alzarsi.

Blake si precipita ad aiutarla. Lei scuote la testa come se non sopportasse che le stia addosso.

«Ci penso io» dice Blake.

Fa un cenno a Fiona, un altro segreto tra fratelli. Qualunque cosa sia, funziona. Fiona si scusa e mettono insieme la cena in cucina.

«Lascia che ci pensino loro» dice Meryl. «Dimmi, cosa ti piace fare per divertirti?»

«Le solite cose. Andare al cinema, guardare la tv, uscire con mia sorella.»

«E fai anche cose insolite?»

Giocherello con l'orlo del vestito. «Facevo corsa campestre al liceo, ma non mi sono tenuta in allenamento.»

Meryl guarda il suo bicchiere con occhi malinconici. «A me non è mai piaciuto molto correre.»

Annuisco. «Stai bene?»

«Sì, bene. E quando vuoi rilassarti? Dopo una corsa? Non mi sembri una di quelle ragazze a cui interessa solo andare alle feste o a fare shopping. Anche se ai miei tempi mi piacevano entrambe le cose.»

«Disegno.» Mi do un tono convinto. Sto per sposare il figlio di questa donna. Devo sembrare una donna forte e indipendente. Una degna di lui. «Ho pensato di andare alla scuola d'arte.»

«Ottimo. La scuola d'arte. Sì, sarebbe adatto a te. Dovrai stare allo studentato, così farai impazzire Blake costringendolo a farti visita.»

«Così uscirebbe dall'ufficio.»

Lei sorride, ma non è come prima. Non ha più forza.

Blake e Fiona finiscono di apparecchiare in tavola. Portano la cena su spessi piatti di ceramica. È fatta in casa, un brasato e di contorno insalate condite con una vinaigrette scura.

«Grazie» dico senza voler indirizzarlo a qualcuno in particolare.

Imito Blake quando tutti iniziano a mangiare.

Meryl sbocconcella la sua insalata. Fiona fissa il suo piatto come se la annoiasse. Non credo che abbia molto appetito dopo la notevole dimostrazione di apatia del marito.

Mi rivolge l'attenzione. «Posso vedere l'anello?»

«Oh, certo.» Metto la mano sul tavolo come se stessi facendo da modella per l'enorme pietra. «È bellissimo.»

«Tiffany?» chiede Fiona.

Blake le lancia un'occhiata per intimarle di star zitta.

«Sembra costoso.» Lei dà un'occhiata alla sua fede più piccola ma comunque splendida.

«Non essere appiccicosa» dice Meryl.

«Sto solo ammirando i gioielli della mia futura cognata.» sbuffa Fiona. Stringe le mani come se cercasse di mantenere la calma. «Non mi è concesso nemmeno un interesse per i gioielli?»

«Che cosa ho mai fatto per crescere due figli che si preoccupano così tanto dello status?» Meryl scuote la testa. «Cosa diavolo farete quando non sarò qui? Affogherete nei vostri maledetti soldi.»

«Mamma, non è vero» obietta Fiona.

Meryl spinge da parte il piatto. «Scusatemi. Ho bisogno di un po' d'aria.»

Blake fa per seguirla.

«Siediti. Io sto bene. Il mio unico problema siete voi due. Finite la vostra cena e pulite tutto. So che entrambi avete chi lo fa per voi a casa.» Abbassa gli occhi. L'energia sparisce dalla sua espressione. «Prendete il dolce e il caffè senza di me.»

«Mamma.» Dalla voce Fiona sembra piagnucolare. «Fa freddo fuori.»

«Sono cresciuta qui. Questo è niente. Per favore, lasciate che la vostra povera madre abbia la possibilità di stare da sola.» Prende il cappotto dall'attaccapanni e sale le scale.

Per una volta, riesco a decifrare perfettamente l'espressione sul viso di Blake. È terrorizzato.

Capitolo Sedici

Fiona si scusa non appena ha finito di mangiare. Si rifugia sul balcone, dove si mette a parlare al cellulare con toni sommessi.

È quasi romantico, finire la cena con Blake. Mi riempie il bicchiere appena è vuoto. Mi offre il bis di tutto. Anticipa i miei bisogni prima ancora che io li senta.

Quando abbiamo finito, sparecchia il tavolo e torna con dei drink.

È davvero un perfetto gentiluomo.

Un figlio amorevole.

Tutto il resto potrebbe essere una stronzata. Ma sono sicura che Blake adori sua madre.

Fa scivolare il braccio intorno alla mia vita e mi abbraccia forte.

Mi avvicina le labbra all'orecchio. «Sei tesa.»

«Sto bene.»

«Ammetterai mai quando non stai bene?»

«Chiederai mai come mi sento invece di dirmelo?»

La sua voce si ammorbidisce. «Stai bene, Kat?»

«No. Sono un po' tesa. Potresti averlo notato.»

Si lascia scappare una risatina. «Pensi che io sia uno stronzo.»

«Chi ha orecchie da intendere...»

«Mi sforzerò di chiedere.»

«Ci crederò quando succederà.»

«Giusto.» Mi preme le labbra sul collo. «Posso distrarti da tutto.»

«Non so a cosa si riferisca, signor Sterling.»

Abbassa la voce e assume quel tono esigente. «Sì invece.»

«Non a casa di tua madre.»

Si tira indietro. Beve un lungo sorso del suo whisky.

Mi scruta da capo a piedi, mi esamina lentamente, cerca qualsiasi accenno di debolezza.

O forse sta cercando di capire di cosa ho bisogno.

Forse quello sguardo è di sostegno piuttosto che un attacco.

Forse lo sto interpretando male.

Blake mi offre la mano. «Vieni qui.»

Gli stringo le dita. Sono calde. Confortanti. Mi dico che è normale che trovi il suo tocco così rilassante, ma non sono sicura di crederci.

Mi conduce in soggiorno. È una stanza accogliente con una TV, un divano e un tavolino.

Mi fa cenno di sedermi, poi fruga nello scaffale e tira fuori una scatola. Scacchi.

«Non gioco dalle elementari» dico.

«Le regole sono facili.» Si siede e dispone i pezzi sulla scacchiera.

Mi siedo di fronte a lui. «Non ho nessuna possibilità contro di te.»

«Partirò svantaggiato.»

«Davvero?» chiedo.

«La cosa più semplice ed efficace per farmi partire svantaggiato è togliere la regina.» Prende la regina nera e la mette sul tavolo.

«Perché?»

«La regina è il pezzo migliore. Può muoversi in qualsiasi direzione, di tutti gli spazi che vuole.»

«E per vincere devo assassinare il tuo re, giusto?»

Una risata. Sta davvero ridendo. È la cosa più bella che abbia mai visto. Illumina quegli occhi azzurri.

Dio, quegli occhi sono bellissimi.

Mi schiarisco la gola. Non. Ci. Pensare.

«Cosa c'è di così divertente?» chiedo.

«Si chiama scacco matto. O scacco.»

«È un regicidio, puro e semplice. Non indorare la pillola.»

Blake sorride.

Mi tremano le ginocchia. Il suo sorriso mi ipnotizza. Non riesco a muovermi.

Mi spiega tutte le regole, ma presto ben poca attenzione. Sono troppo presa da quel sorriso.

Mi ci vuole una vita prima di capire le regole. Gli alfieri si muovono in diagonale, i pedoni vanno avanti di uno, attaccano in diagonale. I cavalieri fanno uno strano angolo a L e saltano. Le torri si muovono in orizzontale e in verticale. La regina può muoversi in qualsiasi direzione, di qualsiasi numero di spazi. E l'inutile re può muoversi solo di uno spazio in qualsiasi direzione.

«Che stronzata» dico.

Un'altra risata. Il cuore mi batte all'impazzata. Mi si agita lo stomaco. Il mondo intero mi dà l'impressione di essere un posto caldo e sicuro.

Blake sta ridendo di me. Mi prende in giro. Sono di nuovo come una bambina alle elementari quando volevo disperatamente che il ragazzo che mi piaceva mi tirasse i capelli.

Be'...

Lo voglio davvero. Ma non qui.

«Perché?» Ha un tono allegro. Disinvolto.

«La regina ha tutto il potere. È una con le palle. Perché questo stupido gioco si basa sul proteggere un re che si nasconde dietro tutti i suoi tirapiedi?»

«Vedilo come una testa di legno. E la regina come quella che tira i fili dietro le quinte.»

«Sì, lo terrò in considerazione.» Guardo la scacchiera. Ho il bianco, quindi devo muovere per prima. Un bel vantaggio, apparentemente, ma niente in confronto alla perdita di una regina. «È questo il tuo atteggiamento nei confronti delle donne di potere: le butti via?»

Mi fissa. La sua voce diventa seria. Be', più seria. «Non ho intenzione di buttare via te.»

«Non sono una donna di potere.»

«Sì invece.»

«Hai ragione. Ho un grande potere di ingannare la gente. Ma ce l'hai anche tu.»

Blake si alza dal suo posto e si inginocchia davanti a me. I suoi polpastrelli mi sfiorano la coscia, proprio sotto il vestito. «Sei capace di molte cose.»

Il mio cuore fa le capriole. «Per esempio?»

«Sei affascinante.»

Fa scivolare la mano sul mio interno coscia. I miei occhi si chiudono istintivamente. Il desiderio mi invade il corpo. Mi tiro il vestito. Le mie gambe si aprono. *Affascinante*. Mi piace come suona.

Blake si china più vicino. Le sue labbra entrano in contatto con le mie.

Mi reclama la bocca con la lingua. La sua mano scivola sulle mie mutandine. Accidenti. Sono già bagnata.

Ho bisogno che mi tocchi. Anche se questo è il posto meno opportuno.

Mi bacia più forte. Mi preme il palmo contro il sesso. È molto, molto vicino a toccarmi come si deve.

«Oh santo cielo!» grida Fiona.

Blake ritorna al suo posto sul divano.

Fiona scuote la testa. Si asciuga le lacrime dagli occhi gonfi mentre si precipita in cucina. Torna con una bottiglia di vino rosso. «Hai una limousine vuota per quelle cose.»

Blake si china per sussurrare. «Ti posso lasciare da sola per un po'?»

«Certo.» È dolce che voglia aiutare sua sorella. Anche se non ho ben chiaro il loro rapporto.

Lui si volta a guardarla. «Prendi un altro bicchiere.»

Fiona gli rifila un'occhiataccia come a dire *scherzi? davanti alla tua pupattola?*

Mi alzo in piedi. «A Meryl dispiacerà se le chiedo di raggiungerla sul balcone?» È la scusa perfetta per vedere come sta. Per allentare un po' la tensione che sento in petto.

«No. Le piaci.» Blake mi stringe la mano. «Ma prima bussa.»

Fiona posa il bicchiere di vino sul tavolo. Sembra che stia per crollare. So come ci si sente: andavo in giro così l'anno dopo l'incidente. Mi ci è voluto molto tempo per sentirmi quasi a posto.

Vado su per le scale. Scricchiolano a ogni passo. Anche il corridoio.

Busso alla porta nell'angolo. «Meryl. Sono Kat. Volevo prendere un po' d'aria, e Blake è impegnato al piano di sotto.»

Sento dei passi, e la porta si apre. Meryl sorride. Non c'è nessuna tensione sul suo viso. Nessun segno della sua scenata.

Mi fa cenno di entrare. La sua camera da letto è pulita, ma non in modo assurdo. Niente a che vedere con la casa di Blake.

La seguo sul balcone.

È accogliente. Si vede il giardino sul retro. C'è qualche albero rachitico. E ci sono dei fiori che hanno appena iniziato a sbocciare.

Lei si appoggia alla balaustra di legno e guarda le stelle. «Odio essere pedante, cara, ma dai un'occhiata. Non si vedono mai in città.»

Ha ragione. Il cielo scuro ne è costellato. Non vedevo così tante stelle da quando ero bambina. «È bellissimo.»

«Sì. Ti fanno pensare. Sono come le rose. Sono troppo belle come metafore.»

«È vero.»

«Ti dispiace se ti chiedo quanti anni hai?»

«Ventuno.»

«Una bambina. Hai tutta la vita davanti.» Fa un sospiro malinconico. «Se sposerai Blake... non puoi rinunciare ai tuoi sogni. So che è allettante, crogiolarsi nel lusso, passare tutto il tempo a prendere il sole a Cabo San Lucas, ma non è una vita appagante.»

Mi si scalda il cuore. Questo è il tipo di discorso che le madri fanno con le loro figlie. Solo che io non ho mai avuto la possibilità di sentirlo. «Non lo farò.»

«Mi dispiace per prima. I miei figli hanno buone intenzioni, ma, francamente, sono degli idioti.»

Io rido.

«Davvero. Fiona e quell'orribile broker. È un tale idiota. Proprio come suo padre. Be', non proprio. Grazie a Dio.»

C'è qualcosa nella sua voce.

Blake parlava con tono indifferente del fatto che suo padre lo picchiasse. Perché era successo solo una volta? O perché succedeva di continuo?

Fisso di nuovo Meryl, ma non mi offre alcun indizio. Non ho idea dell'aspetto che può avere una moglie picchiata. Anche se lo sapessi, il padre di Blake non c'è più. È morto quando Blake era un ragazzino. Era nel documento con la sua storia.

«Tesoro, stai bene?» chiede Meryl.

«Oh. Stavo solo pensando.»

Mi sorride. «Ricordo di essere stata giovane e innamorata. È difficile concentrarsi.»

«Sì.» È vero, ma non è l'amore. È più il desiderio.

«La scuola d'arte è quello che vuoi?» chiede lei.

«Non lo so. Negli ultimi anni, l'unica cosa che volevo era che mia sorella stesse bene. Non ho avuto la forza di pensare al futuro.»

«È malata?»

«No. Ha una lesione alla schiena, ma non è più seria.» Faccio scorrere le dita sulla balaustra. «I miei genitori sono morti in un incidente d'auto tre anni fa. Lei era sul sedile posteriore. È stata in terapia intensiva per qualche settimana, ma se l'è cavata. Dopo la fisioterapia, si è rimessa in sesto. Ha ancora la maggior parte delle sue capacità motorie.»

«Va a scuola?»

«Andrà all'Università di New York l'anno prossimo.» Sono raggiante. Lizzy andrà alla grande. Sono maledettamente orgogliosa di lei.

Meryl fissa il suo bicchiere di vino. «Devi essere cresciuta in fretta.»

«Ho fatto quello che dovevo fare per la mia famiglia.»

Lei rivolge la sua attenzione a me, studiandomi come fa Blake. «Qualche scuola d'arte in mente?»

«Non ancora.»

«Fammi una promessa, cara.»

Faccio fatica a mantenere il sorriso. Le promesse non sono il mio forte. «Ok.»

La sua espressione si indurisce. «Qualsiasi cosa succeda tra te e Blake, promettimi che andrai a scuola.»

Sopra di noi, le stelle brillano. Offrono tutte le possibilità del mondo.

E ora ce l'ho. Be', non appena avrò il resto dei soldi di Blake.

Ma non posso mentire a Meryl. Non più di quanto io abbia già fatto.

Ho bisogno di credere a qualsiasi cosa le dica.

Andrò a scuola? È un'idea nuova, ma mi piace. Quattro anni per concentrarmi su ciò che voglio, per trovare il mio stile, per trovare me stessa.

È perfetto. «Te lo prometto.»

Lei sorride, addolcendo l'espressione. «Voi due non dovete sposarvi per causa mia.»

«Non ci stiamo sposando per quello.»

«Te l'ha detto. Lo so. Dopo la mia scenata o prima?»

Mi mordo il labbro. Improvvisamente sono consapevole di non avere la giacca. «Prima.»

«Non affrettate le cose per causa mia.»

«Non è questo. È solo che... voglio farlo ora, prima che mia sorella vada all'università.»

«Prima che ci voglia ben un viaggio in metropolitana per raggiungerla?»

Io rido. «Sarà impegnata. E voglio farlo ora.» Una storia d'amore appassionata e travolgente. Questa è la storia. Evoco l'immagine di qualcosa che mi faccia battere il cuore, ma l'unica cosa che mi viene in mente è Blake. Accidenti. «Lo amo. Non voglio aspettare.»

Mi studia. «Sono sicura che hai le migliori intenzioni, tesoro. Ma quella specie di fuoco nelle parti basse, vedo il modo in cui ti guarda come se ti stesse spogliando, non dura mai.»

«Stai parlando di tuo figlio.»

«Degli uomini. Sono tutti uguali. Pensano sempre con quello che hanno tra le gambe.» Finisce il suo drink e posa il bicchiere sulla balaustra. Poi rivolge tutta la sua attenzione su di me. «È bello. Ricco. Se è anche bravo a letto...»

Arrossisco. «Non dirmi che vuoi parlare di quello.»

«No. Non sono così... evoluta. Ma so cosa vuol dire essere giovani e in preda alla passione. Offusca le cose. Fa credere di essere innamorati.» Si china su di me. «Ma cara, tutti i soldi del mondo non valgono un matrimonio senza amore. Fidati di me. Il vero amore non ha prezzo.»

Il cuore mi batte contro il petto.

È come se sapesse che sto mentendo.

Come se potesse vedere tutte le bugie che ho detto.

Faccio un passo verso la porta. Non posso continuare così ancora per molto.

«Scusami» dico. «Ho voglia di un dolce. Lo prendi anche tu?»

«No, grazie. Ma serviti pure. Ci sono caffè e tè nella dispensa. Anche un po' di quel latte di mandorla che adesso bevono tutti.»

«Credo che siano passati al latte di cocco.»

Meryl sorride. «Buono a sapersi. Ne prenderò un po' la prossima volta.»

«Grazie. Per tutto.»

«Buona fortuna.»

Inarco un sopracciglio.

«Con la scuola. C'è molto da considerare.»

«Oh. Certo.»

Lei torna a guardare il cielo. È già persa nel suo mondo.

Mi costringo ad andarmene senza un altro saluto.

Al piano di sotto, Blake gioca a scacchi contro se stesso.

È tranquillo. È solo.

Alza lo sguardo verso di me, ma la maggior parte della sua attenzione è rivolta alla scacchiera. «Ho mandato Fiona a casa in limousine. Chiamo un taxi quando sei pronta ad andare via.»

«Sta bene?»

«Si riprenderà.» Indica il posto accanto a lui con la mano. «Vuoi un caffè?»

«Voglio quella distrazione che mi hai promesso.»

Lui sorride. «Ogni tuo desiderio è un ordine.»

Capitolo Diciassette

Capisco come funzionano gli scacchi verso la fine della seconda partita. Anche senza la sua regina, Blake mi distrugge. La scacchiera viene ripulita dai pezzi bianchi, fatta eccezione per il re spaventato che si rannicchia in un angolo.

Il peso che sento sul petto aumenta. Sta andando tutto troppo veloce. Ho conosciuto Blake due settimane fa e stiamo già organizzando il nostro matrimonio.

Meryl non vuole che ci affrettiamo.

Può davvero volere che mentiamo?

Il telefono di Blake vibra. Risponde. «È arrivato il taxi.» Ma non ne sembra felice.

Non faccio domande. Invece, raccolgo le mie cose e lo seguo fuori.

C'è una macchina nera che aspetta sulla strada. È normale rispetto alla limousine. Ma manca la privacy.

Voglio essere sola con lui.

Voglio abbandonarmi a lui. Perdermi nelle sensazioni che mi sta creando in corpo.

Entro in macchina, lascio cadere la borsa a terra e metto le mani giunte in grembo.

Blake dà l'indirizzo all'autista. Non c'è traffico in questo momento. Dovremmo arrivare al suo appartamento entro quarantacinque minuti.

È troppo.

Mi rende impaziente.

Sento un prurito dentro. Ho una voglia matta di togliermelo.

Blake è sull'altro lato della macchina. Tra noi c'è il sedile centrale. Sono solo qualche decina di centimetri, ma sembrano un milione di chilometri.

Non ho la sua testa o il suo cuore.

Ho bisogno del suo corpo.

Ho bisogno che sia premuto contro il mio.

Ho bisogno di distruggere ogni centimetro di spazio tra di noi.

L'auto si immette sulla strada principale.

Blake mi scruta. Gli occhi gli si accendono di un misto di desiderio e curiosità. Sono un mistero anche per lui? È difficile da immaginare. Mi sembra di essere un libro aperto. Ma lui mi guarda come se non riuscisse a capirmi.

Si china più vicino, così la sua bocca libra sopra al mio orecchio.

Il calore del suo respiro mi manda un brivido lungo la schiena. I miei nervi si destano. Pretendono attenzione.

Le sue labbra mi sfiorano il collo. È leggero come una piuma, ma lo sento ovunque. Mi si contrae il sesso. Mi si inturgidiscono i capezzoli. Unisco le ginocchia.

Mi bacia più forte.

Sposta le labbra dal mio orecchio alla clavicola.

Mi sfiora la scollatura del vestito con le dita. «Apri la cerniera.»

«Ma...» Indico l'autista con un cenno della testa. Onestamente, non mi dà fastidio. No. È più di questo. Mi piace l'idea che l'autista lo sappia. Che qualcuno guardi. È indecente. Sbagliato nel modo giusto.

«Adesso.» Mi tira la gonna su per le cosce. «Non farmelo chiedere di nuovo.»

La sua voce è perentoria. Anche i suoi occhi.

Non c'è una sola parte di me che voglia disobbedire.

Voglio dimenticare i pensieri che ho in testa. Voglio dimenticare tutto tranne le sue parole e il suo tocco.

Metto la mano dietro e tiro la cerniera fino a scoprire tutta la schiena.

«Toglitelo.»

L'autista mi guarda attraverso lo specchietto retrovisore.

Arrossisco.

Mi si contrae il sesso.

Starà a guardare.

E io voglio che guardi.

Non voglio solo che la macchina si schianti.

Guardo Blake e mi sfilo le spalline, una alla volta. Il vestito mi cade in vita. «Basta così?»

«Togliti il reggiseno.» Si passa la lingua sulle labbra e mi dà una lunga occhiata.

Eseguo i suoi ordini.

Sgancio il reggiseno e lo lascio cadere a terra.

Sta cominciando a diventare un'abitudine: io in topless e lui vestito.

In bella mostra per lui e per chiunque altro si trovi nei paraggi.

Gli occhi di Blake si fissano su di me. «Sei incredibilmente bella, cazzo. Lo sai?»

Arrossisco. «Grazie.»

Blake si slaccia la cintura di sicurezza. Si sposta sul sedile centrale e preme le labbra sulle mie.

Mi palpa i seni, strofinando i capezzoli con i pollici. Si inturgidiscono all'istante. Il suo tocco mi fa avvampare.

Bisogno. Blake. Adesso.

È l'unica cosa che sa il mio corpo. L'unica cosa che abbia mai saputo.

Mi prende la mano e me la mette sulla coscia.

Mi eccita ancora di più. Mi accresce il desiderio. Voglio ogni centimetro della sua pelle. Lo voglio in ogni modo in cui posso averlo.

È così bello toccarlo. Anche con i pantaloni di mezzo. Ha gambe muscolose. Forti.

Mi prende la mano e se la mette sopra l'erezione.

Sì.

Adesso.

Per favore.

Passa le labbra sul mio orecchio e mi succhia il lobo. Mi trasmette una scarica di piacere direttamente al sesso. Perdo la cognizione di cosa voglio di più: la sua bocca su di me o le mie mani su di lui.

Voglio tutto.

Ogni cosa.

«Slacciami la cerniera» dice.

Sì, sì.

Cazzo, sì.

Ho bisogno di toccarlo.

Mi si blocca il respiro in gola. Mi batte forte il cuore. Muovo le mani in modo maldestro.

Armeggio con la sua cintura. Alla fine ci riesco. Slaccio il bottone e tiro giù la cerniera.

Lo cingo da sopra i boxer.

C'è solo del sottile tessuto tra la mia mano e il suo uccello.

Il desiderio mi scuote. Ho bisogno di sentirlo bene. Inizio ad avvolgergli la mano intorno, ma lui mi afferra il polso.

«Non finché non te lo dico io» ringhia.

È di nuovo quel Blake animale.

Quello che capisco. Che mi capisce. Che sa cosa voglio meglio di quanto lo sappia io.

Annuisco. Non finché non me lo dice lui.

I suoi denti mi graffiano il collo abbastanza forte da farmi male. «Mani ai fianchi.»

È una tortura riportare le mani ai fianchi. Vogliono la sua pelle. Ho bisogno di toccarlo. Ne sento il bisogno fino al midollo.

Mi mordicchia il collo. È un morso morbido. Poi duro. Una fitta di dolore mi risveglia tutti i nervi che ho in corpo.

Sì, ne ho bisogno. Mi mordicchia la pelle del petto. Quasi.

Le sue labbra mi sfiorano il capezzolo. Leggero. Poi più forte.

Mi succhia il capezzolo. Nessuna morbidezza. È così duro che fa male. Piacere e dolore mi turbinano dentro.

È straziante.

Ma ne voglio comunque di più.

Blake giocherella con me, succhiando, leccando, mordendo dolcemente. Poi più forte.

Il mio istinto mi implora di toccarlo, ma tengo le mani ai fianchi. Mi tiro il vestito. Stringo le cosce. Mi contengo meglio che posso.

Si sposta sull'altro capezzolo e lo stuzzica senza pietà. È un bellissimo mix di piacere e dolore. O di bisogno e soddisfazione. Mi struggo. Mi sento vuota. Voglio che mi riempia.

Quando alza la testa, sto ansimando.

Mi guarda negli occhi. Mi prende il polso e mi guida la mano sulla sua coscia, sotto i suoi boxer, intorno al suo uccello.

Gli avvolgo la mano intorno. È Blake quello che ho in mano.

Gli strofino il pollice sulla punta e lui emette un gemito.

Mi afferra per i capelli con il palmo piatto contro la mia nuca. Vuole che lo prenda in bocca.

E lo voglio anch'io.

Non ho idea di cosa sto facendo, ma lo voglio da morire.

Mi lecco le labbra involontariamente. I miei occhi lo implorano.

Lui annuisce, dandomi il permesso.

Gli metto una mano sulla coscia. Lui mi dirige in posizione.

Mi batte forte il cuore.

Mi si contrae il sesso.

Sto per fargli un pompino nel retro di una macchina e non ho assolutamente niente da obiettare.

C'è qualcosa che non va in me.

Ma non m'importa.

Gli avvolgo la mano intorno all'uccello, togliendo una goccia di liquido preseminale dalla punta.

Lo sfioro con le labbra. La pelle è morbida ma lui è durissimo.

Provo di nuovo. Di nuovo. Finché non trovo il punto che lo fa gemere.

Poi lo prendo in bocca.

Ha un buon sapore. Sale e qualcosa di unico, di Blake.

Mi mette le mani tra i capelli. Una mi prende la nuca per tenermi ferma. Mi dà ancora più carica.

Gli faccio scivolare la lingua intorno. È così bello averlo in bocca, mentre mi tiene in posizione e detiene il controllo assoluto di come lo faccio godere.

Mi preme la mano contro la nuca, guidandomi sopra il suo uccello.

Comincia dolcemente. Poi mi spinge più forte. Più a fondo.

Finché non è così in profondità che ho i conati.

Ma anche questo è bello.

Il gemito di Blake echeggia nell'auto. Sono sicura che l'autista stia guardando, ma non m'interessa. Quel suono è musica. Quel suono è poesia.

Stringe le mani tra i miei capelli. Spinge più a fondo. Più forte. Seguo i suoi movimenti. Muove i fianchi, spingendo dentro la mia bocca, tirandomi i capelli quando gli tocco proprio il punto giusto con la lingua.

Cazzo, adoro il modo in cui mi tira i capelli.

Adoro tutto di questo.

È bello averlo in bocca.

Gli passo la lingua lungo ogni centimetro, testando le sue reazioni. Lui rabbrividisce quando gli faccio scorrere la lingua contro la punta.

Perfetto.

Lo faccio ancora. Ancora. Ancora. Mi tira i capelli un po' più forte. Mi sprona.

Gli faccio scivolare la bocca sopra e lo prendo il più in profondità possibile.

Si appoggia all'indietro, tenendomi in posizione, mentre mi spinge in bocca.

«Cazzo, Kat...»

Spinge più forte. Più forte. Sono bloccata. Alla sua mercé. Costretta a prenderlo a fondo come vuole lui.

Ma mi piace, cazzo.

Mi avvinghia i capelli mentre pulsa. Con la spinta dei fianchi successiva, viene.

È caldo. Salato. Un po' dolce.

Catturo ogni goccia, ingoio quando ha finito.

«Cazzo» geme.

Blake si rilassa leggermente mentre ritorno al mio posto.

L'auto rallenta per imboccare una rampa di uscita. Siamo quasi a casa sua.

Sono quasi di nuovo nel suo letto.

Cerco il reggiseno ma Blake mi afferra il polso.

«Togliti il resto del vestito.»

Sento una fitta di desiderio. Sollevo i fianchi per far scivolare il vestito ai miei piedi.

Lui mi tira la cinghia del perizoma. «Anche questo.»

Faccio scivolare le mutandine fino ai piedi. Cadono sopra il mio vestito.

Blake prende il mio cappotto e me lo mette sulle spalle.

Lo infilo e chiudo tutti i bottoni.

Non c'è niente sotto il cappotto, tranne me.

Capitolo Diciotto

L'ascensore è spietatamente lento.
Tengo le braccia conserte e mi stringo addosso il cappotto. Blake ci infila la mano sotto e mi accarezza l'esterno coscia con il pollice.

Sono nuda qui sotto e lui mi sta toccando e c'è una donna anziana in ascensore con noi. È tutta pudica e perfettina. Esattamente il tipo che ci si aspetta in un palazzo come questo.

Finalmente l'ascensore si ferma.

Le porte si aprono.

La signora ci lancia un'occhiata curiosa mentre mette piede in corridoio. È come se sapesse che sono nuda qui sotto. Forse lo sa. Forse ce l'ho scritto in faccia.

Le porte si chiudono senza fare rumore.

Siamo soli. C'è una telecamera sul soffitto, ma siamo soli.

Blake si mette davanti a me, bloccando il cono visivo della telecamera di sicurezza.

Slaccia i bottoni del mio cappotto e lo apre.

Sono nuda in ascensore.

In bella mostra per lui.

Mi fa eccitare tantissimo.

È inebriante.

Blake fa scorrere i polpastrelli lungo il mio corpo. Le labbra. Il collo. Il petto. Lo stomaco. Si ferma appena sotto il mio ombelico.

Poi più giù.

Più giù.

Quasi.

I suoi occhi rimangono incollati ai miei.

Sposta la mano un altro millimetro più in basso.

La sua espressione rimane intensa. Ha lui il controllo.

Ding. Attico. Il piano di Blake. Il suo appartamento occupa l'intero piano.

Usciamo in corridoio. Mi toglie il cappotto dalle spalle e se lo mette sul braccio.

Sono nuda in corridoio.

Nessuno può vedere, serve una chiave elettronica per accedere al piano, ma in ogni caso...

Sono nuda in corridoio.

Lui apre la porta e mi fa cenno di entrare. È assurdo, lui che mi tiene gentilmente la giacca e mi apre la porta dopo avermi ordinato di spogliarmi e di succhiarglielo nel retro di una macchina. Con un autista che guardava.

È il perfetto gentiluomo fuori, un pervertito tra le lenzuola.

L'appartamento è buio. Le luci della città filtrano dalla finestra.

Mi abbraccio il petto involontariamente.

La mano di Blake mi scivola sulla spalla. Chiude la porta e fa scattare la serratura. «Mani ai fianchi. Voglio guardarti.»

Mi manca il fiato.

Lui mi fissa con occhi dilatati dal desiderio. Gli piace quello che vede. Gli piace guardarmi.

E a me piace che lui mi guardi.

È un accordo perfetto, a dire il vero.

«Girati» ordina.

E io mi giro.

È una sensazione così strana. Sono esposta. Vulnerabile. Ma mi piace. Mi piace che mi guardi, che pensi a me, che mi voglia.

Si avvicina, si posiziona dietro di me. Mi mette le labbra sul collo. Le mani sul culo.

I suoi polpastrelli mi sfiorano il sesso.

Getta benzina sul fuoco che già divampa dentro di me.

«Girati» dice.

Obbedisco. Gli faccio scivolare le braccia intorno al collo e premo le labbra sulle sue.

Lui ricambia il bacio. È duro. Affamato. Come se ne avesse bisogno quanto me.

Come se avesse bisogno di me tanto quanto io ho bisogno di lui.

Blake fa scivolare le mani sotto le mie natiche. Mi solleva in aria e mi tiene il corpo contro il suo. Gli avvinghio le gambe intorno alla vita e lo stringo con le cosce.

Mi porta come se non pesassi niente.

Ci spostiamo in camera.

Mi butta sul letto. Atterro con un tonfo morbido. Il materasso di schiuma assorbe tutto l'impatto.

Non si perde in preliminari.

Sale sopra di me e mi inchioda al letto.

Il peso del suo corpo affonda nel mio. È pesante e caldo. Sento la sua erezione attraverso i pantaloni, preme contro il mio sesso.

Siamo divisi dal tessuto.

Di nuovo.

Sto iniziando a odiare il tessuto.

Prende qualcosa: un pezzo di corda con una manetta all'estremità. Fa parte di un sistema di costrizione nascosto sotto il letto.

Mi ammanetta un polso e stringe la corda. Poi fa altrettanto con l'altro polso.

Ho la parte superiore del corpo bloccata.

Sono alla sua mercé.

Ma in fondo ero già alla sua mercé.

Blake trascina le labbra sul mio corpo. Bocca. Collo. Petto. Stomaco. Appena sotto il mio ombelico.

Sento il suo respiro caldo addosso. La sua bocca è a pochi centimetri dal mio sesso. Così. Maledettamente. Vicino.

Mi mordicchia l'interno coscia. Sposto i fianchi, cercando disperatamente di stabilire un contatto. Lui ignora la mia supplica e trascina le labbra fino alla mia caviglia. Mi slaccia la fibbia della scarpa e me la sfila dal piede. Poi sento qualcos'altro intorno alla caviglia.

Una corda. Un'altra manetta.

Mi sfila anche l'altra scarpa con gentilezza.

Mi si blocca il respiro. Il cuore mi batte all'impazzata. Mi viene un nodo allo stomaco mentre mi ammanetta l'altra caviglia. Mi fido di lui. Ma questo è troppo.

Sono immobile.

Mi muovo per testare le cinghie. Sono strette. Ho pochi centimetri di margine di movimento al massimo.

Lui scende dal letto. Sento aprire un cassetto. Poi Blake torna sul letto, pianta l'inguine sopra il mio.

È così bello sentirmelo addosso. Scaccia tutto il mio nervosismo. Scaccia ogni pensiero, a parte *di più*.

«Attenta.» Mi solleva la testa e ci passa sopra qualcosa. Una benda. «Comoda?»

Il mondo è buio. Mi fa sovreccitare. Ogni centimetro del mio corpo vibra.

Ho bisogno che mi tocchi.

Che mi baci.

Che mi scopi.

Ho bisogno di tutto.

«Sì» dico.

«Bene.» Scende di nuovo dal letto.

Sento dei rumori. Passi. Se ne sta andando. Ma che diavolo?

Tiro le cinghie, ma non c'è niente da fare. Non ho altra scelta che aspettarlo.

Divento sempre più impaziente.

Le mie membra, il mio petto, il mio stomaco, tutto diventa leggero. Ogni centimetro del mio corpo si fa man mano frenetico. Un sordo fermento mi si diffonde in petto, giù per le gambe, su per le braccia, fino alle dita delle mani e dei piedi.

I suoi passi si avvicinano. Blake sta tornando. Sta per toccarmi. Ho bisogno che mi tocchi.

Lo sento spogliarsi. Un bottone che esce da un buco. Una cerniera che si apre. I pantaloni che cadono sul pavimento.

La tensione mi monta dentro. È come se stessi salendo sulle montagne russe, anticipando disperatamente lo sgancio della navicella.

Sale sul letto. Parti del suo corpo premono contro il mio. Un braccio, una mano, il petto. La sua pelle nuda mi fa venire un brivido lungo la schiena. Siamo vicini.

Apre un tappo e sento subito l'odore del cioccolato. Mi tremano le cosce. Dev'essere...

Spreme la bottiglia. Fa scivolare le dita sulle mie labbra. Salsa di cioccolato. Scura e dolce e appena un po' appiccicosa.

La lecco via dalle labbra, assaporandone la sensazione sulla lingua. Spreme di nuovo la bottiglia, poi mi mette le dita in bocca. Succhio forte. Prendo ogni goccia.

Blake mi traccia una linea sulla clavicola, sui seni, lungo lo stomaco. Inarco la schiena, inarco i fianchi. È l'unico movimento che riesco a fare.

Si mette a cavalcioni su di me. Il tessuto preme contro il mio sesso. Maledizione. I suoi boxer sono in mezzo.

Mi muovo per premergli il sesso contro l'uccello. È così bello, così vicino, anche con il tessuto tra noi.

Mi blocca i fianchi sul letto. «Non ancora.»

Mi si blocca il respiro.

I suoi ordini mi fanno ardere dentro, ma ho bisogno che lui mi tocchi.

Aspettare è una tortura.

Il suo respiro si fa più rapido.

Più pesante.

Come se questa attesa stesse uccidendo lui tanto quanto sta uccidendo me.

Mi passa le mani sui fianchi e sulle spalle.

Mi sfiora la pelle con le labbra.

Mi toglie la salsa di cioccolato dal collo con la lingua. Passate morbide. Poi più decise.

Si muove lungo il mio corpo, leccando ogni goccia di sciroppo.

Si ferma sui capezzoli e li succhia con forza. La pressione è così intensa che fa male, ma è un dolore piacevole. Un dolore incredibilmente stupendo.

Rilasso la schiena. Affondo nel letto sotto il suo peso. Assorbo la sensazione della sua lingua.

Rifà il percorso all'indietro lungo il mio collo come se si stesse assicurando di non farsi sfuggire nemmeno una goccia.

Mi bacia. Mi reclama con la lingua. Sa di cioccolato, zucchero e sudore. Ha un buon sapore, cazzo.

Ansimo quando Blake interrompe il nostro bacio.

Inarco la schiena come se lo pregassi di portarmi al limite.

Lui non lo fa. Continua ad andare lento. Senza pietà.

Mi lecca il corpo fino allo stomaco, lambendo ogni goccia di sciroppo. Mi si contrae il sesso.

Arriva al mio ombelico. Poi scende.

È così vicino, maledizione.

Mi succhia la pelle dell'interno coscia, poi scende fino al ginocchio. Poi si dedica all'altra gamba e torna su.

Mi graffia la pelle con i denti.

Quasi.

Così... vicino...

Muovo i fianchi, pregandolo di prendermi.

Mi mordicchia l'interno coscia.

Più giù.

Più su.

L'altra gamba.

Più su.

Quasi.

Eccolo.

Fa scivolare la lingua sulle pliche.

Il mio corpo urla di sollievo. È così bello sentirmi la sua bocca addosso.

Mi rilasso sotto le sue carezze. Lascio andare il controllo.

Lui mi succhia le pliche. Poi ci passa sopra i denti. Non abbastanza forte da far male. Solo quel tanto che basta per darmi una sensazione straordinaria.

Passa all'altro lato e fa altrettanto.

Mi tortura con la bocca, mi fa eccitare, mi porta più vicino al limite leccandomi su e giù.

Sento scosse di piacere quando fa guizzare la lingua sul clitoride. Non ho modo di muovermi. Non c'è niente che io possa fare per contenere la sensazione.

Gemo il suo nome. Ma non è abbastanza. L'intensità è travolgente.

Mi lecca con un ritmo costante. È esattamente ciò di cui ho bisogno.

La tensione aumenta. Più in fretta, più forte e più a fondo.

Quasi.

Si tira indietro.

Grido. «Per favore.»

Mi addenta l'interno coscia.

«Blake...»

«Dillo più forte.»

«Blake. Ti prego... Blake. Ho bisogno di venire. Ti prego.»

Fa guizzare la lingua sul clitoride.

«Blake. Ti prego...»

Mi blocca il bacino contro il letto, tenendomi ferma mentre mi lecca.

Il piacere mi monta dentro. Aumenta sempre di più.

Poi si sprigiona.

L'orgasmo mi manda in caduta libera.

Mi si contrae il sesso. Il piacere si irradia nel ventre e nelle cosce.

«Blake» gemo.

Crollo ansimando nel disperato tentativo di riprendere fiato.

Lui si sposta. Sento un fruscio di tessuto. Si sta togliendo i boxer.

Quasi...

Mi inchioda le spalle contro il letto.

Mi allarga le cosce con le ginocchia.

Sento il suo calore contro il mio sesso.

Inarco la schiena, cercando di andargli incontro, ma non sono abbastanza vicina.

Mi scava nella pelle, spostando il peso sui miei fianchi.

Quasi.

Fa scivolare la punta sul clitoride. Sul mio sesso.

Mi stuzzica.

Ancora.

Ancora.

«Blake.» Inarco i fianchi, spingendolo più a fondo. «Ti prego.»

Tuttavia, mi stuzzica ancora.

Ancora.

«Ti prego» dico con un filo di voce. È l'unica frase che ho in testa. *Ti prego*. Ti prego tutto.

Lui mi stuzzica ancora, e ancora.

E ancora.

Sono pronta a urlare quando finalmente mi scivola dentro.

È veloce. Una sola spinta decisa. Fa male, ma è così bello, cazzo. Mi sento così completa.

Il piacere mi scuote le membra. Sono di nuovo su quella giostra, pronta a salire fino in cima. Mi ci sta portando. Mi sta portando verso un'altra caduta libera.

Spinge dentro di me veloce e con forza. Trattiene il respiro.

Geme mentre mi affonda dentro.

I miei capezzoli gli sfiorano il petto. Mi mordicchia la pelle sul collo. Geme nel mio orecchio.

Non posso muovermi. Non posso fare altro che immergermi nella sensazione dei nostri corpi che si uniscono.

E cazzo, è così bello.

Tutta la sua pelle contro la mia.

Lui che mi preme dentro.

Con qualche altra spinta, sono al limite. Poi arrivo, mi pulsa il sesso mentre vengo.

Gemo il suo nome più volte.

Tremo. Rabbrividisco. Dondolo i fianchi contro di lui.

Ma non è abbastanza. Non ho il tempo di scendere. Sta ancora spingendo dentro di me.

Fa male, ma in modo piacevole.

Blake mi scopa.

Non c'è altro modo per descriverlo.

Gli sfugge un gemito.

Va più forte.

Più forte.

Mi affonda le unghie nella pelle.

Trema tutto.

«Kat» geme.

Un'altra spinta e lo travolge un orgasmo. Mi viene dentro. Si dondola dentro di me mentre versa ogni goccia.

Quando ha finito, mi crolla accanto. Mi bacia il collo.

Lo sento muoversi sul letto. Mi toglie le manette. Prima le caviglie, poi i polsi. Mi rannicchio per avvolgermi attorno al suo corpo.

Blake mi toglie la benda. Apro gli occhi e fisso i suoi.

«Stai bene?» chiede.

Annuisco e mi abbandono al suo tocco.

In questo momento, sto divinamente.

Sono esattamente dove ho bisogno di essere.

Capitolo Diciannove

Facciamo una lunga doccia insieme. Blake mi strofina il sapone su ogni centimetro di pelle e mi sciacqua con cura. Io ricambio il favore.

È la prima volta che riesco davvero a toccarlo. Il suo corpo è tutto muscoli sodi e linee perfette. È davvero splendido.

Dopo, mi aiuta ad indossare una morbida vestaglia di spugna. È elegante e lussuosa come tutto il resto dell'appartamento.

Andiamo in cucina.

Blake versa due bicchieri d'acqua e mi fa cenno di bere.

Non sono ancora sicura di come gestire i suoi ordini. Una parte di me vuole che lui si prenda cura di me. Un'altra vuole urlare che non sono una bambina.

I suoi occhi incrociano i miei. Riesce a percepire la parte di me irritata.

Mi giro e mi stringo addosso la vestaglia. Non sono sicura di essere pronta per questa conversazione. Non in questo momento.

Blake non mi toglie gli occhi di dosso. Il suo sguardo è penetrante. Non ho bisogno di guardarlo per saperlo. Posso sentirlo.

Arrossisco. «Sì?»

«C'è qualcosa che non va?» La sua voce è ferma.

«Me lo stai chiedendo?»

«Ci sto provando.»

Lo trovo confortante. «Apprezzo il pensiero, ma non ho bisogno che mi si dica quando bere o mangiare o dormire o fare la doccia. Non mi piace.»

«Prendo nota.»

Rilasso le spalle. È davvero così facile? Forse il nostro matrimonio non sarà così male. Stiamo diventando bravi a scendere a compromessi.

«Hai fame?»

«Come un lupo.» Finisco l'acqua e mi verso un altro bicchiere.

Blake prepara un piatto di frutta, formaggio e cioccolato. Mi manca il fiato quando mi fa scivolare un quadratino di cioccolato tra le labbra.

Abbiamo appena fatto sesso.

Com'è possibile che io lo voglia ancora?

Prendo un pezzo di formaggio e lo metto in bocca. È buono. Ricco. Cremoso.

Guardo le finestre. Il chiaro di luna filtra dai vetri. Meryl aveva ragione. Non abbiamo stelle qui. Per la prima volta nella mia vita, mi manca il loro scintillio.

È triste. Questo appartamento è bellissimo, ma Blake non lo apprezza. Io non lo apprezzo. Tutto questo spazio è una maledizione. Gli dà più possibilità di chiudermi fuori.

«Sei qui spesso?» chiedo.

«No.»

«Sei al lavoro?»

«Per lo più.»

«Quante ore alla settimana lavori?»

«Molte.» La sua voce assume un tono contemplativo.

«Se dovessi tirare a indovinare?»

«Ottanta. Cento forse.»

Accidenti. Sembra impossibile. Ho lavorato sodo negli ultimi tre anni, ma neanche lontanamente per cento ore alla settimana. Non resterebbe un momento da passare con mia sorella.

«Perché fare tutti questi soldi se non hai tempo per goderteli?»

«Mi piace lavorare» dice lui.

«Sei sicuro? Forse hai paura di stare lontano dal lavoro.» Mi volto di nuovo verso Blake e lo guardo negli occhi. Il suo sguardo è intenso, ma riesco a tenere duro. «Hai sempre il controllo.»

«E questo ti eccita.»

«Sì.» Deglutisco a fatica. «Ma alla lunga dev'essere estenuante.» Mi avvicino. Prendo una fragola dal suo piatto. «Non vuoi lasciarti andare qualche volta?»

Lui scuote la testa.

«Ne hai bisogno, vero?»

«Risparmiami la psicologia a buon mercato.»

«È per questo che stai facendo tutto questo per tua madre? Non puoi controllare il fatto che stia morendo, ma almeno puoi controllare quello che lei pensa di te?»

La sua espressione si indurisce. «Non sai di cosa stai parlando.» Ma glielo si legge negli occhi. È esattamente quello che sta facendo.

«Non voglio dire che non t'importi. So quanto sia difficile perdere qualcuno che ami.»

«È questo quello che voglio. È questo quello che devi sapere. Non dovresti perdere tempo a cercare le mie motivazioni.»

«E se mi interessasse?»

«Ti interessa?»

«Sì.» Mi avvicino di più. «Mi interessi tu.»

«Mi preoccupi, Kat. Hai dei dubbi. Capisco i dubbi, ma non posso tollerare che ti tiri indietro.»

«Cosa farai?»

«Non lo so. Non ancora.» Stringe gli occhi. *Ma qualcosa di brutto. Qualcosa di terribile.*

«E se tua madre preferisse la verità?»

«Non la preferirebbe.»

«Come fai a saperlo?»

«Tu la conosci da poche ore.» Alza la voce. «Io la conosco da tutta la vita.»

«Non sono una bambina. Non sgridarmi.»

Aggrotta la fronte. Preme le dita nel marmo. «Bene. Sei un'adulta. Hai accettato questo accordo. Fine della discussione.»

«Blake... io...» Cazzo. Sta andando tutto storto. Non sto cercando di interrogarlo. Non esattamente. «Voglio parlare con te. O almeno... tu puoi parlare con me. Dev'essere difficile, tua madre che muore. Sono sicura che hai molto da dire. Be', molto per te.»

«No.» Si gira, incrociando le braccia sul petto, chiudendomi fuori.

C'è sofferenza dietro il suo sguardo.

Sua madre sta morendo. Sua sorella è un disastro. Suo padre era orribile.

E sta sopportando tutto questo da solo.

Voglio aiutarlo.

Voglio farmi carico di un po' del peso che sopporta.

Mi si rivolta lo stomaco. Blake è un capo difficile. Tutto qui. Non posso cominciare a volere essere nella sua testa e nel suo cuore.

Ma è troppo tardi.

È ciò che voglio.

Voglio abbracciarlo tutta la notte.

Voglio sussurrargli parole di conforto nelle orecchie.

Voglio tutto con lui.

Non solo sesso. Non solo fingere.

Tutto.

Devo fare un passo indietro. Devo proteggere il mio cuore. Devo chiuderlo fuori.

Ma non lo faccio.

Mi avvicino di più. «Tuo padre. Hai detto che ti picchiava.»

La sua voce si fa più dura. «Non ho intenzione di parlarne.»

«Ok.»

«C'è molto da fare per il matrimonio. Me ne occuperò io. Tutto quello che devi fare è presentarti.»

Faccio qualche passo verso di lui. «È anche il mio matrimonio. Voglio avere voce in capitolo.»

Gli appoggio la mano sulla schiena.

Lui rabbrividisce. Rilassa le spalle.

Ma si tiene a distanza.

Mantiene la voce ferma. «Cosa in particolare?»

«Voglio celebrarlo al giardino botanico di Brooklyn.»

«Consideralo cosa fatta.»

«E se è già prenotato?»

Scrolla le spalle, spingendomi via. «Userò i miei agganci.» Si gira e mi guarda negli occhi. «Nient'altro?»

«Ci penserò su.»

Fa un cenno al piatto. «Mangia qualcosa.»

«Più tardi.»

Blake si fa da parte. «È tardi.»

«Voglio dormire qui.» Mi mordo la lingua. Questo non è chiuderlo fuori. Questo è invitarlo a entrare. È pretendere di più.

Devo fare una scelta.

O mi innamoro di lui.

O devo chiuderlo fuori.

La via di mezzo mi ucciderà.

Blake rimane voltato dall'altra parte, ma la sua voce si addolcisce. «I tuoi vestiti sono in camera tua.» Indica la stanza dove abbiamo fatto sesso.

«La stanza del sesso?»

«Sì. Devo tornare al lavoro.»

«È tardi.»

«Fa lo stesso.» Si avvia verso il fondo dell'appartamento. La sua camera da letto. «Qualsiasi cosa tu voglia, serviti pure.» Apre la porta del suo ufficio.

«Blake?»

Si volta verso di me. Mi guarda negli occhi. È un attimo, ma posso sentire tutto in quegli occhi azzurri da bambino.

Il dolore del suo passato.

La paura di perdere sua madre.

E qualcos'altro. Qualcosa che non so spiegare.

Qualcosa che ho disperatamente bisogno di capire.

«Andremo in luna di miele dopo il matrimonio?»

«Certo.»

«Dove?»

«Non ha importanza. La passeremo in albergo.» Apre la porta del suo ufficio. «Ma scegli pure tu.»

«Oh.»

«Non vuoi passare una settimana a fare sesso?»

«No, è solo che... Lascia perdere. Sono stanca.» Mi stringo la vestaglia.

«Buonanotte.» Entra nel suo ufficio. La serratura scatta dietro di lui.

Faccio razzia nel frigorifero. Il piatto di snack non mi aiuta. L'odore di cioccolato mi fa male.

Non gli importa nemmeno della nostra luna di miele.

Non mi amerà mai.

Devo fare un passo indietro.

Ma non sono sicura di riuscirci.

Non sono sicura di poter fare qualcosa per impedirmi di innamorarmi di lui.

L'UFFICIO RESTA SILENZIOSO.

Io resto irrequieta.

Cambio canale in continuazione, non riesco a concentrarmi sulle repliche.

Fisso il mio album da disegno, non riesco a mettere insieme una sola linea.

Questo è il momento perfetto per disegnare qualcosa. Il mio insegnante d'arte del terzo anno ci diceva sempre di riversare le nostre emozioni sulla carta, ma non so da dove cominciare.

Blake è inebriante. È affascinante. È distaccato, distante e lunatico.

Non crede nell'amore.

Parte uno spot pubblicitario. Passo alla guida della TV via cavo.

È mezzanotte passata. È meglio che chiami Lizzy e le dica che passo la notte qui.

La mia borsa è sul tavolo della cucina. Prendo fuori il telefono. Ho un nuovo messaggio.

Da parte di Fiona. Ho il suo numero registrato sul telefono. Ma che diavolo?

Fiona: Non volevo intromettermi, ma questo è l'unico modo. Ho bisogno di parlarti della tua relazione con Blake. Immediatamente.

Lo ha mandato qualche ora fa. Rispondo.

Kat: Non c'è niente da discutere.

Fiona: Sì, invece. Sei a casa sua?

Kat: Sì.

Fiona: C'è una caffetteria tre isolati a nord. Incontriamoci lì domani mattina alle nove. Non preoccuparti di cosa dire a Blake. Sarà al lavoro per le otto.

Kat: Domani è domenica.

Fiona: Esattamente. Lavora sempre di domenica. Dovresti saperlo. Se state davvero insieme da mesi.

Kat: Ho da fare.

Fiona: Ci vorranno solo pochi minuti. Te lo prometto.

Lascio cadere il telefono. Tutto questo è strano. Non è possibile che Fiona sappia del nostro accordo.

Blake è discreto.

E lei è presa dai suoi problemi.

Ma forse io non sono così brava a fingere.

Forse lei è bravissima a ficcare il naso.

Devo ascoltarla.

Improvvisamente, non ho più fame o sonno.

Sono sveglia.

Sono irrequieta.

Scarabocchio sul mio blocco da disegno. Linee maniacali, arrabbiate, terrorizzate. La TV mormora in sottofondo. Getta un tenue bagliore sul mio foglio.

Suoni e luci si confondono.

Poco dopo le due del mattino, mi decido a dormire. Ma non nella stanza degli ospiti. Non nella stanza del sesso. Anche se sarà la mia.

Vado nella stanza di Blake. L'ho sentito uscire dal suo ufficio per andare in camera sua. Non ho guardato, ma ho sentito le porte aprirsi.

Busso piano. Nessun rumore. Apro la porta ed entro. È una stanza normale. Un letto, un comò, un pc portatile in carica sul pavimento. Lavora anche qui. È drogato.

Blake sta dormendo al centro del letto, disteso di schiena a gambe e braccia aperte. Occupa la maggior parte dello spazio. Salgo accanto a lui e mi avvolgo il suo braccio intorno alla vita.

Lui si agita. «Kat. Non dovresti essere qui.»

«Non m'interessa.» Mi rannicchio contro di lui. «Voglio stare qui.»

Mormora qualcosa che non riesco a capire. Mi tira più vicino. Il suo respiro rallenta come se stesse tornando a dormire.

Succede in fretta.

Mi addormento tra le sue braccia.

Capitolo Venti

Le otto del mattino arrivano troppo presto. Il letto è freddo.

Fiona aveva ragione. Blake se n'è andato da un po'.

Mi vesto, mi lavo i denti, mi sistemo i capelli e mi trucco. C'è del caffè nella caffettiera.

Bevo qualche sorso e lo metto via. Non riesco a digerire nulla oggi. Sono troppo nervosa.

Mi si accavallano i pensieri. In qualche modo, riesco ad aspettare fino alle otto e quarantacinque.

Praticamente corro fuori dall'appartamento.

Prendo l'ascensore fino all'atrio e cammino per tre isolati fino alla caffetteria.

Fiona è seduta a un tavolino. È perfetta nel suo abito sartoriale. Ha l'espressione impassibile tipica degli Sterling. Cosa diavolo è successo a questa famiglia da renderli così bravi a nascondere le loro emozioni?

Le sue narici si allargano quando mi vede.

Non le piaccio. Lo so.

Ma ho bisogno di sapere perché.

«Prendi da bere se vuoi, ma preferirei fare una cosa veloce.» Fiona beve un lungo sorso del suo caffè.

«No, sono a posto.» Mi siedo. Non sono in vena di caffè. Sono già completamente sveglia.

«Non voglio che la consideri un'accusa.» Storce le labbra. «Sono sicuro che hai un'ottima ragione per fare quello che stai facendo. Forse non ti rendi nemmeno conto che lo stai facendo.»

La sua espressione è risoluta, ma le tremano le mani.

Le tira indietro e se le mette in grembo.

Mi stringo il cappotto. Fa freddo qui dentro.

«Ero come te quando ho incontrato Trey. Volevo cambiare vita a qualsiasi costo. Era bello e ricco. Aveva un grande appartamento. Mi faceva sentire al sicuro, ma, in fondo, sapevo che non mi avrebbe mai amato.» Deglutisce a fatica. «Mi sono illusa di essere innamorata, ma non lo ero. Ero innamorata dell'idea di fuggire. Ero innamorata dell'idea che qualcuno si prendesse cura di me.»

Faccio un respiro profondo. Gliela devo dare a bere. «Per me non è così. Io amo Blake.»

«Forse. O forse ci credi e basta. Non importa. Non durerà. Gli Sterling sono maledetti. Non possiamo amare nessuno.»

«No.» Deglutisco a fatica. Non può essere vero.

«Ho fatto la stessa cosa che stai facendo tu. Ho ignorato i segnali. Ma Trey non mi avrebbe mai amato. Non mi avrebbe mai fatto spazio nella sua vita.» Si fa seria in viso. «Non avevo opzioni. Forse se le avessi avute, avrei fatto qualcos'altro.»

Premo i palmi delle mani sulle cosce. La sua espressione è risoluta. Sicura. Crede ad ogni parola.

Sta dicendo la stessa cosa che dice Blake.

Non mi amerà mai.

Non vorrà mai qualcosa di più del sesso.

Non mi farà mai spazio.

Fiona si schiarisce la gola. «Ho fatto fare delle indagini su di te. Sono sicura che è stata dura, quell'incidente con i tuoi genitori, prendersi cura di tua sorella. Capisco perché ti sei attaccata a Blake.»

Faccio un respiro, cercando di fare uscire un *lo amo* dalle labbra. Ma non riesco a pronunciare le parole.

Non sembrano più una bugia.

Fiona apre la borsa. «Avrei fatto la stessa cosa. Ho fatto la stessa cosa in effetti e a me non andava così male.»

«Devo andare.»

«Ecco, senza troppe domande.» Tira fuori qualcosa dalla borsa. Un assegno. Lo apre e lo mette sul tavolo. «Se hai bisogno di soldi, eccoli. È più che sufficiente per rimetterti in pista.»

Spinge l'assegno verso di me.

È di centomila dollari.

Porca puttana.

«Prendi i soldi. Oppure no. È una tua scelta.» Mi fissa negli occhi. «So cosa devi pensare di me. Che sono una stronza. E mi sta bene. Ma Blake ha passato tutta la vita a proteggermi. Questa volta, sarò io a proteggere lui.»

Spingo indietro l'assegno. «Non voglio i tuoi soldi.»

«Allora strappalo subito in due.»

Non ci riesco. Le mie dita non si muovono.

Ha ragione.

Ho bisogno di opzioni.

Questa è un'opzione.

Un'opzione che potrebbe risparmiarmi un sacco di dolore.

Mi sto già innamorando di Blake.

Posso davvero sopravvivere a vivere con lui?

A sposarlo?

A proclamare al mondo intero che sarà mio per sempre?

«Forse lo ami davvero, Kat, ma lui non ti amerà mai. È sposato con il suo lavoro. Questo non cambierà mai.» Si alza. Ha uno sguardo dispiaciuto. «Se lo ami davvero, se puoi sopportare di essere al secondo posto ogni sera, allora strappa quell'assegno. Sposalo. Diventa ricca e annoiati ad aspettare davanti alla porta ogni sera.»

Deglutisco a fatica.

Sta dicendo la verità. La sua verità, almeno.

Credo che lo stia facendo per Blake.

Diavolo, credo che lo stia facendo per me.

Mi infilo l'assegno in tasca.

Blake non mi amerà mai.

Ma potrei andarmene prima di esserci dentro fino al collo.

Potrei cancellare tutto questo inganno.

Potrei sopravvivere se mi fermo qui.

Ho preso troppe decisioni da sola. Ho fatto troppe cose sotto pressione.

Per una volta, sto chiedendo aiuto.

Per una volta, sto considerando le mie opzioni.

Capitolo Ventuno

La cucina profuma di caffè. È caldo, ricco, alla nocciola.
Questo posto è caldo. Accogliente. Casalingo.
Non lo scambierei con una dozzina di attici.
Non lo scambierei con niente.

«Terra chiama Kat» Lizzy ride. «Hai la testa tra le nuvole ultimamente.»

«Scusa.» Ho passato gli ultimi giorni a rimuginare. A disegnare. A fissare l'assegno. A chiedermi se posso prendere i soldi di Fiona senza farmi venire il mal di pancia. Se posso sopravvivere senza prenderli.

Pensavo che sarebbe stato difficile evitare Blake, ma è stato facile. È impegnato col suo lavoro. Mi ha scritto solo per darmi la buonanotte. È piuttosto dolce, il modo in cui vuole essere il mio ultimo pensiero prima di dormire.

Ma mi confonde.

Mi scombussola i pensieri.

Correre, disegnare, fissare il soffitto, camminare per la città, tutto si dimostra ugualmente inefficace nel portare chiarezza.

Credo sia il momento di ammettere che ho bisogno di aiuto.

«Non c'è problema.» Lizzy mescola lo zucchero nel caffè e lo assaggia. «Una volta eri sempre così. Prima dell'incidente.»

«È stato tanto tempo fa.»

«Sì. Come se fosse stata un'altra vita.» Beve un lungo sorso e sospira soddisfatta. «Va tutto bene?»

«Sì.» Più o meno. «È giorno di scuola.»

«È presto.» Indica l'orologio sul muro. «Inoltre, tu hai bisogno di me più di quanto io abbia bisogno della scuola.»

«Davvero?»

Lizzy annuisce. «C'è qualcosa sotto. Continui a fare passeggiate lungo il fiume. Lo fai solo quando sei preoccupata per qualcosa.»

«Ah sì?»

«Sì. Lo fai ogni mese prima della scadenza della rata del mutuo.» Stringe le labbra. «Non abbiamo ricevuto il conto.»

«Blake...»

«Oh.» Mi fissa negli occhi. Sta pensando qualcosa su di me, ma non sono sicuro di cosa sia.

«So che non ti piace.»

«Non mi piace come ti fa stare.» Traccia il contorno della tazza che ha in mano con un dito. «Sei depressa da quando sei tornata da casa sua.»

Vero. «Sto pensando.»

«A cosa?»

«Dovresti andare a scuola. Possiamo parlare stasera.»

«Possiamo parlare adesso.»

Il mio istinto mi impone di mentirle. Di dirle che va tutto bene. Che è solo un dramma familiare. È solo lo stress per il matrimonio. Ma non posso farlo. Devo coinvolgerla in questa decisione. «Ok.»

Lei sorride. «Bene. Usciamo a farci un brunch. Offro io.»

«Non vuoi che usi la carta di credito di Blake?»

«Non posso offrire senza un secondo fine?»

«Non lo so, dimmi tu.» Studio la sua espressione. Sembra normale. Preoccupata.

«Be', visto che offro io, scelgo io il posto. Possiamo andare nel posto dietro l'angolo. Quello che non controlla i documenti d'identità.»

«Neanche per sogno.»

Lei ride. «Ho mai ordinato un drink con un documento falso?»

«Davanti a me? No. Ma scommetto un centone che lo hai fatto.»

«Ok. Giusto. Ma sai che ti sto prendendo in giro, vero?»

Lo so. Ma... «Sono tua sorella maggiore. È mio dovere rovinarti la festa.»

«Naah. Tu sei uno spasso, Kat. Anche quando sei depressa.»

«Non sono depressa.»

«Mm-mmh.»

«Sono in una fase contemplativa.»

«In giro per casa, in pigiama, tutto il giorno.»

«Ho bisogno di vestiti comodi per riflettere come si deve.»

Lei ride. «Sì sì, credici pure.» Beve un altro sorso di caffè poi si alza in piedi. «Ma mettiti dei vestiti per uscire. Che non siano di flanella.»

«Sai, ho sentito dire che a Portland la gente indossa flanella tutto l'inverno.»

«Sei a Portland?»

«Brooklyn è così diversa?»

Lei ride. «Vedi mai gente indossare vestiti di flanella?»

«Qualche volta.»

«Quando?»

«Scommetto che vedremo qualcuno indossare vestiti di flanella.»

«Scommetto che sarà meno di uno su dieci.» Si avvia alla sua camera da letto. «Ti sentirai meglio vestita. Fidati di me.»

———

Dopo il brunch, andiamo ai Giardini Botanici. Il luogo del futuro finto matrimonio, anche se Lizzy non lo sa.

I ciliegi sono ricoperti di piccoli boccioli bianchi. Tra qualche settimana sboccerranno i fiori e assumeranno una tenue tonalità di rosa.

Poi voleranno via nella brezza.

Lizzy si siede su una panchina di pietra e mette le gambe una sull'altra. Fissa il lago artificiale. «Vuoi dirmi cosa ti tormenta davvero?»

Sì. E lo farò. Solo che... devo lavorarci su. Non sono brava a chiedere aiuto.

Lizzy si volta verso di me. «Qual è il nostro patto?»

«Io e te contro il mondo.»

«Non Kat affronta il mondo da sola.» Si aggiusta gli occhiali. «Siamo partner. Voglio aiutarti. Voglio esserci quando hai bisogno di me.»

«Lo so. È solo che...»

«Ti voglio bene, Kat. Qualunque cosa sia, farò quello che posso.»

Le foglie si muovono nella brezza. L'erba fruscia. Il lago s'increspa. «Non so da dove cominciare.»

«Da qualsiasi parte.» Indica il posto accanto a lei con la mano.

Mi siedo. Conosce abbastanza dettagli del mio accordo con Blake da poter saltare direttamente all'offerta di Fiona. No. Devo iniziare prima. «Blake lo sta facendo per sua madre.»

Lizzy inarca un sopracciglio.

«Sta morendo. E lui non vuole che lei muoia pensando di avergli rovinato l'occasione di trovare l'amore.»

«Perché dovrebbe pensare una cosa del genere?»"

«Suo padre...» Stringo le labbra. Non è un mio segreto, non sta a me rivelarlo. «Era un brutto tipo. Lei si sente in colpa per essere rimasta con lui. Almeno, così sembra.»

«Che cosa dolce. Più o meno. Cioè, è anche un atteggiamento un po' strano e dispotico. Ma anche dolce.»

«Blake ha davvero buone intenzioni.»

«Ma tu, be'» ride. «Ogni volta che passi del tempo con lui, o torni a casa scopata e soddisfatta o sconvolta.»

Rido anch'io. «Probabilmente è vero.»

«Ha già pagato il mutuo, giusto?»

«Sì.»

«Possiamo gestire il resto da sole. Davvero. Mi hanno ammessa a Stanford. Con una borsa di studio completa.»

«Non me lo avevi detto.»

«Stavo aspettando finché... non lo so. Finché non mi sembrava giusto. Ora è il momento giusto.»

Abbraccio mia sorella. È una buona notizia. Anche se significa che potrebbe andare a stare a tremila miglia di distanza. «Non preferiresti rimanere in città? Andare all'Università di New York?»

«Sì e no. A Stanford ci sono programmi di informatica molto migliori. E... potrei anche non andare a scuola.»

«Cosa?» Non esiste.

«Potrei fare uno stage. Iniziare a lavorare subito.»

«Lizzy...»

«So che vuoi aiutare, ma questa è una mia scelta. Probabilmente continuerò con la scuola. Ma sto considerando anche le altre possibilità.»

Mi mordo il labbro. È un'adulta. Dovrebbe essere in grado di gestire la propria vita. Ma questo accordo dovrebbe essere per noi. Che senso ha tutta questa sofferenza se Lizzy non accetta la borsa di studio di Blake?

Se si trasferirà comunque?

«La sorella di Blake pensa che io stia con lui solo per i suoi soldi» dico.

«Pensa che tu sia abbastanza carina da stare con lui solo per i suoi soldi. Di fatto è un complimento» mi prende in giro.

«Forse. Vuole che lo lasci.» Tiro fuori l'assegno dalla tasca e lo porgo a Lizzy.

Spalanca gli occhi mentre lo apre. «Cazzo. Vuole davvero che tu te ne vada.»

«Dovremmo sposarci qui fra tre settimane e mezzo.»

«Una roba di classe. Perfetto per te.»

«Quei soldi servono a farmi sparire. Vuole che li prenda e che non lo veda mai più.»

Lizzy piega l'assegno e me lo preme sul palmo. «Deve avere dei seri problemi di gelosia.»

Scuoto la testa. Non è questo. «Pensa che io stia ingannando Blake. O che mi stia ingannando su Blake. Forse è così.» Infilo l'assegno in una tasca della mia borsa. «Lei... potrebbe anche farlo per me. Perché le dispiace per me.»

«Mmmh.»

«Davvero. C'era suo marito a cena. È uno di quei ricchi idioti che lavorano senza sosta. Lei pensa che Blake sia uguale. Che anche io finirò in un matrimonio senza amore. O divorziata molto presto.»

«Sei troppo gentile. A me sembra una mossa da stronza maniaca del controllo.»

«Sei troppo cinica.»

«Ammettiamo che sia vero. Che c'è nel mezzo?»

«Non ne sono sicura. Credo che non abbia importanza. Mi sta offrendo dei soldi per andarmene. Posso accettare. Oppure no.»

«Ne avrai di più se lo sposi.»

«Sì.» Ma non ho bisogno di più soldi. Ho solo bisogno che Lizzy stia bene. E lei ora sta bene. Non li vuole nemmeno questi soldi.

«Vuoi sposare Blake?»

I miei pensieri vanno subito a noi due, proprio qui. Io con un bel vestito di pizzo. Lui in giacca e cravatta. Petali rosa che ci volano intorno. È bellissimo. Romantico. Dolce.

Ma non è una bugia. Non nella mia testa.

Nella mia testa, è reale. Lui mi ama davvero e io lo amo davvero.

Questo è quello che voglio. Non ancora. Ma un giorno. Voglio essere davvero sua. E che lui sia davvero mio.

Ma non è possibile.

Gioco con i bottoni del cappotto. «Non lo so.»

«Non farlo per me. Starò bene.»

«In California.»

«Non possiamo stare insieme per sempre.» Mi stringe la mano. «Lo sai.»

Lo so, ma non sopporto ancora il pensiero di essere a tremila miglia dall'unica persona che conta per me.

«Non posso crederci. Tutto perché quel tipo ti ha quasi rotto la caviglia.» Ride. «Non so se sei fortunata o sfortunata.»

«Questa è la cosa migliore e peggiore che mi sia mai capitata.»

«Lascia perdere i sentimenti. Lascia perdere tutto a parte il vile denaro.» Lizzy mi tira giù dalla panchina e trotterella verso un albero ricoperto di fiorellini bianchi. «Ti sta offrendo il resto di un milione di dollari. Se vai avanti con questo matrimonio, sei a posto. Puoi fare quello che diavolo vuoi. Sono tutti soldi tuoi. Tuoi, Kat.»

«Nostri.»

«No» ribatte lei. «Sono tuoi. Non sto dicendo che non puoi offrirmi una cena ogni tanto. O pagarmi un viaggio ai Caraibi, ma sono tuoi.»

«Lizzy...»

«Non li prendo i suoi soldi. Tutto questo è per te, Kat. Se non riesci a gestire il finto matrimonio, allora vattene. Prendi i soldi di sua sorella. O dì a entrambi di andare a fanculo. Starai bene anche senza i loro soldi. Staremo bene entrambe.»

Forse. Riuscivo a malapena a sbarcare il lunario prima di incontrare Blake, ma ora che il mutuo è pagato, un lavoro come cameriera è sufficiente.

Oppure posso prendere i soldi di Fiona. Usarli per pagarmi il college. Per iniziare una vita migliore.

Ho delle opzioni.

Provo a immaginare di mollare Blake, di convincerlo che non posso farlo.

Quel peso mi affonda in petto. È un pensiero terribile.

Tutto questo significa molto per Blake. Sì, è una stronzata e sta mentendo a tutti quelli che lo amano, ma lo sta facendo perché crede che sia l'unico modo.

Non mi ama, ma si fida di me.

Annullare tutto significa tradire quella fiducia.

Io... non sono sicura di potergli fare una cosa del genere.

O di volerlo fare.

Ma so una cosa.

Ho bisogno di parlargli. Ho bisogno di guardarlo negli occhi. Ho bisogno di capire se posso sopravvivere altri sei mesi a proclamare il mio amore per lui.

Lizzy controlla un messaggio sul suo telefono.

«Riesci a cavartela da sola per cena?» chiedo.

«Vai a farti una scopata» dice lei. «Io non giudico.»

«Sarà meglio che quello non sia un ragazzo.»

«E se lo fosse?»

«Lo voglio incontrare prima che ti porti fuori.» Prendo il telefono e mando un messaggio a Blake.

Blake: Sono in ufficio. Per le sette non ci sarà più nessuno. Vieni a quell'ora.

È il posto perfetto per una trattativa.

Capitolo Ventidue

Il centro è silenzioso. Tranquillo. È buffo come le strade passino rapidamente da animate a vuote.
Le luci gialle fluorescenti si stagliano contro il cielo scuro. Manhattan è bella. Non me ne stanco mai.

Non mi stanco mai di inclinare la testa verso l'alto a guardare i grattacieli come una turista.

Sono alti. Potenti. Imperturbabili.

Merda. Sto paragonando i grattacieli al mio finto fidanzato.

Si sta impossessando di troppi miei pensieri. Non solo quelli sul sesso. Ma quelli su lunghe passeggiate, dolci condivisi e per sempre.

Mi stringo la borsa in spalla mentre entro nell'edificio.

La guardia di sicurezza mi saluta con un cenno della testa, con familiarità. Non sono sicura di come faccia a riconoscermi, sono stata qui solo poche volte, ma ci riesce.

Io saluto con un cenno a mia volta. Ho bisogno di tutti i convenevoli possibili in questo momento.

Non sono sicura di cosa dirò a Blake.

So cosa voglio, ma è fuori questione.

È davvero possibile trovare un compromesso con qualcosa di così bianco e nero?

Non lo so.

Ma non rinuncio a questa possibilità.

Entro nell'ascensore argento lucido e spingo il pulsante dell'attico.

Lampeggia rosso. Maledetta chiave elettronica. La tiro fuori dal portafoglio, la striscio e premo di nuovo il pulsante. Verde.

Serve una chiave per accedere al suo ufficio.

Tipico di Blake.

La mia immagine riflessa mi fissa. È proprio come l'ultima volta. Sembra stanca. Spaventata. In una situazione più grande di lei.

Ma l'ultima volta è andata bene. Ho ottenuto tutto quello che volevo.

Forse posso fare altrettanto adesso.

Ding. Le porte si aprono. Entro nell'atrio.

Ancora una volta, il piano è vuoto. Buio. Tranquillo. La luce della città penetra dalle finestre. Le grandi nuvole grigie sembrano vicine. Come se potessi toccarle se aprissi la finestra.

Vado dritta all'ufficio di Blake. Afferro la maniglia. Provo a girare.

È chiusa a chiave.

È qui da solo e la porta è chiusa a chiave.

Mi si forma una vignetta nella mente. Una versione a cartoni di Blake che si apre il petto per mostrare le mura che ha intorno al cuore. Ci sono una dozzina di serrature diverse. Ognuna con una chiave diversa.

Potrebbe essere una storia interessante. Una ragazza con la missione di capire come abbattere ognuno di quei muri.

Mi faccio forza e busso. Non sono sicura di come andrà a finire. So solo che sarà difficile.

Blake apre la porta. I suoi occhi azzurri incrociano i miei. Si riempiono di un misto di preoccupazione e contentezza. È felice che io sia qui. E preoccupato che voglia dire qualcosa.

Non porta giacca e cravatta.

Indossa dei jeans e una maglietta a maniche lunghe. Lo

fascia stretto sulle spalle larghe e sul petto. Gli sta alla perfezione. E quei jeans...

Sento caldo tra le gambe. Sono qui per parlare. Non per pregarlo di sbattermi sul divano e di scoparmi a sangue.

Mi dà una lunga occhiata. «Gin tonic?»

«Non hai la giacca.»

Ridacchia. «Mi sono cambiato dopo il tuo messaggio.»

«Oh. Per me?»

«Sì.»

Mi batte più forte il cuore. Blake si cambia per me. Non è una metafora. Probabilmente è per stare comodo. Ma sembra voler dire qualcosa.

«Vuoi un drink?»

«Certo.»

Va al bar e versa con cura.

Mi siedo sul divano. Incrocio le gambe. Mi liscio i jeans. Batto i tacchi insieme. Sono dei begli stivali. Pelle costosa, impermeabili. Ho i piedi asciutti. Caldi.

È un paradiso rispetto a quando andavo in giro per la città con i calzini fradici.

È il tipo di cosa che non era possibile il mese scorso.

Ma questi confort non sono più sufficienti.

Ho bisogno di altro.

Blake si siede sul divano e mi porge il mio cocktail. Mi fissa negli occhi mentre beve un lungo sorso del suo whisky.

«È presto per te.» Lascio che l'alcol mi scaldi il viso e le guance. «Per smettere di lavorare e bere qualcosa.»

«Ho pensato che fosse importante.»

«Oh?»

«Sono tre giorni che non dici altro che *buonanotte*.»

«Non pensavo che l'avessi notato.»

Lui mi fissa di nuovo. «Certo che l'ho notato.»

Certo? Che diavolo succede? Bevo un altro sorso, ma non mi chiarisce le cose. Né mi dà fiducia in me stessa. «Ho riflettuto.»

«Su cosa?»

Sul fatto che voglio che mi ami. Che voglio che tutto questo sia reale. Sulla mia incapacità di separare la realtà dalla finzione. «Su tutto.»

Fa scorrere la punta delle dita sul mio collo. «Tipo?»

Bevo avidamente un sorso, ma non mi rinfresca affatto. Mi cadono gli occhi sul parquet lucido. È perfetto, immacolato, impeccabile come tutto nell'ufficio di Blake. Come tutto nella sua vita. «Ti fidi di me?»

Lui risponde subito. «Sì.» Lo dice con tono sicuro. Convinto.

Mi costringo a fissare di nuovo i suoi occhi. Sono sinceri. Perfino preoccupati.

Significo qualcosa per lui.

Solo che non so quanto.

Tiro fuori l'assegno dalla borsa. «Tua sorella pensa... be', non sono sicura di cosa pensi. Ma vuole che me ne vada.» Apro l'assegno.

Lui lo legge. «Ne vuoi di più?»

«No, io...»

«Abbiamo un accordo, Kat. Se non è più abbastanza...»

«Non si tratta di soldi.» Stringo l'assegno con il pollice e l'indice. «Lo strappo in due seduta stante, se devo.»

Blake si fa più serio. «Mi sbandieri un assegno da centomila dollari. Di cos'altro si può trattare?»

Di amore. «Non t'importa che tua sorella voglia che me ne vada?»

«Sta cercando di proteggermi. A modo suo.» Volge lo sguardo alla finestra. «Non sta prendendo bene il divorzio. Non ti deve piacere mia sorella, ma non prenderla sul personale.»

«Non devo prendere sul personale il fatto che voglia pagarmi per sparire?»

«È più di quanto possa permettersi. Deve pensare che tu valga molto per me.»

«E tutto è un numero per te?»

Lui inarca un sopracciglio.

«Varrei di meno se mi avesse offerto cinquantamila dollari?»

«Non è quello che intendo.»

«No? Sembra di sì invece.»

«Se vuoi più soldi...»

«Non ne voglio.»

«Allora perché dirmelo?»

«Mi fido di te.» Batto insieme le punte dei piedi. «Sei stato onesto con me. Ma...»

«Ma?»

«Smettila di offrirmi altri soldi. Non voglio altri soldi da te.»

«Bene.» Ha un tono brusco. Frustrato.

«Voglio parlarne. Da adulti.» Faccio per strappare l'assegno in due ma le mie dita non collaborano. «Non mi puoi comprare. Tua sorella non mi può comprare. Non sono in vendita.»

Provo di nuovo.

Questa volta riesco a fare un piccolo strappo.

Non voglio i soldi di Fiona.

Non voglio che nessuno compri la mia lealtà.

Faccio un respiro profondo. Strappo l'assegno in due.

La carta cade a terra.

Fanculo. Tanti saluti alle mie opzioni.

«Non c'è da vergognarsi di aver bisogno di soldi.» Blake finisce il suo whisky e posa il bicchiere su un ampio tavolo. «Puoi ammetterlo.»

Pianto i tacchi nel parquet. «Bene, ho bisogno di soldi. Non sono miliardaria. Non ho un'azienda di informatica. In effetti, non ho un cazzo di centesimo sul conto. Siamo solo io e mia sorella. Nessun altro che ci aiuti. È questo che vuoi sentire?»

«Se è la verità.»

«Ho bisogno dei tuoi maledetti soldi. Detesto avere bisogno dei tuoi soldi, ma ne ho bisogno.»

Blake mi trapassa con lo sguardo.

Mi giro dall'altra parte. Fanculo. Non mi faccio intimidire.

Faccio per alzarmi in piedi ma lui mi afferra il polso.

«Non farlo» dice.

«Perché? Questo è un accordo d'affari. Le nostre condizioni

sono le stesse. Non c'è niente di cui parlare.» Non c'è modo di ottenere quello che voglio. Non in questa maniera.

Mi stringe ancora di più il polso.

«Non siamo amici.»

«Ah no?» Mi tira sul suo grembo. «Io ci tengo a te.»

«Non t'interessa come mi sento.»

«Sì invece.» Il suo fiato mi scalda l'orecchio. «So che è difficile per te. E non lo sopporto. Ma non c'è altro modo.»

«Ma tu...» Non so cosa dire. La sua voce è sincera. Ci tiene a me. «Quanto?»

«Quanto?»

«Ci tieni a me? Sono una collega? Un'amica? Un'amante?»

«Non mi innamorerò di te.» Le parole sono semplici. Come se stesse parlando del tempo.

Mi si stringe il cuore. «Non so se posso farlo senza innamorarmi di te.»

«Kat...»

«Lo so. Non mi amerai mai. Lo capisco.» Più o meno. Lui pensa che non mi amerà mai. Ma ci tiene a me. Ed è così che comincia.

Blake mi guarda. Il suo sguardo è più dolce. Ci intravedo dell'affetto.

Raccoglie i pezzi dell'assegno da terra e li mette sul tavolino.

«Puoi ancora prendere i soldi di Fiona.»

«Non li voglio.»

«Bene. Fai finta che non sia mai successo.»

«Lei non crede che siamo innamorati.»

«Sì invece. Ecco perché ti ha offerto così tanto. È un test.»

«È da malati.»

«È la famiglia Sterling.» Mi mette il palmo intorno alla nuca. Mi fissa negli occhi. «Dicevo sul serio. Non c'è da vergognarsi ad aver bisogno di soldi. La maggior parte delle persone non se la caverebbe bene come te.»

«Forse.»

Blake mi passa i polpastrelli sulla guancia. «Dev'essere stata dura, tenere tutto insieme dopo la morte dei tuoi genitori.»

Annuisco. È ancora difficile. È un dolore ancora represso dentro di me.

C'è affetto nei suoi occhi.

Forse siamo amici.

Forse è sufficiente. Non ho bisogno che sia innamorato di me se mi vuole davvero bene.

«Com'è successo?» chiede.

«Ebbero un incidente d'auto.»

«E questo è tutto?»

«Sì.» Abbasso le palpebre. «Ero a una gara di corsa campestre quando mi diedero la notizia. Stavo pensando al ragazzo che mi aveva chiesto di andare al ballo invernale. Al mio vestito. A cose che non avevano nessuna importanza.»

Blake mi passa le dita tra i capelli. Mi abbandono al suo tocco. Ne assorbo ogni istante.

«Ti sarebbe piaciuto il vestito. Era nero. Scollato. Ce l'ho ancora nell'armadio da qualche parte. Non credo di averlo mai indossato.»

Mi attira più vicino. Finché non riesco a sentire il suo battito cardiaco. È costante. Come il suo respiro.

Mi lascio andare tra le sue braccia. Mi sento bene. Al sicuro. Rassicurata. Non ho mai avuto nessuna rassicurazione. Per tre anni sono stata io a dire a tutti gli altri che sarebbe andato tutto bene.

E ora lo sta facendo lui.

Lo voglio.

Voglio collassargli tra le braccia.

Voglio che sia lui a prendersi cura di me.

«Venne a chiamarmi la mia allenatrice.» Deglutisco a fatica. «Fu proprio prima della gara. Ero tutta eccitata, mi chiedevo cosa potesse essere così importante. Ma aveva una strana espressione in viso. C'era qualcosa che non andava. Mi portò nel parcheggio. Non riusciva a guardarmi. Io non riuscivo a guardarla. Non ricordo esattamente cosa disse, ricordo solo che corsi. Corsi all'ospedale anche se era a chilometri di distanza. Non avevo idea di cosa fosse successo, se i miei fossero vivi o morti.»

Blake mi abbraccia più forte.

«Capii che era una cosa grave dal modo in cui mi guardò l'infermiera. Ma non mi sembrava reale. Era come se stessi guardando tutto alla televisione. Mamma e papà erano morti appena arrivati in ospedale. Lizzy era in terapia intensiva. Rimasi con lei per un po'. Andavo a casa solo per cambiarmi e fare la doccia. Dormivo in sala d'aspetto. Furono solo pochi giorni, ma mi sembrarono settimane. Sarei stata completamente sola. Non avrei più avuto nessuno.»

Mi cade una goccia sulla gamba. Un'altra. Mi trema la mano. Il gin tonic fuoriesce dal bicchiere.

Blake mi prende la mano e mi toglie le dita dal bicchiere. Lo posa per terra e poi intreccia la mano con la mia.

Mi guarda negli occhi.

È uno sguardo che non ho mai visto prima. Non da lui.

È come se mi amasse davvero.

Come se l'unica cosa che volesse fosse la mia felicità.

Mi mette i capelli dietro l'orecchio. «Dev'essere stata dura.»

«Non ci fu tempo perché fosse dura. I miei genitori non risparmiavano un cazzo. Erano pieni di debiti. La loro assicurazione sulla vita bastò a farmi finire il liceo. Poi a coprire quello per cui il mio lavoro non bastava. Ma non era sufficiente.»

«Avevi diciotto anni?»

«Sì. Grazie a Dio. Non abbiamo altri parenti. Lizzy sarebbe stata data in affido se non fossi diventata il suo tutore legale.»

Mi scosta i capelli dagli occhi. «Non c'è niente di male a volere qualche agio nella vita.»

«Quella fu l'ultima volta che fui libera, quella mattina alla corsa campestre. Non si tratta di soldi, Blake. Si tratta della sensazione di poter fare qualsiasi cosa. Non la provavo da molto tempo.»

Lui annuisce.

«Voglio che Lizzy ce l'abbia.»

«Certo.» Fa scorrere le dita lungo il mio mento, inclinandolo in modo che ci guardiamo negli occhi. «Tu sei libera, Kat. Ho bisogno di te per qualche mese, ma quando non siamo insieme, sei libera di fare quello che vuoi.»

«Purché mantenga l'immagine giusta.»

«La tua immagine è perfetta.» Mi fissa negli occhi. «Sei meglio di quanto abbia mai immaginato.»

«A mentire alla gente.»

«Se stessi cercando di innamorarmi, sceglierei te.» La sua mano mi sfiora la guancia.

Se si dovesse innamorare, s'innamorerebbe di me. Che stronzate. Non s'innamorerà, quindi non s'innamorerà di me.

Non è un complimento. Non è confortante. A meno che non riesca a convincermi che sia più di una bugia.

«Non dire cose che non pensi.» Scivolo verso l'altro lato del divano.

«Non lo faccio mai.» Lui si avvicina. «Voglio che tu stia meglio.»

«Non starò meglio.»

«Non sono d'accordo.» Mi tira in grembo. Mi avvolge le braccia intorno alla vita. «Ci penso io a distrarti.»

«Non puoi placarmi con il sesso» dico. «È l'unico modo in cui riesci a gestire le emozioni delle persone: pagarle o scoparle?»

I suoi occhi si illuminano di qualcosa che non riesco a inquadrare. No, conosco quello sguardo.

Ho ragione e a lui dà fastidio.

Mi libera dal suo abbraccio. Mi sento fredda. Vuota.

«Hai ragione. Non so come fare felice nessuno» dice. «Ma voglio davvero che tu sia felice.»

«Allora non dire cose del genere. Non comportarti come se potessi amarmi.»

Lui annuisce. «Cosa vuoi fare con i miei soldi?»

«Te l'ho già detto.»

«Lo vuoi per tua sorella. Ma per te?»

«Quello che ho detto a tua madre. Voglio andare all'università. Alla scuola d'arte. Voglio pubblicare romanzi a fumetti. Un giorno.»

«Tuoi o di altri?»

«Tutti e due. Voglio aiutare gli altri a riversare la propria anima su carta. E condividerla con il mondo. So che sembra sdolcinato. Immagino che lo sia. Ma è quello che voglio. Ho sempre pensato che avrei dovuto insegnare arte. Qualcosa del genere. I miei genitori erano insegnanti. È un buon lavoro. Ma non per me. Non sono brava con la gente.»

«Sì invece.»

«Forse. Ma preferisco lavorare da sola.»

«Questo lo capisco.»

Non posso fare a meno di ridere. «Hai degli amici?»

Lui inarca un sopracciglio. «È un'accusa?»

«No. Sono più... curiosa. Non vuoi un testimone di nozze. Non ci dev'essere nessun amico intimo.»

«No infatti. Solo mia madre e mia sorella.»

«Non ti senti solo?»

«Ci sono abituato.» Alza gli occhi e mi guarda. «So cosa stai passando a prenderti tutta quella responsabilità.»

«Davvero?»

«Mio padre non era solo uno stronzo alcolizzato che è morto a furia di bere. Sfogava le sue frustrazioni su mia madre.»

«Oh.» Mi si gela il sangue. Povera Meryl.

«Quando divenni abbastanza grande da intervenire, cominciò a prendersela con me.» Mi guarda. La sua voce tradisce la sua vulnerabilità. «Avevo quattordici anni quando è morto. Per me fu un sollievo. Le maggiori responsabilità non erano niente in confronto a quanto lo odiavo.»

«Mi dispiace.» Mi si stringe il cuore anche per lui. Voglio cancellare il suo dolore. Voglio dimostrare che l'amore non dev'essere così brutto. Voglio rendere il mondo un posto più bello.

«Non serve. Sono felice che se ne sia andato.»

«Ma mi dispiace che tu abbia passato tutto questo. L'amore non dovrebbe far soffrire. Non così.»

Mi prende la mano. «Mi ha reso più forte. Hai perso dei genitori che ti amavano. Hai perso qualcosa di importante. Ma ti ha reso più forte.»

Scuoto la testa. «Io non sono forte.»

«Sì invece.»

Una lacrima mi solca la guancia.

Mi mancano i miei genitori. C'è ancora un buco nel mio cuore. Non mi sono mai permessa di sentirlo. Non mi sono mai permessa di elaborare il lutto per la vita che avrei potuto avere.

Blake cattura una lacrima sul suo pollice.

Si china per premere le labbra sulla mia fronte.

È un bacio morbido. Dolce. Affettuoso.

Gli mormoro contro il collo. «Mi dispiace che tu abbia passato tutto questo.»

«Grazie.»

«Com'è stato? Se ti va di parlarne... non sei obbligato.»

Mi attira più vicino a sé. «Pensavo che fosse normale. Che tutte le case fossero così piene di odio. I miei genitori bevevano sempre. Dava coraggio a mia madre. Faceva arrabbiare mio padre. Era una combinazione tossica. Lui minacciava di picchiarla e lei gli dava del codardo. Lo sfidava a farlo.»

«Era coraggiosa.»

«Ma stupida.» Mi passa le dita tra i capelli. «Facevo la stessa cosa quando intervenivo io. Così lui sfogava tutta la sua rabbia su di me. A quello stronzo non importava a chi facesse male, gli bastava fare male a qualcuno.»

Gli stringo la mano. Non so cosa dire. Solo che voglio essere qui. Per ascoltare. Per aiutarlo. Per abbracciarlo.

«Non ho fatto abbastanza per proteggere lei o Fiona. Avrei potuto chiamare la polizia. Avrei potuto tagliargli i freni della macchina. Avrei potuto fermarlo per sempre.»

«Che prospettiva infernale per un ragazzino di quattordici anni.»

Lui scuote la testa. Ammorbidisce l'espressione. Poi la postura.

È come se stesse sprofondando in me.

Io faccio altrettanto. Mi sciolgo in lui.

Rimaniamo stretti l'uno all'altra, respirando insieme, per molto tempo. La stanza è tranquilla. Silenziosa. Ma è confortevole.

Mi sento al sicuro tra le sue braccia. Anche con tutta questa bruttura che ci vortica intorno.

Mi scosta i capelli dagli occhi. «Ho la distrazione perfetta.»

Mi asciugo gli occhi e rimetto i miei sentimenti nella scatola in cui li infilo di solito.

«O possiamo restare qui.»

Gli prendo la mano e mi alzo in piedi. «Parli del sesso?»

Lui ride. Ride davvero. Dio, è davvero una bella risata. Gli si socchiudono gli occhi. Le guance gli arrivano fino alle orecchie.

Ha una fossetta.

È la cosa più bella che abbia mai visto.

Ho tutto chiaro ora.

Voglio stare al suo fianco.

Qualunque cosa significhi.

Prendo la mano di Blake e lo seguo fuori dalla stanza.

Capitolo Ventitré

La porta che dà accesso al tetto è chiusa a chiave.
Naturalmente Blake ha la chiave.
Mi stringe la mano mentre sblocca la porta e la apre.

Il chiaro di luna illumina le scale di cemento. Mi aggrappo al freddo corrimano d'acciaio mentre salgo i gradini.

Ecco.

È come se stessi davvero toccando il cielo. I grattacieli che ci circondano sembrano abbastanza vicini da poterli toccare. Le nuvole scure e grigie sembrano pochi centimetri sopra di me.

Mi sembra di essere un supereroe. Come se potessi saltare da un palazzo all'altro e fare mia la città.

Fa più freddo di oggi pomeriggio, ma non mi entra nelle vene. Semmai ho caldo.

La piscina sul tetto sprigiona un riverbero azzurrognolo. È un punto luminoso contro il cielo spento.

La luce danza sull'acqua. Getta strane linee sul viso di Blake.

Mi guarda, studia la mia reazione. Ha un'espressione più morbida del normale. Più dolce.

«Nessun altro ha accesso al tetto» dice.

«Quindi questa è la tua piscina privata?»

«Più o meno.»

Lascia cadere le chiavi su un tavolino del patio. Ha una piscina sul tetto di un dannato grattacielo per divertimento.

«La usi mai?» chiedo.

«Quando ho bisogno di pensare.»

«E ogni quanto succede?»

Sorride. Sorride davvero. Il mio cuore va in tilt. Sembro una scolaretta con una cotta. Blake mi sta sorridendo. Sta. Sorridendo. A. Me.

Stiamo per sposarci, e io vado in subbuglio per un sorriso.

Sono davvero fregata.

«Acuta osservazione» dice lui.

«Quindi avevo ragione? Lo ammetti.»

Ride. È la seconda volta in un'ora. È un record.

Blake indica la piscina con un cenno della testa. «Entri?»

«Dopo di te.»

Si sfila la maglietta da sopra la testa.

Cerco di non sbirciare, ma non posso farne a meno. Il corpo di Blake è un'opera d'arte.

Come ho fatto a respingere le sue avances sessuali pochi minuti fa? È impossibile.

Si sfila i jeans. Il mio sguardo è attirato dalle sue cosce muscolose. I suoi fianchi stretti. I boxer di cotone...

Odio quei boxer di cotone.

Voglio disegnarlo da ogni angolazione possibile. Voglio catturare ogni sfumatura del suo corpo con la mia matita.

«Sembri accaldata» dice.

«Sto bene.»

Si avvicina. Mi sbottona il cappotto e me lo fa scivolare dalle spalle.

Rabbrividisco, ma non per il freddo. È per la vicinanza. Per il suo tocco.

Mi sfilo il maglione da sopra la testa, poi allungo le mani per togliergli i boxer.

Blake scuote la testa. Si inginocchia e mi apre la cerniera degli stivali. Me li tolgo, uno alla volta.

Mi solleva il piede per togliermi il calzino, poi fa altrettanto con l'altra gamba.

Con i polpastrelli risale la cucitura dei miei jeans, su per la gamba, sopra il mio sesso, giù per l'altra gamba.

Poi di nuovo su. Mi slaccia il bottone e la cerniera con cautela.

Mi tira giù i jeans, e le mutandine, fino alle caviglie.

Alzo i piedi per togliermeli. Non è un gesto aggraziato come il suo striptease. Ma è efficace.

Sono rimasta con solo il reggiseno addosso.

Lui è in boxer.

Siamo stati spesso nudi insieme, ma così sembra più intimo. Più sfacciato.

Come se ci stessimo finalmente mostrando il cuore l'un l'altro.

Blake lentamente si alza.

È a pochi centimetri di distanza. Abbastanza vicino da poterci baciare. Toccare. Fare l'amore.

Che sciocca, non è fare l'amore con Blake. È scopare. Lui scopa. Non ama.

Passo l'ultima parola al tritatutto e la infilo da qualche parte da dove non mi possa toccare.

L'amore non fa parte di questa equazione.

Me ne farò una ragione.

In qualche modo.

Faccio un passo indietro, mi slaccio il reggiseno e lo lascio cadere a terra. Mi giro, ma percepisco lo sguardo di Blake.

Mi fa avvampare da capo a piedi.

Mi avvicino alla piscina e immergo un dito del piede. L'acqua è calda. Invitante.

Blake si sfila i boxer. Non riesco a trattenermi dal guardarlo. È davvero perfetto. Dovrebbe stare in un museo. Dovrebbe avere un'intera ala del Metropolitan Museum of Art. Dovrebbe sostituire il David alla Galleria dell'Accademia di Firenze.

«Stai aspettando qualcosa?» chiede.

Scuoto la testa.

Fatto trenta...

Mi butto in piscina.

Accidenti. È forte.

Mi si rizzano i capelli sul collo. Immergo la testa. Sott'acqua tutto si fonde in ombre bianco-blu.

L'acqua dondola avanti e indietro. Sento un tuffo sopra di me. Blake. È in piscina con me.

Riemergo. È a un metro e mezzo di distanza, l'acqua gli gocciola da quelle sue spalle perfette.

Si avvicina. «Distratta?»

Annuisco. «Grazie per avermi ascoltata prima. E per la chiacchierata... sei stato così disponibile che ho quasi creduto che fossi davvero il mio fidanzato.»

Mi sfiora il mento con i polpastrelli.

Alzo lo sguardo verso di lui per tutto il tempo che posso sopportare. Ha ancora un'espressione intensa, ma c'è tenerezza nei suoi occhi. Una certa dolcezza.

Fatico a prendere aria per il prossimo respiro.

Ci sono troppe cose che mi accadono intorno.

Questa piscina è un'oasi di calma. L'occhio del ciclone, credo. Ma sembra più il ciclone. È come se ci fosse qualcosa che infuria dentro di me.

«Ci tengo a te» dice lui.

«Sì, so che non siamo, be', non sono sicura di cosa siamo, ma non siamo amanti.»

«Farò tutto il possibile per sostenerti.»

«Cosa potrei volere di più da un marito?» Mi si incrina la voce. Mi tuffo di nuovo sott'acqua. Il cloro mi irrita gli occhi.

Riesco appena a distinguere la sagoma del corpo di Blake. È sfocata, ma è comunque perfetta.

Mi do una spinta dal bordo e scendo verso il fondo. Quando

risalgo per prendere aria, Blake mi sta fissando. Non mi leva gli occhi di dosso.

Si avvicina.

Ancora di più.

Ha i capelli bagnati tirati indietro. Gli stanno bene, davvero, ma finora non ho mai visto niente che non gli stia bene.

«Kat.» La sua voce è dolce.

«Sto bene, grazie. Sto solo pensando a quanto sono fortunata a sposare per finta un tipo così disponibile. La ragazza più fortunata del mondo, davvero.»

Mi studia per decidere se credermi. Annuisce come se mi credesse.

«Non sei mai stato innamorato» dico.

«Mai.»

«Niente?»

«Mai niente di più di attrazione sessuale.»

«Sì, certo.» Mi strizzo i capelli. «Nemmeno io. Voglio innamorarmi, un giorno, ma non è certo una priorità. Devo pensare alla scuola e alla carriera.» Serro le labbra. «Pensi che sia a causa dei tuoi genitori? Che quello che avevano era amore che ha preso una brutta piega?»

«Non m'interessa rimuginare sul perché.» Mi passa una mano tra i capelli. «Non ho mai visto l'amore prendere altre pieghe. Guarda Fiona e Trey. Sono infelici.»

«I miei genitori erano innamorati. Erano felici.»

«Come fai a saperlo per certo?» chiede lui.

«Lo so e basta. L'amore non è qualcosa che sai. È qualcosa che senti.» Il mio cuore accelera. Il mio respiro anche. «Ed è una sensazione stupenda. Confortevole e intima e perfetta.»

«Hai detto che non sei mai stata innamorata.»

Ah già. L'ho detto. Ed è vero.

Arrossisco. Una sensazione di calore si diffonde lungo il petto, fino al ventre.

Il suo sguardo mi disarma.

Mi fa sentire ancora più nuda.

Cerco di riprendere il filo del discorso. «Non sono mai stata innamorata. Ma ho amato. Mia sorella. I miei genitori. Il mio migliore amico delle elementari. È una bella sensazione anche volere bene ad altre persone.»

I suoi occhi rimangono fissi sui miei. Ha qualcosa sulla punta della lingua, ma la manda giù.

Mi immergo sotto la superficie e faccio una capriola.

L'acqua è calda. Confortevole. È ovunque, tutto intorno a me. È come l'amore. Ti inghiotte in un sol boccone, ma sai di essere al sicuro. Sai che andrà tutto bene.

Non che questo concetto mi sia familiare.

Non che mi stia innamorando di qualcuno.

Niente affatto.

Capitolo Ventiquattro

Passiamo venti minuti a nuotare in piscina. Le nuvole diventano più scure, più grigie. Una pioggerella si trasforma in un acquazzone.

Ignoro il suggerimento di Blake di andarcene. Siamo già in piscina. La pioggia non ci farà male.

Il cielo s'illumina all'improvviso. Lampi. Il tuono rimbomba qualche secondo dopo. Ok, basta giocare. Non c'è bisogno di dirmi che una piscina in cima a una torre d'acciaio non è il posto migliore dove stare durante un temporale.

Blake mi aiuta a uscire dalla piscina. Mi fa andare dalle scale nuda e raccoglie i nostri vestiti da solo. Sta cercando di proteggermi, ma preferisco condividere il rischio di venire fulminati. Preferisco che lavoriamo come una vera squadra.

La porta del tetto si apre e Blake entra.

È in boxer. Si tiene il resto dei vestiti al petto.

Mi infila il maglione da sopra la testa. Assorbe tutta l'acqua che mi gocciola dal petto e dalle spalle. Sento meno freddo. Ma non abbastanza.

Faccio le scale un gradino alla volta. Mi tengo al freddo corrimano di metallo finché non devo spingere la porta per aprirla.

Solo che è chiusa a chiave.

Blake è l'unico ad avere la chiave del tetto, ma la porta si chiude comunque automaticamente.

Ha senso.

Blake si posiziona dietro di me, mi preme il petto contro la schiena. È bagnato. Liscio. Sodo.

È bello sentire il suo corpo contro il mio.

Voglio perdere questi vestiti.

Perdere completamente la cognizione delle parole.

Fa scorrere la mano sulla mia. Il suo respiro mi scalda il collo. Inspiro bene dal naso. Cerco di calmarmi i nervi.

Invano.

Blake mi porge le mutandine. «Non voglio che tu venga ripresa. A meno che non sia una tua fantasia.»

«No.» Non credo che lo sia. Arrossisco mentre mi tiro su le mutande. «Grazie.»

Lui sblocca la porta e la apre.

Fa freddo anche qui. Mi viene la pelle d'oca sulle braccia. Mi si inturgidiscono i capezzoli. Mi stringo le braccia intorno al petto, ma non mi riscaldo gran che.

«Hai fame?» chiede lui.

«Non mi dispiacerebbe mangiare qualcosa.» Preferirei soddisfare un altro dei miei bisogni, ma non mi dispiacerebbe mangiare.

Mi prende la mano e mi conduce in un'area relax. È elegante e moderna come il resto dell'ufficio.

C'è un tavolo bianco dal piano spesso, un angolo cottura con elettrodomestici in acciaio inossidabile e un divano nero rettangolare. Starebbe benissimo come sfondo di un quadro, specialmente con la finestra e le nuvole fuori.

Immagino le ombre. La sagoma di Blake nella semioscurità. Una metafora un po' ovvia, il tipo imperscrutabile che esce alla luce del sole, ma funziona.

Blake lascia cadere i nostri vestiti sul tavolo. Si inginocchia davanti a un armadietto e tira fuori una coperta. «Dovremo condividerla.» Me la porge e poi indica il soffitto. «Non ci sono telecamere in questa stanza, se vuoi cambiarti.»

«Cambiarmi?» Alzo un sopracciglio.

Lui ride. Ride sul serio. «Anche quello.»

Mi batte forte il cuore. Il respiro mi si blocca in gola. Voglio la sua risata. E il suo corpo. E il suo cuore.

Ma l'ultimo desiderio è fuori discussione.

Devo lasciar perdere quest'idea.

Ci sto provando.

Ma quando mi guarda con quegli occhi azzurri così penetranti...

«Siediti. Riscaldati.» Fa un cenno verso il divano.

È una buona idea. Butto i vestiti bagnati per terra e mi avvolgo nella coperta.

Blake riempie una caffettiera d'acqua. «Cosa vuoi bere?»

«Una cioccolata calda.»

«Davvero?»

«Cos'hai contro la cioccolata calda?» Metto la mano sul fianco, ma è praticamente impossibile sotto la coperta.

Blake si gira verso di me e osserva il mio patetico tentativo di atteggiarmi a tipa cazzuta.

Un sorriso gli incurva le labbra. Poi, oddio, sta succedendo di nuovo.

Ride.

Mi sento tutta calda. È sbagliato quanto la sua risata mi faccia sentire bene. Quanto io desideri la sua felicità.

«Cioccolata calda sia allora.» Prende delle tazze dal bancone.

Mi siedo sul divano e cerco di rilassarmi.

Non ci riesco. Ho lo stomaco ancora sottosopra. Il cuore mi batte ancora all'impazzata.

Ma sto rimettendo in ordine i pensieri.

Mi tiro la coperta sulla testa. Mi godo il silenzio. La calma. E non devo guardare la mia espressione.

Sono stanca di essere sotto la lente d'ingrandimento.

Blake viene verso il divano. «Non sei brava a condividere, vero?»

No. Non lo sono.

Abbasso la coperta fino alle spalle.

Lui è in piedi davanti al divano, con una tazza in ciascuna mano.

«Immagino di no.» Sono perfettamente in grado di condividere alcune cose. Ma non i miei sentimenti. Non la mia storia. Certamente non il mio cuore.

Con la coperta, be', farò del mio meglio.

Prendo una tazza. Mi sposto in modo da liberare metà della coperta. Blake si siede accanto a me e tira la coperta sulle nostre ginocchia.

I miei occhi si rifiutano di obbedire ai miei comandi. Si fissano sulle spalle, sul petto e sul ventre di Blake. È ancora bagnato. Così gli risaltano le linee del torace.

Voglio disegnarlo.

Il realismo non è mai stato il mio forte, ma è l'unico modo per catturare quello splendore che è Blake. Una versione a fumetti non potrebbe mai reggere il confronto.

Cavolo, un disegno non potrebbe mai reggere il confronto.

Niente può reggere il confronto.

Chiudo gli occhi. Mi godo il suono della pioggia. Il calore della tazza. L'odore di cioccolato che penetra nelle mie narici.

Quando apro gli occhi, sono sorpresa dall'oscurità. Il cielo è brutto. Blu scuro con grandi nuvole grigie. La pioggia è forte, ma il suo suono è bellissimo. Sembra musica.

«Kat?»

«Sì?» Lo guardo negli occhi, ma mi calma i nervi. Voglio ancora perdermi in quegli occhi.

«Stai bene?»

«Quasi.» Sorseggio la cioccolata. È istantanea, ma è comunque rilassante. Bevo un lungo sorso e poi appoggio la tazza per terra.

Non ho bisogno di cioccolato e zucchero.

Ho bisogno che Blake spazzi via il resto del mondo.

Lui mi guarda come fa sempre. Sarebbe un ottimo scienziato. O un giudice. Non c'è modo di sapere cosa succede dietro quegli occhi stupendi.

Mi offre la sua tazza di caffè. Annuisco e bevo un sorso. È nero. Ricco. Deciso. Alla vaniglia.

Il mio sguardo va di nuovo alla finestra. Alla pioggia che colpisce il vetro. «Dovrei tornare a casa presto.»

«Sta diluviando.»

«Piove sempre in questo periodo dell'anno.» Mi sposto e la coperta mi scivola via dalle spalle, fino in vita. «Sono sicura che hai altro lavoro da fare. Non voglio disturbare.»

Lui posa il suo drink sul pavimento. «Mi piace averti qui.»

«Sì, ma tu devi lavorare. E anch'io. Potrei fare qualche domanda per le ammissioni primaverili alle scuole d'arte. Ci sono un sacco di scelte che non ho mai considerato. I miei genitori insistevano che andassi in una scuola normale.»

Blake continua a fissarmi negli occhi. Non mi guarda il seno scoperto. Non sono sicura se sia rispetto o disinteresse. Oggi tutto sembra diverso. Quasi come se fossimo davvero una coppia.

È una bugia.

È un monito che non mi resta in mente oggi.

Mi rimbalzano in testa diverse spiegazioni. Alcune cose sono reali. Il nostro sesso è reale.

Forse anche questo è reale.

Gli vado in grembo mettendo le cosce all'esterno e il mio inguine sul suo.

Lui è caldo. Sicuro. Ma non è esatto. Non c'è niente di sicuro in tutto questo.

Mi mette i capelli dietro le orecchie.

Avvolgo le braccia intorno alle sue forti spalle. Gli stringo le cosce intorno.

Lui mi preme il palmo della mano poco sopra le natiche.

Sento un brivido lungo la schiena.

Quando lo guardo di nuovo negli occhi, la sua curiosità è

sparita. Sta tornando al Blake che capisco. L'animale guidato dalla passione e dalla smania di controllo.

Chiudo gli occhi mentre lo bacio. Sa di caffè e vaniglia. E di Blake.

Gli faccio scivolare la lingua in bocca.

Lui mi stringe più forte. Mi bacia più forte.

Mi mette le mani sul culo. Mi affonda le unghie nella carne.

Gli gemo in bocca. Questa volta non rinuncio al controllo. Ho bisogno di toccarlo ovunque. Ho bisogno di toccarlo alle mie condizioni.

Blake mi passa le dita sulla schiena e sulle spalle. Poi arriva al collo. Me le infila tra i capelli.

Si tira indietro. I suoi occhi trovano i miei. «Mettiti sulla schiena.»

Scuoto la testa. «Voglio toccarti.»

«Lo facciamo a modo mio.»

Il tono autoritario della sua voce mi fa contrarre il sesso. Ma non posso cedere.

Lo fisso di nuovo negli occhi. «Voglio toccarti.»

Lui annuisce. «Mi toccherai. Fidati di me.»

Mi fido. È questo il problema.

Ma abbiamo raggiunto un compromesso. In un certo senso.

Ho bisogno di farlo.

A modo suo va bene. No, è perfetto.

Annuisco. «Ok.»

Mi sposto e tiro via la coperta. Il mio corpo affonda nel suo. Riesco a sentirlo. È duro sotto di me. È quasi mio.

Blake mi prende le mani e se le mette sulle spalle.

Gli esploro il petto con i polpastrelli. È così bello toccarlo. Sembra che sia mio.

Lui mi afferra il culo e mi attira contro di lui. L'altra mano me la infila nei capelli.

Mi tira giù la testa.

E mi bacia. Un bacio duro, ma dolce.

A modo suo. Mi piace a modo suo.

Accordo Indecente

Gli esploro ogni angolo del torace con i polpastrelli. Ha un morbido ciuffo di peli proprio sotto l'ombelico. Faccio scivolare la mano più sotto e gioco con l'elastico dei boxer.

Lui mi afferra il polso e mi riporta la mano sulla sua spalla. Un avvertimento. O una richiesta. Non sono sicura.

Trascina le labbra al mio orecchio. «Non ancora.» Mi bacia lungo il collo.

Ogni volta che mi sfiora con le labbra mi fa rabbrividire.

Voglio disperatamente di più da lui. Voglio qualsiasi cosa sia disposto a darmi.

Strofino l'inguine contro il suo. Sfregare il sesso contro il suo uccello è divino. Quei maledetti boxer sono d'intralcio. Mi premono sulle parti morbide. Rendono tutto più duro. Più ruvido.

Sento il piacere crescermi dentro. Mi muovo più veloce. Gli gemo nell'orecchio.

Lui geme a sua volta contro il mio collo.

Mi affonda le unghie nella schiena.

Fa male, ma in modo piacevole. È come se mi stesse marcando. Come se fossi sua.

Mi bacia mentre mi mette le mani sul culo e mi solleva i fianchi.

La sua mano mi sfiora il sesso.

Gemo. Gli affondo le dita nelle spalle.

Mi accarezza con il dito.

Mi si contrae il sesso.

Mi si inturgidiscono i capezzoli.

Il desiderio mi si concentra tra le gambe mentre mi strofina.

Inspiro ogni oncia di estasi.

Fisso gli occhi di Blake, mi ordinano di sostenere il suo sguardo.

È intenso, ma posso gestirlo.

Posso gestire lui.

Tengo gli occhi incollati ai suoi mentre mi accarezza. Mentre mi spinge sempre più vicino al limite.

La pressione nel mio sesso aumenta.

Mi porta sempre più in alto.

Finché non ce la faccio più.

Mi mordo il labbro.

Gli tiro i capelli.

Ecco.

Il tocco successivo mi spinge oltre il limite.

Gemo il suo nome mentre vengo.

Lo guardo negli occhi mentre il mio sesso pulsa di tremori post-orgasmici. Blake mi fa sentire divinamente, cazzo.

«Vieni qui.» Mi preme il palmo della mano poco sopra le natiche. «Ho bisogno di essere dentro di te.»

Annuisco forte. Ne ho bisogno anch'io.

Fa scivolare i boxer fino alle ginocchia e mi mette le mani sui fianchi.

Piano piano, posiziona il mio corpo sul suo.

Sento la sua punta contro di me. Poi è un centimetro alla volta.

Cazzo.

È così bello averlo dentro.

È perfetto.

Blake guida i miei movimenti.

Mi alzo, finché è a malapena dentro di me, poi riscendo, finché non mi riempie.

Mi guida su e giù con le mani sui miei fianchi.

Va più a fondo.

Più forte.

Gli premo le mani sulle spalle per fare pressione.

Mi dondolo contro di lui, strofino il clitoride contro il suo osso pubico.

Dentro sento un turbinio di piacere. Aumenta ogni volta che muovo i fianchi. Ogni volta che gli sfrego la pelle.

Lui mi affonda le unghie nella carne. Geme il mio nome.

Chiude gli occhi.

Corruga la fronte.

Accordo Indecente

È quasi arrivato.

Guardo il piacere riversarsi sul suo viso mentre lo scopo. Lo spingo dentro di me. Più forte. Più profondo. Più veloce. Ancora. Ancora.

Chiudo gli occhi.

Tutta la tensione che ho dentro sale a un livello febbrile.

Vengo a ondate. Mi si riversa in corpo un torrente di piacere. Su per il busto, giù per le cosce, fino alle labbra, agli occhi, al naso.

Vibro tutta. Sono completamente esausta.

Rivolgo l'attenzione a Blake. Schiude le labbra. Geme. Stringe le palpebre.

Mi affonda le mani nei fianchi.

Si tira indietro. Cambia posizione di entrambi.

Si mette in piedi dietro di me.

Io gli do le spalle, ho le ginocchia sul divano, le mani sullo schienale.

Inarco la schiena, offrendomi a lui.

Lui mi afferra i fianchi.

Mi penetra con un movimento rapido.

Va così a fondo che fa male.

Ma mi piace da impazzire.

«Blake» gemo. Inarco la schiena così posso sentire ogni suo movimento.

Lui mi stringe i fianchi più forte. Accelera il respiro.

È vicino. Sta perdendo il controllo. È mio.

Spinge più forte. Più veloce.

È troppo. Ma troppo non è abbastanza.

Mi aggrappo al divano. «Blake.»

Trascina le unghie sui miei fianchi. Gli pulsa l'uccello. Gli tremano le cosce.

«Cazzo. Kat.»

Mi manda di nuovo oltre il limite.

Il mio orgasmo è veloce. Forte. Intenso. Mi aggrappo al

divano mentre mi pulsa il sesso. Il piacere mi invade il petto. Si diffonde fino alle dita delle mani e dei piedi.

Lui continua a spingere durante il mio orgasmo.

Poi arriva anche lui.

Geme contro la mia pelle mentre mi viene dentro.

Lentamente, districa i nostri corpi.

Crollo a faccia in giù sul divano.

Lui si tira su i boxer. Si siede accanto a me. Mi avvolge le braccia intorno.

È una sensazione così bella, cazzo.

Ma non è più mio.

È tornato ad essere una sfinge. Capisco questo Blake meglio di prima.

Ma il suo cuore è ancora chiuso a chiave.

Questa volta sono io che mi allontano.

Mi alzo dal divano. «Hai qualcosa che posso indossare per tornare a casa?»

«Certo.» Abbassa gli occhi.

Se non sapessi che è impossibile, giurerei che ha un'espressione delusa.

Vuole davvero che resti?

Vuole che la nostra intimità duri oltre il momento in cui i nostri corpi diventano una cosa sola?

È difficile da credere.

Ma è allettante.

Cambia atteggiamento e mi conduce nel suo ufficio. Ci sono un paio di tute in fondo al suo armadietto. Sono della sua taglia, ma i pantaloni sono a coulisse. Me li faccio andare bene.

Blake mi dà un bacio sulle labbra. «Domani ti vedi con Ashleigh alle sei.»

«Lo so.»

«Buona fortuna.»

Accordo Indecente

A casa trovo un biglietto sul tavolo.

Sono andata da Sarah a studiare per un test. Ho già cenato. Ti voglio bene, Lizzy.

Non sono sicura di crederle. Passa molto tempo da Sarah. Ma Lizzy ha diciotto anni. Uscire è normale. Uscire con qualcuno è normale. Andare a letto con i ragazzi è normale.

Vuole essere un'adulta indipendente.

Tutto questo è normale.

Anche se non lo sopporto.

Mi tolgo i vestiti di Blake ed entro in doccia. L'acqua calda mi colpisce la testa, le spalle, il petto.

Mi metto lo shampoo, il balsamo e mi insapono velocemente. Non voglio restare sola con i miei pensieri. Non voglio restare sola, punto.

Quando ho finito, mi infilo un accappatoio, mi faccio un panino e lo mangio davanti al computer.

Ci sono tantissime scuole d'arte, ma tutte vogliono dei campioni del proprio portfolio.

Non ho fatto nessun lavoro serio dai tempi del liceo. Alcune di quelle cose sono decenti, ma non hanno niente a che fare con la persona che sono adesso.

Forse non ha importanza. È una domanda d'ammissione. Non è che devo esporre tutta l'anima ad un esaminatore senza nome né volto.

Voglio comunque sfoggiare i miei lavori migliori. Non quello che ho in giro.

Prendo il mio album e una matita e disegno Blake a memoria. Non è perfetto. Non si capisce subito che è Blake. Ma ho catturato quell'espressione impenetrabile che ha negli occhi.

Quel lucchetto intorno al suo cuore.

Giro la pagina e cerco di farlo diventare qualcosa di diverso.

Prima dell'incidente, sognavo di disegnare romanzi a fumetti. Di catturare qualcosa di importante sulla vita tra le immagini e le parole.

È buffo. Allora non avevo niente da dire e tutto il tempo per dirlo. Ora che ho un sacco di cose da dire, ho a malapena l'energia per prendere in mano una matita.

Ma cambierà. Quando questa farsa sarà finita, avrò tempo ed energia in abbondanza. Tutto questo sarà destinato a realizzare ciò che voglio. Per Lizzy *e* per me.

Provo a disegnare una versione a fumetti di Blake. Ha le spalle larghe, gli occhi rotondi, un naso forte e una mascella quadrata.

Non va del tutto bene. Aggiusto gli occhi finché non assomigliano a Blake. Ecco. Non è perfetto, ma è un buon inizio.

Disegno una Kat a fumetti. Una gran chioma ondulata, un vestito da cocktail attillato, tacchi da trampoliere. La finta Kat. Super-Fidanzata.

Non c'è niente di me in quel ritratto. Niente di reale. Mi cimento con la vera Kat con i capelli in disordine, il vestito casual, la sua incapacità di aprirsi. Ma non è qualcosa che posso disegnare. Non ancora, almeno.

Ma ci arriverò.

Forse non riuscirò mai ad aprire il cuore di Blake.

Ma scoprirò il mio.

Capitolo Venticinque

Ashleigh scuote la testa. L'irritazione le si legge in faccia. «Quando ci siamo sentite ieri abbiamo preso appuntamento per le sei in punto.»

La commessa risponde con il suo miglior sorriso. «Sono solo le 5 e 45. Gradirebbe un po' di champagne nell'attesa?» Mi guarda. «Signorina Wilder?»

«No, grazie.» Mi ritiro in un angolino. Non m'interessa questo braccio di ferro.

Ashleigh si china sul bancone e sussurra qualcosa alla commessa. Non è un mio problema. Tutta questa storia dell'abito da sposa non dev'essere un mio problema, ma non me la sento di lasciare che ci pensi Blake.

Scarabocchio sul mio album da disegno: un fumetto a quattro vignette del mio accordo con Blake. Ma come diavolo faccio a disegnare i sentimenti che mi turbinano dentro? Non ci stanno sulla carta. Non stanno da nessuna parte.

Quattro vignette, tutte uguali. Blake in piedi, distaccato e distante, con una mazzetta di soldi in mano. *Posso aiutarti*.

È triste. Non si rende conto che ha da offrire più del denaro. Non si rende conto di quanto possa essere dolce.

Controllo il telefono. Nessuna notizia di Lizzy, anche se è uscita da scuola da ore.

Strappo il disegno di Blake e lo accartoccio fino a ridurlo a una pallina. Non voglio più pensare a lui per oggi.

Devo pensare al mio vestito.

Sarà esattamente quello che voglio.

«Grazie, senz'altro.» Ashleigh si siede accanto a me. Dà un'occhiata all'album da disegno. Sembra incuriosita. «Blake mi aveva detto che sei un'artista.»

«Se così si può dire.»

«Natalie ti sta tirando fuori i vestiti. Dovevano essere già pronti.» Si sfila le scarpe col tacco e si strofina i piedi. «Ormai mancano solo tre settimane. Abbiamo bisogno di qualcosa di pronto.» Mi squadra con un'occhiata. «Starai bene con qualsiasi cosa che non sia un abito stile impero. Hai qualche tipo di vestito in mente?»

La fisso come se stesse parlando un'altra lingua. «Non ci ho pensato.»

«Visto il tempo, forse è meglio evitare lo strascico. Immagino che tu non abbia voglia di portarti dietro del fango.»

«Ok.» Disegno un cerchio nel mio album da disegno. Mi sembra un'idea sensata.

Lei si acciglia, prende un iPad dalla borsa, va su un sito web di matrimoni e mi mostra diversi vestiti.

A parte i tubini, tutti si svasano da qualche parte e la maggior parte sembrano enormi bomboniere. Ci sono abiti con gonna lunga che si svasa in vita, abiti a sirena, a tromba, con gonna a crinolina.

Ashleigh illustra i pro e i contro di ciascuno, ma mi entra tutto da un orecchio ed esce dall'altro.

Lizzy è più brava in queste cose.

Ma dove diavolo è?

«Signorina Wilder.» La commessa, Natalie, ci invita in sala prove.

È enorme. Ci sono quattro o cinque camerini disposti in

cerchio. Specchi su ogni porta. Una doppia serie di specchi al centro della stanza. E un podio su una piattaforma girevole.

Una grande vetrina per una futura moglie trofeo.

Natalie ci indica una panchina rosa pastello. Tutta la stanza è rosa. È l'immagine dell'amore e del romanticismo.

«Questi sono abiti bellissimi.» Natalie avvicina una rastrelliera a rotelle.

Ci sono una dozzina di abiti in diverse tonalità di bianco, avorio e fard. Devono essere chilometri di chiffon e pizzo.

«La signorina Wilder vuole qualcosa di sofisticato» dice Ashleigh.

«Certo.»

Natalie tira giù un vestito dall'appendiabiti. È di semplice chiffon avorio. Vita plissettata. Sembra a malapena formale.

«Non deve andare in spiaggia. Deve sposarsi.» Ashleigh fa cenno con la mano di mettere via il vestito. «Qualcosa di sensazionale. Saranno sotto i ciliegi in fiore. Siamo in piena primavera. Vogliamo del pizzo. Vogliamo qualcosa di femminile. Di innocente ma sexy. Di carino. I fiori di ciliegio rappresentano il mistero della bellezza femminile.»

Accidenti. Non ho mai sentito nessuno parlare in modo poetico di un vestito prima d'ora.

Mi schiarisco la gola. «Quella è l'interpretazione cinese dei fiori di ciliegio. In Giappone sono considerati un simbolo della caducità della vita.»

«Giusto» dice Ashleigh. «Quindi qualcosa di bello, delicato e sensazionale allo stesso tempo.»

Natalie annuisce e si trattiene dall'alzare gli occhi al cielo. È giusto. Come fa un vestito a essere sensazionale e delicato?

Torna con un altro vestito.

È bianco ottico, di raso pesante e con perline dappertutto. Brilla come il sole.

Ashleigh scuote la testa e fa cenno di portarlo via.

«Sembri Blake quel giorno ai grandi magazzini» dico.

«Mamma mia, così terribile?» Si rivolge a Natalie con un sorriso gentile. «Kat, forse potresti spiegare cosa vuoi.»

«Non ne sono sicura. Qualcosa di carino.» Mi scervello per trovare le parole giuste per descrivere un vestito. Se voglio essere un'artista, dovrò diventare molto più brava in fatto design. Rubo le parole che Blake ha usato per descrivermi. «Qualcosa di bello e discreto.»

Natalie tira fuori un altro vestito dallo scaffale. Un abito da ballo senza spalline con una scollatura a cuore. La gonna a palloncino occupa metà della stanza.

«Questo è l'opposto di discreto» dice Ashleigh. Guarda il suo telefono. Corruga la fronte. «Scusatemi.»

Natalie scuote la testa. «Vuoi provarlo per vedere come te lo senti?»

Non proprio. È brutto. Ma provarlo è meglio che stare seduta qui impotente.

Annuisco e seguo Natalie in uno dei camerini.

«Hai portato un plunge, tesoro?» chiede.

«Un cosa?»

«Proveremo senza reggiseno. Giusto per farci un'idea.» Mi indica i ganci sul muro. «Chiamami quando sei pronta.»

Ok. Devo spogliarmi quasi completamente davanti a una donna sconosciuta che non ho mai incontrato. È normale.

Mi spoglio fino a restare in mutande e lascio i vestiti sul pavimento. «Sono pronta.»

Natalie entra in camerino. «Girati, tesoro.» Mi aiuta a infilare il vestito, mi chiude la cerniera e aggancia la parte posteriore in modo che mi stia ben stretto.

Mi guardo allo specchio. Il vestito ha un top bustier. Mi stringe sul petto e in vita e poi puff: questa più che una gonna è una semisfera. Inciampo nell'organza mentre mi dirigo verso la stanza principale.

Ashleigh è di nuovo seduta sulla panchina. Aggrotta la fronte disgustata.

Natalie le lancia un'occhiataccia.

«Proviamo qualcos'altro» dice Ashleigh. «A meno che a te non piaccia, Kat.»

Fisso il mio riflesso. Sembro una principessa della Disney venuta molto, molto male. «Non è il mio preferito.»

Natalie mi allunga un altro vestito. Questo è più dritto. Ha una leggera svasatura all'altezza del ginocchio, uno stile a tromba, credo.

Torno in camerino. Natalie mi spoglia e mi veste. Non faccio altro che entrare e uscire dagli abiti.

Evito il riflesso finché non siamo nella stanza principale.

«Oh» squittisce Ashleigh. «Sei bellissima. E discreta.»

Guardo lo specchio.

Questo vestito è più nel mio stile. È semplice. Niente perline, niente ricami. Solo un bel pizzo con un motivo a fiori.

Ashleigh scatta una foto con il cellulare. Mi fa un sorriso. «Perché non proviamo a mettere qualche accessorio?»

«Ok.» Fisso il mio riflesso. Sto indossando un cazzo di abito da sposa. Sto per sposarmi. È assolutamente assurdo.

È una bugia facile.

Tutto quello che devo fare è sorridere e comportarmi come se fosse tutto normale.

Lascio che Natalie faccia quello che vuole di me. Velo. Collana. Cintura gioiello. Scarpe col tacco color argento.

Mi gira verso lo specchio e aspetta che io sorrida. Dovrebbe andare così. Dovrei saltare e strillare e proclamare la mia eterna gioia.

Fisso il mio riflesso.

È un bellissimo vestito.

Mi sta benissimo.

Ma non mi sembra giusto.

Tutto questo non mi sembra giusto.

Suona il campanello. La porta si apre. «Ciao.»

Lizzy. È arrivata.

Normale. Devo comportarmi in modo normale.

Entra in sala prove e si guarda intorno. Spalanca gli occhi quando mi vede con il vestito. «Oddio, Kat. Sei bellissima.»

«Vero?» Ashleigh studia il suo lavoro con orgoglio. «Meglio se allenta la cintura.» Si gira verso di me. «Ti piace?»

«È carino» dico io.

«Sì, ma ti piace? È quello giusto?» chiede Ashleigh.

Lizzy guarda prima Natalie poi me. «È davvero bello.»

«Sì, è bello» concordo.

«Ma conta solo quello che pensi tu» dice Lizzy. «È il tuo matrimonio, e sei tu che scegli cosa indossare.»

«È solo un vestito» dico io. «E ho tutto sotto controllo.»

«Sì. Hai sempre tutto sotto controllo.» Lizzy fa cadere il suo zaino per terra.

Lo fa perché è arrabbiata o solo perché è troppo pesante?

Non lo so.

Il vestito è troppo stretto. Faccio fatica a respirare.

Cerco di arrivare alla cerniera ma Natalie mi ferma.

Fa cenno ad Ashleigh. «Potete aiutare la signorina Wilder a cambiarsi? Faccio vedere a... come ti chiami, cara?» Porge la mano a Lizzy.

«Lizzy.» Mia sorella stringe la mano a Natalie.

«Diamo un'occhiata ai vestiti per le damigelle, eh?»

«Ok. A meno che tu non abbia sotto controllo anche quello, Kat.»

Le lancio uno sguardo assassino.

Sa quanto sia difficile per me.

Perché mi sta facendo pressione?

Vado in camerino, ma non riesco a togliermi il vestito. Busso. «Un aiutino?»

Ashleigh mi raggiunge. Tira giù la cerniera. «Sei davvero bellissima.»

«Grazie.»

«C'è qualcosa di cui vuoi parlare?» Abbassa la voce a un sussurro. «Conosco il signor Sterling da molto tempo. È... esigente.»

«No, non è niente. È solo che... sta andando tutto molto in fretta.»

Lei annuisce. «È un brav'uomo.»

«È vero.»

«E ci tiene davvero a te.»

Mi tolgo il vestito. «Cosa vuoi dire?»

«Il vostro accordo. Lui... mi spiace. Pensavo che tu sapessi che io sapevo.» Il suo sguardo si ammorbidisce. «Non dirgli che ne ho parlato.»

«Non lo farò.»

«Ho lavorato con lui per molto tempo. È sempre stato una persona difficile.» Prende un altro vestito. «Ma non l'ho mai visto così esigente. Vuole renderti felice. Solo... a modo suo.»

Ha ragione. Lo vedo anch'io.

Ma non sono sicura che il suo modo mi renderà mai felice. «Vorrei che volesse rendermi felice a modo mio.»

«Se solo gli uomini fossero così semplici.»

Annuisco. «Sono sempre così complicati?»

«Sono sicura che conosci Mister Sterling meglio di me.»

«Forse.»

Lei annuisce. «È diverso quando parla di te.» Chiude il vestito con la zip. «Ci tiene davvero a te, Kat. Forse non è abbastanza. Ma è più di quanto abbia mai visto.»

«Vuoi dire con altre donne?»

«Mi fa gestire alcuni dei suoi appuntamenti e weekend fuori città. Non che siano proprio relazioni. È più...»

«Sesso senza legami?»

«È l'impressione che ho avuto.» Apre la porta. «Sei pronta?»

«Sì.»

Mi accompagna nella stanza principale. «È bellissimo.»

È vero.

È perfetto.

Dovrei essere felice.

Dovrei piangere di gioia.

Dio, se mia madre fosse qui, se mi stessi davvero sposando, piangeremmo come fontane.

Le sarebbe piaciuto questo vestito. È stupendo. Un abito da ballo con un ampio scollo a V e una gonna leggermente svasata. Le maniche di pizzo arrivano fino ai polsi. C'è un piccolo fiocco proprio sotto la V sulla schiena.

È perfetto.

Ashleigh mi fa cenno di girare.

Obbedisco.

Mi sento sciocca, ma quando vedo il vestito che ruota frusciando nello specchio...

È perfetto.

Sono Cenerentola che si prepara per il ballo.

Ashleigh mi appunta un velo sui capelli e me lo fa cadere dietro la testa.

Eccomi qua. la ragazza che sarà all'altare di fronte a Blake.

Mi sale un singhiozzo in gola. Cerco di ricacciarlo indietro, ma non se ne va.

Mi asciugo una lacrima. Un'altra.

Scuoto la testa. Sto bene.

Devo fingere che siano lacrime di gioia.

Devo essere in grado di gestire la situazione.

«Scusatemi.» Corro in camerino e sbatto la porta alle mie spalle.

«Kat.» Ashleigh bussa alla porta. «Stai bene?» Abbassa la voce. «Posso farci arrivare quello champagne.»

«Ho bisogno di un attimo da sola.»

Si allontana dalla porta. Mi accascio a terra, tirandomi le ginocchia al petto. La gonna lunga è d'intralcio. Nemmeno questo sta andando bene.

Stanno parlando nella stanza principale. È un bisbiglio ad alta voce. Il genere di cose che facevano i miei genitori quando eravamo bambine.

Fanno silenzio. Si avvicinano dei passi. Qualcuno bussa alla porta.

«Kat, possiamo parlare?» chiede Lizzy.

Mi alzo in piedi. Mi asciugo le lacrime dagli occhi. «Ok.»

Apro la porta e Lizzy entra. Indossa un lungo vestito rosa. Sta benissimo, ha un'aria da adulta. La mia sorellina sarà la mia damigella d'onore.

Mi sale in gola un altro singhiozzo. Questa volta non lo respingo. È una causa persa.

Mi asciugo le lacrime. Cerco di sorridere come se fossi felice.

«Non mi freghi» dice Lizzy.

Mi muore il sorriso.

Lizzy scuote la testa. «Questo tizio ti sta distruggendo.»

«Non è vero.»

Lizzy abbassa la voce e sussurra. «Gli importa almeno che tutto questo ti fa soffrire?»

Mi asciugo una lacrima. Non c'è segno che a Blake importi. Ma Lizzy non vede il quadro d'insieme. «È per un sacco di soldi. Posso sopportare di essere infelice per un po'.»

«Lui sa cosa provi per lui?»

«Non provo niente.»

«Non mentire a me. O a te stessa.» Mi fissa negli occhi. «Ti meriti di più.»

«Non posso lasciarlo.»

«Perché no?»

«Perché voglio stare con lui.»

I suoi occhi si spalancano. «Oh. Kat... mi dispiace.»

«Io... io devo farlo. Non importa quanto faccia male.»

«Perché?»

«Per sua madre.»

«È dolce... stupido, ma dolce.» Fa per aprire la porta. «Andiamo a casa. Parliamo. Mangiamo un gelato.»

Scuoto la testa. «Devo finire qui.» Tutto quanto.

«Vattene ora, Kat. Non sottoporti a tutto questo.»

«Non è così male. È solo che... mi fa pensare alla mamma. A quanto mi manca.»

Lizzy inclina la testa, valuta le mie parole. «Lo giuri?»

«Sì.»

«Ok. Andiamo a casa comunque. Ho un esame.»

«No. Voglio restare.»

«Ce la fai da sola?»

«Sì.» Forse.

«Sei sicura?»

Annuisco.

Lei mi guarda come se non mi credesse.

Comunque, apre la porta e va nella stanza principale. «Ti voglio bene, Kat.»

«Ti voglio bene anch'io.»

Mi tiro su e vado dalle altre.

Natalie e Ashleigh mi stanno aspettando. Mi fissano.

Faccio un cenno di saluto a Lizzy.

Lei scompare dalla porta principale.

«Faccio una foto con quel vestito?» chiede Natalie.

«No, questo è perfetto» dico.

Ashleigh annuisce. «Scusatemi.» Guarda il telefono e va nell'altra stanza scuotendo la testa.

Chiama qualcuno quando è di là. Probabilmente Blake.

Natalie mi aiuta a togliermi il vestito. Ha uno sguardo comprensivo, ma per fortuna rimane in silenzio.

Mi rimetto i miei vestiti.

Natalie se ne va per risistemare tutto. Mi attardo in camerino il più a lungo possibile.

Almeno qui non c'è nessuno che mi guarda, nessuno che dubita di me, nessuno che decide cosa sia meglio per me.

Il mio riflesso mi fissa. Qui c'è solo Kat. Non la fidanzata del miliardario, non la sorella maggiore, non l'aspirante artista. Solo Kat.

Non sono ancora sicura di chi sia.

La porta d'ingresso si apre di nuovo. Il campanello suona. Di nuovo. Si sente una voce bassa. Ashleigh fa dei versi melodrammatici.

Mi lascio sfuggire un sospiro. Ha chiamato Blake.

Come se lui fosse mio padre e io una bambina capricciosa.

O forse era preoccupata e non sapeva cos'altro fare.

In ogni caso, non riesco a scrollarmi di dosso la sensazione che sto per ricevere una ramanzina su come ci si deve comportare.

Mi sistemo il maglione ed esco dal camerino.

E infatti, ecco Blake. È perfetto nel suo completo nero elegante.

«Andiamo a cena» dice.

Mi brontola lo stomaco alla menzione del cibo. Mi batte più forte il cuore mentre ricambio lo sguardo dei suoi penetranti occhi azzurri. «Ok.»

Ashleigh gli lancia un'occhiata come a dire *forza, fuori*. «Natalie darà di matto se lo sposo vede il vestito.»

«Certo.» Blake quasi sorride.

Basta con i convenevoli. Esco dalla porta. Fuori, il sole sta tramontando. L'orizzonte è venato di luce arancione. È bellissimo.

Ma tutto intorno a me sembra brutto.

Capitolo Ventisei

Mangiamo in un ristorante Thai fusion molto costoso. È pretenzioso. L'arredamento è un mix di statue dorate di Buddha e foto di contadini in Thailandia. Come se chiunque di loro potesse permettersi i prezzi del menu della cena.

Spilluzzico il mio curry rosso. È delizioso. Gamberi freschi. Verdure croccanti. Riso soffice.

Ma la mia lingua è apatica.

Blake è seduto accanto a me, ma lo sento lontano un milione di miglia. Non sono qui. Non del tutto.

Sono persa nei miei pensieri.

Sto cercando di convincere i miei sentimenti a recedere. Manca meno di un mese al nostro matrimonio. Posso sopravvivere a un mese di finzione.

Blake si porta una cimetta di broccolo alle labbra e morde la punta.

Mangia come un perfetto uomo d'affari. È paziente. Ordinato.

Succhio il tè freddo con la cannuccia. Questo posto non ha un bar. Ma in fondo è meglio così. Non mi serve qualcosa che mi offuschi il giudizio.

Cosa sta pensando Blake?

Cosa succede dietro quegli splendidi occhi azzurri?

Mi sorprende a guardarlo e alza il sopracciglio. «Vuoi ordinare qualcos'altro?»

Infilzo un gambero con la forchetta e lo mangio intero. «No.»

«Ashleigh era preoccupata.»

«Per cosa?»

«Non ne sono sicuro. Non le ho chiesto di spiare.»

Studio la sua espressione come lui studia la mia. Sono sicura che ci sia altro da vedere sul mio viso.

Blake è ancora un mistero, ma la sua preoccupazione è evidente.

Gli importa davvero di me.

«Non mi va di parlarne.» Infilzo un altro gambero e lo mangio intero.

Lui mi scosta i capelli dagli occhi. La stessa cosa che ha fatto l'ultima volta. Mi calma.

Dovrebbe essere un crimine che qualcuno riesca a calmarmi o a farmi arrabbiare così facilmente come fa lui.

Mi fissa negli occhi. «Fallo comunque.»

«Ho sempre pensato che il mio matrimonio sarebbe stato più... reale.»

Annuisce.

«E i miei genitori... ho sempre pensato che ci sarebbero stati.» Infilzo un peperone rosso. «Mi mancano.»

«Mi dispiace.»

«Lizzy... pensa che io sia stupida a lasciarmi comandare da te.»

«È questo che faccio?»

«A volte.» Mastico e ingoio il boccone. Mezzo piatto da finire. Cerco di farmi tornare l'appetito. A quest'ora, il mese scorso, avrei ucciso per un pasto come questo. «Pensa che io lo faccia per lei.»

«Non è così?»

«Sì. Ma lei non vuole che lo faccia... Ha ancora questa idea che io cerchi di avere il controllo su tutto.» Stringo le dita. È vero che cerco di proteggere Lizzy, ma è il mio compito. È la mia sorellina, anche se è da un po' che non è più una bambina.

L'espressione di Blake è intensa. «Vuoi parlarne?»

«No. Tu e tua sorella non siete esattamente in buoni rapporti. Non sono sicura di volere i tuoi consigli.»

«Vorrei aiutarti.»

«Lo stai facendo» dico io. «Quei soldi mi cambieranno la vita.»

«Ma più di quello.» Mi fissa negli occhi. Mi mette i capelli dietro le orecchie. «Voglio renderti felice.»

Mi si agita lo stomaco. Blake non ha idea di quello che mi sta facendo. Non ha idea di quanto sia ingiusto.

Faccio un respiro profondo. «Non farlo.»

«Fare cosa?» Le sue dita mi sfiorano il collo. Le spalle.

«Non dirmi cose dolci.»

«Voglio davvero renderti felice.»

«Smettila.»

È proprio come la piscina. Sto per essere inghiottita ma, in qualche modo, credo che andrà tutto bene.

«Ci tengo a te» dice.

Chiudo gli occhi, immergendomi nella sensazione delle sue mani sulla mia pelle.

Voglio tutto quanto.

Tutto di lui.

«Blake. Smettila. Se devi sussurrare qualcosa, sussurra una promessa sconcia.»

Mi preme le labbra sul collo. Poi sull'orecchio. «Voglio farti venire.»

Mi si contrae il sesso. Così va meglio. «Come?»

«Sbattuta contro il muro a supplicare ancora.»

Annuisco.

Fa scivolare la mano sulla mia coscia. «È tutto quello che vuoi da me, Kat?»

«È tutto quello che otterrò.»

«Questo non è vero.»

«Mi amerai mai?»

«No.»

«Allora sì. Questo è tutto ciò che voglio.»

Mi bacia di nuovo il collo.

È morbido e dolce.

Ma è sesso.

Dev'essere solo sesso.

Se non sto attenta, mi ritroverò col cuore infranto.

Mi schiarisco la gola. «Ordiniamo un dolce.»

La sua compostezza si incrina per un secondo. Corruga la fronte. È come se stesse cercando di capirmi. Dà un'occhiata al mio piatto ormai quasi vuoto e annuisce.

«Dopo prendo la metro per andare a casa» dico. «Devo sfoltire la lista di scuole tra cui scegliere, e sono sicura che hai molto da fare in ufficio.»

Mi fissa. «No.»

«Cosa vuol dire no?»

«Voglio dire che non vai a casa. Vieni da me.»

«No.»

«C'è solo un modo per dire no, Kat, e non è quella parola.» La sua espressione si indurisce. «Stasera vieni a casa con me.»

Non capisce che sto cercando di proteggermi?

Forse non gli interessa. Lui non ha bisogno di protezione. È freddo e distaccato e impermeabile a tutto il dolore che deriva dall'innamorarsi.

Mi alzo. «Vado a casa da sola.» Sostengo il suo sguardo. «Ora, se vuoi scusarmi, vado in bagno.»

Lo sguardo di Blake è intenso. Mi volto, ma lo sento ancora su di me.

Non capisco.

Dice che ci tiene a me. Ma allora perché mi stuzzica? Perché mi offre le briciole? Perché è così amabile, cazzo?

Non posso farlo.

Non se continuerà a sventolarmi in faccia il suo cuore.

Non se continuerà a far finta di offrire di più.

Il bagno è in fondo a un piccolo corridoio. Apro la porta ed entro.

È carino. Di lusso.

Il bancone è di marmo, lo specchio è immacolato, il lavandino è un rettangolo di porcellana.

Faccio scorrere l'acqua e me la spruzzo sul viso. Niente trucco oggi. Niente da lavar via.

Sono solo Kat, o forse il guscio di quello che è rimasto di Kat dopo quello che mi sta facendo Blake.

La porta si apre. Fisso lo specchio, cercando di non farci caso. Questo è un bagno pubblico. Queste cose succedono.

«Non è questo il nostro accordo.»

Ma che cazzo? È Blake.

Mi strofino gli occhi e controllo di nuovo, per esserne sicura.

«Questo è il bagno delle donne» dico.

Lui dà un'occhiata alla fessura tra le porte dei gabinetti e il pavimento. Non c'è nessun altro. È tranquillo. È pulito. Cavolo, è bello.

Va alla porta e gira la chiave.

Mi scruta da capo a piedi lentamente. Gli si accelera il respiro. «Togliti i vestiti.»

Faccio un passo indietro, ma sbatto contro il lavandino.

Blake abbassa il tono di voce. «Non farmelo chiedere due volte.»

Capitolo Ventisette

Una vampata di calore mi si raccoglie tra le gambe.

Arrossisco.

Sono stata spesso nuda oggi, ma mai in questo contesto.

Non è mai stato così invitante.

Sostengo lo sguardo di Blake. È intenso. Esigente.

È a metà strada tra il Blake che non capisco e quello che ha perfettamente senso.

Non sono sicura che abbia importanza.

Voglio darmi ad entrambi.

Voglio arrendermi a entrambi i Blake.

È solo che... voglio più di quanto il Blake inquadrato sia disposto a darmi.

Fa un passo verso di me. «Kat. Adesso.» La sua voce si fa bassa.

Mi fa eccitare.

Questo ha un senso.

Tutto il resto... non tanto.

Mi sfilo il maglione da sopra la testa e lo lascio cadere sul pavimento.

I suoi occhi si fissano sui miei.

Le sue pupille si dilatano.

Lo vuole tanto quanto me.

Ne ha bisogno quanto me.

Nemmeno Blake mi capisce. Non la versione vestita di me.

Getto la canottiera accanto al maglione.

Tutti i pensieri che mi turbinano nel cervello ammutoliscono. In questo momento, io sono di Blake e lui è mio. Questo è ciò che conta.

Sgancio il reggiseno e lo sfilo dalle spalle. I capezzoli si inturgidiscono. Un brivido mi percorre la pelle.

Sono già stata in mostra, ma non sono mai stata così esposta.

Sono sempre più calda sotto. C'è qualcosa di perfetto in tutto questo. Voglio che lui mi fissi, che pensi a me, che mi desideri.

«Toccati i capezzoli» mi ordina.

Il suo sguardo mi fa venire un brivido lungo la schiena. Mi strofino il capezzolo con il pollice.

Ricambio il suo sguardo mentre lo faccio di nuovo.

Sono scossa da un altro brivido. Mi si blocca il respiro. Il cuore mi batte all'impazzata. Mi vibra tutto il corpo.

Mi passo le dita sui capezzoli come fa lui. Vorrei chiudere gli occhi per poter assorbire la sensazione, ma mi costringo a tenerli aperti.

Blake si passa la lingua sulle labbra. Mi fa cenno di andare da lui.

Faccio tre passi verso di lui, finché non siamo abbastanza vicini da toccarci.

Mi afferra i fianchi. Attira il mio corpo contro il suo spingendo avanti l'inguine. È duro.

Cazzo. È così bello quando è duro. Non me ne stancherò mai.

Mi fa scivolare le mani sulle spalle e lungo il torace. Le fa scivolare di nuovo sui miei fianchi e sui seni.

Sussulto quando gioca con il capezzolo. È molto meglio della mia mano. Molto meglio.

Mi sforzo di tenere gli occhi aperti per fissare i suoi.

Ardo da capo a piedi. Ogni volta che mi sfiora, il fuoco che ho dentro aumenta.

Nel mio intimo cresce la tensione. Ho già bisogno di lui. Ho disperatamente bisogno di lui.

Strofino l'inguine contro il suo, mi godo la sensazione della sua erezione contro di me.

Lui mi tira i jeans. «Girati verso lo specchio.»

Mi volto. Gli premo il collo contro il viso. Lui ci sfiora le labbra. Poi i denti. Con forza. Sento una fitta di dolore che richiama tutta la mia attenzione. Gli afferro di nuovo la giacca.

«Non finché non ti do il permesso.» Mi affonda i denti nel collo per mettermi alla prova. «Mani ai fianchi.»

Mi tiro i jeans. Qualsiasi cosa per far sì che il mio corpo collabori.

Blake mi mordicchia il collo, le orecchie, la clavicola. È un perfetto assaggio di estasi. Fremo ovunque.

Ogni pensiero cosciente è scomparso da tempo. Lui è tutto ciò che so, tutto ciò che voglio, tutto ciò che sento. Chiudo gli occhi e mi immergo nella sensazione della sua bocca, dei suoi denti, della sua lingua.

Mi sfugge un piccolo gemito.

Lui mi afferra i capelli e mi tira indietro la testa e mi morde ancora, e ancora. Mi tremano le mani. Lo vogliono toccare. Muoio dalla voglia di toccarlo.

Ma devo aspettare.

Mi mette la bocca sui capezzoli e succhia forte. È così bello che riesco a malapena a sopportarlo.

L'estasi cresce dentro di me. Mi pulsa il sesso. Ho un disperato bisogno di sfogare la tensione.

Sento una fitta di dolore quando mi morde il capezzolo. Faccio per mettergli le mani tra i capelli, ma mi fermo. Mani ai fianchi. Queste sono le regole.

Blake si sposta sull'altro capezzolo. Succhia, morde e lecca. Piacere e dolore mi turbinano dentro. Sono sensazioni così forti che mi cedono le gambe. Non c'è niente a cui aggrapparmi.

«Slacciati i jeans.» Fa un passo indietro per guardare.

Sento freddo. Il mio corpo vuole averlo vicino. In questo momento Blake è l'unica cosa di cui ho bisogno.

Ma devo stare alle sue regole. Butto fuori il fiato a fatica e faccio quello che mi viene detto.

Mi guarda negli occhi. «Toccati.»

Faccio scendere i jeans fino alle ginocchia. Poi le mutande. Mi si blocca il respiro. Sono praticamente nuda.

Le pupille di Blake si dilatano.

Con le dita scendo sotto l'ombelico. Quasi.

Mi sfioro leggermente il clitoride. Ho tanta voglia di venire, ma voglio che sia Blake a farlo.

«Niente scherzi, Kat.» La sua voce è bassa. «Toccati come si deve.»

Sento che mi si contrae il sesso. Sostengo il suo sguardo mentre mi strofino. Mi cresce il piacere dentro. Mi si arrossano le guance.

Mi sto masturbando per lui in un bagno pubblico e sto godendo, cazzo. Che diavolo è successo alla mia vita?

«Vuoi venire, Kat?» chiede.

«Sì» lo dico con un filo di voce. Faccio roteare il dito intorno al clitoride. Sto palpitando. Disperata.

«Vuoi toccarmi?»

Dio, sì. Annuisco. «Sì.»

«Vieni qui.»

Faccio un passo verso di lui. Abbastanza vicino da toccarci di nuovo.

«Più vicino.»

Premo il corpo contro il suo. Lui mi passa le dita sui fianchi, sul ventre, sui seni. Mi pizzica i capezzoli così forte che sussulto.

Preme le labbra sulle mie. Il suo bacio è aggressivo. Imperioso.

Avvampo da capo a piedi. Sono sua. È una sensazione stupenda.

Si tira indietro, mi avvicina le labbra alle orecchie. «In ginocchio.»

Cazzo, sì. Scivolo in ginocchio, mi aggrappo ai suoi fianchi per restare dritta.

Blake mi guarda dall'alto. Si slaccia la cintura. Si slaccia i pantaloni.

Mi passo la lingua sulle labbra. Quasi.

«Kat, guardami.»

Obbedisco.

«Vuoi venire?»

«Sì.»

«Vuoi succhiarmi l'uccello?»

«Sì.»

«Allora toccati.» Fa scivolare la mano tra i miei capelli e mi tiene ferma.

Metto una mano tra le gambe.

Non mi trattengo più.

Mi strofino il clitoride più forte. Più veloce.

La tensione aumenta.

Quasi...

Con la mano libera, Blake fa scendere i pantaloni fino alle ginocchia. Poi i boxer. L'erezione li fa tendere.

Sono invasa dal desiderio. Mi faccio scivolare il dito dentro. Mmm. È la cosa più bella dopo Blake.

Lui preme il palmo contro la mia nuca per farmi avvicinare. Gli sfioro l'uccello con le labbra.

Ha un buon sapore, sa di sapone e di Blake.

Gli affondo la mano nel fianco per restare dritta, ma lui la spinge via.

«Strofinati i capezzoli» ordina.

Premo le ginocchia sul pavimento. Non c'è niente a cui aggrapparmi. Non c'è modo di restare dritta.

Mi faccio scivolare due dita dentro.

Con l'altra mano mi strofino i capezzoli.

Il piacere mi invade tutta. Sono vicina, ma non posso ancora venire.

Non posso venire finché non l'ho in bocca.

Blake affonda entrambe le mani nei miei capelli e mi tiene la testa in posizione.

Gli passo la lingua sulla punta dell'uccello, gusto il suo sapore.

Lui mi preme le mani sulla testa, guidandomi.

Lo prendo in bocca e gli succhio la punta.

Lui geme tenendomi ferma mentre me lo spinge in bocca.

Inizia piano. Poi si muove più veloce. Più in profondità. Gli premo la lingua contro la base succhiandolo mentre mi scopa la bocca.

Blake geme. Faccio scivolare le dita più in profondità nel disperato tentativo di stare al suo ritmo.

Il piacere è così forte che mi dà le vertigini. Le sensazioni sono così potenti che riesco a malapena a reggere.

Lui mi scopa la bocca. Più forte. Più a fondo. Rilasso la gola, resisto l'istinto di rigetto.

Ho bisogno di prenderlo il più a fondo possibile.

Mi tira i capelli. Ha il respiro pesante. Disperato. «Vieni per me, Kat» geme.

Io mi arrendo alle sensazioni, imito il suo ritmo con le dita.

Più forte, più a fondo, più veloce. Il piacere mi cresce dentro. Aumenta ad ogni suo gemito.

Quasi.

Mi tira i capelli. La fitta di dolore mi spinge al limite.

Sto bruciando. È tutto troppo. Troppo piacere, troppo dolore, troppe sensazioni.

Finalmente, capisco quell'idea. Di più è di più.

E Dio, ho bisogno di più.

Mi muovo più veloce. Succhio più forte. Mi pizzico il capezzolo fino a farmi male. Mi monta dentro l'orgasmo. È così vicino, così forte, così dannatamente bello.

L'estasi mi sopraffà mentre lui mi scopa la bocca.

Accordo Indecente

Un ultimo tocco con le dita e vengo.

L'orgasmo mi travolge. Mi pulsa il sesso. Mi tremano le cosce. È bellissimo, cazzo.

Lo succhio nel tentativo di contenere la sensazione.

Ma non basta. Devo aggrapparmi ai suoi fianchi per restare dritta.

Lui mi guarda dall'alto, tenendomi in posizione mentre mi spinge in bocca.

Geme. Stringe le palpebre. Mi graffia il collo.

Con l'altra mano, mi tira i capelli. Più forte. Più forte. Più forte. Gli gemo contro l'uccello.

È più di un accenno di dolore, ma è perfetto. Ecco quanto gode. Ecco quanto mi vuole.

«Cazzo» geme.

Dà un'ultima spinta e un orgasmo lo travolge. Mi tiene stretta la testa mentre mi viene in bocca.

Aspetto che abbia finito e ingoio.

Blake lascia la presa. Cado sulle mani e sulle ginocchia, cerco di riprendere fiato. Il cuore mi batte ancora all'impazzata. Il mio corpo è ancora teso.

Blake mi tende le mani. Le prendo e mi fa alzare in piedi.

Mi aiuta a mettermi le mutandine e i jeans. I suoi polpastrelli mi sfiorano il bacino, i fianchi, il petto, il collo.

Incontro il suo sguardo. Sono ancora a seno nudo, ma non è per questo che mi sento esposta.

Arrossisco. Rivolgo lo sguardo per terra.

Lui mi passa una mano tra i capelli, lo stesso tocco dolce di prima. «Stai bene?»

Annuisco.

Si aggiusta i pantaloni poi si inginocchia e mi aiuta a finire di vestirmi.

Mi guarda negli occhi. «Pronta per andare a casa?»

Annuisco. Questa relazione potrebbe spezzarmi il cuore, ma il mio corpo esige di più. Esige tutto di Blake, tutto il tempo.

E questo è l'unico modo in cui posso averlo.

Capitolo Ventotto

Mangiamo il dolce sul divano di Blake. Ovviamente ha organizzato tutto in modo che la torta di riso e il mango fossero già ad aspettarci nel suo appartamento. Quell'uomo riesce a muovere fila che non riesco nemmeno a immaginare.

Cambio diversi canali. Mi fermo su una replica di *Grey's Anatomy*, e lui guarda affascinato e divertito al tempo stesso.

«Che diavolo è questa roba?» chiede.

«È una soap opera straordinaria in cui tutti i medici e le infermiere vanno a letto insieme. La guardavo con Lizzy.» Prima che fossi troppo occupata per dedicarmi a guardare tutte le puntate di serie di fila su Netflix.

«Perché?»

«È tv. È divertente. Non guardi mai la tv solo per rilassarti?»

Mi fissa come se fossi pazza.

«No, certo che no. Hai tre ore libere alla settimana e le passi tutte a giocare a scacchi?»

«No. Le passo a scopare belle donne.»

«Davvero?»

Lui fa spallucce.

Rido. Blake ha fatto una battuta. È strano ma perfetto.

Riempie il suo cucchiaio di torta di riso e me lo infila in bocca. Dolce, cremoso, un pizzico di cocco. E, sì, appiccicosissimo. L'ultima volta lui...

Mi affondo le unghie nelle cosce per non reagire. Voglio creare una sintonia con lui quando abbiamo i vestiti addosso.

Lecco il cucchiaio. Blake alza un sopracciglio come per dire *mmh, ti piace davvero la torta di riso*.

Gli mostro il dito medio.

Lui sorride. Mi batte forte il cuore.

Bene. Mi eccita il suo sorriso. Posso accettarlo. Non significa che facciamo sul serio.

Chi non sghignazzerebbe davanti a un sorriso perfetto?

Specialmente quando è così raro come quello di Blake.

«E tu trovi il tempo per questa serie? chiede.

«Non questa in particolare. Ma è importante rilassarsi.» Mangio il mango con le mani. Il succo mi scorre lungo le dita.

Blake mi prende la mano e ci fa scorrere sopra la lingua, lambendo ogni goccia di succo. Mi guarda negli occhi. «Tu non ti rilassi a meno che non ti costringa io a farlo.»

«Sono andata a fare un brunch con mia sorella.» E sono stata sulle spine tutto il tempo per quel maledetto assegno. «È stato molto rilassante.»

Mi fissa come se non mi credesse. «Segui il tuo stesso consiglio, Kat. Cosa fai che sia solo per te?»

«Non lo so.»

«Ti meriti di concederti qualche coccola.» Fa scorrere il dito sul mio collo. «Ti meriti tutto quello che il mondo ha da offrire.»

Mi guarda come se mi stesse promettendo tutto, ma io voglio solo questo. Lui che mi guarda come se fossi io il mondo, cazzo, come se fossi la cosa che vuole esplorare.

Mi sento avvampare tutta, il calore mi si raccoglie nella pancia. Non è come quello che è successo in bagno. Non è che voglio toccarlo. Non fisicamente.

Mi schiarisco la gola. «E tu cosa offri? Qualcosa di meglio del mondo?»

Un sorriso gli incurva le labbra e poi ride. Grazie a Dio sono seduta perché mi cedono le ginocchia.

È una risata di pancia. Una risata perfetta. I suoi occhi si illuminano e gli compare quella piccola fossetta sulla guancia.

Mi scosta un capello dagli occhi.

Il suo respiro mi scalda l'orecchio mentre si china più vicino. «Molto meglio del mondo.»

«E cosa sarebbe?»

Fa un cenno a una scatola nascosta sulla libreria. Scacchi. «La possibilità di vincere.»

«Davvero?»

«A meno che tu non abbia paura di una sfida.»

Come sopravvivere ai prossimi mesi con Blake senza cadere a pezzi? «Mai.»

Dispone il gioco sul tavolino. Giochiamo una dozzina di volte. Stesso svantaggio per Blake: niente regina. Un paio di volte riesco a vincere. Ma la verità è che non mi concentro sulla strategia.

Sono concentrata su di lui. Le sue dita sui pezzi, sul mento mentre pensa. Lo sguardo buffo carico di frustrazione quando perde un pezzo. Il modo in cui gli occhi gli diventano grandi e luminosi. Una nuova idea, qualcosa che lo eccita.

Il suo sorriso.

Quella fossetta sulla guancia.

La sua risata.

La sua risata perfetta.

Il cuore mi batte all'impazzata. Tutta questa energia nervosa per un gioco da tavolo. Non è da me. Me la cavo quando la gente mi urla in faccia, quando sei tavoli hanno bisogno di me tutti insieme, quando non ho modo di pagare le bollette del prossimo mese.

Me la cavo bene.

«Dovrei proprio andare a letto.» Sbadiglio in modo esagerato per dargliela a bere.

Blake preme le labbra sulle mie. «Vengo con te.»

Viene a *dormire* con me? Faccio un veloce cenno di sì con la testa. Entusiasta. Quando mi alzo più che un passo faccio un saltello.

Mi lavo i denti e mi metto un pigiama trovato nel comò. La mia taglia, il mio stile. Non m'interessa nemmeno come se l'è procurato, chi lo ha comprato.

Solo che sono qui.

Che siamo entrambi qui.

Mi tira sul letto. Le sue labbra sfiorano le mie. È più morbido e dolce di tutti i nostri baci precedenti.

Mi tiene abbracciata finché non mi addormento.

Mi tiene abbracciata come se mi amasse.

———

Mi sveglio che ho freddo. Niente braccia intorno a me. Nessun altro nel letto. L'appartamento è tranquillo. Vuoto.

C'è un biglietto sul bancone:

Sono andato a lavorare presto. Sarò a casa per le 8 di sera se vuoi restare. Altrimenti, prendi un taxi e usa la mia carta di credito. Insisto.

Prendi pure quello che vuoi.

- Blake

A casa per le otto. Presto per lui. Tra ben dodici ore.

Guardo cosa c'è in cucina. Caffè, tè, cereali, latte. Tutto qua. C'è molto da fare in questa zona della città. Cavolo, potrei passare l'intera giornata al parco. Potrei passarne metà al museo d'arte.

Ma non intendo modificare i miei programmi per Blake. Per quanto bella sia la sua casa, per quanto io voglia passeggiare per Central Park, non resterò qui.

Mi preparo cereali e caffè e mi siedo sul balcone. Oggi fa più caldo, ma fa ancora freddo. Mi avvolgo in una coperta e scarabocchio il panorama in tutte le direzioni.

Mi mancherà questo appartamento.

Blake mi mancherà di più.

Cerco di scacciare il pensiero, ma non mi esce dalla mente.

L'unica cosa peggiore di stare con lui è andarsene.

Capitolo Ventinove

Alle otto e cinque, mi vibra il telefono.
Blake: Dannazione. Non sei qui. Così svanisce la speranza che tu mi accolga nuda.

Mi si blocca il respiro in gola. È così che mi vuole. Seduta nel suo appartamento ad aspettare di essere pronta non appena torna a casa. Che maledetto cliché di futura moglie.

Certo, non mi dispiacerebbe accoglierlo nuda. Certamente non mi dispiacerebbe che mi buttasse sul divano e mi scopasse fino a perdere i sensi.

Scuoto la testa.

Ho bisogno di arginare i sentimenti che mi sgorgano dentro.

Abbiamo un accordo. Sono affari. Devo fare in modo che resti un accordo di affari.

Punto.

Kat: Forse se ti fossi offerto tu di accogliermi nudo.
Blake: Torna e lo faccio.
Kat: Non posso. Devo sistemare il mio portfolio. Devo presentare la domanda d'ammissione per la Columbia entro la prossima settimana.

Resto con le dita sullo schermo del telefono. È una mezza verità. La domanda d'ammissione è per la prossima settimana, ma il portfolio non lo devo consegnare ancora per un mese.

Devo capire come tirarmi indietro prima di esserci dentro fino al collo.

In qualche modo.

Per una settimana, i nostri messaggi sono gli stessi.

Lui mi invita a casa sua o si offre di incontrarci da qualche parte per scoparmi.

Io schivo con scuse di lavoro.

Ho quasi la sensazione che lui mi voglia.

No, mi vuole sul serio. Solo non nel modo in cui ho bisogno di lui.

Blake: Ormai avrai bisogno di una pausa.

Blake: Sì. Disperatamente.

Kat: Sono troppo stanca per venire in centro.

Blake: Vengo io da te.

Kat: E mi scopi con mia sorella nella stanza accanto?

Blake: No. E ti scopo nella mia limousine.

Mi si contrae il sesso.

Blake: Abbiamo un tavolo prenotato per cena sabato prossimo. In centro alle sei. Con mamma e Fiona.

Kat: Hai mai sentito parlare di chiedere?

Blake: Verresti con me a cena?

Kat: Sì.

Blake: Per favore porta Lizzy. Mamma vuole conoscerla.

Kat: Certo. Per Meryl, non per te.

Blake: Certo. Non mi faccio illusioni sul perché fai tutto questo.

Invece sì. Perché non è solo per Meryl. È per lui. O forse per me. Perché voglio stargli vicino. Solo... ho bisogno di capire come stargli vicino senza innamorarmi ancora di più.

Blake: Allora, Kat, posso farti venire nella mia limousine?

Kat: Dobbiamo parlare?

Blake: Nient'altro che promesse sconce.

Kat: Sarò pronta tra quindici minuti.

Accordo Indecente

Blake: Non indossare nulla sotto il cappotto.

BLAKE È SUL SEDILE POSTERIORE. È IN GIACCA E CRAVATTA, IL ritratto della fiducia in se stessi.

I suoi occhi incrociano i miei. Esigono tutto.

Promesse sconce. Facciamo solo promesse sconce stasera. Faremo solo promesse sconce per sempre.

«Togliti il cappotto» ordina.

Il mio corpo obbedisce prima che la mia testa possa intervenire.

Mi sfilo il cappotto dalle spalle.

Non sono del tutto nuda. Sono in autoreggenti e scarpe col tacco.

Da come li guarda, Blake apprezza gli autoreggenti.

«Tecnicamente non erano sotto il cappotto.» dico.

Lui fa un mezzo sorriso. Deve apprezzare i tecnicismi. C'era da aspettarselo.

La limousine parte.

Premo i palmi delle mani contro i fianchi. Devo sembrare sicura di me.

Questo momento è per me. Perché lo voglio. Perché voglio questa distrazione. Perché voglio che i miei pensieri siano lontani un milione di chilometri.

Blake si appoggia allo schienale e allarga le ginocchia. «Sdraiati sul sedile. Sulla schiena.»

Abbasso lentamente il corpo sul sedile di pelle fredda.

Lui si china accanto a me. Sfiora con le dita il mio interno coscia.

Il suo tocco è leggero. Mi stuzzica. Ormai dovrei esserci abituata, ma non lo sono.

Il mio corpo chiede di più.

Lo fisso negli occhi. Chiedo di più.

Blake prende una bottiglia di champagne da un secchiello del ghiaccio.

Inclina la bottiglia verso la parete opposta rispetto a dove sono io e la stappa. Il tappo rimbalza sul soffitto e atterra sul pavimento. Dalla bottiglia fuoriesce la schiuma.

Una goccia mi cade sul petto. È fredda. Appiccicosa.

Avvampo in petto. Non mi sta toccando. Non sta leccando la goccia. Ne ho bisogno.

È passato troppo tempo.

Blake si sfila la giacca. «Braccia sopra la testa.»

Il mio corpo obbedisce immediatamente.

Tiene la bottiglia a due centimetri dalla mia bocca e mi fa gocciolare lo champagne sulle labbra.

Lecco le bollicine. La mia lingua è avida. Sono tutta avida. Ho bisogno di questa bevanda dolce e fruttata. Ho bisogno che cancelli ogni mia inibizione.

Blake mi traccia una linea di champagne sul corpo, dalle labbra all'ombelico e poi di nuovo su.

Mi pianta un bacio sul bacino. Poi sento la sua lingua sulla mia pelle, lecca ogni singola goccia di champagne.

Sale fino allo stomaco. Al petto. Al collo.

Mi succhia la pelle per raccogliere ogni goccia.

Con i polpastrelli mi sfiora l'interno coscia. Mi fa tremare con queste provocazioni. Ci sta mettendo troppo tempo. Non posso aspettare. Sto già aspettando così tanto.

Poi mi bacia e ho tutto ciò di cui ho bisogno. È un torrente di sentimenti che si riversa da me a lui. E da lui a me. Solo che non so cosa siano.

Lui ha bisogno di me.

Io ho bisogno di lui.

Non ho idea del resto.

Il suo bacio è famelico. Esigente.

Quando si tira indietro, sta ansimando.

Mi guarda, un misto di affetto e desiderio gli riempie gli occhi. «Stai comoda?»

«Molto.»

Accordo Indecente

Si scioglie la cravatta e la tiene stretta.

Procede lentamente ad avvolgere i miei polsi e a legarli.

Sono di nuovo alla sua mercé.

Ma in fondo sono sempre alla sua mercé.

«Per favore.» Inarco la schiena. «Scopami.»

«Ti scoperò così forte da farti vedere le stelle.»

Annuisco. Sì. Così. Ora.

«Ma devi aspettare.»

No. Odio aspettare. Mi fa sempre aspettare.

I suoi occhi rimangono incollati ai miei mentre si toglie la camicia. Poi la cintura. Le scarpe. I calzini. I pantaloni.

Fa scivolare i boxer fino ai piedi.

Mi si contrae il sesso. Siamo tutti e due nudi qui dentro. Siamo così vicini a dove dobbiamo essere, cazzo.

Avvolge la mano intorno al collo della bottiglia di champagne. Passa il dito sul bordo.

Poi le labbra.

Che figlio di puttana, mi stuzzica.

Mi fa gocciolare lo champagne sulle labbra.

È straordinario, ma non è quello che voglio.

Inarco la schiena. È l'unico modo in cui posso supplicare. Mi piace essere alla sua mercé, ma lui è troppo spietato, cazzo.

Blake mi traccia un'altra linea lungo il collo, sui seni, sullo stomaco. Questa volta si ferma all'ombelico.

È come se promettesse di continuare a tracciare quella linea con la sua lingua.

Come se mi promettesse che finalmente mi darà quello di cui ho bisogno.

Mi passa la lingua sul collo. Piatta. Bagnata. Morbida.

Sono in preda a un piacere vorticoso che mi risveglia i nervi. Tutto il corpo. È qui. In questo momento. Vibra di desiderio.

Blake si fa strada con la lingua fino al seno. Mi sfiora il capezzolo. Poi è un guizzo che mi provoca una scossa di piacere. Lo fa ancora.

Ancora.

Ancora.

Sento che sotto divento sempre più calda mentre mi stuzzica. È così bello, cazzo. Ma non è abbastanza.

Sto tremando quando mi lascia andare il capezzolo. Trascina la bocca sulla mia pancia, leccando ogni goccia. È lento nel farsi strada lungo il mio corpo. Il suo tocco diventa più morbido quando si sposta verso il mio ombelico.

Poi più sotto.

«Per favore» gemo. Allargo le gambe il più possibile.

«Supplicami.» Mi preme la mano contro il fianco, bloccandomi contro il sedile.

«Scopami, Blake. Ti prego, scopami. Ho bisogno del tuo uccello dentro di me. Ho bisogno che tu mi venga dentro.»

Si china per prendere il mio capezzolo in bocca.

Il piacere mi invade il corpo. «Ti prego.» Inarco la schiena per spingergli il seno in bocca. «Ti prego.»

Mi graffia il capezzolo con i denti. Mi stringe le mani intorno alle cosce. Sì, sì. Diavolo, sì. Tremo tutta per l'attesa.

Trascina le labbra lungo il mio stomaco, sotto il mio ombelico.

Più giù.

Più giù.

Lì.

Fa scivolare la lingua sul clitoride.

Appoggio la schiena al sedile e mi rilasso, non tiro più i nodi mentre lui mi lecca da cima a fondo.

Sento le sue unghie affilate contro le cosce. La sua lingua si muove con una precisione assolutamente perfetta. Ogni suo movimento mi provoca un'altra ondata di estasi.

Quasi...

Gli premo le cosce contro le mani. Lui mi affonda le unghie nella carne. L'esplosione di dolore è sufficiente a mandarmi in tilt. Mi monta dentro un orgasmo. Sempre più teso, più bello e più forte. Poi tutto si sfoga in una perfetta ondata di piacere.

Blake si muove velocemente. Pianta le mani intorno alle mie spalle e mi monta sopra.

È così bello sentirmi addosso il suo peso.

È caldo.

È duro.

Mi tiene fermi i fianchi mentre spinge dentro di me.

È duro. Profondo. È troppo veloce, ma non è abbastanza veloce. È troppo, ma non sarà mai abbastanza.

Inarco la schiena e sollevo i fianchi per farlo andare più in profondità.

Lui geme mentre i nostri corpi si uniscono.

Mi fissa negli occhi mentre mi scopa.

Con una mano mi tiene le spalle contro il sedile. Con l'altra mi tiene ferma.

Mi arrendo.

Mi perdo nei movimenti del suo corpo.

Ogni spinta mi fa sentire completa e allo stesso tempo aumenta il bisogno che ho di lui. È così bello averlo dentro, ma non è abbastanza. Ho bisogno di più. Ho bisogno di tutto.

Si muove più forte.

Più in profondità.

Mi monta dentro un orgasmo. Mugugno. Ansimo. Gemo il suo nome.

Alzo i fianchi per andargli incontro, per farlo andare più in profondità.

Ecco.

Il piacere mi invade il corpo mentre vengo. Mi travolge. I miei muscoli si rilassano. Una gamba scivola giù dal sedile. L'altra è premuta contro lo schienale.

Blake mi tiene le mani sul mento.

Mi sta fissando con quel mix perfetto di passione e affetto.

Mi pianta un bacio disperato sulla bocca.

Preme il suo corpo contro il mio.

E spinge più forte dentro di me.

Fa scivolare le mani intorno al mio culo, attirando il mio corpo nel suo, spingendo più a fondo.

È come se fossi il suo giocattolo.

Come se fossi esattamente ciò di cui ha bisogno.

Mi geme in bocca. Mi affonda le unghie nelle natiche.

Ecco. Il suo uccello pulsa mentre mi viene dentro, mi riempie, mi marchia. Sono sua.

Mi crolla addosso. Mi preme le labbra sul collo.

Riprendo fiato mentre si veste e scioglie il nodo della cravatta.

«Vorrei che venissi da me.» Mi prende la mano e mi dà un bacio sul polso. «Se ti va.»

«Ho troppe cose da fare.» Ricambio il suo sguardo. Dice sul serio. Mi vuole con lui. Per quanto lo voglia anch'io, è il contrario di ciò di cui ho bisogno.

«Certo.» Annuisce e si mette comodo sul sedile posteriore.

Ma sembra davvero... triste.

Restiamo in silenzio mentre la limousine torna a casa mia.

Quando si ferma, Blake mi rimette il cappotto sulle spalle e mi allaccia i bottoni. Si inginocchia davanti a me e mi rimette le autoreggenti una alla volta. Poi gli stivali.

Mi passa i polpastrelli lungo i polpacci e dietro le ginocchia. «A presto.»

Ma quale Kat vorrà?

Capitolo Trenta

Lizzy non è felice di questa cena.
O del fatto che continui l'accordo con Blake.
O di come io stia "mentendo a me stessa".

Passa il pomeriggio nella sua stanza alternando scuse che deve fare i compiti e scegliere un vestito.

Busso alle cinque. Ci vuole almeno mezz'ora con la metro fino in centro. Non voglio renderle le cose più difficili prendendo un taxi.

Resto a bocca aperta quando apre la porta. È molto carina. Sembra così cresciuta.

Ha raccolto i capelli all'insù. Ha un trucco morbido e non troppo appariscente. Il suo elegante vestito nero le sta perfettamente.

«Sei bellissima» dico.

«Grazie. Anche tu.» Prende la borsa. «Andiamo?»

«Tra un minuto.» Do una lunga occhiata a mia sorella. Abbiamo a malapena parlato dopo il litigio in boutique. Mi manca. Mi manca il nostro cameratismo.

Controllo il telefono per vedere se ci sono messaggi di Blake.

C'è una serie di sms con *sogni d'oro* negli ultimi giorni. E c'è un promemoria con l'indirizzo del ristorante. Tutto qui.

Forse non mi vuole. Non so. È disorientante.

Butto l'album da disegno in borsa. È una nuova abitudine. Nel caso venissi folgorata dall'ispirazione. Ho ancora molto lavoro da fare per il mio portfolio.

«Ascolta, Kat.» Lizzy si guarda il piede. Lo preme nel terreno. «Non importa. Dovremmo parlarne più tardi.»

«Sei sicura?»

«Sì, assolutamente.» Apre la porta. «Riguardo all'altro giorno... so che avrei dovuto...»

«Non c'è problema. Capisco.»

La seguo fuori dalla porta.

―――

Il ristorante è bellissimo. Romantico.

Pareti nere. Candele che emanano luce tremolante. Vari bouquet di rose.

È il posto perfetto per un appuntamento. O per una proposta di matrimonio. O una dichiarazione d'amore eterno.

È perfetto per una vignetta. Il momento felice in cui la coppia si innamora o quello infelice in cui va tutto a pezzi.

Mando giù il magone che mi sale in gola. Manca solo una settimana prima che io e Blake ci sposiamo.

Tra una settimana sarò la moglie di un uomo che non mi amerà mai.

Sembra ogni giorno più reale.

La hostess ci conduce in una stanza privata sul retro del ristorante. È altrettanto romantica, anche se è più luminosa. Le piantane nell'angolo danno molta luce.

Meryl è seduta a capo tavola, e ha un bicchiere di vino in mano.

Blake è accanto a lei, con le dita intorno a un bicchiere di whisky, e l'attenzione su sua madre.

Meryl si volta dalla nostra parte. «Era ora che arrivasse qualcuno di divertente.» Guarda Lizzy. «Tu devi essere la sorella di Kat.»

«Lizzy.» Le porge la mano.

Meryl la stringe. «È un piacere conoscerti, tesoro. Sei bella proprio come Kat. Dimmi che c'è qualche uomo che vuole disperatamente conquistarti.»

Lizzy ride. «Ce ne sono stati.»

«Nessuno che la tua esigente sorella maggiore trovasse degno di te?» chiede Meryl.

«Come fai a saperlo?» Lizzy si siede. Si gira verso Meryl. La sua espressione si fa luminosa. Animata. «Non andava bene nessuno neanche per me. Sono dei tali... ragazzini.»

«E tu vuoi un uomo?» chiede Meryl.

Lizzy annuisce.

«Ha solo diciotto anni» s'intromette Blake.

«Ma una diciottenne matura. Come lo eri tu.» Meryl si china e sussurra qualcosa all'orecchio di Lizzy.

Lizzy ride. Si volta di nuovo verso di me. «Ora capisco.»

«Mmh?» chiede Meryl.

«Perché Kat... insisteva tanto su questa... cena.» Lizzy indica il posto accanto a lei. «Non vedeva l'ora che ti conoscessi.»

«Anch'io non stavo nella pelle.» Meryl beve un lungo sorso del suo vino. «Dimmi, tesoro. Sei un'artista come tua sorella?»

Lizzy ride. «No. Non capisco niente di arte.»

Meryl sussurra in modo che sentano tutti. «Nemmeno io.»

«Cos'ha più degli altri quel tizio che fa dipinti a quadri? Insomma, starebbero benissimo su una gonna, ma sul muro di un musco?» Lizzy scuote la testa disgustata.

Non posso fare a meno di sorridere. Anche se Lizzy non ha idea di cosa stia parlando. Il movimento modernista...

«Sei bellissima.» La voce di Blake attira la mia attenzione. Mi sta fissando negli occhi. «Mi sei mancata.»

«Anche tu. Ho avuto da fare.» Mi siedo accanto a mia sorella e guardo Meryl. «Domande d'ammissione per il college.»

«Ancora?» Meryl gioca con lo stelo del suo bicchiere di vino.

«Con la scuola d'arte c'è bisogno di un portfolio. Ma niente di quello che disegno sembra abbastanza buono» dico.

«Fa cose meravigliose. Si sta svendendo» dice Blake.

«Non ti ho fatto vedere niente.» Arrossisco.

«Lasci il tuo album da disegno aperto sul tavolo. Vedo un sacco di cose quando disegni.» Ha un tono orgoglioso. Apprezza davvero le mie doti.

Ma questo mi rende solo più confusa.

Gli manco. Vuole che io abbia il mondo. È interessato alla mia arte.

E non mi amerà mai.

Non tornano i conti.

Non ha senso.

«E tu come stai, Lizzy? Come va il tuo bot per gli scacchi?» chiede Blake.

Lei arrossisce. «Oh. Va bene. Voglio dire, sto facendo delle prove con Go, ma è impossibile.» Guarda Blake. «Ho passato qualche ora a testare il chat bot.»

«Sei più interessata di me» dice lui.

«Lo hai davvero programmato tutto da solo?» chiede Lizzy.

«Sì. Era la prima volta che programmavo da un po' di tempo.»

«È incredibile.» Alza il tono di voce. È eccitata. «Vado in quella stanza dove si può fare un gioco.» Si gira verso di me. «Devi indovinare se stai parlando con un umano o con un chat bot, e l'altra persona fa altrettanto.»

«E se l'altra persona è un chat bot?» chiedo.

«Allora indovina. A volte sono due bot che parlano tra loro. Puoi leggere i log.» I suoi occhi si spalancano. «È davvero figo.»

«Grazie» dice Blake.

«Credo che programmare sia il suo concetto di divertimento» dico io.

Meryl ride, ma è tesa. Si porta la mano alla bocca e tossisce.

Blake si avvicina.

Lei lo fa allontanare con un gesto. «Sto bene, tesoro. Ho solo sete.» Alza il suo bicchiere vuoto.

Con tempismo perfetto, un cameriere entra nella nostra stanza. Sorride a Meryl. «Un altro?»

«Lei è troppo gentile.» e gli porge il bicchiere.

Il cameriere volge lo sguardo a Blake. «Anche lei, signore?»

Blake annuisce. «Un gin tonic per la mia fidanzata.»

«Ordini per lei?» Meryl tossisce. «Non pensi che non sia da Manhattan?»

«Farai confondere il cameriere.» Un mezzo sorriso gli incurva le labbra. Mi guarda e mi fa l'occhiolino.

Ha fatto un'altra battuta. Non un gran che come battuta, nessun cameriere confonderebbe tanto facilmente la frase con un Manhattan al posto di un gin tonic, ma è mia.

Mi fa avvampare dappertutto.

«Sì, è strano. Ma credo che a loro piaccia.» Lizzy guarda l'inserviente. «Diet Coke con una ciliegia al maraschino.»

«Un secondo bicchiere per mia figlia.» Meryl fa cenno al posto vuoto accanto a Blake. «È stata trattenuta, sta discutendo con Trey.»

Il cameriere annuisce e scompare attraverso le porte.

Meryl emette un altro colpo di tosse. O più che altro un attacco. Si schiarisce la gola e si sforza di sorridere. «Lizzy, ho sentito che andrai all'università l'anno prossimo. È vero?»

Lizzy si siede. Gioca con il suo vestito.

«Be', tesoro, racconta. Hai deciso?»

«Stanford.»

Resto senza fiato. «È ufficiale?»

«Sì. Mi dispiace, Kat. Avrei dovuto dirtelo prima. Ma mi sono già iscritta. Ieri, a dire il vero.» Si morde il labbro. «Ho una borsa di studio completa.»

«È fantastico, tesoro» dice Meryl. «Bellissimo campus. E la California, be', non è il mio genere, ma il tempo è splendido.»

«I laureati di Stanford sono molto richiesti nella Silicon

Valley.» Blake beve un lungo sorso del suo drink. Il suo sguardo cade su Meryl.

C'è qualcosa nella sua espressione. È preoccupato.

Dio, se Blake è preoccupato, dev'essere una cosa brutta. O potrebbe essere che io abbia in qualche modo decifrato il codice della sua espressione.

Guardo meglio. No, non può essere. Quell'uomo è ancora un mistero. Un bel mistero che mi fa venire così forte da farmi urlare. Ma comunque un mistero.

«Mi mancherai» dico.

«Blake, tesoro, spero che terrai tua moglie così occupata che non sentirà la mancanza di sua sorella.» Meryl si lascia scappare una leggera risata e si gira verso di me. «E tu non stai cercando un'università?»

«Non inizierò fino al semestre primaverile.» Mi tiro la stoffa del vestito. Come faceva Lizzy prima. «La maggior parte sono nel nord-est.» Nessuna è vicino a Stanford.

Meryl sorride a Lizzy. «Almeno avrai l'appartamento tutto per te per qualche mese.»

«Oh, sì. Immagino che non vivrai qui dopo che tu e Blake vi sarete sposati» dice Lizzy.

«Dopo la luna di miele.» Blake mi rivolge uno sguardo pieno d'amore. Quello finto. «Domani possiamo andare a scegliere i mobili, se vuoi.»

Meryl scuote la testa. «Andiamo, mio figlio non ha mai scelto un mobile. Ha un interior designer.»

«Oh, davvero?» chiedo.

«È meglio che tu prenda le redini, tesoro. Il suo appartamento e il suo ufficio sono terribilmente funzionali. Come si fa a vivere così? Sembra un film di fantascienza» chiosa Meryl.

Lizzy drizza le orecchie. «Quale?» guarda Blake. «Non dirmi che hai un'estetica intenzionale.»

«Lei odia l'arte, a meno che non sia la direzione artistica di un film di fantascienza.» Scuoto la testa.

Meryl ride. «È una plebea. Come me. Dovrai lasciare l'arte e la letteratura agli intellettuali come te e Blake. Il resto di noi ha bisogno di esplosioni e drammi.»

«Vero.» Lizzy guarda Blake. «Dove andate in luna di miele?»

«A Parigi» dice Blake.

Giusto. Parigi. Lo sapevo. Annuisco come se fosse una mia decisione. Non sarà così male, scoparsi Blake nella Città della Luce. Con tutto quel romanticismo intorno...

«Parigi. Che bello.» Qualcosa cambia nell'espressione di Meryl. Si fa più seria. «Sono contenta che voi due...»

«Mamma?»

«Sembri felice. Non avrei mai pensato...» Fissa il suo bicchiere di vino. «Non avrei mai pensato che Blake avrebbe trovato qualcosa di serio.»

Serio. Giusto. Faccio un sorriso smagliante.

Lizzy si acciglia, ma non dice niente.

Penso che abbia capito. Come non potrebbe? Meryl illumina la stanza. È impossibile fare altro che volerla felice.

Il cameriere arriva con i nostri drink.

È una distrazione perfetta.

Lizzy seppellisce il viso nel suo bicchiere.

Io bevo metà del mio gin tonic in un solo sorso.

Meryl mi studia come fa Blake, seziona le mie intenzioni.

Non sono sicura di riuscire a mantenere una faccia impassibile. Tra Stanford e il nostro imminente matrimonio e Meryl che tossisce...

È troppo.

Un forte *ciao* interrompe il filo dei miei pensieri.

Fiona entra nella stanza. Da sola.

Facciamo un giro di presentazioni e poi si siede accanto a Blake. «Stai bene, mamma?»

«Sì. Smettila di chiederlo» dice lei.

Ma non sembra che Meryl stia bene. La sua pelle ha una tonalità leggermente giallastra. Sta sudando. Ha un sorriso teso. Le trema la voce.

«Sei sicura?» chiede Fiona.

«Vorrei fare almeno una cena in cui non si parli della mia salute. Stiamo festeggiando il matrimonio di tuo fratello.»

«Certo.» Fiona mi tocca la spalla. «Vado in bagno. Vieni con me, Kat?»

Non è una domanda.

Ma cosa potrebbe mai avere da dirmi?

Mi ha già offerto una piccola fortuna in denaro per sparire.

Guardo Blake in cerca di un indizio.

Lui mi fa cenno di andare con lei.

Conosce sua sorella meglio di me.

«Sì.» Mi alzo spingendo indietro la sedia. «Devo sistemarmi il rossetto.»

Seguo Fiona in bagno. È tranquillo. Vuoto.

E bellissimo. Come fa un bagno a essere così bello? Va contro ogni logica.

Lei mi fissa di nuovo. «Deduco che andrai avanti con il matrimonio?»

«Sì.»

«Immagino che sia una tua decisione.» Si guarda allo specchio e si aggiusta i capelli. «Devo ammettere che ti ammiro.»

«Eh?»

«Il tuo accordo prematrimoniale. Ti spetta solo un milione di dollari se divorzi.»

Solo un milione di dollari. Cos'ha che non va questa gente?

Fiona volge gli occhi su di me. «L'offerta è ancora valida. So che centomila dollari sono molto meno di un milione, ma li ottieni molto più alla svelta.»

«Non voglio soldi.»

Mi guarda negli occhi. «Ti credo.»

Arrossisco. «Allora perché stai...»

«Pensavo di stare facendo un favore a Blake prima. Forse lo stavo facendo. Se fossi stata a caccia di denaro, avresti preso i soldi e saresti scappata. O avresti preteso molto di più nel tuo accordo prematrimoniale.»

«Ti ho detto...»

«Lo so. Tu non vuoi i suoi soldi. Tu vuoi stare con lui.»

«Sì, certo.»

«Conosco mio fratello. Gli voglio bene. È il mio migliore amico. Ma è un uomo ricco, come altri. Pensa che il mondo giri intorno ai suoi desideri.»

«Lui non...»

«Esatto. Lui non. È una frase completa. Tutte quelle cose che sognavi da bambina, le passeggiate romantiche sulla spiaggia, le cene a lume di candela, i baci lunghi e dolci. Lui non te le offrirà. Non troverà il tempo per farlo. E quando ne sarai stufa, e succederà, credimi, lo lascerai. E lui ne sarà distrutto. Io non voglio che succeda.»

«Non lo lascerò. Amo Blake.»

Appena quelle parole mi escono di bocca, so che sono vere. Amo Blake. Sono pazzamente, follemente innamorata di lui.

Ho lo stomaco sottosopra.

Sono follemente innamorata di lui, e il massimo che lui potrà fare sarà *ci tengo a te*.

Mi cedono le ginocchia.

Oh, Dio.

Quando si dice fare un casino.

Mi aggrappo al bancone per restare in piedi.

La porta del bagno si apre. Lizzy. È visibilmente preoccupata. «La mamma di Blake ha avuto un collasso.»

Fiona sbianca. «Sta bene?»

«Stanno chiamando un'ambulanza.» Lizzy trema. «Dovremmo... Kat? Cosa facciamo?»

Fiona si precipita fuori dal bagno.

Faccio un respiro profondo. «Seguiamo l'ambulanza.»

Capitolo Trentuno

Il pronto soccorso è un posto orribile. L'aria è stantia. Le piastrelle scricchiolano. La luce è accecante.

Fiona cammina avanti e indietro.

Lizzy sprofonda nella ruvida sedia grigia.

Blake si appoggia al muro, gli occhi fissi sulle sue scarpe di pelle lucida.

Premo i palmi delle mani sulle cosce. Cosa posso dire? Meryl sta morendo. Non è una novità. Ma ora non fa nemmeno parte di un futuro distante.

Blake si avvicina. Si inginocchia davanti a me e mi guarda. Preme il palmo contro la mia guancia.

Mi massaggia la tempia con il pollice.

«Andrà tutto bene.» La sua voce è ferma. Rassicurante.

Gli credo, anche se non è vero. Non andrà tutto bene.

Meryl morirà.

Morirà credendo a queste stronzate.

Blake mi avvolge le braccia intorno.

Scivolo dal sedile e mi abbandono al suo abbraccio. È così strano, Blake sul pavimento del pronto soccorso col suo vestito da mille dollari. Che si mette al mio livello. Che mi conforta.

Mi conforta davvero.

Fa di tutto per me.

Restiamo seduti così un'eternità.

Alla fine, Lizzy si alza. «Vado a prendere una bibita. Vuoi qualcosa?»

Sì, ma niente che venga da un distributore automatico. Scuoto la testa.

«Vieni con me comunque.» Mi porge la mano e mi lancia uno sguardo da *dobbiamo parlare*.

Le prendo la mano. Lascio che mi tiri su e mi conduca lontano da Blake. In un corridoio tranquillo. Lontano dai rumori delle emergenze e dalle urla dei pazienti.

Lizzy trova un distributore automatico in un angolo e tira fuori un dollaro dalla borsa. «Stai bene?»

Scuoto la testa. «È come l'ultima volta. Non va così male, ma tipo. Quel giorno ho perso quasi tutto.»

Mia sorella mi abbraccia. «Non voglio litigare. Sei la mia migliore amica. Sempre. E qualsiasi cosa succeda con Blake, io ti sostengo. Ok?»

«Ok.»

«Ti voglio bene.»

«Ti voglio bene anch'io.» La abbraccio forte. «Mi mancherai tanto.»

«Puoi venire a trovarmi quando vuoi.»

«Lo farò.» La lascio andare e rivolgo la mia attenzione al distributore automatico. Non mi piacciono molto le bibite gassate. Troppo dolci. E non ho bisogno di caffeina. Sono già sveglissima. «Dovresti andare a casa. Hai scuola.»

«È sabato.»

«Fa lo stesso» dico io. «Vai a casa. Dormi. Studia. Potrei restare qui per un po'.»

Lizzy corruga la fronte. «Sei sicura?»

«Sì.»

«Facciamo così: resto altri dieci minuti. Se vorrai ancora che me ne vada, lo farò.»

Annuisco. È bello avere Lizzy intorno. Confortante.

Torniamo al pronto soccorso. Un dottore sta parlando con Blake e Fiona.

Lui cerca di mantenere un contegno.

Lei trema.

Qualsiasi cosa dica il medico dev'essere buona, perché Fiona fa un sospiro di sollievo.

Ci avviciniamo, così possiamo sentire la loro conversazione.

«Sta bene.» Fiona quasi sorride. «Sta bene.»

Il dottore annuisce. «È sedata. Potrete visitarla domattina.»

Blake si china e sussurra qualcosa.

Sua sorella scuote la testa. Il quasi sorriso le svanisce dalle labbra.

«Possiamo vederla?» chiede Fiona senza indirizzare la domanda a qualcuno in particolare.

Lui annuisce, sussurra alcune indicazioni e si volta di nuovo verso il corridoio.

Seguo lei e Blake fino alla stanza di Meryl.

È piccola. Privata.

È molto simile a quel giorno di tre anni fa.

Siamo separati da ferro e vetro.

La vedo, ma non posso avvicinarmi.

Sta dormendo. Il suo cardiofrequenzimetro è stabile. È lo stesso che aveva Lizzy. Indica che sta sopravvivendo.

Ma questa volta non sopravvivrà.

Mi cedono le gambe. Mi aggrappo al braccio di Blake, ma crollo ancora.

Lui mi afferra e mi aiuta a raggiungere una panchina. È appartata. Più o meno.

È abbastanza lontana da tutti da poter parlare.

Blake mi scosta i capelli dagli occhi.

Mi calma.

Mi calma ogni nervo che ho in corpo.

Ovvio che ci riesca.

Sono follemente innamorata di lui.

E lui mi guarda preoccupatissimo.

«Farò in modo che tu abbia i tuoi soldi» dice. «Anche se lei morisse prima del matrimonio.»

«Non m'importa dei soldi.»

«Facciamolo qui, domani. C'è una cappella in fondo al corridoio. Il tuo vestito dovrebbe essere pronto. Ashleigh può chiamare la sarta. Le offrirò il doppio per finirlo per domani.»

Faccio un bel respiro.

Blake ha un'espressione disperata. Ha bisogno di avere il controllo della situazione. Ha bisogno di andare avanti con questa bugia.

Ma io ho bisogno di qualcosa che lui non può darmi.

Non posso sposarlo così.

«No» dico.

«Kat, ti prego.»

«Mi spiace.» Mi scende una lacrima lungo la guancia. Meryl sta per morire e non c'è niente che io possa fare per salvarla.

Non c'era niente che potessi fare per salvare i miei genitori.

Non c'è niente che io possa fare per porre rimedio a tutto questo.

«Kat. Pensa a quello che stai dicendo.»

Deglutisco a fatica. Solo un'ultima volta. Mi avvicino e premo le labbra su quelle di Blake. Ha un buon sapore. Sa di whisky e di Blake. «Addio.» Mi alzo dalla panchina. «Verrò a trovarla domattina.»

«Kat. Non puoi.»

Scuoto la testa. «Devo farlo. Io... troverò un modo per restituirti i soldi per l'appartamento. In qualche modo.»

«È solo un giorno. Mezz'ora. Poi potrà morire felice.»

«Mi spiace.» Mi tolgo l'anello dal dito e glielo premo sul palmo.

«Ma perché?»

«Mi ami?»

«Kat...»

«È l'unico modo in cui puoi farmi cambiare idea.»
E non succederà mai.
Non si innamorerà mai di me.

Capitolo Trentadue

Stanza 302. Una stanza senza finestre a metà corridoio.
Gli ospedali sono sempre deprimenti, ma questo li batte tutti. Non c'è vita in questa stanza. È brutta. Statica. Spartana.

Meryl giace nel suo letto d'ospedale. Il suo viso è ancora di uno strano giallo pallido. Sembra debole e stanca, ma sembra anche felice.

«Tesoro, cosa fai in piedi così presto?» chiede.

Prendo una sedia, la metto accanto al letto e mi metto comoda. Starò qui per un po'. «L'orario di visita è iniziato tre minuti fa.»

«Perdonerò il ritardo.» Mi guarda attentamente. Mi fissa la mano sinistra disadorna. «Non sei più obbligata a venire a trovarmi.»

«Non sono mai stata obbligata.» Stringo la maniglia della borsa. «Sei stata così gentile con me. Mi hai davvero accettato come tua nuora. Mi dispiace di non poter essere... che Blake e io non...»

Meryl corruga la fronte. «Cos'è successo?»

«Non posso importunarti con i miei problemi di coppia.»

Lei sbuffa. «Tesoro, non è un disturbo. Qualsiasi cosa è

meglio che stare qui con tutti che mi guardano come se stessi per morire.» Afferra il telecomando del letto e lo aggiusta in modo da stare quasi diritta. «Posso aiutare. Conosco mio figlio.»

«Allora conosci il problema.»

Meryl si acciglia. «Ha detto che avete litigato per il matrimonio. Lui voleva anticiparlo. Tu hai pensato che fosse un evidente tentativo di compiacere la sua povera madre morente.»

Non posso fare a meno di sorridere. Ha un ottimo senso dell'umorismo. «Ha detto davvero tutto questo?»

«L'ho letto tra le righe.» Sorseggia il suo succo d'arancia. «Dice che è solo un litigio e che farete presto pace. Ma dalla tua espressione...»

C'è un'espressione sul mio viso? Maledetta abilità degli Sterling a decifrare le persone. Cerco di sorridere, ma questa volta non mi viene naturale. «È improbabile.»

«C'era qualcosa di vero in quello che ha detto?»

Mi sento tesa, agitata. Non intendo più mentire. Non a lei. «È la sua versione.» Fisso il pavimento di piastrelle bianche. «Lui e io non abbiamo mai... lui non ha mai...»

«Tesoro, so che stavate fingendo.»

Il cuore mi batte fortissimo, cazzo. «Cosa?»

Meryl fa un sorriso sornione. «Non conosco i dettagli, ma lo so. È quasi dolce. Non mi ero mai resa conto che ci tenesse così tanto a rendermi felice.»

«È così.» Il mio sguardo torna subito al pavimento. È segnato da brutte linee bianche. «Ed è testardo.»

«Molto.»

Mi sforzo di stabilire un contatto visivo. Ha gli stessi occhi azzurri di Blake. Sono altrettanto penetranti. Altrettanto bravi a studiarmi. «Come facevi a saperlo?»

«Quel ragazzo non sa cosa sia l'impulsività. Se davvero fosse uscito con qualcuna, lo avrei saputo mesi fa.»

Mi rilasso leggermente. Non è che sia incapace di amare. Almeno, lei non crede che ne sia incapace.

Annuisco. «Parte della storia era vera. Ci siamo incontrati

dopo che aveva fatto un colloquio e lui mi ha offerto il lavoro. Se così si può chiamare.» Tiro i fili allentati dal manico della borsa. «Mi sento in colpa per averti mentito.»

«Non serve. Hai ottenuto qualcosa di buono in cambio?»

«Sì.»

«Tesoro, per quanto mi riguarda, non abbiamo mai avuto questa conversazione. Riprenditi Blake, sposalo, divorzia e riducilo in mutande.»

«Abbiamo firmato un accordo prematrimoniale.»

«E quanto prenderesti?»

Mi stringo la borsa contro lo stomaco. «Un bel po'.»

Meryl alza un sopracciglio. «Non sentirà la mancanza di qualsiasi cosa ti abbia offerto.» Si tira più su per potersi avvicinare con la testa. «È un mondo difficile per le donne. Devi usare qualsiasi cosa tu abbia per ottenere quello che ti spetta. Sei bella, intelligente e maledettamente brava a raccontare bugie.»

«Vuoi davvero che io menta a tuo figlio per poter divorziare e prendergli i soldi?»

«È stata una sua idea.»

«La mela non cade lontano dall'albero.» Rido. Dio, tutta questa storia è assurda. La mia vita era molto più facile prima di incontrare Blake, ma era molto meno interessante. «Vorrei davvero poterlo fare.»

Meryl mi afferra il polso. I suoi occhi si fanno seri. «Tesoro, puoi. E dovresti farlo. Voi due sareste molto più felici di quanto lo siano Fiona e Trey.»

«Probabile.»

«Certo, lei non è più stata felice dalla volta in cui è stata la reginetta del ballo.» Scuote la testa. «Miei i figli, mio il problema. Non sanno cosa vuol dire crescere con niente. Il loro padre stava bene. Li ha viziati da morire. Ed era completamente assicurato. La sua espressione si addolcisce. «Hanno successo. Quello che ogni madre dovrebbe volere. Dio. Sono un cliché vivente, mi lamento dello stato dei matrimoni dei miei figli, o del fatto che non sono sposati.»

Mi si contorce lo stomaco. Questa confessione non è esattamente una liberazione. Forse Blake aveva ragione ed era meglio mentire. Meglio morire felici credendo a una bugia...

Studio l'espressione di Meryl, facendo del mio meglio per avere uno sguardo da Sterling. I suoi occhi sono particolarmente gialli, ma sono anche luminosi. Vivi. Ha le labbra atteggiate a un sorriso.

È felice, considerando le circostanze.

«Vuoi la verità?» chiedo.

«Certo, tesoro.»

«Sono un'idiota a non sposare Blake. Quei soldi potrebbero essere la mia fortuna. Potrei passare dieci anni a studiare e altri dieci a viaggiare per il mondo. Ma non potrò fare nulla di tutto questo con il cuore infranto.»

I suoi occhi si spalancano. Si avvicina di più.

«Amo Blake. Lo amo e lui non si innamorerà mai di me. Non posso vivere così, nel perenne desiderio di averlo in un modo che non mi sarà mai concesso. Mi ucciderebbe.»

«Oh, tesoro.» Mi dà una leggera pacca sul braccio. «Mi dispiace.»

Mi preparo a trattenere una lacrima, tutto questo parlare di amore mi ha ridotto a pezzi, ma non arriva. Sono troppo stanca, troppo stordita, troppo qualcosa.

«Devi badare a te stessa.» Meryl mi studia. Si porta il braccio al fianco. «Fammi un favore e corri giù al negozio di souvenir.»

«Certo.»

«Hai contanti?»

Annuisco.

«Comprami il romanzo d'amore più trash che riesci a trovare. E prenditi una tazza di caffè. Hai un aspetto orribile.»

Una risata mi sfugge dalle labbra. «D'accordo.»

«Blake si prenderebbe grande cura di te» dice.

«Lo so.» Ma non è abbastanza.

Accordo Indecente

Compro a Meryl una copia di ogni romanzo disponibile, ce ne sono solo tre, e mi compro una lattina di caffè freddo.

Fino alla stanza di Meryl è una breve passeggiata. Tengo lo sguardo sul pavimento di piastrelle bianche.

Stanza 302. Faccio per aprire la porta.

Merda.

È arrivato Blake.

È in jeans e maglietta. Capelli disordinati. Borse sotto gli occhi. È disfatto. Non è il Blake animale, quello che capisco.

È un'altra versione di Blake.

Una che non ho mai visto prima.

Entro con la mia migliore aria spavalda alla *non me ne frega niente che il mio ex sia qui*. Le mie scarpe scricchiolano sul pavimento di piastrelle. Faccio uno sforzo per fare un sorriso.

Gli occhi di Blake si fissano sui miei. «Kat.»

Il mio nome è una supplica sulle sue labbra. Ma non chiede quello di cui ho bisogno. Non chiede ogni grammo del mio amore e del mio affetto.

Consegno a Meryl i suoi libri. «Dovrei andare. Tornerò domani.»

Gli occhi di Blake restano sui miei. «Resta. Parlate. Posso tornare.»

«No, va bene così. Ho un sacco di lavoro da fare. Scadenze per le mie domande.» Mi premo la lattina di caffè contro il polso. Mi manda un brivido freddo direttamente alla spina dorsale. «Spero che tu ti senta meglio.»

Lei annuisce. «Anche tu.»

Esco. Tengo gli occhi sul pavimento. Non torno indietro. Non posso. Se mi guarda di nuovo in quel modo...

«Kat, aspetta.» La voce di Blake rimbomba nel corridoio.

Le mie intenzioni di evitarlo vanno in fumo. Quella voce è inebriante. Voglio che mi circondi. La voglio in ogni modo possibile.

«Lascia perdere l'idea di anticipare il matrimonio» dice. «Facciamolo come previsto ai giardini. Volevo sposarti.»

Quelle parole sono musica. Sono poesia.

Sono stronzate.

Scuoto la testa. «Non posso.»

Le sue dita mi sfiorano il polso. «Dev'esserci un modo per farti cambiare idea.»

Mi sento invadere da un piacevole calore. Questa dannata cosa è contro di me. «C'è.»

«Allora?»

Mi giro e osservo la sua espressione. È uno stranissimo mix di tristezza e risolutezza. Sta soffrendo le pene dell'inferno per questa situazione, ma è ancora un maledetto automa.

«Non è una cosa possibile» dico.

La sua voce è forte e profonda. «Tutto è una cosa possibile.»

Scuoto la testa. «Questa è una cosa che non si può negoziare.» Un piccolo passo indietro. «Fai sapere a Meryl che la vedrò domani.»

«Kat.»

«Abbi cura di te.»

«Anche tu.»

Capitolo Trentatré

«Il tuo tesoruccio ti ha mandato un regalo.» Lizzy indica un pacchettino sul tavolo della cucina.

«Cosa ci fai in piedi?» chiedo.

«Ti ho sentita uscire.» Batte le dita sul tavolo. «Così...»

Copio il suo tono seccato. «Così...»

Fa un cenno al pacchetto. «Ho fatto il caffè.» Alza la tazza. «Miscela francese.»

Mi verso una tazza e mi siedo al tavolo.

«Così...» Lizzy batte le dita dei piedi. Si schiarisce la gola. Beve un lungo sorso. «Hai intenzione di aprirlo?»

«È più divertente farti aspettare.»

E non sono esattamente preparata per qualunque cosa sia.

È un pacchettino avvolto in semplice carta grigia con un fiocco rosa in cima. Ci sta bene. È esattamente come il suo ufficio, elegante e funzionale.

È la sua vita. Grigio ovunque. L'unico tocco di colore è superficiale. È facile da strappare via.

Anche se è il mio colore preferito.

E il tema del matrimonio.

Lizzy sospira. «Lo apro io.»

«Non osare.»

Lei alza le sopracciglia. «Ho già letto il biglietto.»

«E?»

Afferra il biglietto, è dello stesso grigio dell'involucro, e se lo tiene al petto. «Non sono sicura che l'abbia scritto prima che tu lo mollassi.»

Mi si agita lo stomaco. E va bene. Leggerò quel dannato biglietto. Lo strappo dalle mani di Lizzy.

K*AT*,

spero che questo ti distragga dai problemi. Se non è abbastanza, il mio modo è molto più divertente.
Cordiali saluti,
Blake

C*ordiali saluti*.

Mi rigira il coltello nella piaga.

Ma prova che ho ragione.

Non posso essere un *cordiali saluti*.

Scarto il regalo con attenzione.

È duro. Liscio. Un libro.

È una copia con copertina rigida di *Ghost World*, un'edizione speciale con l'intero fumetto e la sceneggiatura del film. Lo apro e...

È firmato.

È perfetto.

Mi batte il cuore contro il petto.

Sono un *cordiali saluti*.

È questo ciò che conta. Non che questo regalo sia perfetto. Non che Blake sembri sapere esattamente cosa voglio.

Chiudo il libro e lo spingo al centro del tavolo. Il caffè. Ho bisogno di bere questo caffè. Ne bevo un lungo sorso. Miscela francese. Nero. Forte. Un pizzico di vaniglia.

Proprio come quello che aveva sulle labbra dopo la piscina.

Cazzo. Non funziona.

«Ehi... Kat...» La voce di Lizzy è cantilenante.

«Sì?»

«Vuoi che me ne vada, così puoi chiamare il tuo ragazzo per una sveltina?»

«No.» Metto il libro nella nostra libreria. Lo guarderò più tardi. Quando mi farà pensare a qualcosa oltre alle sue mani forti e ai suoi occhi penetranti. «Voglio fare un brunch con mia sorella.»

Lei sorride. «Vuoi farti una sveltina a casa sua.»

«No, Lizzy. Ho rotto il nostro fidanzamento ieri sera, e sua madre è in ospedale. Non è il momento per una sveltina. Ok?»

Mi sorella si affloscia sulla sedia. «Stavo solo scherzando.»

«Scusa, non ho dormito.»

«Allora per il brunch possiamo andare in quel posto che non chiede i documenti d'identità?» chiede lei.

«Neanche per sogno.»

―――

IL BRUNCH È TRANQUILLO. MANGIO UN PIATTO DI FRENCH TOAST ripieni e passo il pomeriggio a sonnecchiare con il mio album da disegno premuto sul petto.

Lizzy prepara la cena. Non è la migliore cuoca del mondo, ma nemmeno io.

Mangiamo in silenzio davanti alla TV.

Forse anche lei è sottosopra. La sua vita sarà presto diversa. Andrà a vivere su un'altra costa. In ambienti e con amici completamente nuovi.

Si rassegna a studiare.

Mi stendo sul letto con il mio album da disegno. Ho lavorato a tutti questi piccoli fumetti, quattro o sei o anche dieci vignette. Quando le stendo una a fianco all'altra, stanno bene insieme. Sono un po' come *Ghost World*, in realtà. Sono vignette sulla vita che si rifiuta di rimanere la stessa.

È stata una continua mutazione. Non è solo prima dell'incidente e dopo l'incidente. Ogni giorno è diverso. Ogni giorno io sono diversa. Incontrare Blake...

Ha solo accelerato le cose.

Comincio a lavorare su un altro fumetto da sei vignette. C'è così tanto che voglio catturare su carta, ma non sono ancora abbastanza brava.

Le immagini che ho in testa non mi vengono bene disegnate. Ho bisogno di allenamento. Ho bisogno di esperienza.

Non è troppo tardi per cambiare la mia decisione. Non è troppo tardi per prendere i soldi di Blake per pagare la scuola.

Ma mi sembra sbagliato. Ci sono altri modi. Borse di studio per studenti indigenti. Prestiti.

Lavorare mentre vado all'università pubblica part-time.

Tra controllare le scadenze scolastiche e lavorare al mio fumetto, perdo la cognizione del tempo.

Lizzy mi augura la buonanotte. Promette di venire a salutarmi prima di andare a scuola domani. Il telefono mi dà un avviso di batteria scarica. Vado a collegarlo quando vedo...

Blake: Kat, chiamami. Ho bisogno di parlare di Meryl.

È di appena un'ora o due fa e c'è anche una sua chiamata persa.

Compongo il numero di Blake e tengo il telefono all'orecchio. *Ti prego stai bene, ti prego stai bene, ti prego stai bene.*

«Kat» risponde lui. «Stai bene?»

«Sì. Puoi dirmi cosa sta succedendo?» Stringo le dita attorno al telefono. «Cioè, grazie per il libro.»

«Dovrebbe essere un regalo di nozze anticipato.»

«Anche se lo fosse.»

«Ti piace?» Percepisco vulnerabilità nella sua voce. Vuole davvero farmi felice.

«Moltissimo.» Mi schiarisco la gola, ma non serve a scacciare la sensazione di leggerezza che avverto in tutto il corpo. «Cosa sta succedendo con Meryl?»

Accordo Indecente

Gli si blocca il respiro. «Kat...» Ogni grammo di speranza drena dalla sua voce.

Mi si gela il sangue.

Blake è sconvolto.

Non è mai sconvolto.

Non c'è modo che vada a finire bene.

Parla con un filo di voce. «Torna a casa stasera.»

Faccio un respiro profondo ed espiro lentamente. «Cosa significa?»

«La passano all'assistenza domiciliare. Le restano solo pochi giorni.»

Cazzo. «Stai bene?»

Fa respiri pesanti. «E tu?»

Scuoto la testa. Qualcosa che lui non sentirà.

Una lacrima mi scende lungo la guancia.

Come può una cosa così inevitabile fare così male?

Meryl merita di meglio.

Merita di più.

È stata così gentile con me. Più gentile di chiunque altro da molto, molto tempo.

Mi asciugo gli occhi. «Me la caverò.»

«Andrà a casa sua, su al nord.»

«Oh, posso... non voglio intromettermi.»

«Le piacerebbe la tua compagnia.» La sua voce è di nuovo ferma.

Faccio un altro respiro profondo. «Prenderò il primo treno del mattino.»

«Parto tra un'ora. Vengo a prenderti.»

Il cuore mi batte all'impazzata. Riesco a fare un respiro affannoso. «Ok. Bussa quando arrivi. Lizzy dorme.»

«Certo.»

«Grazie.»

«Kat?»

«Sì?» mi si contorce lo stomaco.

«Andrà tutto bene.»

No invece, ma è dolce a mentire.

———

Bussano così piano che riesco a malapena a sentire. Che velocità. Ho fatto solo mezza valigia. I miei vestiti sono sparsi sul pavimento.

La mia testa...

È difficile per me. Come diavolo fa a resistere?

Vado in soggiorno e apro la porta.

Mi trovo davanti Blake, indossa dei jeans e una Henley blu. Come se questo fosse un appuntamento normale. Come se ieri non avessi rotto il nostro fidanzamento. Come se sua madre non stesse morendo.

I suoi occhi trovano i miei.

Entra e chiude la porta.

Ci siamo solo noi qui dentro. Lizzy è nella sua stanza, ma il resto del mondo sembra lontano.

Mi mette i capelli dietro l'orecchio.

Seguo il suo tocco mentre mi sfiora la guancia con le dita. È tenero e dolce, come se mi amasse davvero.

«Stai bene?» mi chiede.

«No.»

Blake mi abbraccia. Il suo corpo è caldo e duro, ma c'è qualcosa di morbido nel suo abbraccio.

Si avvicina di più.

Mi massaggia le spalle con il palmo della mano.

«Come diavolo fai a essere così calmo?» Gli tiro la camicia.

Lui mi passa una mano tra i capelli. «Non ho scelta.»

Faccio un respiro profondo ed espiro lentamente. So esattamente cosa intende. Farsi forza è l'unico modo per non cadere a pezzi.

«Lo fai anche tu.» Mi passa le dita sulla guancia. «Sei una persona forte.»

«Grazie.»

«Mi fa soffrire.» Ha un tono fermo. Piatto. «È solo che non lo do a vedere.»

«Non dai a vedere niente. Sei come un robot.»

Lui ride.

Oddio, quella risata.

Incrina il muro che ho eretto intorno al mio cuore.

Mi fa scaldare tutta.

E mi convince che andrà tutto bene. Un giorno. In qualche modo.

Blake fa un passo indietro. «Siediti.»

Obbedisco.

Mi versa un bicchiere d'acqua. Lo bevo avidamente. Mi sembra di avere sete da anni.

Lui si siede di fronte a me. Si china più vicino, i gomiti sulle ginocchia, il palmo della mano premuto contro la guancia. Mi fissa negli occhi. «Sei una ragazza molto dolce.»

«Ho ventun'anni. Non sono una ragazza.»

Atteggia le labbra a un mezzo sorriso. «Ti serve un po' di tempo?»

«Cinque minuti per fare i bagagli.»

Annuisce, allunga la mano e mi scosta i capelli dagli occhi.

Cattura una lacrima sul suo pollice.

Mi tremano le gambe. Grazie a Dio sono seduta. Ho le vertigini.

Il mio corpo cerca disperatamente il suo conforto.

Ma non siamo insieme. Non stiamo nemmeno fingendo di stare insieme.

Non posso chiederglielo. Non importa quanto io ne abbia bisogno.

Mi alzo a fatica e vado in camera mia. È in disordine, ma non troppo per una ventunenne.

Piego un altro paio di jeans, un'altra maglietta, un altro maglione. Calzini e biancheria extra. Ecco. È tutto.

Nel peggiore dei casi, be', nel migliore dei casi, posso tornare a prendere altre cose. Cavolo, Blake probabilmente ha chi se ne occupa.

Sento bussare piano alla porta.

«Entra» sussurro.

Lui entra nella stanza.

Il suo sguardo si focalizza sulla mia mano sinistra disadorna. Abbassa gli occhi. Quasi come se volesse davvero sposarmi. No, vuole sposarmi. Solo non per le ragioni giuste.

Si siede sul mio letto e indica il posto accanto a lui. È un letto piccolo e minuscolo, ma c'è abbastanza spazio per noi due.

Appoggio la testa sulla sua spalla. Lui mi fa scivolare il braccio intorno.

Le sue dita mi sfiorano la schiena.

Dio, quest'uomo è davvero rassicurante. Avremmo potuto avere un matrimonio perfetto, se non fosse per il piccolo problema che non mi amava.

«Stai soffrendo» dice.

Annuisco. «Mi spiace. È tua madre. Non è giusto che io reagisca così.»

Mi passa le dita tra i capelli.

Mi risveglia ogni nervo che ho in corpo.

Mi giro involontariamente verso il suo tocco. È la cosa più confortante del mondo.

«Ti posso distrarre.» Mi passa la punta delle dita sul collo. «Ma dovrai fare le cose a modo mio.»

Il suo respiro è caldo e umido.

Voglio il suo modo.

Voglio sentire qualsiasi altra cosa.

Il suo tocco è così morbido. I miei occhi si chiudono. Ho i nervi a fior di pelle. È un prurito e lui è l'unica cosa che può farmelo passare.

«Dovrai arrenderti completamente» dice.

Perfetto. Annuisco. «Per favore.»

Si alza e chiude la porta della mia camera da letto. Toglie di mezzo la mia valigia e controlla il letto. «Hai delle sciarpe?»

Ne prendo una dal comò e gliela porgo.

Blake tira indietro le spalle. «Togliti i vestiti. Tutti.»

Mi sfilo il maglione, la maglietta e i jeans. Ora ho solo il reggiseno e le mutandine.

Le pupille di Blake si dilatano. Si passa la lingua sulle labbra. Sgancio il reggiseno e lo faccio scivolare giù da una spalla, poi dall'altra.

Lui mi fissa il petto come se fosse folgorato, gemendo leggermente quando il reggiseno cade a terra.

Il suo sguardo ritorna ai miei occhi. C'è qualcosa nel suo sguardo oggi: urgenza. Anche lui ne ha bisogno. È uno sfogo anche per lui.

Mi si contrae il sesso mentre faccio scivolare le mutandine alle caviglie.

Blake mi fa un cenno *vieni qui*.

Cavolo, sì. Due passi e il mio corpo è premuto contro il suo. Sono in mostra per lui. Sono sua. Può usarmi come vuole.

Fa scorrere i polpastrelli dalla mia nuca al sedere. Il suo tocco è leggero e paziente. Molto, troppo paziente.

Mi bacia, facendomi scivolare lentamente la lingua in bocca.

Gli afferro le spalle, mi avvinghio al suo fianco con la gamba e gli gemo in bocca.

Blake mi sta baciando. Sembra la cosa più giusta. È difficile credere che ci sia così tanto di sbagliato in questa non-relazione.

Aggiusta le nostre posizioni in modo che io sia a mezzo metro dal muro. Non quello che ci separa dalla camera da letto di Lizzy. Quello che condividiamo con i vicini.

Blake mi posiziona un braccio, mettendomi il palmo piatto contro il muro. Fa altrettanto con l'altro braccio.

Mi cinge i fianchi con le mani. Mi spinge qualche centimetro più vicino. Il mio naso è a quindici centimetri dal muro. Ho a malapena spazio per respirare.

Mi mette la sciarpa intorno agli occhi, mi benda e fa un nodo stretto. È tutto confuso, ma percepisco ancora la luce nella stanza.

Ho freddo quando lui si allontana.

La luce cambia. Quella principale ora è spenta. È rimasta accesa solo la lampada sulla scrivania. C'è un movimento dietro di me. È Blake che si sta togliendo parte dei vestiti. Voglio disperatamente girarmi, strappare questa benda per poter godermi la vista del suo corpo stupendo.

Si avvicina. Mi raschia la schiena con le unghie, scorrendo lungo la spina dorsale. Mi affonda le dita nel culo con un gemito pesante. «Cosa vuoi?»

«Te.»

«Come?»

Quel fremito sotto il mio ventre si intensifica. Lo voglio in tutti i modi, compreso un milione di modi in cui non lo avrò mai. Ma non è questo che mi chiede. Non gli interessa se lo amo o no.

Non si tratta di amore.

Si tratta di scopare, punto e basta.

Premo i polpastrelli contro il muro per contenere la sensazione disperata che ho in corpo. «Dentro di me. Così in profondità da non riuscire a respirare.»

Blake geme mentre mi fa scivolare dentro due dita.

Premo i palmi delle mani contro il muro. Non è abbastanza. Non argina il piacere che mi scuote. Ingoio un gemito. Non sveglierò mia sorella. Non così.

Mi scopa con le dita.

Porta l'altra mano al seno e gioca con i capezzoli.

Premo la schiena contro il suo petto, assorbendo la sensazione del suo corpo contro il mio.

Questo è sesso. Solo sesso.

Ma è anche di più.

Vuole che mi senta bene. Fisicamente. Mentalmente. Emotivamente.

«Blake.» Sbatto la mano contro il muro. C'è una tensione profondissima e intensa dentro di me. È un'agonia perfetta.

Lui disegna dei cerchi intorno al mio capezzolo, un movimento che mi manda delle fitte al sesso.

Quasi...

Inarco la schiena, incuneando il mio corpo nel suo, spingendolo più a fondo.

Nel mio intimo si addensa la tensione.

Inarco la schiena.

Mi mordo il labbro.

Ecco.

Porto la mano alla bocca per soffocare i miei gemiti. Mi pulsa il sesso mentre vengo. Il piacere mi si diffonde in tutto il corpo. Scaccia tutte le nubi di tempesta nella stanza.

Blake mi appoggia le mani sui fianchi e mi mette in posizione.

Agito i fianchi quando mi entra dentro. È come se fossi a casa, come se fossi completa.

Blake avvicina la bocca al mio orecchio. «È bellissimo sentirti.» Geme affondandomi le unghie nei fianchi.

Spinge più a fondo. Più a fondo. Più a fondo.

Ansimo. È tanta pressione, così tanta che fa male. Ma è un bene di per sé.

Mi mette la mano sul bacino e mi tiene contro di lui. Tutto quello che posso fare è arrendermi alla sensazione di lui dentro di me fino in fondo.

Sono in preda a un vortice di piacere. «Blake» gemo. Libero la mente dai pensieri coscienti.

«Dimmi che sei mia» ordina.

«Stanotte» dico.

«Sempre.» Mi passa le dita sul clitoride mentre spinge dentro di me.

«Stanotte.» Mi tremano le gambe. Il respiro mi si blocca in gola. «Stanotte sono tua.»

Lui emette un gemito basso e pesante.

Si muove più forte. Più in profondità.

Inarco la schiena per andargli incontro, strofinando il clitoride sulle sue dita come se fossero il mio sex toy personale. Il languore che sento dentro si trasforma in estasi. Sono vicina.

«Non fermarti» gemo.

«Non ci penso nemmeno.» Mi afferra i capelli e mi tira la testa indietro, così ho il collo premuto contro la sua bocca. «Sei mia» mi ringhia contro il collo.

Stanotte. Stanotte sono sua. È l'unica cosa che voglio essere.

Mi afferra i fianchi e mi inchioda al muro. Giro la testa, inarcando la schiena per tenerlo dentro di me il più a fondo possibile.

Blake mi bacia. È duro, famelico, disperato. Mi geme in bocca.

Poi, mette le labbra sul mio collo e si muove più forte. Più in profondità.

Con le dita mi stimola il clitoride con lo stesso ritmo. Quasi. Quasi...

«Blake.» Gemo il suo nome mentre vengo.

L'orgasmo arriva tutto in una volta. Vado in caduta libera. Perdo la cognizione di tutto tranne che dell'estasi che mi si diffonde in corpo.

Lui non si ferma. Continua a strofinarmi. Continua a spingere dentro di me. Ci sono troppe sensazioni. Fa male da morire.

Blake mi mordicchia l'orecchio. «Cazzo. Kat.»

In fondo non è troppo. È perfetto. Questo orgasmo è veloce e intenso. Parte alto. Aumenta sempre di più. Sempre più teso.

Tutto si sfoga quando mi affonda le unghie nella pelle.

Vengo a ondate. Tremo. Perdo la presa sul muro.

Blake mi afferra e mi butta sul letto a faccia in giù. Mi aggrappo al piumone mentre lui mi apre le gambe e scivola dentro di me.

Stanotte è mio.

Mi inchioda al letto mentre mi scopa.

Qualche spinta con i fianchi e arriva, trema quando mi viene dentro.

Riprendo lentamente fiato.

Blake crolla accanto a me. Mi toglie la benda e mi prende tra le braccia.

Mi fissa con uno sguardo pieno di affetto.

Come se mi amasse davvero.

«Stai bene?» La sua voce è morbida. Dolce.

Annuisco. «Benissimo.» Almeno fisicamente.

Preme le labbra contro le mie.

Non è passione selvaggia e desiderio.

È bisogno. Amore. Qualcosa di simile all'amore.

Mi batte più forte il cuore. Mi sento calda dappertutto.

Mi illudo che sia vero. Mi aggrappo a ogni goccia del suo affetto.

«Odio metterti fretta, ma dovremmo uscire.» Mi scosta i capelli dagli occhi.

Faccio un cenno verso la porta. «Non mi hai mai lasciato quei cinque minuti.»

Scivola giù dal letto e aspetta in salotto.

Mi vesto e mi passo una spazzola tra i capelli.

Sopravvivrò alla prossima settimana, a qualsiasi costo.

Capitolo Trentaquattro

Niente limousine oggi. Blake guida una macchina sportiva nera. È immacolata dentro e fuori. Gli si addice perfettamente.

Sembra che volesse dare una settimana libera a Jordan.

Ma io non mi bevo questa storia.

Penso che volesse un po' di privacy.

Scommetterei fior di quattrini che nessuno ha mai visto Blake piangere, non da adulto, almeno.

Il viaggio è tranquillo.

A quest'ora, le strade sono vuote. Tutto è una macchia indistinta di asfalto e cielo.

Appoggio la testa contro la portiera del lato passeggero e guardo le stelle che ci passano sopra. Più ci allontaniamo dalla città, più sono luminose.

La periferia arriva di soppiatto. Sbatto le palpebre e siamo parcheggiati davanti alla casa di Meryl.

È strano. Questo posto è l'immagine della perfezione idilliaca. Non è il tipo di posto dove muore qualcuno.

Blake insiste per portarmi la valigia. Lo lascio fare.

È un gesto dolce. Ho bisogno del suo calore.

Entriamo in casa in silenzio. C'è una luce in cucina e un infermiere seduto al tavolo con una tazza di caffè. Fa un cenno a Blake come se si conoscessero.

«La signorina Sterling sta riposando» dice l'infermiere. «Ha chiesto di non essere disturbata fino alle otto di domani.»

«Grazie.» Blake posa la nostra valigia per terra vicino alla rampa delle scale. Si rivolge a me. «Stanotte starai nella stanza di Fiona. L'ultima a destra.»

«E Fiona?» chiedo.

«Arriverà domattina.» Mi scosta i capelli dagli occhi. «Puoi stare nella mia stanza quando arriva.»

Deglutisco a fatica. Condividere il letto con Blake è allettante. E pericoloso. Da lì a Sentiment City, quel posto orribile dove io sono pazza di lui e lui ci tiene a me, il passo è breve.

«Non posso cacciarti dalla tua stanza.» Mi infilo le mani in tasca.

«Insisto.» Con un cenno indica le camere da letto di sopra. «Lascia che metta via queste.»

Mi siedo al tavolo accanto all'infermiere e gli offro la mano da stringere. «Sono Kat.»

«Vincent.» Mi stringe la mano.

«Come vanno le cose? Sta bene?»

«Non posso parlarne.»

«Certo.» Riservatezza medico-paziente. Lo so. «Sei bravo a scacchi?»

«Per niente.»

«Nemmeno io. Potrei avere la possibilità di vincere una partita senza che l'altro parta svantaggiato.»

Vincent controlla il suo orologio. «Ci sto.»

Trovo il gioco e lo sistemo sul tavolo. Gli lascio perfino il bianco.

Vincent fissa la scacchiera per un minuto, poi muove uno dei suoi pedoni di due spazi in avanti. La maggior parte della sua attenzione è rivolta al suo caffè. Be', la maggior parte della sua attenzione è da tutt'altra parte.

Anche la mia, ma il gioco è una distrazione perfetta. Valuto ogni mossa come se fosse di importanza cruciale.

Le scale scricchiolano. Blake.

Si siede accanto a me e mi massaggia l'interno del polso con il pollice.

Il tocco di Blake è un conforto perfetto. Voglio arrendermi al suo tocco. Voglio assorbirlo tutto.

Ma non posso. Non se lui non mi amerà mai.

Vinco io. A dire il vero, Vincent non ci ha nemmeno provato. Ma una vittoria è una vittoria.

Vincent si scusa, prende un'altra tazza di caffè in cucina e va ad aspettare in soggiorno.

Blake prende posto e prepara un'altra partita. «Hai bisogno di un drink?»

Scuoto la testa.

Giochiamo in silenzio. Niente svantaggio della regina. Al suo posto Blake scarta una torre.

Tengo gli occhi sulla scacchiera invece di guardarlo. C'è troppo nella sua espressione. Mi colpisce nel profondo.

Blake mi dà scacco matto. Ovvio.

«Ne facciamo un'altra?» chiede.

Annuisco. Mi concentro sui miei pezzi. Sono piccole cose di plastica, economiche e fragili. Questo è uno di quei set di scacchi che si comprano al supermercato per cinque dollari, ma io non sono il tipo che ha bisogno di dare un prezzo a tutto.

Questo set di scacchi è una distrazione inestimabile.

Ne vale la pena.

Sono più aggressiva in questa partita. Cominciamo a mangiarci i pezzi. Ignoro la mia eterna contemplazione della strategia e faccio la prima mossa che mi viene in mente. È puro istinto.

«Scacco» dice Blake.

«Cosa?»

«Mi hai fatto scacco» dice lui. «Non te ne sei accorta?»

Abbasso lo sguardo sulla scacchiera. Porca puttana. Come ho fatto a non accorgermene?

«Non mi avrai così facilmente, Wilder.» E ride.

Cazzo. Quella risata. Mi fa tremare le ginocchia. Mi fa agitare lo stomaco. Mi fa sentire *tutto*.

Muove la sua regina davanti al suo re. Ovvio che lo stupido re sacrifichi sua moglie. Stronzo.

Be', quel che è giusto è giusto. Gli mangio la regina. «Scacco matto.»

«Ora stai prestando attenzione.»

«Ero troppo concentrata per prestare attenzione a te e al modo in cui sacrifichi le mogli.»

«Dal punto di vista tattico era la mossa migliore.» La sua voce è allegra, scherzosa.

«Tu fai sempre la mossa migliore, vero?»

Mi prende la mano. «Non se è una pessima mossa a lungo termine.»

«Ma è sempre così, è sempre strategia.»

«Sono scacchi.»

«Ma è sempre strategia con te.» Sfilo la mano e la metto in grembo. «Vogliamo giocare di nuovo?»

«Kat.»

«No. Hai ragione. Sono solo scacchi.»

«Ripensaci.» Mi fissa negli occhi. «Non dobbiamo affrettare le cose.»

«Sì, certo, basta che io lo dica a tua madre domani.»

«Non è questo.»

Allunga il braccio, ma io respingo la sua mano.

Ricambio il suo sguardo. «Non sposerò qualcuno che non mi ama.»

Lui non dice niente.

«Buonanotte, Blake.» Mi alzo dal tavolo e salgo le scale senza guardarlo nemmeno una volta.

La periferia è tranquilla. Perfino a casa nostra, a Brooklyn, New York è rumorosa. Ci sono taxi, pedoni, treni della metropolitana che rimbombano sottoterra.

Qui fuori, non c'è niente. Nemmeno un ventilatore come rumore di sottofondo.

Mi giro e mi rigiro. Non riesco a dormire. Non avrei dovuto passare il pomeriggio in uno stato di semi incoscienza.

Sento bussare piano alla mia porta.

Mi alzo dal letto e apro.

Sulla soglia c'è Blake in pigiama. Sembra normale. No, sembra ferito. Bisognoso di attenzioni.

«Vieni in camera mia» sussurra.

«Non è una buona idea.»

«Fallo lo stesso.» Fa scivolare la mano intorno alla mia vita e mi tira più vicino. «Non dovresti dormire da sola.»

«Non dovrei dormire con te.»

Preme le labbra sulle mie. «Allora non dormire.»

Mi sento avvampare. È un argomento convincente.

Ma non posso.

Mi alzo in punta di piedi e premo le labbra sulle sue. «Mi dispiace. Per tutto.» Faccio un passo indietro.

Lui annuisce capendo.

Eppure, mi si spezza il cuore quando chiudo la porta e mi rimetto a letto da sola.

―――

Ancora una volta, mi sveglio da sola.

La stanza è illuminata. In casa si sente il brusio di conversazioni.

Mi lavo i denti, mi cambio e mi dirigo giù. La cucina e il soggiorno sono vuoti. La conversazione dev'essere nella stanza di Meryl.

Mi verso una tazza di caffè e salgo le scale.

Busso piano.

Meryl risponde. «Entra, cara. Attenta a dove metti i piedi.»

Apro la porta. La stanza è piena di gente. Un'infermiera, non Vincent ma una donna sulla trentina, è nell'angolo a sostituire una flebo. Blake è seduto su un pouf. Ha un aspetto perfetto, come sempre.

L'infermiera fa un segnale a Meryl e sgattaiola fuori dalla stanza.

Meryl accarezza la mano di Blake. «Vai a fare colazione.»

«Sono a posto» dice lui.

«E fatti una doccia, già che ci sei.» Fa un gesto come se pensasse che Blake puzzi. «Giusto, Kat?»

«Assolutamente.»

Lui la bacia sulla guancia. «Ti do un'ora. Ti voglio bene.»

«Ti voglio bene anch'io» risponde lei.

Strano, non avevo mai sentito nessuno della famiglia Sterling usare queste parole.

Suonano bene.

Mi sposto di lato per lasciare a Blake spazio per passare. Il suo corpo sfiora il mio, risvegliando tutti i miei nervi stanchi.

Gli rubo il pouf. «Come ti senti?»

Meryl fa cenno alla flebo. «Benissimo. Questa dev'essere morfina per metà. Sto molto bene.»

Mi lascio sfuggire una mezza risata e un mezzo gemito. Bevo un lungo sorso di caffè per darmi il tempo di pensare. «La tua stanza è davvero pulita.»

Lei ride. «Quando si dice guardare il lato positivo. Mi piace questo di te, Kat.» La sua voce si ammorbidisce. «Sei così dolce a venire a trovarmi.»

Fa per prendere il mio caffè e io glielo porgo.

«Anche se lo fai per il sesso.» La sua espressione si riempie di gioia mentre sorseggia il suo caffè. «Dimentichi le piccole cose della vita. Sono quelle che contano: il sapore di una buona tazza di caffè, la gioia di fare sesso con qualcuno di cui sei innamorata pazza.»

Divento paonazza in viso. «Santo cielo.»

Lei ride. «Credimi, tesoro. La vita si muove molto velocemente. Sei stata impegnata a sopravvivere, lo so, ma non puoi dimenticare le piccole cose.»

«Per favore, basta parlare di sesso» dico.

Lei mi restituisce la tazza di caffè. «Ok, parliamo dei ciliegi in fiore in primavera. Devono piacerti davvero tanto per incentrarci la programmazione del tuo matrimonio.» Giunge le mani. «Hai ripensato all'idea di sposare Blake?»

«Suppongo che sarebbe così se ci fosse mia madre: mi darebbe il tormento per sapere quando mi sposo.»

Meryl sorride. «Mi piacete insieme, ma devi seguire il tuo cuore. Avrei dovuto farlo io. Non avrei mai sposato Orson.»

«Non lo amavi?» chiedo.

«No. Pensavo di amarlo. Ma erano gli ormoni a parlare.» Guarda fuori dalla finestra verso il cielo azzurro. «Forse hai ragione a restare della tua idea.»

«Sono sicura che Blake sarà felice.» Stringo più forte la tazza. «Spero che sarà felice.»

«Mi fai una promessa, tesoro?»

«Non finché non so di cosa si tratta» dico.

La sua espressione si fa seria. «Concedi un'altra possibilità a mio figlio.»

«Meryl.»

«Uscite insieme una sola volta. Una possibilità di cambiare idea.»

«Non è davvero giusto che tu me lo chieda.» Fisso la mia tazza di caffè. «Non è che posso dire di no.»

«Come ti ho detto, devi afferrare quello che vuoi e tenertelo stretto.» Si appoggia allo schienale del letto. «Allora, Blake mi ha detto che stai facendo domanda di ammissione a diverse scuole. Voglio sapere tutto.»

Le racconto ogni singolo dettaglio: le scadenze, i requisiti del portfolio, le diverse città dove potrei andare a finire. Le dico persino che non ho alcuna possibilità di pagare senza una borsa di studio.

Lei ascolta e mi dà risposte sagge. È bello avere qualcuno che si prende cura di me. Anche se non ci sarà ancora per molto.

Non ci fermiamo finché non arriva Fiona. Mi scuso e passo il resto della mattinata a lavorare su un'altra vignetta.

Capitolo Trentacinque

Meryl ci manda a pranzo in un ristorante vicino, insistendo che ha bisogno di tempo per parlare da sola con il suo avvocato.

Fiona si scusa e scompare nella sua auto.

Io e Blake mangiamo in un ristorante vicino che fa parte di una catena. Onestamente, non mi gusto niente. Non sono nemmeno sicura di cosa stia mangiando.

Torniamo a casa mano nella mano. Blake mi stringe le dita fino a farle diventare bianche.

Studio la sua espressione, ma non mi aiuta a capire cosa pensa. Come sempre.

A casa, Meryl sta sorseggiando un caffè sul divano con Fiona.

Mormora qualcosa sul fatto che non vuole consumarsi a letto. Facciamo tutti finta che non ci abbia ricordato che sta morendo.

Passiamo il pomeriggio tra torta e caffè, e ricordi di tempi più facili.

Meryl tira fuori tutti i momenti imbarazzanti dell'infanzia di Blake e Fiona. La stanza s'illumina di risate.

Il sole tramonta. Ordiniamo la pizza. Mi gusto tutto. I pomodori piccanti, il formaggio appiccicoso, la crosta croccante. Una perfetta pizza newyorkese. E un vino rosso corposo per accompagnarla.

Meryl manda via l'infermiera del turno di notte, chiedendole di aspettare nello studio. Riordina i pezzi degli scacchi.

«Hai voglia di perdere contro tua madre?» chiede a Blake.

«No, ma potrei sopportare l'idea di distruggerla» scherza lui.

«Ti darò una possibilità di vincere e prenderò il nero.»

Blake ride.

Mi scalda ancora.

Blake è felice.

E c'è amore intorno a noi. È bello. Dolce.

Meryl vince tutte le partite. Restiamo a quel tavolo a parlare e a ridere fino a fare le ore piccole. Perfino Fiona è gentile con me. Nessun segno che voglia ancora liberarsi di me.

Meryl mi abbraccia per la buonanotte. «Qualsiasi cosa succeda, tesoro, è stato bello conoscerti.»

So che se n'è andata appena mi sveglio. C'è qualcosa di diverso nell'aria, una brutta quiete.

Mi tolgo di dosso il piumone e mi precipito in corridoio. Blake e Fiona sono seduti al tavolo di cucina. Lei sta piangendo con la tazza di caffè in mano e lui la sta confortando.

Stringo il corrimano. «Ha... è...?»

Blake alza lo sguardo verso di me. Annuisce. «È morta verso le cinque di questa mattina.»

Mi si contorce lo stomaco. Pianto le unghie nel corrimano. Piccole scaglie di legno si staccano sotto le mie unghie.

Meryl non c'è più.

Mi sforzo di respirare. Non è così difficile come pensavo. Era felice. Era in pace.

E, qualunque cosa accada, è stato bello conoscerla.

Andrà davvero tutto bene.

Capitolo Trentasei

È tutto confuso.

Blake si occupa dell'organizzazione.

Mi siedo sul divano, fisso il mio album da disegno come se mi potesse offrire conforto. Me ne offre, ma non è abbastanza.

Fiona è a pezzi. Rimane nella sua stanza così che nessuno la veda piangere. È una strategia ammirevole.

Io riesco a dormire un po'.

La mattina riesco a fare un po' di colazione. A bere un po' di caffè. A indossare il vestito nero che ho portato per l'occasione.

Riesco persino ad ascoltare qualche elogio funebre.

Meryl mi ha detto di trovare quello che voglio e di prenderlo, perché nessun altro me lo avrebbe dato. Perché quello era l'unico modo per ottenerlo.

Ci devo provare. Glielo devo.

―――

Un uomo in giacca e cravatta mi batte un dito sulla spalla. È sulla cinquantina. Ha un aspetto modesto come il suo completo.

«Signorina Katrina Wilder?» chiede.

Annuisco.

«Lei è uno dei beneficiari nominati nel testamento della signorina Sterling. Venga con me per favore.»

«Sì, certo.» Piano piano i miei sensi afferrano la situazione. Sono uno dei beneficiari designati. Questo significa che Meryl mi ha lasciato qualcosa nel suo testamento.

Seguo l'avvocato attraverso un corridoio affollato, fino a un ufficio sul retro dell'edificio.

Blake e Fiona sono già dentro.

Fiona non porta la fede.

Forse è contenta del divorzio. Deve sapere che è quello che voleva sua madre.

Gli occhi di Blake catturano i miei. Fissano i miei. Esigono tutto quello che ho da dare.

Deglutisco a fatica. «Ciao.»

Lui annuisce di rimando. «Ciao.»

L'avvocato si schiarisce la gola. «Signorina Wilder, si sieda per favore.» Fa cenno alla sedia vuota.

Mi siedo.

Lui si agita dietro la scrivania e tira fuori un contratto. «Signor Sterling, signora Crane.»

«Signorina Sterling» lo corregge Fiona.

«Certo, signorina Sterling. Voi sapete che vostra madre ha destinato la maggior parte del suo patrimonio in beneficenza.»

Annuiscono *naturalmente*.

«Ma c'è stato un cambiamento dell'ultimo minuto» dice lui. «Per aggiungere la signorina Wilder come beneficiaria.»

«Cosa?» Fiona spalanca gli occhi. Guarda Blake, *davvero?*

Lui fa spallucce, *come faccio a saperlo?*

«Signorina Sterling, sua madre le ha lasciato la casa. Con alcune istruzioni.» Legge un passo del testamento. «Dio sa che Blake non mi riempirà la casa di bambini. Fiona, tesoro, è tua. Goditela. Trova un uomo nuovo, uno un milione di volte migliore del tuo futuro ex marito e riempila d'amore.»

Fiona si asciuga gli occhi. «Grazie, Larry.»

L'avvocato, Larry, credo, annuisce. «Signor Sterling. Temo che Meryl non le abbia lasciato nulla di valore materiale. Solo il set di scacchi.»

Fiona ride, ma non in modo compiaciuto. È più come se apprezzasse quanto significasse per loro.

«Signorina Wilder...» mi guarda negli occhi. «Mi lasci leggere questo paragrafo.» Larry guarda il testamento. «Alla mia nuova amica Katrina Wilder lascio duecentomila dollari. Tesoro, spero che userai quei soldi per studiare all'università, ma sono tuoi. Vai a prendere quello che vuoi.»

Ho un tuffo al cuore.

Duecentomila dollari. Non può essere.

«Signorina Wilder.» L'avvocato mi fissa. «Sta bene?»

Devo essere arrossita. Devo essere paonazza.

Tutti mi stanno fissando.

E io non respiro.

Sono...

Duecentomila dollari.

È ridicolo.

È una fortuna.

È tutto.

Mi sforzo di fare uscire le parole dalle labbra. «Può leggermelo di nuovo?»

L'avvocato comincia. «Sono duecentomila dollari, Katrina.»

Duecentomila dollari. Tutti i soldi che mi servono per il college.

Larry continua. «Posso elencarvi gli enti di beneficenza e i relativi lasciti, se volete.»

«No, grazie.» Fiona si alza, lisciandosi il suo perfetto tailleur nero. «Dovrei andare a casa per la commemorazione.» Guarda Blake. «Tu vieni?»

«Ci vediamo là.» Aspetta che Fiona se ne vada e poi si rivolge a me. «Stai bene?»

Mi sistemo il vestito. «Starò bene. E tu?»

«Anch'io.» Si alza e mi porge la mano. «Possiamo parlare?»

Gli prendo la mano. «Ok.»

Blake saluta l'avvocato con un cenno del capo e mi accompagna fuori dalla stanza.

Andiamo alla tavola calda dietro l'angolo. È un posto da fast food. Divanetti in finta pelle. Pavimento di piastrelle a quadretti. Grandi piatti di uova fritte, frittelle di patate e pancetta.

Blake mi tiene la porta aperta. Indica un tavolo con lunghi divanetti rossi.

È l'alternativa migliore a tirare fuori una sedia. È davvero un gentiluomo.

In qualche modo, lui non sembra fuori posto qui. Anche nel suo completo da duemila dollari.

Fa un cenno al tizio dietro al bancone come se fossero vecchi amici.

Mi stringo il cardigan sul petto.

Mi guarda negli occhi. «È l'abito da sera invernale di cui parlavi?»

Annuisco. «È una strana occasione per indossarlo.»

«Sì, ma ti sta bene.»

«Il mio petto?»

Fa una risata triste. «Sì, ma anche il resto. È...»

«Bello e discreto?»

«Ti sei già stancata dei miei cliché. Siamo praticamente sposati.»

Faccio una risata nervosa. Libero le posate dal tovagliolo e gioco con la forchetta. «È strano indossare un vestito da sera a un funerale.»

«No. Non per la mamma. Le sarebbe piaciuto molto quel vestito.»

«Per via delle mie tette?»

«Sì. Ma perché è bello. Perché è per una festa. È quello che voleva lei. Voleva che celebrassimo la sua vita invece di piangerla.»

«Lo dicono in tanti.»

Lui annuisce.

«Ma in realtà non funziona mai così.»

«No. Non funziona così.»

Il nostro cameriere ci interrompe. «Cosa posso portarvi?»

«Caffè» dice Blake. «E la tilapia special.» Fa un mezzo sorriso. «La migliore tilapia del mondo, se vuoi mangiare pesce.»

Il tizio annuisce *puoi dirlo forte*.

«Mi avete convinto.» Gli passo il mio menu. «E un tè freddo.»

«D'accordo.» Il cameriere si rivolge a Blake. «Mi dispiace tanto per Meryl.»

«Grazie» risponde Blake.

«Era una gran donna.»

«Già» fa Blake.

Il tizio se ne va, scuotendo la testa come se non riuscisse a sopportare quanto sia ingiusta la vita.

Piego il mio tovagliolo a triangolo. «Era una gran donna.»

Blake sorride. Sorride davvero. Non è esattamente gioia. È più come se stesse assaporando i ricordi di sua madre.

Mi sento anch'io così. Fa un male cane il fatto che se ne sia andata. Sono passati tre anni dalla morte dei miei genitori, e fa ancora male.

Ma ho più del dolore in pancia.

Ho ricordi felici ovunque.

Negli ultimi tre anni, ho messo da parte tutto ciò che riguardava i miei genitori, il dolore e la gioia.

Non posso più farlo. Ho bisogno di sentirlo, tutto, anche se fa male tanto quanto è bello.

Le dita di Blake mi sfiorano il palmo della mano. «Stai bene?»

«Starò bene.» Mi metto le mani in grembo. «Mi dispiace che tu l'abbia persa.»

«Anche a me.»

Blake si perde a pensare a qualcosa.

Gioco con l'orlo del mio vestito per mantenere l'attenzione sul presente. Questa potrebbe essere l'ultima volta che vedo Blake. Me ne ricorderò.

«Resta con me stanotte» dice. «Torno all'attico dopo la commemorazione.»

Sostengo il suo sguardo. È come se mi guardasse dentro.

Di solito mi fa sentire a disagio. Sotto osservazione. Ma non oggi. Non mi dà fastidio. Mi sembra giusto.

È come se mi vedesse davvero. Kat. Non la Super-fidanzata, ma la ragazza sotto il trucco, la tinta e i vestiti eleganti.

Lo guardo a mia volta, cercando di trovare l'uomo sotto il vestito costoso e l'espressione impassibile. Ci sono accenni di lui. Sta soffrendo, e non solo per sua madre.

Per una volta, riconosco la sua espressione.

Si sente solo.

Faccio un respiro profondo, soppesando le mie opzioni. «Starò bene.»

La sua facciata si incrina. «Lo so. Ma io no.»

«Oh.» Mi batte forte il cuore.

«Non voglio restare da solo.» Scuote la testa «Stronzate. Preferisco stare da solo che con chiunque altro.» Preme il palmo della mano contro il tavolo. «Voglio stare con te stanotte.»

Oh, mio Dio. Faccio un respiro profondo ed espiro lentamente «Intendi per…» deglutisco a fatica. «… fare sesso? O per qualcos'altro?»

«Qualsiasi cosa tu voglia.» Stringe le labbra. «Purché io possa passare questa notte con te.»

Mi aggiusto il vestito. Non mi rende le cose più chiare.

Sta soffrendo e voglio scacciare il suo dolore. Voglio aiutarlo come posso.

Voglio essere confortata anch'io.

Fisso di nuovo quei penetranti occhi azzurri. «Ok.»
Fa un forte sospiro di sollievo. «Grazie.»
«Non significa niente. Non stiamo insieme.»
Lui annuisce. «Certo.»
«Ecco a voi.» Il cameriere ci mette sul tavolo i nostri drink. «Lo zucchero è in fondo al tavolo.» Si volta e se ne va.

Bevo un lungo sorso del mio tè freddo.

Forse Blake si sta ammorbidendo. Forse prova affetto per me. Ma non è abbastanza.

Voglio stare con qualcuno che sia follemente, ardentemente innamorato di me. Non solo qualcuno che mi trova una piacevole compagnia.

Blake mescola il suo caffè nero. Beve un piccolo sorso. I suoi occhi si concentrano su di me. «Ho promesso una cosa a Meryl quella prima mattina.»

«Ti sei offerta tu o te l'ha chiesto lei?»

«Me l'ha chiesto lei.»

«C'era da aspettarselo.» Una risata gli sfugge dalle labbra. Scuote la testa come se non riuscisse a credere a quanto fosse ridicola. «Non devi mantenere quella promessa.»

«Non sai cos'è.»

«Fa lo stesso.»

«Voglio mantenerla.» Faccio un respiro profondo. «Le ho promesso di darti un'altra possibilità. Uscire una sola altra volta.»

Qualcosa gli passa in volto. Preoccupazione. Si sposta leggermente indietro. Avvolge le dita intorno al caffè. «Spero che questa non conti.»

Scuoto la testa. «Sarebbe terribilmente di cattivo gusto farlo il giorno del suo funerale.»

«Le sarebbe piaciuto.»

«Le sarebbe piaciuto se ti avessi sposato senza un accordo prematrimoniale, se avessi divorziato e avessi ottenuto metà della tua roba.»

Ride di nuovo. Una bella risata che gli fa incurvare le labbra in un sorriso. Getta indietro la testa. Sbatte le mani contro le cosce.

La sua risata è ancora la cosa migliore che io abbia mai sentito.

«No» dice Blake. «Le sarebbe piaciuto molto.»

«Le hai detto del nostro accordo?»

«Lo hai fatto tu.»

Mi manca il fiato. Come diavolo fa a saperlo?

«Non c'è problema» dice lui. «Alla fine, è stato meglio così. È morta pensando che qualcuno ci tenesse a me. È quello che volevo.»

«Giusto. Certo.» Mi concentro sul tè freddo. Che qualcuno ci tenesse. Che io ci tenessi a lui. Se questa è la storia che vuole raccontarsi, va bene. «Cosa le hai detto esattamente?»

Mi guarda negli occhi. «Che ci tenevo a te e che volevo che tu fossi felice.»

Ecco di nuovo quella parola. *Tenere*. Dio, che brutta parola. È la parola peggiore del dizionario.

«Domani» dice. «Per il nostro appuntamento. Possiamo iniziare domattina.» Mi guarda attentamente. «Se non hai altri impegni.»

Questa è un'altra battuta. Credo. Non è per niente bravo a fare battute, ma mi piace.

Annuisco. «Domani va benissimo.»

Capitolo Trentasette

L'appartamento di Blake sembra diverso dall'ultima volta. È più freddo. Più spartano. Più funzionale.

Questa potrebbe essere l'ultima volta che vedo questo posto.

O lui.

Chiude la porta e fa scattare la serratura. «Ci sono dei vestiti nella stanza degli ospiti, se vuoi cambiarti.»

«Vestiti in generale o i miei vestiti?»

«Ashleigh li ha scelti per te.»

«No. Sto bene così.» E non voglio proprio indossare i vestiti che ha scelto la sua assistente. Serve solo a ricordarmi la natura strettamente affaristica del nostro accordo.

«Hai fame?»

«Un po'.»

«Preparo qualcosa.» Va in cucina.

Faccio un giro nello scarno soggiorno. Quest'unica, enorme stanza dev'essere di mille metri quadrati. Dio, questo posto deve costare una fortuna.

È molto a cui rinunciare per una cosetta come l'amore, ma non ho dubbi.

Un appartamento per quanto fantastico non è niente in

confronto a quella perfetta e sicura sensazione delle braccia di qualcuno intorno a te.

Accidenti. Sto diventando romantica. Ma almeno so cosa voglio.

Accetterò solo che Blake sia follemente innamorato di me.

Studio ogni angolo della stanza. Il morbido divano di pelle. La TV a schermo piatto. Le grandi finestre trasparenti da cui si va in balcone. La libreria di ciliegio nell'angolo. È piena di file e file di romanzi di fantascienza. Non ne ho letto nessuno, ma riconosco alcuni nomi.

Lo scaffale in basso è diverso. È pieno di romanzi a fumetti usciti direttamente da un elenco di titoli consigliati: *Blankets*, *Fun Home – Una tragicommedia familiare*, *Smile*, *Il blu è un colore caldo*.

Come direbbe Lizzy, roba noiosa da ragazze.

Esattamente quello che mi piace leggere.

«Quelli sono per te.» La sua voce mi arriva nelle orecchie.

Mi giro per guardarlo in faccia. È in cucina e sta versando del whisky in un bicchiere con del ghiaccio.

Annuisco. «Grazie.» Mi batte più forte il cuore. Sono libri, non una dichiarazione d'amore. Ma sono molto.

Lui mi capisce.

Sa cosa voglio.

Vuole rendermi felice.

Forse è capace di amarmi.

Improvvisamente, il mio vestito nero mi sembra scomodo.

Non sono in lutto per questa relazione. Non stasera. Non domani.

Questa è la nostra ultima occasione. Questo significa che è anche la mia ultima possibilità. Queste potrebbero essere le mie ultime ventiquattr'ore con Blake. Ho intenzione di godermele.

«Scusami.» Vado nella stanza del sesso (sono sicura che Blake la chiama la sua stanza degli ospiti, ma siamo seri) e mi cambio mettendomi una canottiera, i pantaloni del pigiama e una felpa.

Sono tentata di soffermarmi qui. Mi è familiare. Cavolo, questa è certamente la stanza dove ho i ricordi più positivi.

Chiudo gli occhi. Mi soffermo sui ricordi del suo corpo che si unisce al mio, delle sue labbra sulla mia pelle, del suo ringhio che vibra lungo il mio collo. Il Blake che capisco. Che mi capisce. Che mi dà esattamente ciò di cui ho bisogno.

Ma in fondo capisco questo Blake.

E lui capisce me.

E vogliamo renderci felici a vicenda.

Scaccio il pensiero e vado nella stanza principale.

Blake è in pigiama. È ancora strano, vederlo disinvolto e rilassato. Blake in maglietta e pantaloni a quadri è assurdo. Anche se sembra comunque un dio del sesso.

Indica il tavolino con un cenno. C'è un piatto di frutti di bosco e cioccolato fondente. E due bicchieri. Uno ambrato. Uno chiaro.

«Gin e cioccolato?» Vado sul divano.

Lui si siede accanto a me. Le sue dita mi sfiorano la guancia. Il mento. «Preferisci il whisky?»

Scuoto la testa.

Prende il mio drink e me lo porge. È proprio come la prima volta. Il tocco delle sue dita mi accende.

Mi avvicino di più, finché i lati esterni delle nostre cosce sono premuti l'uno contro l'altro.

Mi fa scorrere le dita sulla schiena, premendomi il cotone morbido della felpa contro la pelle. Mi appoggia la testa nell'incavo del collo. Mi mette le braccia intorno alla vita.

Cazzo. Mi si agita lo stomaco. Mi si indeboliscono i muscoli. Questo è esattamente il mio posto. Tra le sue braccia. Nel suo appartamento. Nella sua vita.

Ma non se è la sua vita. Solo se è la nostra.

Il respiro di Blake mi scalda l'orecchio. «Grazie.»

«Per cosa?» Stringo le ginocchia. Non serve ad arginare l'elettricità che mi scorre dentro. Voglio il suo corpo, sì, ma come qualcosa di più di una scopata. Come tutto.

«Per essere qui.»

«Certo.» Voglio essere qui. Non c'è una sola parte di me che voglia essere altrove.

Tracanno metà del mio gin tonic in un solo sorso. Fresco, con quel pizzico di pino.

«Kat.»

Prendo un lampone e me lo caccio in bocca. È perfezione dolce aspra.

«Stai bene?»

«Sì.»

Si gira verso di me e mi passa i polpastrelli sul mento, inclinandomi il viso in modo che ci guardiamo negli occhi. «Sei sicura?»

No, per niente. Ma sono sicura di voler stare qui. «Guardiamo un film.»

Lui mi guarda di rimando. I suoi occhi si riempiono di affetto genuino. «Tutto quello che vuoi.»

«È un po' sciocco» dico.

«È la stessa cosa che hai detto del tuo libro preferito.» Mi scosta i capelli dagli occhi. «Perché sei imbarazzata dalle cose che ti piacciono?»

«Non mi imbarazzano.» Gioco con la cerniera della felpa. «È che sono cose personali.» Arrossisco. Questo è davvero personale. Ma voglio che lo sappia. Voglio che sappia tutto di me. «*Matrix*.»

Blake ride. «Ti rendi conto con chi stai parlando?»

«Sì, mi rendo conto che possiedi un'azienda informatica e pensi di essere un nerd. Ma non è questo che è personale. Non mi interessa poi tanto il film.» Finisco l'ultima metà del mio drink. «Era la cosa che io e Lizzy guardavamo quando uscì dall'ospedale. Avremo guardato l'intera trilogia venti volte. Lei adora quei cazzo di film. Qualsiasi film in cui i robot cercano di assoggettare l'umanità, lei ci va a nozze. *Galactica* è di gran lunga il suo programma preferito.»

«E tu?» chiede.

«Io tifo per i robot.» Metto il mio bicchiere sul tavolo. Bene.

Risponderò alla domanda che mi stava davvero facendo. «Non è il mio film preferito, ma è la cosa più confortante che posso guardare. Mi dà una sensazione di... di amore.»

Mi passa una mano tra i capelli e la poggia sulla nuca. Con l'altra, mi inclina il mento così che siamo faccia a faccia.

La sua voce è morbida. Dolce. «*Matrix* è il mio film preferito.»

«Davvero?»

Lui annuisce.

Deglutisco a fatica.

Ho visto *Matrix* venti volte. Di più. Sembra un film su dei ribelli che combattono contro un mondo onirico inventato.

Ma non è così.

Parla d'amore.

L'amore è la cosa che risolve tutto.

L'amore è la cosa che salva il mondo.

L'amore è la cosa che conta.

Capitolo Trentotto

Mi addormento sul divano e mi sveglio nel letto di Blake.

Lui è dietro di me, con il braccio appoggiato sul mio punto vita.

È così diverso dall'ultima volta che sono stata con lui. Quando mi svegliai da sola, mi sentii fredda e vuota.

In questo momento, sono al caldo. Tutto il fottuto mondo è caldo.

Chiudo gli occhi. Un altro minuto per sentire le sue braccia intorno a me.

Faccio del mio meglio per scivolare fuori dal letto senza svegliare Blake. Sembra tranquillo con gli occhi chiusi e il petto che si alza e si abbassa lentamente.

Vado in bagno senza far rumore e mi lavo i denti. Sento qualcosa in camera da letto. Poi dei passi. Blake bussa piano.

Io farfuglio un *entra*.

Lui apre la porta. Ha i capelli davvero in disordine. E sembra davvero stanco.

Un sorriso mi incurva le labbra.

Lui fissa gli occhi su di me. «Per cos'è quello?»

Sputo una boccata di dentifricio. «Per te.»

«Ti rendo felice?»

«A volte.»

«Voglio renderti felice.»

Mi giro verso il lavandino e mi sciacquo la bocca. Non so cosa pensare delle sue parole.

Si avvicina. Aspetta che io sia diritta e poi mi cinge con le braccia.

Gli appoggio la testa sul petto. Mi passa una mano tra i capelli.

È caldo.

Confortevole.

«Rilassati. Preparo la colazione» dice.

«La prepari tu?»

«Sì.»

«Tu? Non il tuo assistente o un cuoco o una cameriera?»

Lui ridacchia. «Sei al limite dell'offensivo.»

«Ti lasci offendere?»

«Solo dalle persone a cui tengo.» Prende lo spazzolino da denti. «Preparo una colazione fantastica. Ti rimangerai quelle parole.»

«O sarò troppo occupata a mangiare quel cibo delizioso?»

Lui ride. «È una pessima battuta.»

«È per questo che ti si addice.» Faccio un passo indietro. «Senza offesa.»

«È bene conoscere i propri punti di forza e di debolezza.» Si volta di nuovo verso il lavandino.

Vado in soggiorno, prendo il mio album da disegno e mi butto sul divano. Ho bisogno di catturare tutti i pensieri che mi frullano per la testa. Per prima cosa, il funerale. Sei vignette. A partire da una bara chiusa. È un po' scontato, ma è necessario.

Poi Blake, seduto su una sedia da quattro soldi con addosso il suo abito costoso, gli occhi rivolti per terra, l'espressione triste.

E io dietro, che sto pensando di andare da lui.

Una ripresa in soggettiva di lui in piedi.

Lui sul podio.

Le parole *Lei era tutto*.

«Mi piaci persa nei tuoi pensieri.» Blake si china per darmi un bacio sulle labbra.

Sa di dentifricio alla menta.

«Non ci sei abituato?» chiedo.

«Mi piace comunque.» Fa un passo verso la cucina. «Vuoi un caffè?»

«Sì, grazie.»

Si dirige in cucina. Mi volto di nuovo verso il mio disegno.

Piano piano, l'odore del caffè riempie la stanza. Quella miscela francese alla vaniglia. Quello che ha bevuto dopo la piscina. Non riesco nemmeno a sentire l'odore di vaniglia senza pensarci.

Cerco di catturare la notte scorsa in una vignetta, ma non so da dove cominciare. Dalla tavola calda? Dal viaggio fino a qui? Dal mio corpo premuto contro il suo sul divano?

Come posso mettere tutti i sentimenti che nutro per lui in quattro o dieci o anche cento vignette?

L'odore di peperoni rossi e olio d'oliva riempie la stanza.

Rinuncio a disegnare e vado in cucina.

Blake mescola le verdure in una padella. Rompe le uova in una ciotola di plastica pulita, le sbatte, le versa nella padella.

È un bravo cuoco.

Almeno a giudicare dall'odore di quella frittata.

Si volta di nuovo verso di me. Mi passa le dita tra i capelli. Mi guarda come se fossi il segreto per avere tutta la felicità del mondo. «Panna e zucchero?»

«Sì grazie.» Mi alzo in punta di piedi per baciarlo. È così normale. Così domestico. Così dolce.

È perfetto.

Riempie due tazze e in una aggiunge panna e zucchero quanto basta.

Gli rubo il caffè e ne bevo un lungo sorso.

È perfetto.

E mi fa pensare a lui. Alla vaniglia sulle sue labbra. Mi perdo a guardare nella tazza. E nei miei pensieri. Sono passati meno di due mesi, ma mi sembra un'eternità. Sono stata davvero io a imbattermi in Blake? Mi sembra che fosse una persona completamente diversa.

«Ecco.» Blake mi mette un piatto davanti. Una frittata, avocado, due dozzine di lamponi.

«Grazie.» Mi siedo al bancone. Ha un odore paradisiaco, ma mi costringo a mangiare lentamente.

Mmmh. Uova soffici. E sono fresche. Non sapevo nemmeno che le uova potessero sapere di fresco.

I peperoni sono croccanti. I pomodori sono dolci.

«Lo ammetto. Sei un bravo cuoco.» Mi infilo in bocca un altro boccone di frittata.

Blake si siede accanto a me. Mette un boccone in bocca, con pazienza.

Mi scruta.

Cerco di rallentare.

«Non devi farlo.» Sorseggia il suo caffè. «Mi piaci incasinata.»

Mi pulisco la bocca con un tovagliolo. «È difficile da credere.» Indico l'appartamento perfettamente pulito.

«Chi dice che lo voglio così?»

«Scommetto venti dollari che spendi un bel po' per tenerlo così pulito.»

Lui ridacchia. «Vero. Ma è troppo pulito. Ne ho avuto abbastanza del pulito.» Mi fissa di nuovo negli occhi. «Ne ho avuto abbastanza di cose senza complicazioni.»

Deglutisco a fatica. «Oh?»

«Ti ricordi quello che ho detto la prima sera nel mio ufficio?»

«È stato molto tempo fa.»

Mi passa il pollice sul mento per raccogliere una goccia di caffè. «Quando sei con me, non ti mancherà nulla.»

Comincio a sentirmi calda. Mi costringo a concentrarmi di nuovo sulla colazione. «Non mi è mancato nulla.» Quasi nulla.

C'è una cosa che non può darmi, ma Blake è sempre stato chiaro sul fatto che l'amore è fuori questione.

Finisco le uova e il caffè, poi attacco coi lamponi.

Blake mi osserva. Mi ruba un lampone dal piatto e se lo mette in bocca.

Ah, è un gioco che si può fare in due.

Gli rubo una fetta d'arancia dal suo piatto e la divoro. Il succo mi cola dalle labbra. Dal mento. Mi finisce sul petto.

Blake ride. Raccoglie il succo col pollice e se lo porta alle labbra.

Mi fissa negli occhi mentre si succhia il dito.

Non dovrebbe essere sexy, ma lo è.

Scivolo giù dallo sgabello e mi metto di fronte a lui.

Lui mi preme una mano sulla schiena. Mi mette l'altra tra i capelli.

Mi bacia con forza. Come se non ne avesse mai abbastanza.

No. Non come.

Non ne ha mai abbastanza.

Io nemmeno.

Non riesco ancora a dirlo a parole. Non sono mai state il mio forte.

Ma così, con il mio corpo contro il suo, posso dirlo così.

Ti amo.

Sii mio.

Sii mio per sempre. Per davvero. Per tutto.

Gli tiro la maglietta. Gli faccio scivolare la lingua in bocca.

Non è abbastanza.

Ho bisogno di più.

Ho bisogno di tutto.

Blake scende dallo sgabello. Preme il suo corpo contro il mio.

Mi rilasso tutta.

Questo è esattamente dove dovremmo essere. Felicità domestica e sesso e amore e tutto il resto. Nella sua cucina. Nell'appartamento che può essere nostro. In una vita che può essere nostra.

Mi fa scivolare le mani sotto il sedere e mi solleva sull'isola della cucina.

Gli avvolgo le gambe intorno.

Mi toglie la canottiera da sopra la testa.

Non mi stuzzica oggi. Porta le mani ai miei seni e mi massaggia i capezzoli con i pollici.

Mi sta dando quello di cui ho bisogno.

Lo bacio più forte.

Inarco la schiena per strofinare l'inguine contro il suo.

Gli passo le dita tra i capelli, tenendogli la testa contro la mia, lasciando che *tutto* si riversi da me a lui.

Quando interrompe il nostro bacio, sto tremando.

Gli sfilo la maglietta da sopra la testa. «Adesso. Per favore.»

Lui annuisce mentre mi tira i pantaloni del pigiama.

Metto le mani dietro la schiena, sollevando i fianchi in modo che lui possa sfilarmeli.

Mi cadono fino alle ginocchia. Alle caviglie.

Li scalcio via dai piedi.

Lui si toglie i pantaloni.

Siamo nudi in cucina.

Ma non mi sento esposta.

Mi sento vista. Come se in qualche modo stessi per avere entrambe le versioni di Blake.

Come se potessimo sempre capirci così bene.

Gli affondo le mani tra i capelli e lo tiro giù per baciarlo.

Lui mi mette le mani sui fianchi e mi guida in posizione.

La sua erezione punta su di me.

Lentamente, mi entra dentro.

Cazzo.

Avvampo tutta.

Ma è più che desiderio. Sono tutt'uno con lui. Con lui, e non con l'animale sessuomane. Questo è il Blake con gli occhi azzurri tristi e la risata da cardiopalma e la tendenza ad allontanarsi.

Lui è mio.

E io sono sua.

E ha senso.

Il mondo ha senso.

Lui ricambia il mio bacio.

Dondolo i fianchi all'unisono con i suoi. Prendo tutto quello che ha da darmi. Offro tutto quello che ho da dargli.

Quasi...

Ecco.

Quando spinge di nuovo, vengo. Il mio sesso pulsa intorno a lui. Gli affondo le unghie nella pelle, attirandolo più vicino, facendolo mio.

Lui geme di nuovo contro la mia bocca.

Mi tira più vicino mentre spinge dentro di me.

Poi arriva, mi tiene stretta mentre pulsa dentro di me.

Mio.

Rimaniamo abbracciati l'uno all'altra per molto, molto tempo.

Ed è davvero perfetto.

Come se fossi esattamente dove devo essere.

Capitolo Trentanove

Dedico la giornata a Blake.
Girovaghiamo per il Met tutta la mattina, pranziamo alla caffetteria, girovaghiamo per il parco tutto il pomeriggio.

Sembra primavera. Sole giallo splendente, aria frizzante, erba verde, fiori che sbocciano in un'esplosione di colori.

Il mondo è sveglio e vivo.

E lo sono anch'io.

Questo è quello che voglio. Tutto ciò che voglio.

Camminiamo per il parco finché il tramonto non vena il cielo di arancione.

Blake si ferma su una panchina e mi tira in grembo. Preme le sue labbra sulle mie.

È morbido. Dolce. Perfetto.

Quando ci interrompiamo, mi sforzo di tenere lo sguardo sul cielo.

Si rifiuta. Il suo viso è un milione di volte più affascinante. Quei suoi occhi azzurri sono bellissimi. E sono carichi di mille emozioni.

Avvicina il viso. Con una mano mi preme tra le scapole. Con l'altra mi mette i capelli dietro le orecchie.

«Vieni a Parigi con me.» Ha un tono vulnerabile. Come se la mia risposta avesse il potere di farlo a pezzi. «Possiamo passare la settimana a fare sesso. Possiamo andare in ogni museo d'Europa. Ho già annullato gli altri impegni.»

«Viene comodo?»

La sua espressione rimane morbida. «Non è questo.» Mi passa i polpastrelli sulla guancia. «Voglio andarci con te. Voglio passare la settimana con te.»

Comincio a sentire un tenero tepore. Inizia in petto e mi arriva nelle viscere. Faccio un respiro profondo. Tutto questo è molto vicino a ciò che voglio.

Ma non è abbastanza.

«E poi cosa?» chiedo.

«Poi staremo insieme.» La sua voce è dolce. Sincera. «Mi piace averti intorno.»

«Tutto qua? Ti piace avermi intorno?» Gli affondo le dita nelle spalle. Mi costringo a guardarlo negli occhi.

Le sue dita mi sfiorano la guancia. «Ci tengo a te, Kat.»

Quella parola mi fa accapponare la pelle. *Tenere*. Deglutisco a fatica. «È tutto qui?»

«Saremmo felici.»

Può darsi. Ma non è abbastanza.

Mi passa la mano tra i capelli. Mi calma e mi accende allo stesso tempo. È tutto.

Ma non è abbastanza.

«Io sono innamorata di te, Blake.» Cerco di sembrare sicura di me mentre parlo. «Sono follemente innamorata di te, e questo mi fa impazzire. Non riesco a mangiare o a dormire. Non riesco a pensare a nient'altro. Non riesco nemmeno a disegnare qualcos'altro. Ci provo, ma in qualche modo tutto torna a te.»

Lo fisso negli occhi, cercando di trovare qualche reazione. C'è solo una cosa che riesco a vedere, e non è amore. Non è gioia che glielo sto finalmente dicendo.

Ha paura.

Ha paura dei miei sentimenti.

«Kat.»

«Ho capito che non credi nell'amore. Che non credi di esserne capace. Qualunque cosa sia, ok. Se è davvero così che ti senti, ok.» Stringo il tessuto del suo maglione. «Ma non posso stare con te se non mi ami. A meno che tu non sia follemente innamorato di me.»

Fa per toccarmi la guancia ma lo fermo.

«Non farlo.» Lo fisso negli occhi, ma non mi aiuta a capire cosa stiamo facendo qui. «Non devi rispondere adesso. Puoi pensarci su.»

«Kat.» La sua voce sprofonda.

Faccio un bel respiro. «Se sei innamorato di me, allora verrò a Parigi con te. Verrò ovunque con te. Ma così o niente, Blake. Non posso stare con qualcuno che non mi ama.»

Cerco di alzarmi dalla panchina, ma lui mi trattiene. Si aggrappa alle mie spalle, in qualche modo è dolce e dispotico allo stesso tempo.

Cerco di muovermi di nuovo, ma lui mi stringe più forte.

«Non si può negoziare» dico.

«Ci tengo a te.»

«E non è abbastanza.» Spingo contro il suo petto, ma non serve. Va bene. Tanto vale usarla questa volta. «Scacchi.»

Mi lascia andare immediatamente.

Prendo la mia borsa dalla panchina. Do un'altra occhiata a Blake, a quegli occhi stupendi, impossibili da decifrare.

Non c'è niente che io possa dire, non resta nient'altro da fare.

Mi allontano camminando all'indietro. I suoi occhi sono ancora su di me, ma non si oppone. Non mi chiede di restare.

Deglutisco a fatica. «Ci vediamo in giro, immagino.»

Mi giro e corro. Corro finché il parco non è una macchia confusa. Finché non sono seduta su una metro diretta a Brooklyn.

Capitolo Quaranta

Lizzy mi abbraccia appena arrivo a casa. Non ho bisogno di uno specchio per sapere che ho il dolore stampato in faccia. Non ho modo di nasconderlo. Sto scoppiando.
«Stai bene?» mi chiede.
Scuoto la testa e abbraccio mia sorella un po' più forte.
«Vuoi parlarne?» mi chiede.
«Sì.» Per una volta, voglio davvero confidarmi.
Parliamo per ore. Racconto a Lizzy tutto quello che è successo con Blake negli ultimi due mesi. Le dico del testamento, di Meryl, di dove mi iscriverò a scuola.
Lei ascolta con grande attenzione. Mi confessa che Stanford era stata la sua prima scelta, che aveva sempre avuto intenzione di andarci ma aveva troppa paura di dirmelo.
La mando a letto poco dopo mezzanotte. Domani *ha* scuola. Lei borbotta qualcosa sul fatto che ha già dato buca a scuola per il mio finto matrimonio e che non mi lascerà da sola.
Comunque, mi dirigo verso la mia stanza. Disegno invece di dormire.
Tutto è Blake. O qualcosa che ha a che fare con Blake. È ancora l'unica cosa a cui riesco a pensare.

E non è che posso dare la colpa a lui. È sempre stato chiaro riguardo alle sue intenzioni. Ha sempre mantenuto la sua parola.

Cavolo, non è che abbia detto di no. Non è assoluto. C'è ancora una possibilità. Una piccola possibilità, ma è qualcosa.

Lizzy rimane a casa da scuola. Io rimango chiusa nella mia stanza, alternando pisolini e schizzi.

Spengo il telefono. Non riesco a gestire un *non ti amo, mi dispiace*. Ho bisogno di più tempo per leccarmi le ferite prima di aprirmi a questa possibilità.

All'ora di pranzo, Lizzy bussa per chiedermi se ho mangiato. Quando dico di no, porta formaggio grigliato e zuppa di pomodoro. Proprio quello che mamma faceva sempre nei giorni di pioggia. Immergo il panino nella zuppa in modo che assorba il ricco sapore del pomodoro.

Lizzy si siede sul mio letto e mi guarda attentamente. «Allora, stavo pensando...»

«Sì?» Mi infilo in bocca un altro boccone di buon formaggio.

Lei cerca davvero di mostrare entusiasmo. «Il giardino botanico è già prenotato per noi domani. Forse dovremmo andarci. Potrebbe essere carino.»

Carino non è la parola giusta. Per niente.

La fisso, cercando di capire perché lo stia suggerendo.

Non è da lei.

La facevo più intelligente. Non ho bisogno che mi ricordi che Blake era disposto a impegnarsi in una vita senza amore con me.

Lizzy giocherella con i suoi jeans. «Kat. So che sei arrabbiata, ma tu adori il parco. Ci sono passata ieri ed è bellissimo. Devono essere gli ultimi giorni in cui gli alberi sono in fiore. Sono così rosa e così pieni. Vuoi davvero perdertelo?»

Maledizione. Conosce il mio punto debole. «Ok.»

«Bene» e sorride.

È un sorriso eccessivo. Come se avesse un asso nella manica.

Si alza dal letto. «Ti lascio lavorare.» Chiude la porta quando esce.

Dalla sua stanza rimbomba della musica, ma giuro che sento delle voci. Come se fosse al telefono con qualcuno.

Come se stesse pianificando qualcosa.

Capitolo Quarantuno

È una bella giornata. Il cielo è azzurro e cristallino. L'aria è tiepida. Il sole splende sul prato.

I fiori di ciliegio sono perfetti. Rigogliosi, rosa e vivi.

Lizzy parla con la donna al banco d'ingresso. C'è un cartello che dice *Parco chiuso per evento privato*. Siamo noi l'evento.

La donna annuisce e sorride. È quel sorriso da *oh mio Dio, congratulazioni*.

Mi fa star male.

Apre il cancello e ci fa entrare.

Per fortuna, non dice niente sul fatto che non siamo vestite da matrimonio.

Lizzy ha una strana espressione in viso: è nervosa.

È strano.

Lizzy non si innervosisce mai. Almeno, non mi fa mai capire che è nervosa.

Attraversiamo il giardino di rose, il suo preferito. Rose di ogni tonalità di rosso, rosa e viola. Controlla se non c'è nessuno e coglie una rosa rosso intenso.

«Lizzy!»

«È per te.» Mi porge il fiore.

«Stai deturpando un bene pubblico per me?»

«Capisci adesso quanto ti voglio bene?»

«Che dolce.» Rido. Mi fa sentire bene. È ancora possibile sentirsi bene. È qualcosa.

Lizzy mi afferra la mano libera e corre in avanti. «Meglio arrivare a quei ciliegi in fiore.»

Ok, ci dev'essere qualcosa sotto. Odia correre con tutta se stessa.

Sono solo poche centinaia di metri da dove siamo agli alberi.

Da vicino sono ancora più belli. I morbidi petali cadono a terra svolazzando e fanno diventare l'erba rosa.

«Um, Kat.» Lizzy si schiarisce la gola. «Allora...»

Sì, c'è decisamente qualcosa sotto.

Seguo il suo sguardo attraverso gli alberi, fino all'altra sponda del lago, fino al posto dove avremmo dovuto celebrare la cerimonia.

Blake.

È là in piedi. Sono troppo lontana per vedere l'espressione del suo viso, ma sembra che abbia in mano un mazzo di fiori.

Mi batte forte il cuore. Non può essere qui. Non può essere...

Se è qui per liquidarmi gentilmente...

Deglutisco a fatica.

I miei piedi si muovono da soli. Mi portano di là dal ponte, oltre le lanterne di carta appese tra gli alberi, sul cemento.

È a sei metri di distanza. Cinque. Quattro. Ha una mano infilata nella tasca dei jeans. Nell'altra tiene un mazzo di rose rosse. Indossa una maglietta a maniche lunghe. Ha un'aria disinvolta. Il tipo è un artista dell'impassibilità. Questo glielo concedo.

È terribilmente bravo a farmi impazzire. Gli concedo anche questo.

Fa un cenno al bouquet. «Questi dovrebbero essere per tua sorella. Mi ha aiutato lei a organizzare tutto questo.»

«C'era da aspettarselo.»

Blake lascia cadere i fiori per terra. «Kat.» Si passa una mano tra i capelli. Gli si imporporano le guance.

Blake Sterling è nervoso.

È adorabile.

«Parlavi sul serio quando hai detto quelle cose su Parigi?» chiede.

«Sì.» Ho lo stomaco sottosopra. Questo deve significare... Lui... Io... Noi... Faccio un respiro profondo. Non posso eccitarmi troppo. Non quando potrebbe distruggermi.

Mi prende le mani e mi strofina il pollice sulle dita. Mi guarda negli occhi. «Ti amo, Kat Wilder. Sono, come hai detto tu, follemente innamorato di te.»

Mi tremano le ginocchia, ma riesco a resistere.

«Ti penso in continuazione. Sto male quando non ci sei. Mi manca qualcosa. All'inizio ero confuso. E io non mi confondo facilmente.» Mi stringe le mani. «Ho provato a lavorare di più, ma non è servito. Non riuscivo a smettere di pensare a te.»

Un petalo gli si posa sui capelli. Glielo tolgo e gli passo le dita tra i capelli.

Un sorriso gli incurva le labbra.

Mi fa ancora sciogliere.

È ancora tutto.

«Ho cercato di negarlo. La possibilità di non vederti più mi ha ferito nel profondo come non era mai successo prima. Sarebbe stato il peggior errore della mia vita.» Mi mette la mano in vita e mi abbraccia. «Ti amo.»

Mi avvinghio alle sue spalle. Qualcosa che mi aiuti a stare in piedi. Blake mi ama. Blake mi ama. Blake mi ama.

Sono la ragazza più fortunata di tutto il mondo, cazzo.

«Anche io ti amo» dico.

Le sue labbra trovano le mie.

È focoso come tutti gli altri nostri baci, ma non è solo passione. Tutto il suo amore si riversa in me. Tutto il mio amore si riversa in lui.

Lui è mio.

E io sono sua.

Ed è perfetto.

«Ora, che ne dici di Parigi?» chiede.

«Una promessa è una promessa.»

Strillo quando mi stringe tra le braccia. Siamo solo noi nel parco ora. Lizzy non si vede da nessuna parte. È già tornata a casa.

Il parco è nostro.

Il mondo è nostro.

«Quanto manca alla partenza del volo?» chiedo.

«Tre ore.» Mi preme le labbra sul collo. «Ma il jet privato dovrebbe essere pronto appena arriviamo.»

«Chissà cosa faremo per tre ore» dico.

Lui mi stringe. «Sai esattamente cosa faremo.»

Incontro il suo sguardo. «Dillo di nuovo.»

«Ti amo, Kat Wilder.»

«Ti amo, Blake Sterling.»

Epilogo: Parte Uno

Sono solo due viali e tre fermate di metro dalla Columbia all'attico. Appena il tempo di sentire il dolce sollievo dell'aria condizionata prima di essere di nuovo in strada.

Corro su per i gradini della metropolitana. Cazzo. Fa caldo. Davvero caldo. Ma non mi dà fastidio.

Il mio primo giorno di università è finito. La parte relativa agli studi, almeno. Il dipartimento d'arte della scuola ha apprezzato così tanto il mio portfolio che mi ha offerto un posto nella classe autunnale. Una borsa di studio completa, addirittura. I soldi di Meryl sono ancora al sicuro sul mio conto, per i tempi bui.

Dio solo sa che presto ci sarà molto buio. La città non si ferma mai. Se non è il caldo, è la pioggia, la neve, il vento. Eppure, non la cambierei per niente al mondo.

Due isolati e sono nell'atrio con la sua santa aria condizionata. Mi asciugo il sudore dalla fronte mentre aspetto l'ascensore.

Non sono il ritratto dell'eleganza, ma a questo punto non ho niente da dimostrare.

«Buon pomeriggio, signorina Wilder.» La guardia mi saluta con la mano. «Come sta sua sorella?»

«È in California. È orribile.»

Lui scuote la testa. Solo un newyorkese nato e cresciuto a New York può davvero capire. Chi potrebbe lasciare la città più bella degli Stati Uniti per la California?

Le porte dell'ascensore si aprono. Entro e passo la tessera magnetica per accedere al piano attico.

Gli specchi riflettono il mio trucco da corsa. Ho fatto del mio meglio con il trucco per ottenere un effetto cat-eye da studentessa, ma la maggior parte si è sciolta. Non importa. L'unica cosa che voglio, oltre a un bicchiere d'acqua fredda, è una doccia.

Ding. Metto piede in corridoio e cerco le chiavi nella tasca anteriore dello zaino. È stupido che questa porta si chiuda. L'unico modo per arrivare al piano è con una tessera magnetica. Una serratura è eccessiva. Tre serrature sono una follia.

Ma fa tanto Blake.

Ecco. Infilo la chiave nella porta, giro la serratura ed entro.

È buio.

Le luci sono spente.

Le tende sono tirate.

Che succede?

Qualcosa mi sfreccia accanto e rimbalza sul muro. Qualcosa di piccolo. Un tappo di sughero.

Le tende si aprono.

Blake è in piedi davanti alla finestra con in mano una bottiglia di champagne da cui esce un sacco di schiuma. Ora mi spiego il tappo.

Lui indica il soffitto. Ci sono alcune dozzine di palloncini blu e bianchi. I colori della Columbia. C'è uno striscione appeso nel lunghissimo soggiorno. *Congratulazioni, Kat.*

E, oddio, indossa una di quelle stupide canotte da uomo che lasciano scoperte le spalle e la schiena. Blu, con la scritta Columbia a grandi lettere bianche.

Mi becca a fissarlo. «Se pensi che sia una figata, dovresti vedere i boxer abbinati.»

«Ah, sì?»

Annuisce, si avvicina di tre passi, prende i calici di champagne sul tavolino e me ne porge uno.

«Non sei contenta di aver iniziato l'università all'età giusta per bere alcolici?» chiede.

«Tu ti sei laureato troppo giovane per bere alcolici.»

«Non paragonarti a un vecchio.» E sorride.

«Vecchio a ventisei anni?»

«Antico.» Mi toglie lo zaino dalle spalle e lo mette vicino al divano. «Ti fanno male le spalle per aver portato in giro quel coso?» Mi passa un dito sul braccio.

Sento una scossa di desiderio. Quelle sono dita incredibili. Mi schiarisco la gola e riprendo il controllo dei sensi. «Più che altro il collo.»

Mi massaggia il collo con il palmo della mano. Mi traccia la scollatura della canottiera con l'altra mano. «Non mi piace che indossi questa a lezione.»

«Ti sentiresti meglio se ci scrivessi sopra *Proprietà di Blake Sterling*?»

«Sì.» Mi preme le labbra sul collo. «Ma suppongo che tu non me lo stia offrendo.»

«Beh, forse se non avessi comprato la canotta.»

Ride. È una risata di cuore. Da quando siamo volati a Parigi insieme, ho sentito spesso quella risata.

La sento ogni giorno e mi fa ancora sciogliere. È ancora il suono più dolce di questo mondo del cazzo.

Mi preme le labbra sul collo e gli sfugge un gemito.

Ok, questo suono ci va molto vicino. Molto, molto vicino.

Bevo un sorso del mio champagne. Le bolle dolci e fruttate mi scivolano in gola. Accidenti. È buono. Vuoto il bicchiere tutto d'un fiato.

Blake lo appoggia sul tavolino. Mi scosta i capelli in disordine dagli occhi. «Ti ho preso una cosa.»

Resisto alla voglia di applaudire. I regali a sorpresa sono sempre una così bella, be', sorpresa. «Fammi vedere.»

Ride. Il sorriso gli va da un orecchio all'altro. Strizza gli occhi. Gli viene la fossetta sulla guancia. Scuote la testa come se fossi semplicemente ridicola e prende un regalo incartato dalla libreria.

Me lo porge. «Ti piacerà.»

«Non dovresti dirlo.»

«Non dovresti dire *fammi vedere*.»

«Oh, adesso usi le mie stesse parole contro di me, vero?» Tolgo l'involucro dal regalo. È un romanzo a fumetti. *Falling Petals*. Petali caduchi. Lo stesso titolo che ho dato al mio progetto del portfolio. E l'immagine di copertina è uno dei miei disegni. Un autoritratto.

Proprio dove dovrebbe esserci il nome dell'autore c'è scritto *Kat Wilder*.

Merda. Sono io l'autore. Questo è il mio progetto del portfolio, l'ultima versione.

«È un prototipo» dice lui. «Ti piace?»

Devo essere rimasta a bocca spalancata. È un prototipo del mio progetto di portfolio, e sembra un vero romanzo a fumetti. È bellissimo.

Sfoglio le pagine. È impaginato alla perfezione. Ogni vignetta è ombreggiata con un colore diverso e ognuna è impeccabile, vivida o tenue com'era nel mio disegno originale.

Butto fuori tutta l'aria che ho nei polmoni. «Mi piace da morire.»

«Ha lo scopo di ispirarti.»

Sfoglia le pagine, passando alla vignetta su Blake, be', ispirata a Blake. Tecnicamente è tutta finzione.

Arriva a una pagina in cui i due personaggi stanno per fare sesso. «Di sicuro ispira me.»

«Pervertito.»

Blake indica la vignetta in fondo alla pagina, quella dove la porta della camera da letto si chiude. «Crudele da parte tua non far vedere ai tuoi lettori cosa succede.»

«Ma davvero?»

Accordo Indecente

Lui annuisce. «Sadico, direi.» Mi mordicchia l'orecchio mentre posa il libro sul tavolino.

«Non è quel tipo di storia.»

«Potrebbe esserlo.» Si fa strada lungo il mio collo. Passa i polpastrelli sopra la vita dei miei pantaloncini di jeans.

«Ehi, Sterling. Se dobbiamo farlo, lo faremo a modo mio.» Ecco, gli rinfaccio le sue stesse parole. Anche se ho una vera passione per quelle parole. E per il suo modo.

Lui si tira indietro, aggiustando la canotta della Columbia come se fosse il mio bravo allievo. «E qual è il tuo modo?»

Metto la mano sul fianco. «Togliti i vestiti.»

«Dove l'ho già sentito?»

«Non farmelo chiedere due volte.» Mi sforzo di non fare una risatina. Non ce la faccio.

Ma lui mi asseconda comunque.

Blake si sfila la canotta dalla testa. La luce della finestra gli scorre sul corpo evidenziando tutte quelle linee profonde e perfette. È cesellato. Sembra una statua.

Si sfila i pantaloncini e si tira i boxer. Indica un'etichetta sul fianco. Columbia.

Mi sfugge una risata dalle labbra. «Questa è vera dedizione. Ma toglieteli.»

Fa scivolare i boxer fino alle ginocchia.

Oh, diavolo, sì.

Gli faccio cenno *vieni qui*. «Toglimi i miei adesso.»

Lavoriamo insieme. Sollevo le braccia mentre lui mi sfila la camicia da sopra la testa. Dimeno i fianchi mentre lui fa scivolare i miei pantaloncini fino ai piedi. Fa scorrere i polpastrelli sui miei polpacci, sull'esterno cosce, sui fianchi, sullo stomaco, sulla schiena.

Vibro tutta di desiderio.

A modo suo o a modo mio, lo faremo.

«Non ti ho detto di farlo» gli dico.

Mi sgancia il reggiseno e me lo toglie dalle spalle. Fa scorrere le dita sui seni. Mi disegna pigri cerchi intorno ai capezzoli.

«Dovrei darti una sculacciata per aver disobbedito ai miei ordini» dico.

«Dovresti.» Mi spinge le mutande fino alle ginocchia, mi afferra il sedere e avvicina i nostri corpi.

Il suo uccello mi preme contro il bacino. Mi alzo sulla punta dei piedi così mi preme contro il clitoride.

Oh, cavolo sì.

Blake mi bacia. È duro e famelico e dolce tutto in una volta. Con un singolo movimento fluido, mi solleva. Con le gambe mi avvinghio ai suoi fianchi. Gli metto le braccia intorno al collo. Mi porta al muro e mi ci preme contro. Sì, sì. Oh, cavolo, sì.

«Tieniti bene.» Mi bacia con forza.

Mi affonda le unghie nelle natiche mentre aggiusta la mia posizione. Un delizioso accenno di dolore. Quanto basta perché sia bello. Per attirare tutta la mia attenzione.

La sua punta mi entra dentro. È ancora bello come la prima volta. Come tutte le volte.

Non mi stancherò mai di scopare quest'uomo.

Bacio Blake, tenendomi stretta più che posso mentre lui spinge dentro di me.

Sì, sì. Oh, cavolo, sì.

Mi sbatte contro il muro, dondolando dentro di me sempre più forte, sempre più forte, sempre più forte.

Ecco. Perfetto. Mi affonda le unghie nella pelle, spostandomi i fianchi in modo che ogni spinta vada più in profondità. Il mio petto nudo è premuto contro il suo. È bellissimo sentire i nostri corpi uniti. Stiamo così bene insieme.

È perfetto.

Mi fa scivolare la lingua in bocca, esplorandola come se lo affascinasse ancora. Io faccio altrettanto. Dio sa che mi affascina ancora. Voglio sapere tutto quello che c'è da sapere su Blake: sulla sua mente, sul suo cuore, sul suo corpo. Specialmente sul suo corpo.

Gli affondo le unghie nella schiena, e lui geme contro la mia bocca. Gli stringo le gambe intorno ai fianchi, dondolandomi contro di lui. Il clitoride scivola sul suo osso pubico. È un attrito delizioso.

Il piacere mi turbina dentro. La tensione cresce. Cresce.

Allontano le labbra, inclino la testa all'indietro, gemo il suo nome.

La spinta successiva mi spinge oltre il limite. L'estasi mi invade. È ovunque, tutto intorno a me. Vado in caduta libera.

Blake mi stringe più forte.

Gli si blocca il respiro mentre si muove più veloce, più forte. Stringe le palpebre. Gli sfuggono dei gemiti dalle labbra.

È quasi arrivato.

Mi stringe più forte. Mi preme contro il muro.

Ecco.

Un orgasmo lo travolge. Geme, mi pianta le dita nella pelle mentre mi viene dentro.

Crollo tra le sue braccia. Mi tiene ancora stretta, premendomi contro il muro. Divincolo le gambe e metto i piedi per terra.

Blake mi passa le dita sul mento, inclinandolo per guardarci negli occhi. «Ti amo.»

Premo le labbra sulle sue. «Anch'io ti amo.»

Dopo la cena al ristorante thailandese in fondo alla strada, saliamo in limousine.

Blake prende una benda dalla tasca dello schienale e me la mette sugli occhi. «La prossima destinazione è una sorpresa.»

«Che tipo di sorpresa?»

Mi bacia il collo. «Non quel tipo. Non ancora.»

Mi appoggio allo schienale. Ok, la nostra destinazione è una sorpresa e non passeremo il viaggio a fare sesso. «Vuoi darmi un indizio?»

«No.»

Scuoto la testa. «Sei così difficile. Non dovrei stare qui a sopportarti.»

«Non dovresti.»

«Perché lo faccio?»

«Per il mio corpo.»

Rido. «Non per i tuoi soldi?»

«No. È per il sesso.»

«Aiuta.»

«Aiuta soltanto?»

«Si dà anche il caso che ti adoro.»

«Non quanto io adoro te.»

Blake si mette sul sedile accanto a me, facendo scorrere i polpastrelli su e giù lungo il mio interno coscia, proprio sotto l'orlo della gonna.

Molto vicino.

Faccio un gridolino quando la limousine si ferma e lui allontana la mano.

«Puoi toglierla» dice.

Mi sfilo la benda dalla testa, la butto da una parte e scendo dalla limousine.

Siamo a Midtown, davanti a un grattacielo. L'Empire State Building. Oggi è blu e bianco.

«Per il tuo primo giorno di università» dice. «Tutta la città ti sta festeggiando.»

«Sta festeggiando l'università, e ieri era viola per l'Università di New York.

Mi prende la mano e mi conduce dentro. È passato l'orario per visitare la terrazza panoramica, ma una cosetta come questa non fermerebbe mai Blake. Saluta con un cenno la guardia ed entra nell'ascensore.

«Se non sbaglio, non soffri di vertigini» dice.

«Per niente.» Niente è più bello dell'eccitazione che si prova a stare tra le nuvole.

Sventola una tessera magnetica e preme il pulsante per

andare alla terrazza panoramica. Non mi chiedo nemmeno più come faccia a fare queste cose. È un trucco da ricchi.

È proprio come quando ero bambina. L'ascensore fa così tanti piani così velocemente che mi scoppiano le orecchie. Deglutisco tre volte per stapparle. Ah. Finalmente.

Le porte si aprono e usciamo. La terrazza panoramica è completamente vuota, tranne che per una guardia di sicurezza solitaria in un angolo.

Spingo le doppie porte e salgo sul ballatoio. C'è vento quassù, ma l'aria è tiepida. Tempo perfetto per settembre. Perfetto per la città.

Il sole sta tramontando dietro di noi. Tramonta molto tardi in questo periodo dell'anno. Blake fa scivolare il braccio intorno ai miei fianchi mentre stringo il parapetto. La città è tutta intorno a noi, ed è bellissima.

Un sorriso gli si insinua sulle labbra. Mi scosta di nuovo i capelli dagli occhi. Ride mentre il vento li riporta indietro. «Così imparo.»

Mi allontana dal bordo, così siamo al centro della terrazza.

Gli occhi di Blake trovano i miei. Guarda per terra. Sembra quasi che sia nervoso, ma non è possibile. Blake Sterling non si innervosisce.

«Speriamo che vada meglio dell'ultima volta.» Mi prende la mano e si mette in ginocchio.

Porca puttana.

«Kat Wilder, sono follemente innamorato di te, e l'unica cosa che manca nella mia vita» tira fuori dalla tasca una scatolina e la apre «è farti diventare mia moglie.»

Fisso l'anello.

«È lo stesso» ammette. «Ti sta davvero bene.»

Cerco le parole. Mi si incrina la voce. «Sì, certo.»

Mi infila l'anello al dito.

Gli prendo le mani, lo tiro su in piedi. Lui mi fa scivolare le braccia intorno, si china e mi bacia.

Mi bacia come se non volesse più riprendere fiato.

Epilogo: Parte Due

Capitolo Uno

Il loro primo Natale
22 dicembre

CI SONO SOLO QUATTRO ISOLATI TRA LA MIA USCITA DELLA metropolitana e l'appartamento. Oggi sembrano quattro miglia. Non si gela del tutto, ma il vento è abbastanza forte da farmi venire i brividi nonostante il mio cappotto di lana. I miei stivali gocciolano. I miei jeans sono fradici.

Niente di tutto questo ha importanza quando vedo Blake. È in piedi nell'atrio, con le mani nelle tasche del vestito, le spalle tirate indietro, un'espressione dura sul viso.

Si addolcisce quando entro dalla porta. I suoi occhi trovano i miei. Non posso fare a meno di sorridere. Non posso fare a meno di gettarmi tra le sue braccia. Sono sicura che i miei stivali gli stanno sporcando il suo perfetto vestito grigio, ma non m'importa.

Blake mi passa le dita tra i capelli. «Com'è stato?»

«Fattibile. Meno male che ho avuto un ottimo tutor di fisica.» Premo le labbra sulle sue. Mmmh. Sa di vaniglia. «Penso di averlo passato. Forse ho preso addirittura una B.»

«Sono sicuro che è una A. Sono orgoglioso di te.»

Rimetto i piedi a terra. «Non dovresti essere al lavoro?»

«Sì.»

«Salti il lavoro per me?»

«Dobbiamo parlare di una cosa.» La sua voce è greve. Il che significa cattive notizie.

Odio le cattive notizie.

Mi fermo ad ammirare il gigantesco albero di Natale nell'atrio. È qui da qualche settimana, ma sono stato troppo concentrata sulla scuola per farmene un'immagine mentale decente. Starebbe benissimo in una vignetta a fumetti, l'immagine di un'intoccabile, elegante decadenza.

Anche a un metro di distanza riesco a sentire l'odore degli aghi di pino. Mi avvicino e passo le dita sul morbido addobbo rosso. Questo albero è enorme. Persino ridicolo. È alto più di nove metri ed è assolutamente impeccabile.

Ma non come nella canzone di Beyoncé.

È adatto a un mondo senza vita da rivista patinata e non alla realtà.

Immagino di disegnarlo. Dovrei dedicargli un'intera pagina. Dovrei trovare un modo per catturare la sua maestosità e allo stesso tempo la sua mancanza di anima.

Blake passa le dita sul mio mento. «Kat.»

Mi volto verso di lui, esamino l'espressione dei suoi occhi. Noto il suo conflitto interiore. «Cosa c'è che non va?»

«Parliamo in casa.» Blake fa un cenno di saluto alla guardia. La sua presa intorno al mio polso aumenta mentre mi tira verso gli ascensori.

È più brusco del solito. So che è meglio non chiedere. Blake non è chiuso quando siamo soli. Ma in pubblico è un muro d'acciaio.

Dentro, l'attico è spartano come sempre. Non c'è segno di spirito natalizio. Se non fosse per il tetro cielo bianco che filtra dalle finestre a tutta altezza, potrebbe essere giugno.

Ok, questo non è del tutto vero. Gli alberi nel parco sono

spogli, marroni e grigi invece che belli verdi, e tutte le persone in strada indossano cappotti pesanti.

Mi tolgo gli stivali e appendo il cappotto all'appendiabiti. Blake mette il mio zaino vicino al divano. È lì che mi siedo quando disegno. E non sopporta avere la mia roba sul divano. Deve sapere quanto voglio disegnare il paesaggio.

«Caffè?» chiede.

«Certo.»

Lo osservo mentre prepara due tazze e me ne porge una.

La bevanda mi scalda le dita. È dolce, ricco, vanigliato. Come le sue labbra. «So che è un po' poco, ma stavo pensando che potremmo comprare un albero di Natale domani. O anche oggi. È solo mezzogiorno. Abbiamo tempo per andare al parcheggio sulla Cinquantanovesima o per prendere un albero di plastica da Target.»

La sua espressione si indurisce. Si gira verso la finestra, il tenue bagliore lo avvolge. La luce invernale è bellissima. Devo immortalarla. Devo catturare le luci e le ombre e tutto il dolore nei suoi occhi.

Mi avvicino. Gli passo le dita sulla guancia. Si appoggia contro la mia mano lasciando uscire un respiro lungo e pesante. Non proprio un sospiro, ma quasi.

«Cosa c'è che non va?» chiedo.

Continua a fissare la finestra. «Non festeggio il Natale.» Beve un lungo sorso del suo caffè, interrompendo la mia carezza. «Tua sorella arriva domani. Festeggia qui o usa il jet aziendale per portarla ad Aruba. Io sarò in ufficio fino al ventisei.»

Gioco con il mio gigantesco anello di fidanzamento. È duro, costoso, elegante. Come il suo appartamento. Come la sua azienda. Come lui. «Hai intenzione di spiegare perché?»

Gli si incrina l'espressione. Soffre e glielo si legge in viso. Gli angoli delle labbra si incurvano all'ingiù. Aggrotta le sopracciglia per la frustrazione. Per una volta, non ha un atteggiamento forte e impenetrabile.

Ammorbidisco il tono di voce. «Puoi scappare se vuoi, ma ho bisogno di sapere perché.»

«Ci sono troppi brutti ricordi.»

Annuisco. Blake non ha avuto una vita facile. Suo padre era un uomo orribile e violento. Blake ha dovuto tenere tutto insieme per sua madre e sua sorella, anche quando era un ragazzino. «Così sparisci nel tuo ufficio?»

Lui annuisce.

«Ogni anno?»

Annuisce di nuovo.

«E hai aspettato fino al ventidue per dirmelo?»

«Viene prima la scuola.»

Non so se voglio abbracciarlo o prenderlo a schiaffi. Vuole davvero che i miei studi vengano prima di tutto. Anche prima di lui. Anche quando ha disperatamente bisogno di me.

Chiudo le mani a pugno. Sta prevalendo la rabbia. «Allora vuoi totalmente rinunciare al Natale?»

Blake è impassibile anche quando si gira verso di me. «Festeggia come vuoi. Non ti ostacolerò.»

«Voglio festeggiare con te.»

Gli vacilla la voce. «Mi dispiace, Kat.»

Fanculo. Non lascerò che Blake mi chiuda fuori. Non su una cosa così importante. «No.» Punto il tacco sul parquet. Solo che è un calzino e sul pavimento hanno appena passato la cera. Scivolo, atterrando sulle mani e sulle ginocchia.

Blake mi guarda. Sorride, intenerito o dalla mia goffaggine o dal mio rifiuto.

Alzo lo sguardo verso di lui. «Quando è stata l'ultima volta che hai fatto qualcosa per festeggiare?»

La sua espressione si indurisce.

«Dieci anni? Di più?»

Lui annuisce.

«Magari adesso ti piacerà. Se ci provi.»

Si inginocchia, si offre di aiutarmi ad alzarmi. Gli prendo la mano ma la uso per tirarlo giù per terra con me.

Lui non fa resistenza. Ed ecco il mio intoccabile fidanzato amministratore delegato, seduto a gambe incrociate sul pavimento con indosso un vestito da tremila dollari. Chiunque altro sembrerebbe stupido. In qualche modo, Blake sembra ancora al comando.

Incontro il suo sguardo. «Magari ricordi felici possono sostituire quelli vecchi.»

Mi mette i capelli dietro l'orecchio. È tenero. Dolce.

Anche lui lo vuole. Si tratta solo di aiutarlo a realizzarlo.

«Ti amo» sussurro. «Lascia che ti aiuti.»

«Non ci si può fare niente.»

Non ci si può fare niente. Non *io non posso essere aiutato*. Quindi non è un caso totalmente disperato.

Premo le dita contro le sue. L'intimità del gesto mi manda un brivido lungo la schiena. Mi godo l'eccitazione della pelle sulla pelle, sicura e travolgente allo stesso tempo.

Intreccio le dita con le sue e lo fisso di nuovo. «No.»

Lui ricambia lo sguardo, totalmente indecifrabile. «Non ci sono molte persone che mi dicono di no.»

«Tra qualche mese sarò tua moglie. E non ho intenzione di rinunciare a passare il Natale con te senza combattere.» Premo la mano libera contro la sua coscia e la uso come leva per mettermi in grembo a Blake. «Faremo un accordo.»

Cambia completamente atteggiamento. Qualsiasi accenno di dolore svanisce, sostituito da una perfetta faccia di bronzo. Raddrizza la postura. I suoi occhi diventano freddi. «Quali sono le tue condizioni?»

Merda. Intimidisce nei panni del negoziatore. Deglutisco a fatica. Gli avvolgo le gambe intorno, premendo l'inguine contro il suo. È una mossa da quattro soldi, certo, ma questa discussione è troppo importante per essere sportivi. «Quest'anno proviamo il Natale a modo mio. Se non ti piace, non dovremo mai più festeggiare.»

Non fa una piega. «Potrebbero essere sessant'anni. Anche settanta.»

«Questo ti dà un'idea di quanto significa per me.» Mi sfilo il maglione dalla testa e lo butto per terra. Un altro trucchetto da quattro soldi, ma non m'importa. Faccio del mio meglio per avere uno sguardo intimidatorio alla Blake Sterling. «E di quanto sono sicura di me.»

Gli metto la mano libera intorno al collo. È caldo, anche se la sua espressione è fredda come l'aria fuori.

Gli passo le dita tra i capelli. «Ti fidi di me?»

«Non si risolverà questo problema con la fiducia.»

«Ma ti fidi.»

Lui annuisce. «Ciecamente.»

«E se...» Mi mordo il labbro, improvvisamente intimidita all'idea di proporgli la mia clausola poco convenzionale. Faccio mie le sue capacità di negoziazione. È ora di chiudere la trattativa. «Se diventa troppo, puoi riprendere il controllo su di me.»

Fa scorrere la punta del dito lungo il mio mento, inclinandomi il viso così che ci guardiamo negli occhi. Sostengo il suo sguardo. Non è più ferito e chiuso. È incuriosito.

«Sarò tua, completamente tua, e potrai fare di me quello che vuoi» dico. «Dovunque siamo.»

Preme le labbra sul mio collo. È sufficiente a farmi scaldare di sotto. I suoi denti mi sfiorano la pelle. Piano, poi più forte, poi così forte da farmi guaire.

Oddio, quanto voglio quella bocca su di me, quanto voglio che si tolga questi pesanti vestiti invernali.

«Sei mia, Kat.» Mi morde più forte. Le sue mani vanno alla cintura dei miei jeans. Le sue dita giocano con il bottone. «Dove voglio, come voglio, quando voglio.» Mi guarda negli occhi. «Non fingere che non sia quello di cui hai bisogno.»

Arrossisco. «È vero.»

«Tu hai bisogno che abbia io il controllo.»

Annuisco.

«Hai bisogno di sottometterti a tutte le mie richieste.»

Mi sbottona i jeans. Mi mette la mano sul sedere. Mi spinge in alto per potermi tirare giù i jeans fino alle cosce.

Blake passa le mani lungo l'orlo delle mie mutandine di cotone. Il suo tocco è elettrico. È quasi una settimana che non facciamo sesso. Ancora di più da quando mi ha fatta sua senza pietà dopo avermi legata. Non ho fatto altro che studiare nelle ultime due settimane.

Mi si contrae il sesso. Ha ragione. Mi piace quando ha il controllo. E ne ho bisogno ora.

Le sue mani rimangono sui miei fianchi. «Cos'è che mi stai offrendo?»

Poi mi mette le mani sul sedere. Mi avvicina, ora il mio sesso è a pochi centimetri dalle sue labbra. Le mutandine sono d'intralcio, ma non possono competere con la determinazione di Blake.

«Puoi usarmi» dico. «Se è quello che ti serve per sentirti meglio. Se è l'unico modo che hai per superare il dolore.»

Sento il suo sospiro caldo contro la pelle.

«Per favore.» Faccio un respiro profondo, facendo appello a tutto il mio coraggio. «Voglio aiutarti a superarlo, a costo di mettermi in ginocchio.»

«Non ho intenzione di usarti.» Trascina la punta delle dita sulla cintura delle mie mutandine. La sua voce si fa roca. «L'ho mai fatto?»

«No. Ma...» Mi appoggio al suo tocco. «Puoi avere un assegno in bianco. Qualunque cosa tu voglia.»

Lui fa scorrere le dita sulle mutandine, sempre più in basso, finché non mi premono il tessuto contro il clitoride.

«Non finché non siamo d'accordo su questo.»

Il mio corpo non è dello stesso parere. È in preda al piacere crescente, mi prega di crollare tra le braccia di Blake così che lui possa sbattermi sul divano.

«Se è troppo, possiamo fermarci, cessare tutti i festeggiamenti e portarti in un posto dove possiamo essere soli. Dove tu possa avere il controllo.» Lo fisso, certa che mi scioglierò sotto il peso del suo sguardo.

Lui non dice nulla.

«Cosa ne pensi?» Chiedo. «Sei disposto a provare?»
Trattengo il respiro aspettando la sua risposta.

Blake sostiene il mio sguardo. «Sei già mia.»
«Ma...»
«Ci proverò, Kat.» Mi tira su la canottiera e preme le labbra contro il mio ventre. «Ma solo perché è importante per te.» Mi bacia appena sotto l'ombelico. «Togliti il top.»
Esito.
Assume un tono burbero e autoritario. «Adesso.»
La frustrazione gli incrina l'espressione. Ha bisogno di avere di nuovo il controllo. Ha bisogno di essere l'unico posto dove il mondo ha un senso.
Ne ho bisogno anch'io.
Mi sfilo il top da sopra la testa e lo lascio cadere sopra il mio maglione. Gli si riempiono gli occhi di desiderio. Ne ho bisogno. Ho bisogno di tutto questo.
Faccio per sganciare il reggiseno, ma lui mi afferra il polso e mi riporta la mano in grembo.
«Aspetta che te lo dica io» comanda. Mi guarda, lentamente, assaporando ogni momento. «*Adesso* togliti il reggiseno.»
Lo faccio piano piano, sfilandomelo prima da un braccio poi dall'altro.
Lui mi passa le mani sui fianchi e sulle spalle. Poi mi tocca il seno. Non lo stuzzica né ci gioca. Non ancora.
«Come vuoi che ti tocchi, tesoro? Spiegamelo.» Emana controllo anche nella voce mentre passa i pollici sui miei capezzoli.
Una fitta di desiderio mi arriva dritta nell'intimo. Come? Non ha importanza. Purché mi tocchi. Purché mi faccia sua. «Come vuoi tu. Qualunque cosa di cui tu abbia bisogno.»
«*Tu* di cosa hai bisogno, Kat?»

Epilogo: Parte Due

Mi pizzica i capezzoli. Porta la bocca sul mio collo. Senza preavviso, mi affonda i denti nella pelle.

Mmm. Ansimo, affondando la mano nel tessuto del suo vestito.

«È questo quello di cui hai bisogno, vero?» Mi pizzica finché non ansimo. «Hai bisogno che io abbia il controllo.»

Mi morde di nuovo. Trascina le dita sul mio ventre. Senza stuzzicare, mi fa scivolare un dito nelle mutandine e dentro di me. Sono bagnata e pronta per qualsiasi cosa voglia.

«Sì» dico d'un fiato. «Per favore.»

«Spiegamelo.»

«Sì. Ho bisogno che tu abbia il controllo. Ho bisogno di essere alla tua mercé. Per favore.»

Mi spinge giù le mutandine verso le cosce. La sua voce diventa morbida. Dolce. «Vieni qui.»

È un secondo, poi torna a fare il duro. Blake al comando. Blake il Dominatore. Non lo sopporta quando lo chiamo così.

Ma a me piace.

Ne vado addirittura pazza.

Cazzo, mi piace un casino quando ha lui il controllo.

Mi tira più vicino, in modo che il mio petto sia in linea con la sua testa. Fa scivolare le mani sui miei fianchi. Mi prende il seno e se lo porta alla bocca. Lo addenta con prudenza, succhiando piano, poi forte, poi così forte da farmi gemere.

Mi morde il capezzolo. Mi provoca una scarica di dolore che mi arriva fino ai polpastrelli. Il morso successivo è più forte. Fa più male, ma è una bella sensazione. Mi si contrae il sesso. Quasi dimentico quale sia il mio scopo qui.

Devo farlo sentire meglio.

Ma è così che si sente meglio.

Non c'è un solo accenno di frustrazione sul suo volto.

Solo la brama di controllo che mi fa bagnare.

Si sposta sull'altro seno e mi stuzzica senza pietà.

Non si ferma finché non sono affannata. «Mani sulle mie spalle.»

Faccio come mi ha chiesto. Così il mio corpo finisce sopra il suo. Mi guarda mentre mi tira giù i jeans fino alle ginocchia. Poi tocca alle mutandine. Mi fa scivolare le dita lungo le cosce. Molto, molto vicino a dove devono essere.

Il mio sguardo va al cielo bianco abbagliante. Non è solo tetro. È bellissimo.

«Occhi su di me, Kat.» Mi affonda la mano nei capelli, girandomi in modo che io lo guardi in viso. «Guarda cosa mi fai.»

Mi sfiora il clitoride. Riesco a sostenere il suo sguardo anche quando intensifica la pressione, anche quando l'estasi mi si propaga tra le cosce.

Come posso mai fargli qualcosa? Sono io quella alla sua mercé.

Mi strofina. Il suo tocco diventa sempre più forte. Gli tiro i capelli e lui mantiene quella pressione. È perfetto.

La tensione che ho dentro aumenta. Voglio chiudere gli occhi, fare qualcosa per contenere l'intensità.

Ma non lo faccio. Seguo i suoi comandi. Il mio sguardo rimane su Blake. Osservo quello che gli faccio.

Ha le pupille dilatate. La bocca aperta. È duro. Non posso sentirlo da questa posizione, ma vedo l'erezione che gli tende i pantaloni.

Mi sfrega finché non ce la faccio più, finché non lascio chiudere gli occhi, finché non affondo i denti nel labbro.

Si ferma. «Apri gli occhi, Kat. Voglio che mi guardi quando vieni.»

Ci riesco a malapena.

«Così saprai che sei mia.»

Annuisco.

«E che io sono tuo.»

Mi mordo il labbro. Non mi sta toccando. Detesto che non mi stia toccando. Sono vicina. Il mio corpo grida, vuole le sue mani.

«Dimmi come mi vuoi» dice.

«Voglio che mi tocchi.» Riesco a malapena a far uscire le parole.

«Poi?»

«Voglio che mi scopi.»

«Come?»

Combatto la mia timidezza. Non mi toccherà finché non gli avrò dato una risposta precisa. Sta dimostrando la sua tesi: è ridicolo che io mi offra a lui quando sono così completamente sua.

Ma ha poca importanza rispetto a quanto ho bisogno delle sue mani sul mio corpo.

Le linee spigolose della sua cravatta catturano la mia attenzione. Sì, è quello che voglio. Questo è quello che voglio. Gli faccio scorrere le dita giù dalla spalla e le metto sulla cravatta. «La voglio intorno ai polsi, così non posso controllare niente se non quanto forte gemo.»

Le sue dita mi sfiorano la parte alta della coscia. «Perché mi hai offerto carta bianca quando lo vuoi tanto quanto lo voglio io?»

«Non sapevo cos'altro offrire.»

Mi mette la mano dietro la nuca e mi attira in un bacio profondo. Il mio corpo si accende in preda a un misto di desiderio e affetto.

Quando il bacio si interrompe, Blake mi fissa negli occhi. Il suo respiro è pesante, come se stesse per perdere il controllo. «Non hai idea di quanto io abbia bisogno di te.» Mi prende le mani e se le mette sulle spalle, una alla volta. «Non distogliere gli occhi da me se vuoi che ti scopi. Capito?»

Mi mordo il labbro. È una cosa terribile da perdere. Annuisco. Sì, ho capito. Ho capito.

Va piano da morire a trascinare i polpastrelli su e giù per la mia coscia. Mi sfiorano il clitoride, così leggermente che riesco a malapena a sentirli. La tenerezza rende tutto più intenso. Mi contorco per contenere la sensazione. Lo fa di nuovo e io gli affondo le mani nel tessuto del vestito.

Continuo a guardarlo negli occhi, anche se il suo tocco

diventa più duro, anche se la tensione che ho dentro aumenta così tanto che riesco a malapena a respirare. Sono tentata di distogliere lo sguardo, di abbassare le palpebre, ma non lo faccio. Inspiro ed espiro lentamente, concentrandomi su ogni onda di piacere che mi pulsa in corpo.

È troppo intenso. Sono al limite, sto per andare oltre. Gemo il suo nome. È l'unico modo in cui riesco a reagire abbastanza da tenere gli occhi su di lui.

Il tocco successivo mi manda oltre il limite. Il mio orgasmo è forte e veloce. La pressione diventa sempre più alta, poi si sfoga in un torrente di estasi. Ho un disperato bisogno di chiudere gli occhi, di andare in profondità nelle sensazioni che sento in corpo. Invece, sostengo il suo sguardo. Mi immergo nello sguardo di desiderio nei suoi occhi, finché non ci nuoto dentro, finché non è l'unica cosa che riesco a sentire.

Blake mi tira sul suo grembo. Le sue labbra trovano le mie. Mi bacia così a fondo e così forte che perdo di vista tutto ciò che ci circonda.

Sono vagamente consapevole del fatto che siamo nel suo, be' nostro, appartamento a pochi giorni da Natale. Ma l'unica cosa a fuoco è il calore del suo corpo, il sapore di vaniglia delle sue labbra, i suoi muscoli sodi.

Mi mette la mano sul sedere e mi posa a terra. Con un rapido movimento mi sfila i jeans e le mutandine dai piedi.

Lo guardo mentre si spoglia. È troppo lento, maledizione. Prima si toglie la giacca. Poi si scioglie la cravatta e se la avvolge intorno alla mano. Si china accanto a me.

Alzo le braccia sopra la testa in modo che possa legarmi i polsi.

Va più veloce con la camicia, le scarpe, i calzini, i pantaloni, i boxer. La luce bianca soffusa getta un bagliore meraviglioso sulle linee nitide del suo corpo. È ancora troppo bello per essere vero, come una statua di marmo.

Si inginocchia tra le mie gambe e mi apre le ginocchia. È un gesto passionale ma gentile. Non sta dimostrando nulla. Mi sta dando quello che voglio.

Quello che vogliamo entrambi.

Blake si mette sopra di me, con le mani ai lati del mio petto. Il suo uccello si tende contro la mia intimità. Mi sta stuzzicando. Non è abbastanza.

Il mio corpo si accende. Ho un disperato bisogno di averlo dentro di me.

Le sue labbra premono sulle mie.

Piano piano, scivola dentro di me.

Gemo contro la sua bocca. Inarco la schiena, tiro il laccio che mi ha messo ai polsi.

Il peso del suo corpo mi preme contro il parquet. È ancora lucido e, con le mani legate, non posso fare nulla per evitare di scivolare.

Non stuzzica più. Spinge dentro di me, forte e veloce. Gli avvolgo le gambe intorno. È l'unico modo in cui posso trattenerlo, l'unica cosa che posso fare per impedirci di slittare per tutta la stanza.

Ogni spinta mi preme contro il pavimento. Mi fanno male la testa e le spalle. Non il tipo di male buono, quello che mi dà lui, ma una sollecitazione che non mi piace.

Lo guardo negli occhi. È perso nell'amplesso. Pompa forte e in profondità. È bello averlo dentro di me, ma lo voglio qui, a fissarmi come lo fissavo io.

«Blake» gemo. Mi muovo per andargli incontro. «Guardami.»

Sbatte le palpebre. Incontra il mio sguardo. Mi guarda in modo strano, come se non sapesse dov'era.

E poi mi bacia. Lo bacio anch'io, concentrandomi sulle sensazioni del suo corpo. Quanto è caldo. Quanto è duro. Come i suoi muscoli si tendono man mano che si avvicina. Mi bacia il collo. Volto la testa per offrirmi a lui. È così che lo voglio, voglio che si senta così bene da non poter fare a meno di marcarmi.

Ogni suo leggero morso mi porta più vicino. Non manca

molto. Ci sono quasi.

Il calore che mi scorre in corpo si raccoglie nelle mie gambe. Il desiderio si trasforma in una pressione profonda e disperata. Così intensa che non posso fare altro che gemere.

La spinta successiva mi manda oltre il limite. Vengo di nuovo, premo i polsi contro il nodo della cravatta per contenere la potente ondata di piacere.

Blake non fa nulla per rallentare. I suoi movimenti diventano più forti, più intensi. Mi affonda i denti nel collo. Spinge dentro di me. Ha il respiro affannoso.

Gemo il suo nome. Dopo essere venuta due volte, è difficile sopportare altre sensazioni. Ma ho bisogno di sentire anche lui andare oltre il limite. Ho bisogno che anche lui sia mio.

Quando mi morde un'altra volta, è vicino. Lo sento nel suo respiro, nel modo in cui gli si tendono le spalle. Ancora una spinta e geme, il suo uccello mi pulsa dentro mentre viene.

Blake aspetta di essersi svuotato, poi allunga una mano e mi scioglie il laccio. Mi esamina i polsi, uno alla volta.

«Ti sei perso per un attimo» dico.

«Sì, ma mi hai trovato.» Si china per baciarmi.

Mi godo il bacio per un istante. «Possiamo comprare un albero oggi?»

Blake scuote la testa. Si sposta per sedersi accanto a me. «Domani.»

L'affetto sta svanendo dai suoi occhi. Si sta chiudendo. Mi sollevo e metto il corpo accanto al suo. Gli faccio scorrere le mani tra i capelli. Gli accarezzo la guancia. Ma niente lo riporta indietro.

«Andrà tutto bene» dico. «Te lo prometto.»

Lui distoglie lo sguardo come se non mi credesse.

———

Per pranzo andiamo al ristorante thailandese in fondo alla strada. L'albero di Natale nell'angolo non migliora affatto

Epilogo: Parte Due

l'umore di Blake. Per fortuna, non ci sono decorazioni natalizie intorno al nostro tavolo, solo le solite fotografie di spiagge tropicali, templi buddisti e alberi di mango.

È un pasto tranquillo. Cerco di trovare delle parole per consolare Blake, ma so che gli sembreranno vuote.

A casa, si scusa e va nel suo ufficio. Si aspettava tre giorni di lavoro ininterrotto, un bel lusso per un uomo che deve dire la sua su ogni decisione della sua azienda.

Due tazze di caffè non aiutano ad alleviare la tensione che sento in petto. È stato più bravo a lavorare meno ore. Ceniamo ogni sera, passiamo ogni domenica insieme. Ma lui ama moltissimo il lavoro. Gli risulterebbe molto facile farcisi risucchiare per sempre.

Passo il pomeriggio a disegnare. Dopo qualche schizzo, trovo un ritmo. Disegno una dozzina di vignette, preparo una tazza di caffè, ricomincio. Sto lavorando a un nuovo romanzo a fumetti, il mio primo tentativo di narrativa pura. È una storia semplice su come ci si può innamorare durante un'estate newyorkese. Le immagini dovrebbero essere calde e vibranti. I sentimenti dovrebbero essere grandi e travolgenti.

Ma, oggi, non arrivano. Ho freddo, mi sento smorta e piccola. Tutto fuori è tetro e grigio. Tutto qui dentro è duro e vuoto.

Blake lo sta affrontando nell'unico modo che conosce. Me lo dico ogni volta che mi si insinua un dubbio in testa, mentre ceno da sola, mentre faccio la doccia da sola, mentre guardo la televisione da sola.

A mezzanotte passata, vado a letto da sola. Lui sta ancora lavorando, la porta del suo ufficio è chiusa a chiave, le mura intorno al suo cuore arrivano così in alto che potrei non essere in grado di scalarle.

Il letto è freddo senza di lui. Mi giro e mi rigiro cercando di addormentarmi senza riuscirci.

Lo sta affrontando nell'unico modo che conosce.

Le parole non mi riscaldano.

Capitolo Due

2 3 dicembre

Blake non è a letto quando mi sveglio. È in cucina in pigiama, a sorseggiare una tazza di caffè mentre fissa il cielo bianco e tetro. Oggi è più brutto.

Volge lo sguardo su di me.

«Stai bene?» chiedo.

«Te lo dirò se non sto bene.»

«Ma...»

«Non chiederlo più.»

È chiaro che non sta bene, ma non otterrò nulla insistendo. Torno in bagno, mi lavo i denti, mi do un tocco di trucco e mi metto un paio di jeans e un maglione di lana.

Quando torno in cucina, Blake è vestito in modo simile.

Mi guarda negli occhi. «Hai fame?»

«Prenderò qualcosa da Starbucks.»

«Vuoi andare da Starbucks?»

Annuisco.

«Perché?»

Mi fissa come se fossi pazza. La maggior parte dei newyorkesi va fiera del suo odio per Starbucks, ci si fermano solo se è particolarmente conveniente. E io di certo non ho l'abitudine di frequentare catene di ristorazione quando ci sono così tanti bar e ristoranti a gestione indipendente tra cui scegliere.

Ma, maledizione, stiamo entrando nello spirito natalizio e si comincia con una bevanda espressa zuccherata.

Per un momento, riconsidero il mio piano. Blake beve il suo caffè nero. Ordina un caffè nero, lo odia e inizia la giornata di cattivo umore. Ma gli piace il cioccolato. E quando è mescolato con la menta, è perfetto per questo periodo.

Come minimo, può sentirne il sapore sulle mie labbra.

«Per le bevande natalizie» dico.

Lui mi guarda ancora più curioso.

«So che ti piace lo sciroppo di cioccolato.» Piego le braccia sul petto. «Non fingere che non sia vero.»

«È una richiesta?»

Arrossisco. «Forse più tardi.»

Si avvicina. Mi prende i polsi, mi allarga le braccia e poi se le cinge intorno. Lo stringo forte e inalo il profumo del suo sapone.

Mi passa le dita tra i capelli. «Oggi sei tu che comandi.»

Mi attraversa un brivido. Devo dare il massimo. Annuisco e premo le labbra sulle sue. «Hai fame?»

«Ho mangiato.»

«Allora prendi il cappotto, così possiamo andare.» Trovo i miei stivali e li infilo. «Andremo a piedi fino al parcheggio. Possiamo prendere un taxi per tornare a casa.»

Alza un sopracciglio come se non fosse sicuro del mio piano, ma non si oppone. È vero, i taxi non sempre vedono di buon occhio gli alberi di Natale legati al tetto. Ma non ho intenzione di infilare un sempreverde nella limousine di Blake.

Fuori, il vento è freddo e l'aria è pesante. Quelle nuvole portano neve. Se non oggi, domani. Mi manca il respiro. La neve vera sarebbe fantastica. Un bianco Natale sarebbe un sogno che diventa realtà.

Epilogo: Parte Due

Lo Starbucks più vicino è a pochi isolati di distanza. Blake mi stringe la mano, nessuna protesta, nessuna richiesta, nessun segno che non stia bene. Si guarda intorno divertito.

Ordino un mocha alla menta, senza panna montata per lui, un caffelatte speziato al pan di zenzero e un sandwich alle uova per me. Lui cerca di pagare, ma io sono più veloce. Non esiste che Blake paghi per queste cose natalizie. È tutto a carico mio. Ho a malapena toccato i duecentomila dollari che Meryl mi ha lasciato. La mia borsa di studio copre le tasse scolastiche, i libri e i pasti al college.

Ci sediamo a un piccolo tavolo nell'angolo. Blake sembra così alto su quella piccola sedia, ma ci sta comunque bene.

«C'è mai stato qualcosa che ti piacesse del Natale?» chiedo.

Lui mi carezza il palmo con le dita. «Quando eravamo molto giovani, Meryl mandò me e Fiona a stare da nostra nonna.»

«Vi piaceva?»

Blake scuote la testa.

Non me ne va una per il verso giusto con questa storia del Natale. «Cosa ti piaceva di quando andavi a casa di tua nonna?»

Quasi sorride. «La cioccolata.»

Con tempismo perfetto, uno dei baristi ci chiama per le nostre ordinazioni. Al bancone, il mio panino è pronto. Ci vogliono due viaggi per portare tutto al tavolo, ma insisto per farlo io.

C'è affetto negli occhi di Blake. Tiene la tazza sotto il naso, annusandola come la maggior parte delle persone annusa il vino. Beve un piccolo sorso e fa una smorfia sorpreso.

«Questo è tutto zucchero» dice.

«Certo. È questo lo scopo delle bevande natalizie. Quantità massicce di zucchero per migliorare l'umore e dare la carica. Poi la caffeina per mantenere l'effetto.» Praticamente inalo il mio panino. Non è la cosa migliore che abbia mai assaggiato, ma ho una fame da morire.

«Ci hai pensato a lungo.»

Sorseggio la mia bevanda al gusto di pan di zenzero. È terribilmente dolce, così dolce e con un aroma così artificiale che riesco a malapena a sentire il sapore del caffè.

Lui beve un altro sorso. Non ha un'espressione sorpresa questa volta. Non dà nemmeno segno che si stia godendo la bevanda.

Mi guarda negli occhi. «Sei dolce, Kat.»

«Ma non ti piace per niente.»

Lui annuisce. «Il caffè dev'essere amaro.»

«Come te?»

«Certo.» Fa un mezzo sorriso mentre mi offre la sua bevanda.

Prendo la tazza e bevo un piccolo sorso. Nonostante l'oscena quantità di zucchero, è delizioso. Confortante, cremoso, caldo. Un meraviglioso mix di cacao e menta. Molto meglio del pan di zenzero.

«Questo lo tengo io.» Butto l'altra bevanda nel cestino mentre usciamo dalla porta.

L'aria fredda è in netto contrasto con la bevanda calda che ho tra le mani. Mi stringo di più il cappotto.

Do una stretta alla mano di Blake, facendo scorrere il pollice sulle sue prime due dita. «Cosa ti piaceva della cioccolata di tua nonna?»

«Non abbiamo mai avuto caramelle a casa. Meryl era rigida in fatto di alimentazione salutare.»

«Davvero?»

Lui annuisce. «Verdure a cena. Frutta per dolce.»

«Ma lei...» Faccio fatica a trovare una spiegazione che non sia *ma la tua defunta madre era un'ubriacona*. Un'ubriacona molto dolce, ma comunque un'ubriacona che è morta di epatite.

«Era un'alcolizzata. Puoi dirlo.» Si ferma a un semaforo rosso. «Lei lo diceva apertamente.»

Guardo in entrambe le direzioni. Nessuna macchina. Siamo ancora nell'Upper East Side. Attraverso la strada fuori dalle strisce. Blake mi segue.

«Ok. Sì» dico. «Era un'alcolizzata. Amava tutto ciò che dava piacere ai sensi. Non riesco a credere che vi abbia privato delle caramelle.»

«Voleva di meglio per me e Fiona. Era felice quando ti ha incontrato.»

«Aveva capito tutto di me» dico io.

«Ecco perché le piacevi.» Guarda a terra. «Doveva bere. Era l'unico modo che conosceva per sopravvivere.»

Mi mordo il labbro. Tutto sommato, l'avversione per il Natale e l'abitudine a lavorare sessanta ore a settimana, rispetto a quando ne lavorava cento, sono meccanismi di difesa piuttosto funzionali. Meglio che darsi all'alcool o buttarsi in un matrimonio senza amore.

Ma non m'interessa.

Blake non scapperà da nessuna parte finché ci sono io.

Ho paura di fare la domanda successiva, ma la faccio lo stesso. «Perché andavi a casa di tua nonna per Natale?»

Blake indurisce l'espressione. Mi lascia la mano e se la infila in tasca. Per tre isolati non dice niente.

Quando parla, gli trema la voce. «Mio padre dava il peggio di sé a Natale.»

Mi si stringe il cuore. Ho il terrore di chiedergli di spiegare. Non posso farlo qui. Non ancora.

Invece, mi avvinghio al suo braccio e gli sto il più vicino possibile. Parliamo solo quando ci fermiamo in un bar del posto e gli ordino un caffè nero.

È intrappolato in un brutto ricordo, ma non ho intenzione di lasciarlo lì. Controllo l'app delle mappe sul telefono. Perfetto. C'è un minimarket a cinque isolati e un viale da qui. È un po' fuori mano, ma vale la pena camminare di più.

«Seguimi.» Guido Blake fuori dal bar e lontano dal parco.

Blake mi guarda incuriosito, anche se non come quando ho proposto Starbucks. Tuttavia, mi segue senza protestare, anche quando entro nel negozio.

Vado dritta alla corsia delle caramelle. «Sono sicura che tua nonna avesse qualche tipo di cioccolato stravagante, ma dev'esserci qualcosa di simile.»

Lui scruta lo scaffale. Gli cadono gli occhi su una scatola gialla di cioccolatini economici. Li prende e li esamina attentamente. «La madre di Meryl era povera. Non poteva permettersi di spendere soldi in dolci.»

Si china per prendere un altro sacchetto di cioccolatini, una miscela natalizia al gusto di menta piperita e bastoncini di zucchero. Me lo porge senza dire una parola. I suoi occhi incontrano i miei. Tradiscono fiducia in se stesso, come se sapesse che ho una disperata voglia di cioccolata a tema natalizio.

«Grazie» dico. «Sembrano buonissimi.»

Un leggerissimo sorriso gli incurva le labbra.

«Vuoi qualcos'altro?» chiedo.

Lui scuote la testa e beve un lungo sorso del suo caffè come per dire *voglio solo questo*. Poi preme le labbra contro la mia guancia come per aggiungermi alla lista delle cose che vuole.

Pago il cioccolato alla cassa. La cassiera ci ringrazia con un Buon Natale. Blake rabbrividisce ma rimane in silenzio. Mi segue fuori dove strappo la plastica della scatola di cioccolatini e poi apro il coperchio.

Gli offro i dolci. «Quali preferivi?»

Sceglie un cioccolatino, lo morde a metà, mastica e ingoia. «Non è dolce come la tua bevanda.» Mi offre la metà rimanente.

La prendo e me la infilo in bocca, con molta meno grazia di lui. Non è buono come il cioccolato fondente della sua cucina, ma non è poi così male. «Grazie.»

«Hai intenzione di mangiare tutta la scatola?» chiede.

«Avevi bei ricordi del cioccolato. Mangiane un altro.»

Un mezzo sorriso gli incurva le labbra. Annuisce e fa come gli viene detto. Questa volta, sceglie qualcosa ripieno di caramello. Naturalmente, Blake riesce a non farsi andare neanche un po' di caramello in faccia.

Indica la scatola. «E un altro per te.»

«Collasserò per overdose di zucchero.»

Epilogo: Parte Due

«Farò in modo che tu impieghi l'energia.»

Arrossisco. Scorro le caramelle con gli occhi e ne scelgo una a caso. Una alla crema di lampone. Ha un sapore artificiale. Un anno fa, ne sarei andata pazza. Blake mi ha fatto perdere il gusto per il cibo normale.

«Stai pensando a qualcosa?» chiedo.

«Solo che sei dolce.»

Ok, è un inizio. Un nuovo ricordo collegato alle feste: quella volta che la sua fidanzata lo ha costretto a mangiare cioccolatini da quattro soldi. Primo ricordo andato, ne servono altri mille.

Richiudo il coperchio, rimetto la scatola nel sacchetto di plastica e me lo infilo al polso. Facciamo i restanti venti minuti di cammino in silenzio.

Finalmente raggiungiamo il parcheggio degli alberi di Natale. È piccolo, circa mille metri quadrati, e circondato da un cancello di metallo. Gli alberi sono così pressati l'uno all'altro che non c'è quasi spazio per muovercisi intorno. Tutto odora di pino, di Natale.

Ci sono molte altre persone, coppie e famiglie per lo più, ma tutti svaniscono. La mia attenzione va a un albero nell'angolo. È più basso degli altri, mancano alcuni rami. A detta di tutti è brutto, ma quell'imperfezione è affascinante.

«A cosa stai pensando?» chiede Blake.

«A quell'albero.» Lo indico. «Mi ricorda il mio primo Natale con Lizzy dopo l'incidente.»

La sua voce si addolcisce. Mi passa le dita sul collo. La sua pelle è così calda. Scioglie tutto il gelo intorno a noi.

«Raccontami» dice.

Mi giro verso Blake per guardarlo negli occhi. È difficile da decifrare, come al solito, ma sembra a posto.

«Odiava stare in macchina. Lo detesta ancora adesso. Non avevo intenzione di trascinare un albero fino al nostro appartamento, così abbiamo cercato qualcosa al minimarket. Avevano solo un albero, ed era alto circa due metri e di colore viola metallico.»

«Sembra incantevole.»

«Lo era.» Mi appoggio al suo petto. «Non sapevamo davvero cosa fare. I nostri genitori si davano molto da fare per Natale. Erano insegnanti e con le vacanze invernali avevano molto tempo per festeggiare. Ero persa senza di loro.»

Gioca con i miei capelli. «Ti mancano.»

«Certo.» Riporto lo sguardo sull'affascinante alberello. «La ferita era fresca, ma aiutava ad andare avanti. Abbiamo fatto tutto in modo diverso. Abbiamo ordinato cibo cinese invece di cucinare una grande cena. Abbiamo decorato quel piccolo albero con esattamente tre bastoncini di zucchero. E ognuna di noi ha comprato un solo regalo. Io ho preso un maglione di *Star Trek* per Lizzy. Lei mi ha comprato un manga dal negozio di libri usati della biblioteca. E siamo rimaste sveglie tutta la notte a guardare la trilogia di *Matrix* per la milionesima volta.»

Sospira. «Kat, non hai idea di quello che mi fai.»

Lo guardo negli occhi, totalmente incapace di decifrare la sua espressione. «Che cos'è?»

«Il mondo è bellissimo attraverso i tuoi occhi. Vorrei poterli usare sempre.»

«Il mondo *è* bello.»

I suoi occhi si riempiono di affetto. Mi mette i capelli dietro l'orecchio con delicatezza. «Ne hai passate tante e sei ancora idealista.»

«No.» Mi mordo il labbro. «È solo che... guarda questi alberi» indico un sempreverde alto e lussureggiante. «Sono bellissimi. E il parco. E le strade. E il cielo.» Il mio sguardo torna ai suoi occhi. «E tu. Quando sorridi o ridi.»

La sua espressione cambia. Quasi come se fosse sopraffatto. Ma Blake non si fa sopraffare. E certamente non da me.

I suoi polpastrelli mi sfiorano il mento e mi fanno avvampare dentro. Mi inclina il viso all'in su in modo da guardarci negli occhi. «Ti amo.»

«Anch'io ti amo.»

Mi abbraccia forte e poi mi lascia andare. Gli lascio lo spazio

Epilogo: Parte Due

per fare chiarezza su qualsiasi cosa gli stia passando per quella splendida testa.

C'è una famiglia che sta scegliendo un albero. I genitori sono sulla trentina. Hanno una figlia di circa quattro o cinque anni. Indossa un cappottino rosa chiaro e corre in giro come se non credesse che le possa mai succedere qualcosa di brutto. Quando inciampa, si rialza come se niente fosse.

Corre dritta verso l'albero più alto del parcheggio. Poi lo tira come se ne avesse bisogno seduta stante. È adorabile ed è felice.

Tutti qui sono felici.

Tutti tranne Blake. Lui ha un'espressione accigliata. Sta guardando un'altra famiglia, un uomo sulla trentina e un bambino che non può avere più di dieci anni. L'uomo sta urlando a suo figlio. Il bambino ha in mano una tazza vuota e i jeans dell'uomo sono macchiati di cioccolata calda. È una sciocchezza, ma il tipo è arrabbiato e sbraita.

E poi allunga la mano e afferra suo figlio così forte che il bambino piange.

L'espressione di Blake si indurisce. Si mette le mani in tasca. Non deve dire niente. So cosa significa. Ha bisogno di andarsene da qui, e subito.

«Chiamo il tuo autista» dico. Afferro la mano di Blake e lo trascino in strada. È difficile comporre il numero con una mano sola, ma mi arrangio.

Jordan risponde. «Come posso aiutarla signorina Wilder?»

«Può venire a prenderci tra la Cinquantanovesima e la Quinta? Partiamo dalla Prima, siamo a piedi.»

«Non siete lontani dall'appartamento di Blake...»

«Per favore, si sbrighi.» Riattacco e mi infilo il telefono in tasca. Mi mordo il labbro, maledicendomi per essere sembrata così odiosa. Ho lavorato in un ristorante per tre anni. Ho sempre detestato la gente che mi chiedeva di fare in fretta, come se non stessi già andando il più veloce possibile.

Guardo negli occhi di Blake. È come se lo stessi perdendo. Se ne sta andando in qualche luogo lontano, verso qualcosa che gli trapassa le viscere. Conosco quella sensazione, non come la conosce lui, ma la conosco. Ogni volta che sento parlare di qualche orribile incidente d'auto, non riesco a respirare e sono sicura di essere sul punto di andare a pezzi.

L'unica cosa che mi fa andare avanti è sapere che mia sorella sta bene.

La limousine ci raggiunge vicino alla Terza Avenue. Jordan è arrivato in fretta. Faccio a meno dell'etichetta. Apro io la portiera a Blake e aspetto che lui salga dentro.

Tutto torna a posto quando siamo soli. O praticamente soli. Saluto Jordan un cenno amichevole. «Torniamo a casa di Blake.»

Blake scuote la testa. «Devi prendere il tuo albero.»

«Ok. Che ne dici di prendere un albero di plastica da Target?»

Lui annuisce.

«Quello a Brooklyn, se non c'è troppo traffico.» Vado a tirare su il divisorio.

«Dovremmo metterci una ventina di minuti, se volete un po' di privacy.» Il tono di Jordan è indecifrabile, ma la sua allusione è chiara. Abbiamo venti minuti per scopare.

Blake si appoggia allo schienale. C'è meno tensione nelle sue spalle. C'è meno dolore nella sua espressione.

«Sei sicuro di voler rimanere fuori?» chiedo.

«Ti ho detto di non chiedere se sto bene.»

Mi metto sul sedile e mi avvicino a lui il più possibile.

È ancora teso, è voltato dall'altra parte come se fosse perso in un pozzo di agonia abbastanza profondo da affogarci dentro.

Faccio per prendergli la mano, ma lui se la tira in grembo.

«Parlami» dico. «Per favore.»

«Non ora.»

«Per favore.»

«Quell'uomo. Assomigliava a Orson. Bello, carismatico e infame fino al midollo.»

«Tu non sai...» Tengo a freno la lingua. Non ha senso discu-

Epilogo: Parte Due

tere se uno sconosciuto sia infame o meno. Non lo vedremo mai più. «Raccontami.»

Volge lo sguardo verso il finestrino oscurato. È color antracite ed è totalmente opaco. Non può essere una vista interessante.

Gli stringo la mano. «Per favore.»

«Mio padre manteneva la calma quando era sobrio, ma l'alcol tirava fuori tutto l'odio che aveva dentro. Una sera tornò a casa ubriaco. Meryl aveva acceso delle candele. Cercava di conservare una parvenza di normalità, anche quando eravamo abbastanza grandi da capire esattamente quanto fosse spregevole.»

Lo stringo più forte.

«Fece cadere una delle candele. I regali presero fuoco. Poi l'albero. Se ne stava lì a ridere mentre cercavamo di spegnere le fiamme. C'era un estintore sotto il lavandino, ma quando riuscimmo a spegnere l'incendio, l'albero era nero e carbonizzato. Quando cercai di tirarlo giù...» Blake abbassa lo sguardo.

«Ti picchiò?»

Blake annuisce. «È stata la prima volta che gli ho impedito di farle del male.»

Il cuore mi batte forte. «Quanti anni avevi?»

«Dieci.»

Dio, non riesco a respirare. Non riesco a pensare. La limousine sembra più scura e più fredda. Blake deve vivere ogni giorno con questi ricordi. Quanti sono? Quanto sono profondi? Non parla di suo padre, ma so che ci sono stati anni di abusi.

Forse sarebbe meglio lasciarlo sparire. Sono solo pochi giorni.

«Non dispiacerti per me, Kat. Non posso sopportarlo.»

«Sei sicuro di poter continuare?»

La sua espressione si indurisce.

Scuote la testa. Si gira, Mi scruta lentamente da capo a piedi. Mi mette la mano sulla spalla e traccia la mia scollatura. «Hai un livido.»

Abbasso lo sguardo. Ho un lieve livido viola vicino alla clavicola. È di ieri, anche se dal rimpianto negli occhi di Blake sono sicura che se ne rende conto.

«Ti ho fatto male» dice.

«Mi piace. Mi sento marchiata.»

La macchina si ferma. Dev'essere un semaforo rosso. Faccio per accarezzargli i capelli ma lui si volta dall'altra parte.

«Tu non sei come tuo padre» dico.

«Lui prendeva il controllo facendo del male alle persone che gli stavano intorno.»

«Tu non prendi niente, Blake. Io ti do il controllo perché voglio che sia così. Non ricordi quello che hai detto su quanto lo voglio, quanto ne ho bisogno?»

Il suo sguardo torna alla finestra scura.

«Era una bugia per sedurmi?» chiedo.

Il suo tono è tagliente. «No.»

«È poco più di un succhiotto» dico.

«Se continuiamo così, potrei non essere in grado di fermarmi la prossima volta che me lo chiedi.»

«Ti fermerai.»

«Ti farò male.»

Gli metto le dita tra i capelli, lo afferro con forza e lo faccio voltare verso di me. «Non lo farai. Mi fido di te.»

Appoggia la fronte contro la mia. Quel senso di intimità mi travolge. Blake non è lontano un milione di chilometri. È qui con me, in questa piccola limousine.

«Mi fido del tuo giudizio» dice.

Ma la verità è che sto tremando. Non sono sicura di riuscire a sistemare questa situazione.

Merda. Il centro commerciale che ospita questo particolare Target è il ritratto dello spirito natalizio. Le pareti sono addobbate con ghirlande e luci. La musica è una serie di canzoni natalizie iperinflazionate suonate in loop. Tutti sono vestiti di rosso e verde.

Il negozio è meglio. Le sue luci fluorescenti gialle e il pavimento bianco lucido gli conferiscono una certa qualità senza tempo e senza luogo. Ma le decorazioni, Dio, le decorazioni. Ci sono ritagli di cartone di alberi e bambini sorridenti che scartano regali.

Prendo un grande carrello rosso e conduco Blake direttamente alla sezione natalizia in fondo al negozio.

Blake è dietro di me, ma non è davvero qui. È in qualche posto lontano. Perché sopporto la sua testardaggine? Avrei dovuto costringerlo ad andare a casa.

Ci sono circa una dozzina di diversi alberi di plastica su un espositore a un metro da terra. A dire il vero, mi piacciono tutti. Nessuno di loro profuma di pino, ma hanno tutti una piacevole tonalità di verde foresta. C'è qualcosa di bello nel costruire un albero, nello scegliere esattamente dove vanno i rami. Forse sarà sufficiente a far sentire Blake di nuovo in controllo.

La sua espressione è imperscrutabile. Faccio un respiro profondo, imponendomi di rinunciare a capire cosa gli passa per la testa.

Indico l'albero nell'angolo posteriore. È il più piccolo. «Che ne dici di quello?»

Lui annuisce. Senza proferire una parola, Blake trova la grande scatola che contiene il modello giusto, la solleva e la mette nel carrello.

«C'è qualcosa di cui vuoi parlare?» chiedo.

«Ti servono addobbi.»

È vero. Sono nella corsia successiva. Ce ne sono a dozzine, dalle statuette di *Star Wars* agli angioletti. Blake sceglie una serie di palline di colori brillanti e metallici. Sono molto più elettriche di qualsiasi cosa nel suo appartamento, ma la leggera lucentezza argentata starà bene in casa.

Il suo sguardo va a una pallina incrinata per terra. La raccoglie ed esamina i pezzi. È rotta, assolutamente, ed è abbastanza affilata da potercisi fare un brutto taglio.

Qualcosa si accende nei suoi occhi, un ricordo, ma questa volta non insisto. Gli porgo la mano e lui la prende.

«Dovrebbe essere abbastanza» dico.

Finalmente i nostri sguardi si incontrano. C'è una leggerezza nei suoi occhi, come se avesse superato la parte peggiore.

«Bastoncini di zucchero» dice. «E fili di luci.»

«Sei molto scrupoloso, considerato che è la tua assistente a fare tutti i tuoi acquisti.»

«Chi pensi che le dia la lista?»

Mi accarezza la guancia con le dita. È confortante come la prima volta. Gli premo il volto contro la mano, assorbendo tutto quello che posso di lui. Sta soffrendo, ma nonostante questo si preoccupa di assicurarsi che io stia bene.

Mi preme le labbra sulla fronte. «Cos'altro ti serve?»

«Roba per i biscotti. Un frullatore, un mattarello, tagliabiscotti, cristalli di zucchero e glassa.»

Si intenerisce. «Se facciamo i biscotti, li facciamo da zero.»

Riempiamo il carrello con gli ingredienti e gli strumenti necessari. È del tutto normale, come le migliaia di volte che sono venuta qui con Lizzy.

Dopo aver pagato, troviamo Jordan parcheggiato nella strada fuori dal centro commerciale. C'è molto spazio nel bagagliaio per la scatola dell'albero di plastica, il che significa che la limousine è tutta nostra.

Invece di parlare, gli appoggio la testa sulla spalla, annidando il mio corpo nel suo. Lui mi passa le dita tra i capelli con delicatezza. È una tregua perfetta. Posso sentire i battiti del suo cuore e il suo respiro. È vicino, è caldo ed è mio.

Il viaggio finisce troppo in fretta. Jordan insiste per aiutarmi con le valigie. Quando è tutto sul marciapiede, Blake gli stringe la mano.

«Sei in ferie da mezzanotte di oggi per tre settimane. Non voglio sentirti fino ad allora» dice Blake.

Jordan annuisce.

«Ashleigh ti ha detto del tuo bonus?»

«Sì, signore. È stato molto generoso. Grazie. Buon Natale.»

Blake non si acciglia. È già qualcosa.

Jordan si rivolge a me. «E buon Natale a lei, signorina Wilder. È stato un piacere conoscerla quest'anno.»

«Buon Natale.» Improvvisamente, mi viene in mente quanto spesso la gente pronuncia queste due parole. Ogni volta che sono stata in un negozio negli ultimi due mesi, la cassiera mi ha ringraziato con un Buon Natale. Ogni altra persona che ho visto nelle ultime due settimane mi ha salutato con un Buon Natale.

Anche in una città piena di persone che celebrano altre feste religiose, il Buon Natale è ovunque.

Dev'essere difficile detestare tutto di questa festa.

Sul viso di Blake non ci sono segni di dispiacere. Nessuna rabbia o frustrazione o tristezza. Semmai, è felice.

Si china e mi bacia. «Abbiamo dei biscotti da preparare.»

Resisto all'impulso di saltellare e battere le mani. Al diavolo. Batto le mani e sussurro: «Evviva.»

Lui sorride, i suoi occhi si riempiono di affetto.

È una pena trascinare tutto nell'ascensore e poi nel soggiorno. Blake scruta l'appartamento come se stesse cercando di capire dove sarà meno offensivo l'albero. Indico l'angolo dietro il tavolo da pranzo. Lui annuisce e lascia lì la scatola.

Mi metto al lavoro, scarico il materiale da forno e peso gli ingredienti secchi.

In pochi minuti, i piani della cucina sono già ricoperti da una polvere bianca, un mix di farina e zucchero. Blake osserva il disordine inorridito, ma non fiata.

«Hai mai fatto i biscotti?» chiedo.

«Mai.»

«Davvero?»

Lui annuisce.

«Preriscalda il forno a 180 gradi. E spolvera il tagliere con la farina. Quello di legno.»

«Al tuo servizio.»

Devo schiarirmi la gola per non gemere. Mi sto immaginando scene di ogni tipo e non sono di quelle adatte a una vignetta.

«Stai pensando a qualcosa, Kat?» Un sorriso gli incurva le labbra.

«L'unica cosa a cui sto pensando è il delizioso sapore dei biscotti.»

Lo sguardo di Blake va alla ciotola. «Non sono un esperto, ma credo che servano uova e burro.»

«E vaniglia.»

Il suo sorriso si allarga finché non arriva da un orecchio all'altro. Preme le labbra sulle mie. Non sanno più di vaniglia, ma di Blake. Sento una vampata in corpo. Mi cedono le ginocchia. Devo aggrapparmi al piano della cucina per mantenere l'equilibrio.

Quando il bacio finisce, Blake segue tutti i miei comandi. Aggiungo gli altri ingredienti e mescolo la pastella finché non è liscia. Mi ruba il cucchiaio di mano, tira su un po' di pastella col dito e me lo porge come se stesse offrendo un assaggio.

Gli avvolgo le labbra intorno al dito, leccando la pastella con la lingua. Sa di zucchero e vaniglia. E della sua pelle. Mi vengono in mente strane idee.

Blake mi passa il dito sul labbro inferiore. Il tocco manda una scintilla dritto al mio intimo. Lo voglio ora, ma non ho intenzione di abbandonare il mio compito.

Mi schiarisco la gola. «Non dovresti mangiare la pastella cruda. Davvero. Le uova possono avere la salmonella.»

Ride, una bella risata di pancia. Accende qualcosa in me. Accende tutto in me.

«Apprezzo la tua prudenza.» Affonda il dito nella ciotola della pastella e mi avvicina il dito alla bocca.

Gli lecco la pastella e poi gli succhio il dito. Lui stringe le palpebre. Un piccolo gemito gli sfugge dalle labbra. Ma lui mantiene il controllo, trascinando il dito sulle mie labbra e poi lungo il mio collo.

Faccio un respiro profondo per contenere il desiderio che mi scorre in corpo. «Immagino che ti piaccia cucinare i biscotti.»

Lui annuisce.

«Allora mettiti al lavoro.» Piego le braccia, facendo del mio meglio per assumere uno sguardo intimidatorio. «Spolvera il tagliere con la farina, così possiamo stendere la pasta.»

«Sì, signora.»

«È signorina Wilder, non signora.»

«Non sarà "signorina" per molto.» E traccia il contorno del mio anello di fidanzamento.

Comincia a spargere la farina sul tagliere. Ci metto sopra l'impasto dei biscotti e prendo il mattarello. Blake si mette dietro di me mettendo le mani sulle mie, appoggiandosi a me mentre stendo la pasta.

Con le mani spingo il mattarello in avanti. Lo seguo con il busto. Premo il culo contro l'inguine di Blake. Potremmo facilmente fare sesso qui, se non fosse per i vestiti e la farina.

È molto difficile rimanere concentrati sullo spirito natalizio, ma ci riesco. Trovo i tagliabiscotti e faccio tre biscotti a forma di pupazzo di neve. Blake ritaglia due stelle e le mette sulla teglia accanto ai miei pupazzi di neve.

C'è appena abbastanza spazio per qualche altro biscotto. Formo una palla con gli avanzi della pastella, la stendo e prendo il tagliabiscotti a forma di albero di Natale.

Qualcosa mi buca la pelle. Ahi. Mi sanguina il pollice su tutta la pastella bianca e pulita. Me lo porto alla bocca e lo succhio. Allevia il dolore.

Blake mi guarda preoccupato.

«Non fa male» dico.

«Ti prendo una benda.» Fa un passo verso il bagno. «Hai trovato un modo originale per non usare il colorante alimentare.»

La pastella è macchiata di rosso. C'è qualcosa di familiare in questo e nelle sue parole.

Mia madre aveva detto qualcosa del genere. È stato molto tempo fa. La stavo aiutando a cucinare. Lizzy aveva il tagliabiscotti a forma di pupazzo di neve e io non volevo aspettare il mio turno. Improvvisai e usai un coltello per tagliare una sagoma rudimentale di pupazzo di neve. Solo che persi la presa e mi tagliai il dito così in profondità che dovemmo andare al pronto soccorso.

Per tutto il tempo mia madre fu dolce e premurosa. Mio padre era fuori per qualche commissione. Si affrettò a raggiungerci al pronto soccorso, ma era comunque calmo.

Non ebbi mai paura, non del tutto. Sapevo che sarebbe andato tutto bene, che i miei genitori mi avrebbero protetto.

Mi si chiudono gli occhi. Sono di nuovo al pronto soccorso, solo che è subito dopo l'incidente. Non sono calma. Sono terrorizzata. L'infermiera mi sta dando la brutta notizia, che mamma e papà non ci sono più, che Lizzy è in terapia intensiva. Corro per i corridoi senza avere contezza che le mie gambe si muovono, poi mi trovo a guardare attraverso la finestra di vetro a osservare il battito cardiaco di mia sorella sul monitor.

Avevo una paura tremenda che stesse per morire. Non solo per il suo bene, ma perché non potevo sopportare di perderla. Non potevo sopportare di restare sola.

Mi cedono le gambe. Appoggio la schiena contro il frigorifero e scivolo giù, fino al pavimento. Sono ancora qui, nell'appartamento di Blake, ma sono comunque impotente e terrorizzata.

È troppo facile perdere tutto ciò che conta.

E se perdessi anche Blake?

Una lacrima mi punge gli occhi. È inutile cercare di trattenerla. Mi tiro le ginocchia al petto e stringo forte il ruvido tessuto dei miei jeans.

Sento dei passi, ma non alzo lo sguardo. Poi delle braccia mi avvolgono. Blake mi passa un braccio sotto le ginocchia, mi porta sul divano e mi sdraia sulla schiena.

Fa scorrere il dito lungo la mia clavicola... Senza dire una parola. A cosa servirebbero le parole? Non riporteranno indietro i miei genitori. Non riporteranno indietro Meryl. Non allevieranno tutto questo.

Finalmente riesco ad aprire gli occhi. Lui mi fissa con uno sguardo protettivo. Ha in mano una confezione di crema antibatterica. Annuisco come per dargli il permesso.

Blake è delicato mentre pulisce e cura la mia piccola ferita. Lo fa con facilità, come se avesse già trattato un sacco di ferite.

Ha già trattato un sacco di ferite.

È un pensiero lacerante.

Mi sfiora la guancia con le dita. «A cosa stai pensando?»

«Ho paura.»

«Di cosa?»

«Di perderti.» Getto indietro la testa per vedere fuori dalla finestra. Il cielo è ancora di un bianco accecante. «Ho perso quasi tutto una volta. Non so se posso sopportarlo di nuovo.»

Si siede sul divano accanto a me. Mi mette due dita sotto il mento e mi inclina il viso per guardarmi negli occhi. «Ti va di parlarne?»

Scuoto la testa.

«Che ne dici di distrarti un po'?»

I suoi occhi lampeggiano. Non mi sta offrendo di guardare un film o di fare un gioco. Quanto meno non un gioco convenzionale.

«Dobbiamo mettere i biscotti nel forno» dico.

Lui sorride. «Come fai ad anteporre altre cose a quello che vuoi?»

Lo faccio da molto tempo. Non più così tanto, ma è un'abitudine difficile da abbandonare.

«Li metterò io nel forno, dopo essermi preso cura di te.» Mi preme le labbra contro la fronte. «Vuoi riposare?»

«No.»

«Vuoi un orgasmo?»
Non esito. «Sì.»
«Allora mettiti a sedere diritta e apriti i jeans.»

———

Mi muovo il più velocemente possibile. Anche più veloce di quanto sia umanamente possibile. In un attimo sono in piedi e ho la cerniera abbassata. Non oso fare altro ai miei jeans.

Blake si inginocchia davanti a me. «Culo in su.»

Faccio come mi ha chiesto.

Mi tira i jeans sul sedere e poi giù lungo le cosce. Lo fa lentamente, scoprendo un centimetro alla volta.

Mi si forma un languore tra le gambe. Ho bisogno che lui mi tocchi come si deve. E ho bisogno di toccarlo. Spero solo che riesca a capire il mio disperato bisogno di sentire tutto di lui.

Finalmente mi sfila i jeans dai piedi. Mi passa le dita sulle gambe nude, su per i polpacci e le cosce. Me le posa sui fianchi e mi tira le mutandine.

Queste sono un paio molto più sexy. Delle culotte di pizzo nero che mi esaltano il didietro. Blake si lecca le labbra, soddisfatto. Devo fare uno sforzo enorme per non togliermi il maglione e mostrargli il reggiseno abbinato.

«Li hai indossati per me?» chiede.

«Sì» rispondo con un filo di voce. «Nel caso fosse troppo. Volevo qualcosa che catturasse la tua attenzione il più velocemente possibile.»

La sua espressione gronda di desiderio. Ha funzionato. Non posso dire di volermi vantare.

Allargo le gambe, spostandomi più vicino al bordo del divano.

Blake mi afferra le ginocchia e mi tiene in posizione. «Pazienza.»

Mi passa di nuovo le dita sulla cosce. Mi si accelera il respiro. Il cuore mi batte all'impazzata. Il mio corpo non è paziente. Ha bisogno che lui mi tocchi. Ha bisogno di qualcosa che scacci via tutto il resto.

«Alzati.» Indica il pavimento davanti al divano. «Metti i piedi qui.»

Scendo dal divano. È proprio di fronte a me, ha la testa a circa una spanna dalla mia intimità. Mi si contraggono le cosce per l'anticipazione. Sì, per favore. Voglio quella bocca su di me.

Affonda le mani nelle mie natiche. Poi le unghie. La fitta di dolore richiama tutta la mia attenzione. Le mie preoccupazioni per il Natale, i miei ricordi, la mia disperata paura di perdere il controllo, tutto svanisce finché non resta nient'altro che le sue unghie contro la mia pelle.

Blake afferra i lati delle mie mutandine. Lentamente, me le sfila via dal sedere, giù per le cosce, fino ai piedi. Le sue mani si chiudono intorno alle mie caviglie come se mi stesse avvertendo di non scalciare via le mutande.

Sento il suo respiro caldo contro la pelle. Tremo. Devo tenere le mani lungo i fianchi per non muovermi.

Lui procede lentamente, tracciando il suo percorso su per la mia gamba. Porta il braccio intorno al mio didietro e lo usa per spingere il mio corpo in avanti. È quasi impossibile mantenere l'equilibrio, specialmente con il suo respiro che mi manda onde d'urto sul sesso.

«Non muoverti» dice.

«Ma...»

«Non finché non vieni.»

Preme le labbra contro il mio bacino. Poi un centimetro sotto. Poi mette le labbra sul clitoride.

Non muoverti? Come diavolo dovrei fare? Scivola tra le mie gambe e mi lecca da cima a fondo.

Mi ci vuole ogni oncia di attenzione per non crollare. Premo i polpacci contro il divano. È l'unico modo che ho per restare in equilibrio mentre Blake mi lecca.

La sua lingua è morbida, bagnata e molto, molto calda. Ogni suo movimento mi provoca una scossa di piacere. Di solito, gli afferrerei i capelli e stringerei le dita dei piedi. Senza uno sfogo, mi abbandono all'estasi fino in fondo. È così intenso che perdo la cognizione del mondo.

So solo che la lingua di Blake è su di me. Morbida e piatta poi dura e appuntita, veloce e avida poi lenta e paziente, fa magie. Lui mugola contro la mia coscia. Ne ha bisogno tanto quanto me.

«Blake» gemo.

Questo lo spinge a continuare. Mi mette la mano libera sulla coscia. È a due centimetri. Poi uno.

Il suo dito mi stuzzica il sesso.

Ho un sussulto. Mi cedono le ginocchia, ma riesco a rimanere in piedi. Se mi muovo, si fermerà. Forse non sono legata, ma sono ancora alla sua mercé.

E Dio, quanto mi piace essere alla sua mercé.

«Blake.» È una supplica più che altro.

Non funziona. Fa scorrere il dito facendo zig zag ma senza penetrarmi. La sua lingua scivola sul clitoride, concentrandosi sul punto giusto.

Sento un'esplosione di piacere. Mi è difficile restare in piedi. Chiudo gli occhi per concentrarmi sulla sensazione. La pressione che ho dentro è enorme. Ancora qualche istante e sarò al limite. Poi verrò così forte da non riuscire a respirare.

Ma sto correndo troppo. Ho bisogno di stare qui, di vivere il momento immergendomi nella sensazione della lingua morbida di Blake.

Ad ogni leccata sento sempre più caldo tra le gambe. Lui riporta la mano al mio sesso, stuzzicando senza pietà. Resisto al desiderio di implorare. Non mi lascerà insoddisfatta.

Proprio quando lo desidero tanto da urlare, Blake infila il dito dentro. Faccio un sospiro di sollievo. Sì. Ho bisogno di averlo dentro, anche se sono le sue dita e non il suo uccello.

Mi mordicchia l'interno coscia mentre mi scopa con il dito. Gemo. Tremo. Stringo le dita. Faccio tutto tranne che muovermi da questa posizione.

Epilogo: Parte Due

Aggiunge un altro dito. Mi affonda i denti con forza nella coscia.

È troppo. È troppo bello. Mi cedono le ginocchia e ricado sul divano. Sono molto vicina al limite ma non ci sono ancora arrivata.

Gli occhi di Blake ardono. Si toglie il maglione e la maglietta. Gli scruto il corpo come se fosse la prima volta. Spalle larghe, petto ampio, addominali perfetti, un morbido ciuffo di peluria sopra i jeans.

Il mio corpo sta soffrendo, ha un disperato bisogno di sfogarsi. «Blake» gemo. «Per favore.»

«Non puoi ancora venire.» Affonda la mano nei miei capelli. «In ginocchio.»

Mi si accende una scintilla dentro. È quasi altrettanto bello. Anche meglio. Scendo dal divano, in ginocchio davanti a lui, così sono faccia a faccia con il suo inguine.

L'erezione gli preme contro i jeans. Voglio passarci sopra le dita, ma devo aspettare. Non me ne priverà.

«Slacciami i jeans» dice.

Lo faccio.

«Vuoi toccarmi, Kat?»

«Sì.»

«Vuoi succhiarmi l'uccello?»

«Sì.»

Abbassa i jeans sotto i fianchi. Poi i boxer. Premo le mani contro le cosce per contenere il mio disperato bisogno di toccarlo. Non finché non lo dice lui.

Blake affonda la mano nei miei capelli e preme leggermente, portandomi più vicino. Le mie labbra lo sfiorano. Lo guardo come per chiedere il permesso. Glielo leggo negli occhi.

Mi aggrappo ai suoi fianchi, usandoli per tenermi in equilibrio mentre lo prendo in bocca. Godo comunque a premergli la lingua contro, a succhiargli la punta.

Gli sfugge un gemito basso e profondo dalle labbra. È un suono che mi porta molto, molto vicino al limite. Gli avvolgo una mano intorno e lo accarezzo mentre lo prendo in profondità.

Faccio guizzare la lingua sul glande, lo stuzzico come lui fa con me. Il suo tocco diventa più rude, disperato. Preme contro la parte posteriore della mia testa, esortandomi ad andare più a fondo.

Lo guardo mentre lo prendo in bocca. Ha ancora uno sguardo autorevole, ma è anche pieno di desiderio. Tutti i suoi lineamenti sono stravolti dal desiderio, come se riuscisse a malapena a controllarsi.

Ha un buon sapore ed è bello da sentire. Lo succhio finché non gli si tendono le cosce. Finché non trema.

Blake mi tira forte i capelli, allontanandomi. Trema come se fosse al limite, come se avesse un disperato bisogno di venire.

«Girati, mani sulla parte superiore del divano, ginocchia sul cuscino.»

Lo faccio il più velocemente possibile. Mi mette le mani sui fianchi, posizionandosi dietro di me. Lo sento contro il mio sesso. Faccio un sospiro profondo. A seguire lui fa altrettanto.

«Vieni con me.» Scivola dentro di me.

Ansimo, affondo le mani nel morbido tessuto di pelle del divano. Blake si muove veloce. Sento le sue unghie affilate contro i fianchi mentre pompa dentro di me. È duro e va in profondità. In pochi istanti, sono al limite. La pressione dentro di me è così intensa che riesco a malapena a contenermi.

Mi tremano le cosce. Gemo. «Blake. Ci sono quasi.»

Lui raschia le unghie contro la mia pelle. Vengo attraversata da una fitta di dolore che si fonde con l'estasi e crea una combinazione molto più potente. Ho un disperato bisogno di venire, come se stessi aspettando da un milione di anni, ma voglio godermi questa sensazione ancora per un attimo.

Mi sculaccia con forza. Sì. Lì. Lo fa ancora, e ancora. La scarica di dolore mi spinge in avanti, finché non mi tremano le cosce.

Perdo il controllo del respiro. Tutto quello che posso fare è

Epilogo: Parte Due

abbracciare le sensazioni che Blake sta creando dentro di me. Un'esplosione di dolore. Un'ondata di piacere. Una tensione sempre più forte.

Ecco. Sono al limite. Gemo mentre vengo, gli spasmi gli cingono il sesso tirandolo più vicino.

Mi sculaccia di nuovo, sono venuta prima di lui. Ho disobbedito ai suoi ordini, ma questo non fa che spronarmi. La pressione si allenta e si accumula. Sto già per venire di nuovo. Affondo i denti nel labbro, voglio assolutamente venire con lui questa volta.

Blake mi passa le unghie sulla schiena, dal collo fino al sedere. Spinge dentro di me più forte, più in profondità, più veloce. Geme, è quasi arrivato.

Chiudo gli occhi, godendomi la sensazione di averlo dentro, di sentirlo pulsare mentre si avvicina al limite. La pressione dentro di me è un crescendo. Un'altra spinta e arriva, pulsa e geme. Mi fa avere un altro orgasmo.

Sono invasa dal piacere mentre mi riprendo. È più duro, più profondo, mi arriva fino alle dita dei piedi.

Blake scivola fuori. Mi avvolge le braccia intorno e mi attira sul divano accanto a lui.

Mi accarezza i capelli come se mi chiedesse: *ti senti meglio?*

Annuisco. Molto meglio.

Dopo aver ripreso fiato, Blake mi porta in bagno e riempie la vasca. Mi toglie il maglione e la canottiera. Spalanca gli occhi come se mi stesse vedendo per la prima volta. È chiaro che apprezza il reggiseno, anche se le mutandine abbinate sono nell'altra stanza.

Traccia il contorno del reggiseno, poi passa le dita sul pizzo. Il tessuto si tende contro il mio capezzolo, riempiendomi di un desiderio disperato. Com'è possibile desiderarlo così in fretta?

«L'hai indossato per me?» chiede.

«Non ho nessun altro fidanzato per cui indossarlo.»

Un sorriso gli incurva le labbra. Fa scorrere le dita sul reggiseno, iniziando dal contorno e scendendo lungo le coppe. Sussulto quando mi sfiora i capezzoli. Il tessuto sta creando un attrito delizioso.

«Puoi stare ferma questa volta?» chiede. «Ti farai male se scivoli sulle piastrelle.»

Scuoto la testa. "Ferma" è improbabile visto come mi sta toccando.

Prende un asciugamano e lo stende sul pavimento. «Sulla schiena.»

«Ma...»

«Vuoi venire ancora?»

Annuisco.

«Allora adesso.»

Faccio quello che mi ha chiesto. L'asciugamano non attenua gran che il disagio di essere stesa sul duro pavimento di ceramica, ma sono così eccitata che non m'importa.

Blake si sdraia accanto a me. «Braccia sopra la testa.»

Alzo le braccia. Lui mi tiene in posizione appena sopra i gomiti. Poi preme le labbra sulle mie. Il bacio è lungo e profondo. Le mie braccia lottano contro le sue. Lui mantiene il controllo, premendomi con forza contro il pavimento.

Si fa strada lungo il mio collo e la clavicola. Fino al mio petto. Lungo il reggiseno. Tira una coppa verso il basso in modo che il seno fuoriesca. È abbastanza per farmi sussultare. Fa guizzare la lingua sul capezzolo, mandandomi una scarica di piacere fin nelle budella. Ho già provato così tante sensazioni, ma ne voglio ancora di più. Sono avida o ho la fortuna di avere un dio del sesso per fidanzato?

Mi succhia i capezzoli uno alla volta. Lo fa con forza, ma non abbastanza da fare male. Mi passa la mano libera sul ventre e tra le gambe. Non mi stuzzica questa volta. Fa scorrere le dita sul clitoride, poi me le infila dentro.

Faccio per afferrargli i capelli. Lui mi tiene in posizione. È diverso da essere legata, ma sono altrettanto impotente. Se non

Epilogo: Parte Due

mi fidassi così profondamente di lui, sarei terrorizzata dalla sensazione di essere sopraffatta.

Ma mi fido di lui, e questo migliora tutto. Mi mette una gamba sopra le ginocchia, aumentando la forza della sua presa. Chiudo gli occhi. Sospiro, rilassandomi completamente alla sua mercé.

Sono sua. Completamente sua.

Mi stuzzica i capezzoli mentre mi scopa con le dita. Ogni movimento della sua mano e ogni tocco delle sue labbra mi spinge più vicino al limite. Mi arrendo alla sensazione, così l'unica cosa che posso sentire è il crescente piacere tra le mie gambe.

Lo sento respirare a fatica. Apro gli occhi per guardarlo, così posso vedere tutto la brama sul suo viso. Ha il controllo delle sue espressioni, ma gli sfuggono indizi di desiderio.

Non ha bisogno di chiedere. Sostengo il suo sguardo, lo fisso, l'uomo che mi fa sentire così bene che potrei morire, l'uomo che significa tutto per me.

Ancora qualche spinta e mi monta dentro un orgasmo. Gemo il suo nome. Quasi. Chiude gli occhi mentre mi succhia il capezzolo. La pressione della sua bocca mi manda oltre il limite. Vengo, il piacere mi pulsa in corpo.

Blake mi libera. Si alza per chiudere l'acqua. In qualche modo, la vasca è piena alla perfezione. Poteri magici o solo Blake? A volte è difficile capire la differenza.

Facciamo un bagno insieme prendendoci il nostro tempo. Blake mi lava i capelli, mi mette il balsamo e mi strofina con una confezione di detergente per il corpo profumato alla vaniglia. L'unica cosa che può convincermi ad andarmene è la fame.

Siamo andati ben oltre la normale ora di pranzo. Ordiniamo cibo tailandese a domicilio e poi cuciniamo e decoriamo biscotti mentre aspettiamo. Faccio un casino con tutte le ciotole della cucina nel tentativo di mescolare i colori perfetti per la glassa. Ne vale la pena per la bella tonalità di rosa che mi viene fuori. Mi metto al lavoro su una stella dipingendola di bianco e adornandola con petali di fiori di ciliegio. Non è un tema natalizio, ma non m'importa. Mi fanno pensare a Blake. Mi fanno pensare al perché questo genere di cose sia importante.

La vita è breve e voglio passarla andando incontro alla bellezza del mondo invece che scappando dal dolore.

Blake è meno creativo nelle sue decorazioni. Dipinge i pupazzi di neve bianchi, gli alberi verdi, le stelle blu. Io aggiungo ornamenti ai suoi alberi, sciarpe e cappelli ai suoi pupazzi di neve, disegni alle sue stelle. Lui mi guarda con affetto.

Il pranzo è buonissimo. Mangio tutta la mia ciotola di gamberi rossi al curry e ho ancora spazio per due biscotti. Sono buoni come quelli che facevo con i miei genitori tanti anni fa. Il ricordo brucia ancora, ma per lo più è una bella sensazione.

Offro a Blake di scegliere lui un film di Natale, qualsiasi film al mondo. Lui sceglie *Die Hard*, ovviamente. Perché gli uomini sono così affascinati dai film pieni di esplosioni?

È abbastanza divertente. Meglio che guardare di nuovo *Matrix: Revolutions*. Non ho dubbi che Lizzy ci sottoporrà a tutte le sette ore della trilogia di Matrix nei prossimi giorni.

Il film non è proprio il mio genere. Appoggio la testa sul grembo di Blake con tutte le intenzioni di rimanere sveglia. Solo qualche minuto con gli occhi chiusi...

Mi sveglio qualche ora più tardi. Il cielo è arancione. Il tramonto. Blake non è qui, ma c'è una nota sul mio telefono.

Blake: Sono andato a prendere Lizzy all'aeroporto. Dovremmo essere a casa per le sei. Ordinerò una pizza per cena.

Sorrido. Blake e Lizzy non vanno d'accordo su molte cose, ma sono sulla stessa lunghezza d'onda quando si tratta di due cose: quanto sia incredibile programmare e quanto la pizza di New York batta alla grande quella della California.

Trovo il mio album da disegno nella borsa e mi metto sul

divano a disegnare. Qualcosa nell'angolo della stanza cattura il mio sguardo. Un lampo di verde.

È l'albero. È in piedi. Ed è decorato con tre bastoncini di zucchero.

Mi sciolgo.

———

Lizzy irrompe dalla porta, un fascio di energia. «Sterling, se mi stai provocando, ti butto giù da questo balcone.» Lascia cadere la valigia sul pavimento e ci getta sopra il cappotto.

Blake toglie di mezzo entrambi. Chiude la porta e fa scattare la serratura. «Non provoco nessuno tranne Kat.»

Lizzy tira fuori la lingua disgustata. «Oddio, per favore tienitelo per te. Non ho bisogno di immaginarmelo. Scruta l'attico con gli occhi spalancati. «C'è qualche posto qui dove voi due non abbiate... Bleah. Non dirmelo.»

«Come minimo, ti prenderebbe come stagista. Sei più brava di chiunque sia uscito da una scuola per hacker.»

Lei lancia uno sguardo a Blake. «Dovrebbe essere un complimento?»

Lui sorride.

«Sono più brava della maggior parte dei programmatori junior. Non nella Silicon Valley, ma a New York, cazzo, sì. Hai visto cosa passa per codice in alcuni posti?» Incrocia le braccia.

Intervengo io. «Quante lattine di Diet Coke hai bevuto in aereo?»

«È gratis. È uno spreco se non bevi fino a farti esplodere la vescica.» Si gira verso di me. Le si addolcisce il viso mentre mi si avvicina saltellando e mi abbraccia. «Mi sei mancata.» Fa un passo indietro. «Ti stanno bene i capelli. Quando te li sei scuriti?»

«Mi sentivo strana tutta bionda.»

«Capisco.» Si butta indietro i capelli come per confrontare gli stili. Il suo sguardo va di nuovo a Blake. «Sei meno avido di quanto ho sempre immaginato.»

Lui non batte ciglio. «Come mai?»

«Be', rimani a New York anche se dovresti essere nella Silicon Valley. Perché la Silicon Valley fa schifo e New York è la più bella città del mondo.» Va al frigorifero, lo esamina e si acciglia. «Niente bevande gassate? Non dirmi che ti sei bevuto quella stronzata di Bloomberg? Solo quattrocentocinquanta grammi alla volta. Che razza di...»

«Ti fa male.» La mia voce è severa, come una madre che fa la morale.

Blake mi massaggia la spalla. «Possiamo ordinare bevande gassate con la pizza.»

«Oh, lui è il genitore permissivo.» Lizzy si siede all'isola della cucina. «Non l'avrei mai detto.»

«Stavi spiegando la mia mancanza di avidità» le ricorda Blake.

«Già. Stai sacrificando un sacco di potenziali profitti per restare a New York.» Mi guarda negli occhi. «Questo è l'unico motivo per cui mi fido di lui.»

Blake è indifferente al fatto che Lizzy parli di lui come se non fosse nella stanza. Non è un segreto che Lizzy si fida di Blake purché possa disfarsene. Ma dev'essere disposta a metterlo da parte. Lo ha aiutato ad organizzare una serie di sorprese, compresa la sua proposta di matrimonio.

Lizzy passa la mano sul piano della cucina, raschiando via un sottile strato di zucchero. «Hai fatto i biscotti senza di me?»

«Facciamone degli altri adesso.» Faccio un cenno a Blake. «Tu ordina la pizza. Faremo un casino.»

I suoi occhi incrociano i miei. «Ti punirò più tardi per questo.»

Lizzy fa una smorfia disgustata. «Farò finta di non aver sentito.»

Vado ad aiutare Lizzy a cucinare. Ha un'enorme passione

per i dolci e conosce ogni dose senza consultare una ricetta. Questa volta sto molto attenta ai tagliabiscotti.

Blake ordina la cena e poi se ne va per incastrare mezz'ora di lavoro.

Facciamo due chiacchiere per rimetterci in pari su cose stupide: le sue recenti acconciature, il tempo orribile a San Francisco (fa freddo in agosto), le notizie sul più recente film di *Star Wars*. Percepisco una certa tristezza dietro il picco di energia indotto dalla caffeina. Ho la sensazione che non sia felice dall'altra parte del paese.

Prima che io abbia la possibilità di andare a fondo, arriva la pizza. Mangiamo insieme, su piatti di carta, mentre guardiamo il primo film di Matrix. Poi il secondo. Nonostante abbia bevuto un'intera bottiglia da due litri di Diet Coke, Lizzy si addormenta sul divano.

«Vuoi che la metta nella stanza degli ospiti?» chiede Blake.

Scuoto la testa. «Si sveglierà qui e finirà la trilogia. Così non dovremo guardare *Revolutions*.»

«Io adoro tutti i film di Matrix.»

«Una terza cosa che avete in comune. Siete quasi migliori amici.»

Blake mi fa alzare dal divano. «Sei pronta per andare a letto?»

Per andare a letto, sì. Ma non sono pronta all'idea che mia sorella si svegli per i rumori che facciamo mentre facciamo sesso. Non si è offerto, ma non voglio comunque che si faccia un'idea sbagliata.

Gli stringo la spalla. «Non voglio fare niente mentre Lizzy è qui.»

«Sarà qui per tre settimane.»

«Ci vediamo in ufficio qualche volta.» Mi mordo il labbro. «E sarà spesso fuori. Dà i numeri facilmente a stare troppo a casa.»

Mi lavo i denti, mi lavo la faccia e mi metto il pigiama. Blake è già a letto con un pigiama grigio molto comodo. È il tipo di cosa che lo fa sembrare casual e allo stesso tempo elegante senza sforzo.

Sul pigiama c'è un monogramma.

Un monogramma.

Dopo aver letto un romanzo di fantascienza per qualche minuto, spegne la luce e avvicina il mio corpo al suo.

Mi riempie di calore. «Tutto bene con questa roba natalizia?»

«Per ora. Il venticinque è sempre stato il giorno peggiore.»

«Oh.» Faccio un respiro profondo. «Potresti ancora tirarti indietro.»

Lui non dice niente.

«Quando me lo farai sapere?»

«Domani. Dopo cena.» Mi mette la mano sullo stomaco. La sua voce è calma. «Verrà a trovarci Fiona. Possiamo ordinare cibo cinese e guardare *Arma Letale*.»

Un altro film d'azione che tecnicamente si svolge a Natale. Fin lì ci siamo. Sono disposta a guardare qualsiasi cosa se significa che posso passare il Natale con Blake.

Mi stringo la coperta addosso. «Da che parte propendi?»

«Voglio esserci.»

«Ma non sei sicuro di potercela fare?»

Lui preme le labbra sul mio collo. «Domani mi occuperò di alcune cose. Sarò a casa per cena.»

«Ma...»

«Ti ho avuta per tre mesi e mezzo. Lei può averti per mezza giornata.»

Annuisco. Lizzy vorrà andare a fare shopping. Ha sempre comprato i regali all'ultimo minuto.

Chiudo gli occhi, sperando che la mia preoccupazione svanisca. Ma mi resta attaccata addosso. Ho bisogno che Blake sia qui a Natale. Ho bisogno di lui qui, con me.

Capitolo Tre

Vigilia di Natale

Blake se n'è già andato quando mi sveglio. Come previsto, Lizzy è sul divano con una tazza di caffè e una ciotola di cereali, a guardare *Matrix: Revolutions*.

«Sono scioccata dal fatto che Blake mangi cereali» dice. «È normale per lui.»

«Lui è molto normale.»

«No, non lo è, ma nemmeno tu lo sei, per questo funziona.» Finisce il suo caffè con un lungo sorso. «Spero che tu abbia pulito questo divano dopo l'ultima volta che ci avete fatto teneramente l'amore.»

Arrossisco. Pulisco sempre il divano dopo aver fatto sesso. Non posso rovinare questo splendido appartamento.

«Sei sempre stata così pervertita?» Mi preparo una tazza di caffè e resto in cucina.

«Mm-mmh.»

«Devi farti una doccia prima di andare a fare shopping, o vuoi uscire quando ho finito di bere?»

«Userai la sua carta di credito?»

«No.»

«Bene.» Si alza in piedi e allunga le braccia sopra la testa. «Non voglio i suoi soldi.»

«Hai bevuto quella Diet Coke che ha comprato piuttosto in fretta.»

«Sono stata sopraffatta dalla sete.»

Prendiamo la metro fino alla Trentaquattresima Strada e passiamo la mattinata da Macy. È murato di gente. Gli scaffali sono stracolmi. Niente di tutto ciò infastidisce Lizzy. Prosegue per la sua strada a spintoni concentrandosi sui vestiti invernali più scontati.

A pranzo mangiamo di nuovo pizza. Prendo in considerazione l'idea di farle una lezioncina su come mangiare sano, ma decido di non farlo. Non ha preso un grammo di più al primo anno di università e sembra in forma: pelle chiara, capelli lucenti, spalle toniche. Quell'incidente d'auto le ha conciato male la schiena. Deve fare molto esercizio per tenerla sotto controllo.

Dopo pranzo, si torna a fare shopping. Ci fermiamo in una dozzina di boutique diverse. Compra una sciarpa per Blake. Ha un riferimento ad un programma televisivo che non ho mai sentito, ma lei è sicura che gli piacerà. Compra anche qualcosa per Fiona. È un regalo abbastanza generico, una bottiglia di lozione profumata allo zenzero, ma è qualcosa.

La pizza non mi fornisce l'energia costante di cui ho bisogno. Alle tre, i carboidrati in eccesso mi fanno crollare. Non aiuta il fatto che ho saltato la colazione.

Mi fermo in un bar per un caffè e un'insalata.

Lizzy guarda il mio spuntino disgustata. «Hai perso peso. Almeno due chili e mezzo.»

Epilogo: Parte Due

«Come fai a dire che ho perso due chili e mezzo?»

«Lo ammetti.»

«Ho ricominciato a correre.»

«Intorno al parco?» Sospira malinconica. «Dev'essere bello averlo dall'altra parte della strada.»

«Puoi stare con me e Blake, se vuoi.»

«Stare con mia sorella e il suo fidanzato? Come se non fosse imbarazzante. O che io non diventi un terzo incomodo fin troppo indesiderato.»

«Imbarazzante, forse. Ma io... aspetta. Non hai intenzione di lasciare la scuola, vero?»

Sorseggia il suo caffelatte alla vaniglia. «È una mia decisione, sai.»

Mi si gela il sangue. «Vuoi mollare gli studi?»

Lei mi guarda negli occhi, agguerrita e per nulla propensa a cedere. «No. Ma se voglio, lo farò. E non ci pensare nemmeno a offrirmi i soldi di Blake per andare a scuola a New York. O la sua borsa di studio. Non è etico...»

«E i soldi dell'affitto dell'appartamento di mamma e papà? Non ne ho bisogno...»

«Non voglio i tuoi soldi.»

Stringo la forchetta. «Sono i nostri soldi.»

«Non. Li. Voglio. Offrimeli un milione di volte, ma non intendo prenderli.» Passa il dito sul coperchio di plastica. «Hai già rinunciato a molto per aiutarmi. Non posso prendere nient'altro.»

Non è così, ma so che è meglio non discutere con lei. Se non vuole aiuto, pazienza. Troverò un modo per aiutarla senza che se ne renda conto.

Lizzy ruba un pomodorino. «È possibile che sarò a New York l'anno prossimo. Per uno stage.»

«Quello di cui parlava Blake ieri?»

Lei annuisce. «Ma non voglio il suo aiuto per ottenerlo. Mi ha solo indicato la possibilità di fare domanda.»

A questo punto, è sulla difensiva. Apro la bocca per obiettare.

Lei mi interrompe. «Volevi il suo aiuto per entrare alla Columbia?»

«Ok. Giusto. Non ti offrirò nulla. Nemmeno un morso della mia insalata.» Infilzo un pezzo di lattuga con la forchetta.

«Hai altri acquisti da fare?»

«Devo andare in un ultimo posto.»

Lei alza il sopracciglio.

«Vedrai.»

Chiacchieriamo di cose insignificanti mentre finisco l'insalata.

Fuori, il cielo è azzurro e il sole splende. Midtown è splendida: un mix di grattacieli e parchi ghiacciati.

Ripenso alle parole di Blake. Esiste la possibilità che lui non ci sia quando mi sveglio domani, che io passi l'intera giornata da sola.

Lizzy non la prenderà bene.

Faccio un respiro profondo e adotto un tono da *va tutto bene*. «Blake potrebbe non esserci domani.»

Mia sorella si schiarisce la gola.

«Potrebbe avere una riunione d'emergenza.»

«O ha una famiglia di cui non sai nulla o stai mentendo per coprire qualcosa. Devo spendere gli ultimi soldi che avevo da parte per i regali per comprarti un indizio?»

«Associa il Natale a un sacco di brutti ricordi.»

Lizzy sbuffa. «E?»

«Suo padre era violento. Non si guarisce da un giorno all'altro.»

«Sei felice con lui?»

«Sì.»

«Bene.» Assume un tono serio. «Ma sono un mucchio di stronzate. Non può rinunciare al Natale perché ha qualche brutto ricordo.»

Giro sulla Trentaseiesima Strada. Il semaforo è rosso e le macchine sfrecciano sul viale.

Lizzy batte il piede. «Può usare tutte le sue dolci parole o i suoi bei soldi, ma tutto questo non conta. Conta quello che fa.»

«Non ha mai avuto una ragazza.» Il semaforo diventa verde e io comincio ad attraversare.

Lei mi segue. «Ho capito. Dice di amarti. Ti promette la luna. Poi se ne va a Natale.» Mi si para davanti. «C'è qualcosa che mi sfugge?»

«No.» Dentro di me, credo che ci sarà domani. Credo che lo farà per me. Ma se non ce la facesse?

«Se lo detesta così tanto, come hai fatto a fargli mettere su l'albero?» Sale sul marciapiede, affrettandosi ad andare all'ombra. «Ripensandoci, non dirmelo. Questi dettagli mi segneranno per tutta la vita.»

Sta scherzando, ma se avesse ragione? Ha messo su l'albero solo dopo che abbiamo fatto sesso. Sono rosa dal dubbio. Lo stava facendo per me, perché stavo soffrendo. Non è possibile che l'abbia convinto io a mettere su l'albero, non scopandolo.

«Pensi a qualcos'altro oltre al sesso o ai computer?»

Lei scuote la testa. «Mi giuri che ti tratta bene?»

«Più che bene. È fantastico.»

Lizzy si ferma per appoggiarsi a un muro di cemento. «E non è solo...» Mi guarda negli occhi. «Non prenderla male, perché sei la persona meno materialista che io conosca, ma sei sicura che non siano i suoi soldi?»

«Sì.»

«O il suo fantastico uccello. Posso solo presumere che sia fantastico, ma...»

«Ma che cosa ti prende?»

«Perché non ti biasimerei. Sposare il miliardario, vivere la vita di lusso, disegnare qualunque cosa desideri. Ti meriti questa pausa, ma è meglio che mentire a te stessa.»

«Non sto con Blake per i suoi soldi.» Non ho intenzione di discutere l'ultimo punto.

«Come lo sai?»

«Non mi piace quando spende dei soldi per me. Mi piace quando mi lava i capelli, quando mi prepara la colazione, quando mi tiene abbracciata tutta la notte.»

«Nel suo attico da dieci milioni di dollari.»

«Potrebbe essere ovunque.»

Si scosta dal muro, in attesa che le dica dove andiamo. Faccio un cenno verso il viale di fronte a noi.

Si mette a camminare in fretta. «Ti lava davvero i capelli?»

«È piacevole.»

Lizzy finisce di bere e lancia il bicchiere verso un cestino. Lo manca.

Si inginocchia per raccoglierlo. Fa una smorfia mentre si alza, come se la schiena le desse di nuovo fastidio. «Grazie per non aver aggiunto "quando mi fa venire come una cascata".»

«Come ti vengono in mente queste cose?»

Il negozio di lingerie è dietro l'angolo. È accogliente, con pareti rosa, tappeto rosso e un mucchio di adorabile biancheria intima.

Scruto le pareti. «Fai sesso?»

«Non con regolarità.» Lo dice con disinvoltura.

Conosco mia sorella. Mi sta provocando di proposito. Non esiste che io abbocchi all'amo.

«Basta che tu stia bene.» Mi sposto alla fila successiva. «Quando dici con regolarità...»

«C'è stato solo un tizio in California.» risponde incrociando le braccia. «Un ragazzo, una volta sola. È stato bello. Ho usato il preservativo. Non credo che lo rivedrò mai più.»

«Fantastico.» Non proprio. Faccio un respiro profondo ma mi si stringe il cuore. Mia sorella ha diciannove anni. Farà sesso. È un comportamento normale.

«Non ti disturba affatto.»

«Certo che no.» Prendo un completino rosa, reggiseno e mutandine. «Proprio come a te non dà fastidio sapere della mia vita sessuale.»

Epilogo: Parte Due

Lei tira fuori la lingua. «È diverso. Mi disgustano i dettagli. Tu vuoi che io sia la tua innocente sorellina.»

Non ammetto nulla.

«Aspetterò fuori. Ti voglio bene, Kat, ma non voglio immaginarti con addosso quella lingerie. E non voglio proprio immaginarmi Blake...» Geme come se non potesse evitare di pensarci. «Hai venti minuti prima che mi stufi del mio smartphone.»

Il campanello suona mentre lei lascia il negozio. Mi volto di nuovo verso il muro, tutta la mia attenzione concentrata sulla ricerca del pezzo perfetto di lingerie.

Deve far impazzire Blake e accennare allo spirito natalizio. Un'associazione positiva con il Natale.

Certo, c'è la possibilità che gli impedisca di toccarmi, ma è un rischio che sono disposta a correre.

Ecco. Trovo un completo reggiseno e mutandine rosse. È un modello peekaboo. Provo il reggiseno nel camerino.

Quando controllo il mio riflesso, sussulto. La fascia rossa mi solleva il seno. Si ferma qualche centimetro sotto il capezzolo. Le spalline formano un contorno a forma di triangolo. Non rappresenta alcun ostacolo all'accesso ai miei seni. Blake non dovrà nemmeno toglierlo.

Un impeto di calore mi attraversa. Sono sexy e pronta per essere toccata.

Se tutto va bene, potrò sfruttare questa sensazione.

———

Lizzy ed io passiamo qualche ora sul divano, riposandoci dopo la nostra maratona di shopping con popcorn e pessimi programmi televisivi.

Verso le otto Blake e Fiona arrivano insieme. Lui ha in mano le sporte del cibo da asporto. Lei due regali ben incartati e una bottiglia di vino. Mette i regali sotto l'albero perché li apriamo domani.

Il cibo da asporto non è il cibo cinese unto dei miei Natali passati. È roba sana saltata in padella di un ristorante fusion. Cibo da asporto per ricchi. Le verdure sono fresche e croccanti. I condimenti sono perfettamente delicati. Sale e zucchero non sono stati usati in eccesso, ce n'è solo la dose giusta per insaporire.

La conversazione all'inizio è un po' ingessata ma poi ci si rilassa. Lizzy non ha niente in comune con Fiona e non è molto contenta del modo in cui Fiona ha cercato di corrompermi per lasciare Blake. Grazie a Dio, mia sorella è educata. Riesce a parlare di un programma televisivo che piace a entrambe.

Quando arriviamo al dolce, riso al latte e mango, più biscotti glassati punteggiati di granelli di zucchero, si stanno divertendo tutti. Non è ancora una famiglia, ma qualcosa di simile.

Fiona se ne va dopo cena. Vado ad aiutare Blake a pulire.

«Io me ne vado.» Lizzy guarda Blake come se avessero un segreto in comune. «Blake mi ha detto della suite d'albergo della Sterling Tech. È vuota e sembra davvero bella.»

«Resta qui.»

«Non c'è problema. Sono sicura che voi due avete bisogno di... parlare.» Le brillano gli occhi e ammicca. «E altre cose. Torno domattina. Porterò il caffè.» Mi abbraccia per salutarmi. «Buon Natale, Kat. Ci vediamo domani. Ti piacerà il tuo regalo.»

«Buonanotte.» La bacio sulla fronte e la stringo più forte che posso. È stato triste averla dall'altra parte del paese, ma non posso negare quanto sembri indipendente e sicura di sé.

«Vuoi che chiami una macchina?» chiede Blake.

«Odio le auto. Ma grazie.» Lizzy mi guarda. «È davvero educato.» Saluta con la mano mentre esce.

E poi siamo solo io e Blake.

Ci siamo, è l'ora della sua risposta. Faccio un respiro profondo. Ma, prima che io possa iniziare, lui mi abbraccia.

Mi tira vicino a sé. «Ho una sorpresa per te. Ma non puoi averla fino a dopo che saremo saliti sul tetto.»

Mi piace l'idea. «Che tipo di sorpresa?»

«Nessun indizio.» Mi stringe più forte. «Prendi il cappotto.»

Indossiamo i cappotti e andiamo su per le scale che portano al tetto.

Sta nevicando.

Fiocchi di neve bianchi e perfetti volano nel vento. È più bello di qualsiasi cosa io possa mai disegnare. Più bello di qualsiasi neve che io abbia mai visto.

L'aria fredda mi gela il naso e la bocca. Tiro fuori la lingua e catturo un fiocco di neve. Blake mi fissa meravigliato, come fa sempre. Ormai dovrebbe essersi abituato a me.

«Cosa stai guardando?» chiedo.

«Mi piace quando hai quello sguardo negli occhi» dice. «Come se tu non riuscissi a credere a quanto sia incredibile il mondo.»

«Perché non riesco a credere a quanto sia incredibile il mondo.»

Mi accovaccio per raccogliere un pugno di neve. C'è davvero una spruzzata di neve bianca sul tetto! Non c'è mai neve bianca a New York. La gente che cammina sui marciapiedi fa sì che la neve si sciolga in fanghiglia.

Blake mi osserva mentre preparo una palla di neve. È un disastro rispetto a quelle che facevo da bambina, ma è comunque meravigliosa.

«Non tutti lo vedono così» dice.

Alzo il braccio come se stessi per colpirlo con la palla di neve. Lui capisce che sto bluffando. Non batte ciglio.

«Sì, alcuni sono cinici amministratori delegati di aziende informatiche che hanno troppi soldi per apprezzare piccole cose come panorami meravigliosi e nevicate perfette.»

Incurva le labbra e sorride. «Sarebbe orribile conoscere uno così.»

«Davvero orribile.»

Gli lancio la palla di neve e lui la prende. La fissa come se ne fosse affascinato. Ha davvero avuto un'infanzia così brutta che non ha mai giocato a palle di neve? Sento una stretta al cuore. Ha avuto una vita molto dura. È un miracolo che sia mai stato felice.

«Non dispiacerti per me, Kat. Sono l'uomo più felice del mondo.»

«Davvero?»

Si avvicina. «Ogni giorno vedo il mondo attraverso i tuoi occhi.» Si china per premere le labbra sulle mie. «Ogni giorno mi sveglio accanto a te.»

«È davvero così bello?»

«Meglio.» Mi tiene la palla di neve sopra la testa. Poi me la schiaccia sul cappello. «E vinco sempre io.»

Oh, se è una battaglia a palle di neve che vuole, una battaglia a palle di neve avrà. «Non stavolta.»

Mi chino per fare un'altra palla di neve. Blake si muove in fretta. Corre verso la porta dietro le scale, senza dubbio ha intenzione di preparare un arsenale.

Mi do da fare a fare palle di neve e me le metto nel cappello per averle con me. Mi muovo il più silenziosamente possibile, ma non riesco a prenderlo di sorpresa. Lui sfreccia fuori e mi lancia una palla di neve.

Mi colpisce in petto, un colpo fiacco. Grido di gioia. Erano anni che non lo facevo.

Lancio una palla di neve contro Blake. Lui la schiva. Ma la sua fortuna non dura a lungo. Il mio lancio successivo lo colpisce in pieno petto. Il suo bel cappotto di lana pulito non è più così in ordine.

Lui ride. È ancora il più bel suono che io abbia mai sentito. Mi fa ancora sentire calda dappertutto.

Ci perdiamo nella nostra battaglia a palle di neve, correndo intorno al tetto e colpendoci l'un l'altra. Quando finisco le palle di neve, Blake mi placca e mi butta a terra. C'è abbastanza neve soffice che non fa male.

Mi bacia, mi fa scivolare la lingua in bocca, il suo corpo

Epilogo: Parte Due

affonda nel mio. Quel calore si trasforma in desiderio disperato, ardente. Anche con la testa premuta contro la neve, sto avvampando.

Quando il nostro bacio si interrompe, guardo dritto nei suoi occhi. Prima erano impenetrabili. Ma ho imparato a decifrarli.

E sono pieni di desiderio quanto i miei.

«Diciamo che è un pareggio» dico.

«Voglio la rivincita.» Si tira su in piedi e mi aiuta ad alzarmi. Avvicina la bocca al mio orecchio. «Spero che non ti mancherà la neve.»

«Farà freddo fino a marzo. È sempre così.»

Blake mi conduce verso le scale. «Non a St. Barts.»

Mi giro a guardarlo. «Cosa intendi per "non a St. Barts"? Ho visto la tua agenda di lavoro e non c'è nessuna St. Barts.»

Lui scuote la testa. «Partiamo venerdì e ci staremo per due settimane.»

«Ma Lizzy sarà sola per Capodanno.»

«È stata una sua idea» rivela Blake.

«È stata una sua idea lasciarci soli stasera?»

Lui annuisce.

«Ma l'ultima volta che ho parlato di andare in vacanza hai detto che un weekend di tre giorni era il massimo che potevi permetterti. Che la Sterling Tech sarebbe fallita senza le tue capaci mani al volante.»

Immagini di sole e sabbia mi danzano in testa mentre torniamo al piano dell'attico. Blake mi osserva per tutto il tempo, sorridendo come se fosse sicuro di avermi in pugno.

Apre tutte e tre le serrature del nostro appartamento. «Preferirei avere le mie capaci mani su di te.»

All'improvviso ho un caldo tremendo.

«Ma se l'azienda fallisce senza di te?»

«Che fallisca. Tu sei più importante.»

«Dillo di nuovo.»

Blake mi massaggia le braccia. Ferma le mani sulle mie spalle e mi guarda negli occhi. «Tu sei più importante di qualsiasi cosa, Kat. Anche della mia azienda.»

«Anche...» Sostengo il suo sguardo. «Questo significa che domani sarai qui?»

«Avrai la tua risposta tra due minuti.» Mi indica la camera da letto. «Seguimi.»

Capitolo Quattro

Giorno di Natale

Secondo l'orologio del microonde, sono le 00:05. Ho una tale ansia mentre aspetto la risposta di Blake che me ne rendo conto lentamente. È Natale.

Blake mi tira in camera da letto. Non la stanza del sesso/camera degli ospiti extra, ma la camera da letto dove dormiamo ogni notte.

È trasformata, ricoperta di addobbi natalizi che fanno molto, molto Blake. Lenzuola di seta rossa. Un soffice piumone a righe. Fili di luci appesi alle pareti.

E vischio proprio in cima alla testata del letto.

Blake entra tenendo in mano un regalo ben incartato. È grande come una scatola da scarpe. Carta rossa lucida. Morbido fiocco bianco.

«Ma» faccio un respiro profondo, «tu odi il Natale. Non puoi mettertelo in camera se lo detesti.»

Mi giro e lo fisso negli occhi. Ha uno sguardo tenero. Come se fosse felice.

«Avevi ragione. Scappare non è servito a niente. Ha solo dato a mio padre potere su di me.» La sua espressione si addolcisce. «Mi terrorizza, ma devo affrontare quei ricordi se voglio andare avanti. E voglio farlo, Kat. Voglio condividere tutta la mia vita con te. Anche le parti che fanno male.»

«Tutto?»

Lui annuisce. «Non hai davvero idea di quello che mi fai.»

«Come potrei mai farti qualcosa?»

«Mi hai dato il mondo.»

Cosa? Semmai è lui che ha dato il mondo a me. Scuoto la testa. «Ma tu sei...»

«Ricco?»

Annuisco.

«Al mondo non ci sono solo i soldi.» Mi passa le dita sulla guancia. «Prima che ci incontrassimo, passavo tutto il tempo nel mio ufficio. Avevo un bisogno così disperato di mantenere il controllo che non ero aperto a nulla che non fosse a modo mio. Ma tu... mi hai mostrato quanto può essere bello il mondo. Mi hai costretto ad aprirmi.»

Deglutisco a fatica.

«Ti ricordi quando siamo andati a Parigi?»

«Certo. Abbiamo passato più tempo in albergo che fuori.»

«Vero.» Sorride. «Non era la prima volta che andavo a Parigi, ma era la prima volta che mi è piaciuto.»

«Perché siamo stati...»

«No, Kat, anche se mi è piaciuta moltissimo la parte in camera d'albergo. Era perché era la prima volta che la città sembrava bella.»

«Ma è Parigi. Come potrebbe non essere bella?»

Mi tira vicino a sé. «Come ho fatto ad essere così fortunato ad averti?»

«Ma è bella. Come potresti vederla in modo diverso?»

Non offre spiegazioni. Non ne ha bisogno. Ricordo il Blake che ho conosciuto la scorsa primavera. Il mondo per lui era qualcosa da controllare. Non lo vedeva bello. Non lo vedeva affatto.

Epilogo: Parte Due

Blake fa un passo indietro. «Ho un regalo per te.»

«Dovremmo aspettare fino a domani.»

«Questo non lo vorresti aprire davanti a tua sorella.» Tira fuori dal comò una scatola incartata e me la porge.

La scarto lentamente. È una scatola anonima. Dentro c'è un elegante sacchetto di velluto. Esamino Blake in cerca di un indizio. Ha un'espressione imperiosa, lo sguardo che assume quando è il momento di prendere il controllo.

Mi si accelera il respiro. Mi tremano le mani mentre apro il sacchetto. È un vibratore. Pesante. D'argento.

Oh, mio Dio. È argento vero. Argento sterling. Mi viene quasi da ridere. Blake Sterling mi ha comprato un vibratore d'argento sterling.

Dev'essere costato una fortuna.

Mi guarda negli occhi. «Non pensare al prezzo.» Si mette sulla poltrona di fronte al letto. «Lo spettacolo che sto per godermi vale ogni centesimo.»

Si accumula tensione tra le mie gambe. Vuole guardarmi. Non l'abbiamo mai fatto, non così.

«Mettilo sul letto» dice.

Esito.

«Kat, vuoi farlo?»

Maledizione, sì. Annuisco.

«Bene. Ora metti il vibratore sul letto.»

Obbedisco.

Gli occhi di Blake sono incollati ai miei. «Togliti il maglione. E i jeans.»

Mi sfilo i vestiti. Indosso solo una canottiera sopra il reggiseno rosso senza coppe e le sue mutandine.

Blake mi scruta da capo a piedi. Ferma lo sguardo sul mio petto e sul mio inguine. Sembra che il regalo che mi sono fatta stia funzionando altrettanto bene su di lui.

Gli si blocca il respiro, ma rimane ben piantato sulla sedia. «Togliti la canottiera.»

Me la sfilo da sopra la testa. I suoi occhi si spalancano. Mi guarda come se volesse consumarmi, come se quello che vede fosse sufficiente a portarlo al limite.

Il suo sguardo cade sul reggiseno. «Lo hai comprato oggi?»

«Sì.»

«Mi piace.»

«Grazie.»

«Girati, così posso vedere meglio.»

Mi giro lentamente. Arrossisco. Mi sale in petto un accenno di nervosismo. Poi Blake geme e tutto svanisce. Non sono nervosa o timida o altro. Non vedo l'ora di rivelarmi a lui.

Qualsiasi cosa voglia vedere.

Tornando alla mia posizione originale, i miei occhi incrociano i suoi.

Sento una vampata di calore che mi si raccoglie tra le gambe.

«Toccati i seni» ordina.

Faccio per strofinare il pollice sui capezzoli.

«Più lenta. Prima prendili in mano.»

Mi prendo in mano i seni, premendo i palmi contro i capezzoli. Ha intenzione di torturarmi mettendoci un'eternità, ma non posso davvero lamentarmi.

I suoi occhi sono fissi sul mio petto, spalancati dal desiderio.

Si appoggia allo schienale, allargando le gambe per occupare più spazio possibile. «Gioca con i capezzoli.»

Finalmente. Le mie dita non perdono tempo. Ogni tocco e pizzico manda una scossa dritta nel mio intimo. Riesco a malapena a tenere gli occhi aperti. È già così bello.

Il mio respiro aumenta fino a che mi ritrovo ad ansimare. Mi stringo forte i capezzoli, come fa lui. Mi si contrae il sesso, ha un bisogno disperato di tensione crescente cui dare sfogo. Ha un bisogno disperato di Blake.

Lui mi guarda con attenzione rapita. «Tieni le mutandine mentre ti tocchi. Ma fallo lentamente.»

Di riflesso con la mano risalgo la coscia. Guardo Blake come per chiedere il permesso. Lui annuisce. Quasi sospiro di sollievo.

Faccio scorrere le dita sul clitoride con un tocco leggero. Non è bello come se fosse Blake, ma mi dà i brividi il fatto che lui mi guardi. La tensione cresce dentro di me. Sono già eccitata.

La sua voce si fa pesante. «Siediti sul letto ora.»

Obbedisco.

«Allarga le gambe.»

Obbedisco.

«Di più.»

Allargo le gambe il più possibile. Mi si blocca il respiro in gola. Quella stessa timidezza minaccia di mandare all'aria tutto. Il rossore sulle mie guance si diffonde al petto e allo stomaco.

Inspiro lentamente. Basta a calmarmi i nervi. Sento ancora tutta questa elettricità che mi vibra dentro.

«Non vuoi unirti a me?» chiedo.

«Dopo averti visto venire.»

Gli occhi di Blake trovano i miei. Lo sguardo che passa tra noi è sufficiente a far svanire l'ultima traccia di nervosismo.

Voglio darmi a lui, qualunque cosa lui voglia.

«Accendi il vibratore» dice. «Poi fammi vedere come vieni.»

Prendo il nuovo giocattolo. Devo lambiccare qualche istante con i pulsanti per accenderlo. Poi mi ronza tra le mani, come fa il mio cellulare quando è in vibrazione, solo più forte e senza smettere quando si attiva la segreteria.

Mi passo il giocattolo sul ventre. Il metallo freddo si scalda lentamente, finché non è più uno shock contro la mia pelle.

Mi batte forte il cuore. Mi si risvegliano tutti i nervi che ho in corpo quando premo il vibratore sul clitoride.

Porca puttana, è una sensazione fortissima. Più di quanto abbia mai provato prima.

La tensione che ho dentro aumenta alla velocità della luce. Ancora pochi secondi e vengo. Devo spostare il giocattolo. Non può essere ancora finita. Non finché anche Blake ansima e geme.

Respiro profondo. Mi premo di nuovo il giocattolo contro il clitoride. Sento una scossa di piacere dappertutto. Quasi troppo. Devo fare qualcosa per contenerlo. Lo faccio scorrere verso il basso. Con la parte esterna delle ginocchia premo contro il letto.

Blake mi sta fissando con grande attenzione, sembra rapito. Lo vuole tanto quanto me, anche se ha abbastanza autocontrollo per restare seduto laggiù.

Il giocattolo d'argento preme contro il mio sesso. Sono già bagnata. Scivola dentro senza alcun sforzo.

Wow. Non bello come avere Blake dentro di me, ma è comunque sorprendente. Mi fotto con il giocattolo, lo spingo dentro fino a dove arriva, poi lo tiro fuori quasi del tutto. Ogni volta, mi avvicino un po' di più al limite. La tensione dentro di me si fa più forte, finché non è così potente che riesco a malapena a sopportarlo.

Quando finalmente riesco ad aprire gli occhi, cadono direttamente su Blake. Ha la bocca aperta. Le pupille dilatate. Per una volta, è completamente alla mia mercé.

Non ho intenzione di perdere questa opportunità. Gli offrirò uno spettacolo incredibile.

Ricado all'indietro, fino a quando non mi ritrovo completamente stesa a pancia in su sul letto. Allargo di più le gambe. E mi scopo con il giocattolo. Più forte e più a fondo.

Il suo respiro diventa affannoso. Geme come se non potesse stare a guardare senza toccare.

È una bella sensazione. Il mio corpo vibra di elettricità, in qualche modo desidera di più e allo stesso tempo si affretta a raggiungere un orgasmo.

Chiudo gli occhi. Non posso più aspettare. Riporto il giocattolo sul clitoride e lo faccio roteare lentamente finché non è nel punto giusto. Ogni vibrazione aumenta la tensione, mandandomi più vicina al limite. Stringo le lenzuola per mantenere il controllo, ma sono troppo lisce.

«Blake» gemo.

Non mi sta nemmeno toccando e mi sta facendo venire.

Mi monta dentro un orgasmo. Devo fargli vedere quanto mi

Epilogo: Parte Due

fa sentire bene. E non solo adesso, ma tutto il tempo. Gemo e ansimo. Quando non basta, gemo il suo nome a ripetizione.

Vado oltre il limite. Tutta la tensione dentro di me si allenta mandando onde di piacere fin nelle dita delle mani e dei piedi. Vengo così forte che riesco a malapena a respirare.

Cerco di spegnere il giocattolo, ma mi confondo con i pulsanti. Lo lascio cadere a terra.

Finalmente Blake si alza dalla sedia. Non posso vederlo, ma posso sentirlo. Si china, prende il giocattolo e lo spegne. Poi si siede sul letto accanto a me.

Si avvicina e mi accarezza i capelli. «Sei bellissima.»

«Grazie.» Arrossisco. «È questo che intendevi quando hai detto che il mondo è bello?»

«Non esattamente.» Un sorriso gli incurva le labbra. «Vieni qui.»

Mi circonda la vita con le braccia e mi tira in grembo. Gli metto le gambe intorno a cavalcioni. Lui mi guarda, nello stesso modo in cui ha fatto la prima volta che abbiamo fatto questo accordo di Natale. Solo che questa volta nei suoi occhi non c'è bisogno di negoziare. Non c'è niente da dimostrare. Non c'è altro che amore.

Puro, profondo, vero amore.

Lo bacio forte. È come se i suoi sentimenti si riversassero dentro di me. Le sue parole sono dolci, ma il suo corpo esprime più di quanto potrebbero mai fare le parole.

Si tira il maglione e la maglietta sopra la testa. Gli passo la mano sui forti muscoli del petto e dello stomaco. Poi sui suoi jeans.

La dolcezza si trasforma in qualcosa di molto più impegnativo.

Mi strofino contro i suoi jeans. Lui geme, mi preme le labbra contro il collo. Vedo una certa vulnerabilità nei suoi occhi. Non è abituato al fatto che sia io in controllo.

Ci spostiamo sul letto. Gli premo le mani sulle spalle per spingerlo giù. Poi gli traccio una scia di baci dalle spalle allo stomaco. Pelle morbida su muscoli sodi. È caldo e ha un sapore dannatamente buono. Gli slaccio i jeans e glieli tiro giù dai fianchi. Poi i boxer.

Faccio scorrere la lingua sulla sua punta e poi lo prendo in bocca. È così diverso dall'ultima volta che sono stata in questa posizione. Ora è alla mia mercé.

Lo succhio finché non geme e mi tira i capelli.

Mi affonda le unghie nelle spalle. «Mettiti sopra di me.»

Un'idea incredibile. Mi sposto, sono a cavalcioni su di lui. Tenendo le mani sul suo petto, mi abbasso su di lui.

È come se fossi a casa.

Blake mi mette le mani sui fianchi. Si incontrano tra le mie scapole e tira il mio corpo sul suo. Siamo premuti insieme, stomaco contro stomaco, petto contro petto.

Il contatto pelle a pelle è sufficiente a spingermi sull'orlo di un orgasmo. Mi si contrae il sesso, desidera un'altra estasi. Gli affondo le mani nella pelle per contenermi.

Mi bacia forte, succhiandomi il labbro inferiore. Mi affonda le mani nelle natiche. Mi tiene in posizione, spostando i fianchi per spingere dentro di me.

Divento tutt'una con i suoi movimenti. Sento arrivare l'estasi. Come si fa a non vedere che il mondo è bellissimo? È tutto al posto giusto. Tutto è perfetto.

Chiudo gli occhi. Mi immergo nella sensazione della sua pelle contro le mie dita, le sue labbra contro le mie, il suo uccello nel mio sesso. Ci integriamo alla perfezione, qui, lì, ovunque.

Quando spinge di nuovo, vengo. Lo spasmo muscolare del mio sesso lo cinge più forte. Gli gemo in bocca per non interrompere il contatto. Lui ricambia il bacio con la lingua che mi immerge in bocca come se la stesse reclamando.

Con un rapido movimento, Blake mi prende intorno allo stomaco e ci ribalta in modo che io sia sotto di lui. Gli avvinghio le gambe intorno alla vita. Gli avvolgo le braccia intorno al petto.

Epilogo: Parte Due

Sento addosso il peso del suo corpo. Sui materassi di gommapiuma, è perfetto.

Avvicina le labbra al mio collo. Mi morde delicatamente. Il suo respiro accelera. Gli tremano le braccia. Anche lui è quasi arrivato.

Apro gli occhi per vederlo venire. È una cosa così bella da guardare. Affonda i denti nel labbro inferiore. Rilassa la fronte. Rabbrividisce da capo a piedi.

Il movimento successivo lo manda oltre il limite. Il suo uccello pulsa, e mi riempie. Gli affondo le dita nella pelle per tenerlo vicino. E guardo l'espressione di pura estasi che gli si forma in viso.

Crolla accanto a me e mi tira vicino, ci mettiamo nella posizione del cucchiaio, lui dietro di me. Chiudo gli occhi. Dev'essere tardi ormai. Sono esausta, pronta ad addormentarmi tra le sue braccia.

Rimaniamo sdraiati insieme per quella che ci sembra un'ora.

Rompe lui il silenzio. «Hai fame?»

Annuisco. «Di qualcosa di piccolo.»

Blake scende dal letto. Mi prendo un momento per togliermi la lingerie e mettermi un pigiama di flanella.

Lui è in cucina a preparare due tazze di cioccolata calda. Quando i nostri occhi si incrociano, sorride.

«Kat, guarda.» Indica la finestra.

Sta nevicando.

Quei perfetti fiocchi bianchi dal tetto riempiono l'aria. Un bianco Natale. Un bianco Natale vero e proprio.

Blake mi porge una tazza di cioccolata e mi mette una coperta sulle spalle. Poi trova una coperta per sé.

Mi porta fuori in balcone. Si gela, ma non m'importa. È Natale, sta nevicando e sono qui con l'uomo che diventerà mio marito.

È tutto a posto nel mondo.

Blake mi mette un braccio intorno. «Buon Natale, Kat.»

«Buon Natale, Blake.»

Restiamo in contatto

Iscriviti alla mia mailing list e riceverai una scena esclusiva di *Accordo Indecente* dal punto di vista di Blake.

Relazione Indecente, con Lizzy Wilder e il suo amministratore delegato sarà disponibile a breve.

Trovi tutti i miei libri qui.

Se ti è piaciuto questo libro, per favore aiuta altri lettori a trovarlo lasciando una recensione onesta su Amazon o Goodreads.

Vuoi parlare di libri? Fantastico! Adoro ascoltare i miei lettori. Metti "Mi piace" alla mia pagina su Facebook, unisciti al mio gruppo di fan, seguimi su Instagram, seguimi su Twitter o chiedimi l'amicizia su Facebook.

Ringraziamenti

Il mio primo ringraziamento deve sempre andare a mio marito, che non solo tollera ma ama tutte le mie stranezze (anche i miei sproloqui sulla grammatica). Kevin, non potrei mai farcela senza di te. E il secondo ringraziamento va a mio padre per avermi sempre incoraggiato a seguire i miei sogni e soprattutto per avermi portato in libreria quando dovevo essere in punizione.

Questo libro ha avuto molte copertine. E anche se l'ultima copertina è la mia preferita, vorrei ringraziare tutti gli illustratori che hanno lavorato a questa serie: Aria, Melissa, LJ e Hang Le, grazie infinite per le vostre splendide copertine! Alle mie editor, Dee e Marla, grazie di cuore per la rapidità con cui avete rielaborato questo testo. È fantastico. Ai miei beta-reader (ce ne sono troppi per nominarli tutti) grazie per avermi aiutato a fare di questo libro il miglior libro possibile.

E il mio più grande ringraziamento va a tutti i lettori per aver provato un nuovo libro.

Printed by Amazon Italia Logistica S.r.l.
Torrazza Piemonte (TO), Italy